2034
미중전쟁

2034

**엘리엇 애커먼,
제임스 스태브리디스** 장편소설

우진하 옮김

문학사상

"이 세상에서 광기를 품은 인간보다

더 어리석은 짐승은 없다."

◈ 허먼 멜빌 ◈

"도저히 이길 수가 없었다… 아니, 싸움 자체가 되지 못했다.

그 전쟁터에서 인간은 자신의 어리석음과 절망을 드러냈을 뿐이며

승리는 철학자들이나 바보들이 품는 환상에 불과했다."

◈ 윌리엄 포크너 ◈

* 차례

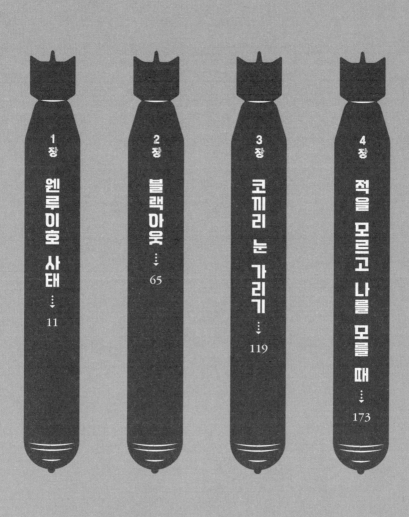

1
장

웬루이호 사태
⋮
11

2
장

블랙아웃
⋮
65

3
장

코끼리 눈 가리기
⋮
119

4
장

적을 모르고 나를 모를 때
⋮
173

5장

절체절명의 위기

⋮

221

6장

탄다바, 시바의 춤

⋮

271

에필로그

자유민의 나라

⋮

347

옮긴이의 말

⋮

370

1
장

웬루이호 사태

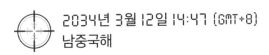
2034년 3월 12일 14:47 (GMT+8)
남중국해

벌써 24년이라는 세월이 흘렀지만 광활한 대양의 끝없이 이어지는 수평선은 그녀에게 여전히 놀라움 그 자체였다. 저 드넓은 바다가 눈 깜짝할 사이에 고요해지더니 마치 식탁 위에 펼쳐놓은 식탁보처럼 팽팽하게 균형을 이루고 있었다.

처음 이 길에 들어선 후 함교 위에 서서 과연 몇 차례나 이런 기적과도 같은 고요한 모습을 봤을까? 천 번? 아니면 이천 번? 요즘처럼 밤에 잠이 오지 않을 때 그녀는 지난 항해일지를 뒤적이면서 육지가 보이지 않을 만큼 먼 바다를 가로지르며 보냈던 그 모든 세월을 되새기곤 했다. 그녀가 바다에서 보낸 시간만 해도 합치면 9년이 넘었다. 그녀는 털털거리는 고물 디젤엔진이 달린 소해정 _{바다에 부설한 기뢰 등의 위험물을 치워 없애는 배}의 신참 해군 소위로 시작해 전 세계 바다를 누비며 온갖 전투 현장을 경험했고 지금은 최신식 알레이버크급 구축함 세 척을 지휘하는 자리까지 올랐다. 그녀의 구축함들은 무자비하게 내리쬐는 햇빛을 받으며 18노트의 속도로 남중국해를 지나가고 있었다.

그녀의 소규모 함대가 있는 곳은 이 해역에서 오랜 세월 동안 갈등의 중심이 되어온 스프래틀리군도의 미스치프환초에서 약 12해리 떨어진 지점으로, 그녀는 이른바 '항행의 자유 작전'이라는 완곡한 이름이 붙여진 작전을 수행 중이었다. 그녀는 이 작전명이 마음에 들지 않았다. 그동안 겪어온 다른 수많은 작전과 마찬가지로 항행의 자유 작전 역시 진짜 목적을 감추기 위한 겉치레에 불과한 것일 뿐, 실제로는 상대측에 대한 도발 그 이상도 이하도 아니었다. 기존의 해양법에 따른다면야 그들이 있는 곳은 당연히 공해상이지만 중국은 이 해역을 자신들의 영해라고 주장하고 있었다. 논란이 많은 스프래틀리군도 주변을 돌아다니는 건 말하자면 옆집에서 울타리 경계선을 조금씩 우리 집 쪽으로 넓히면서 우리가 그럴듯하게 가꾼 잔디밭을 망치러 들어오는 것과 크게 다를 바 없었다. 중국은 지난 수십 년 동안 아주 조금씩, 쉬지 않고 경계선을 밀고 들어왔으며 남태평양 전체를 다 손아귀에 넣을 때까지는 절대로 멈추지 않을 것 같았다.

그래… 그렇게 멋대로 자기 잔디밭을 가꾸도록 내버려둘 수는 없지. 그런 생각을 하자 진지하게 굳어 있던 그녀의 얼굴에 슬며시 웃음이 번졌다. 항행의 자유 작전이 아니라 그냥 잔디밭 망치기 작전으로 이름을 바꾸면 어떨까. 그렇게 한다면 최소한 함선에 타고 있는 장병들도 자신들이 이곳에서 무엇을 하고 있는지 정도는 알아차릴 수 있지 않을까.

뒤를 돌아보니 지금 타고 있는 기함_{함대 지휘관이 타고 있는 군함} 존폴 존스호의 길쭉하고 둥근 고물이 눈에 들어왔다. 그 너머로는 다른 두 척의 구축함인 칼레빈호와 정훈호가 나란히 뒤따라오는 모습이 보였다. 그녀는 이 세 척의 군함을 지휘하고 있었고, 휘하의 또 다른 군함 네 척은 모항인 샌디에이고에 정박 중이었다. 함교 위에서 기함을 따라오는 다른 군함들을 보고 있으려니 저 멀리 자신의 모습이 그대로 비쳐 보였다. 과거 풋내기 해군 소위였던 그녀는 이제 경험 많고 노련한, 제21구축함전대의 사령관인 세라 헌트 대령이었다. 제2차 세계대전 당시 만들어진 이 전대의 구호는 '남태평양을 향하여'이며, 전대 소속 장병들은 스스로를 '거침없는 사자들'이라고 부른다. 그리고 전대 안에서 불리는 헌트의 애칭은 다름 아닌 '사자들의 여왕'이었다.

어제 그녀는 전열을 갖춰 일본 요코스카 해군기지를 떠나기 바로 직전, 의무대로부터 한 가지 소식을 전해 들었다. 그 소식이 담긴 봉투는 지금 그녀의 주머니 안에 그대로 들어 있었는데, 그 봉투를 떠올릴 때마다 왼쪽 다리의 상처며 오른쪽 다리의 멋대로 굳어버린 뼈가 다시 아파왔고 그 뒤를 이어 늘 그렇듯 척추 저 깊은 곳에서부터 전기라도 통하는 듯한 저릿한 통증이 밀려들었다. 의무대 입장에서는 그저 자신들이 할 일을 한 것뿐이지만 그녀는 받아들일 수 없었다. 이번 작전은 여왕이 이끄는 마지막 항해였다.

아주 조금씩, 거의 알아차리기 힘들 정도로 주변이 어두워지기 시작했다. 부드럽게 가라앉은 바다 위를 지나가는 길쭉한 그림자가 보였다. 잠시 바람이 불더니 잔물결이 일었다. 고개를 치켜들자 얇은 구름 한 조각이 하늘에 떠 있는 게 보였다. 하지만 그 구름은 이른 봄의 뜨거운 햇빛 사이를 제대로 통과하지 못하고 그저 안개가 되어 사라졌다. 바다는 다시금 완벽하게 고요해졌다. 빠르고 가볍게 철제 계단을 뛰어 올라오는 소리에 헌트 대령은 다시 현실 세계로 돌아왔다. 그녀는 시간을 확인했다. 늘 그렇듯 존폴존스호의 함장, 제인 모리스 중령은 또 약속에 늦었다.

 2034년 3월 12일 10:51 (GMT+4:30)
호르무즈해협

크리스 '웨지' 미첼 소령은 사실 '그 느낌'을 제대로 경험해본 적이 한 번도 없었다. 그의 아버지는 '그 느낌'을 겪어본 적이 있었다. 특히 이라크 라마디에서 F/A-18 호넷 전폭기의 전방감시적외선장비FLIR가 고장 났는데도 공격당하고 있는 아군 병사들을 위해 두 발의 GBU-38 유도폭탄을 떨어뜨려야 했을 때… 그는 아군에게는 아무 피해 없이 이라크군만 공격해야 했지만 그에게 남아 있던 건 단지 지도 한 장과 비상용 GPS뿐이었다.

미첼의 할아버지는 물론 아들과 손자보다 '그 느낌'에 대한 경험이 더 많았다. 베트남의 설 명절 동안 그는 닷새나 쉬지 않고 출격했고 MK-82 폭탄이며 소이탄 등을 광학 조준기에만 의지한 채 밀림 사이로 떨어뜨렸다. 적의 레이더에 걸리지 않기 위해 그는 고도를 최대한 낮춰야 했는데, 그 탓에 폭격 후에는 A-4 스카이호크 기체가 폭발의 열기에 그을리기까지 했다.

한편 미첼의 증조할아버지는 '그 느낌'을 가장 많이 경험해본 사람일 것이다. 그는 태평양 전선의 최고 술꾼인 동시에 최고 조종사였던 그레고리 '패피' 보잉턴 소령이 이끄는 VMF-214 해병 항공대, 속칭 '검은 양' 부대 소속으로 일본 제국의 제로센 전투기에 맞서 남태평양을 누빈 역전의 조종사였다. 4대에 걸쳐 미첼 가문의 남자들을 지배해온 정체 모를 '그 느낌'이란 다름 아닌 하늘을 날 때의 감각, 바로 순수한 본능 그 자체와 직감이었다. 미첼의 증조할아버지는 이렇게 회고했다.

"내가 패피 소령과 전쟁터를 누빌 때, 그러니까 태평양전쟁 때만 해도 모든 게 지금과는 완전히 달랐단다. 유도 컴퓨터 장치니 자동 조종장치 같은 게 어디 있었겠니. 믿을 거라곤 내 조종 기술과 실력, 그리고 운뿐이었지. 그저 눈앞에 있는 사격용 조준기에 색연필로 표시하는 게 고작이었단다. 그거면 끝이었어. 대신 패피 소령 같은 사람과 함께 다니다 보면 시야가 빠르게 넓어지긴 했어. 그런데 말이야, 사방을 잘 살펴보는 만큼 패피 소령이 어떻게 하는지도 눈여겨봐둬야 했단다. 그가 피우던 담배를 휙 내던지고 조종석 덮개를 쾅! 하고 닫으면 바로 뭔가가 벌어진다는 뜻이었으니까. 얼마 지나지 않아 일본 전투기들이 벌 떼처럼 달려들었지."

증조할아버지의 이야기를 들었을 때 미첼의 나이는 여섯 살이었다. 증조할아버지는 아흔이 넘은 나이에도 눈은 여전히 날카로웠고 목소리도 거의 떨림이 없었다. 태양이 F-35E 라이트닝 전투기의 조종석을 비추고 있는 지금, 그는 마치 증조할아버지가 뒤에 함께 타고 있는 것처럼 그 이야기를 또렷이 떠올릴 수 있었다. 물론 F-35E에는 조종석이 하나뿐이지만.

이번 비행은 그저 이란 영공에 아주 가까이 다가가서 말 그대로 국경선을 따라 우측 날개를 흔들어대며 벌이는 수많은 도발 비행 중 하나일 뿐이었다. 미첼에게 이런 비행은 그리 어렵지 않았다. 사실 그렇게 아슬아슬한 비행을 한다고 해서 특별한 기술이 필요한 건 아니었다. 비행경로는 처음부터 F-35에 탑재된 항법장치에 입력되어 있었고 전투기가 말 그대로 알아서 비행하기 때문에 미첼은 아무것도 할 필요가 없었다. 조종사는 그저 계기판을 주시하며 조종석 밖으로 보이는 풍경을 즐기고, 있지도 않은 뒷좌석에 앉아 있는 증조할아버지의 유령이 뭔가 투덜거리는 소리만 참고 들으면 될 뿐이었다.

조종석 머리 받침대 뒤에는 보조 배터리 장치가 하나 달려 있었는데 믿기지 않는 일이지만 거기서 들려오는 윙윙 소리가 너무 커서 터보제트엔진 소리가 다 묻힐 정도였다. 신발 상자 크기의 이 배터리가 바로 이번에 새로 추가된 F-35의 최신 스텔스기술의 핵심 장치였다. 미첼은 장치에 대해 자세히 알지는 못하고 그저 전자파를 이용한 방해 장치라는 이야기만 들었을 뿐이었다. 항공모함 조지 H. W. 부시호에서 이번 비행에 대한 지시를 받기 전, 그는 F-35 제작사인 록히드에서 파견 나온 민간인 기술자 두 명이 자신의 탑 전투기 근처에서 서성거리는 것을 봤다. 그는 즉시 무장 경비병에게 이 사실을 알렸지만 경비병도 그들이 무슨 자격으로 여기까지 접근할 수 있었는지 전혀 알지 못했다. 함장에게 보고가 올라갔고 결국 함장이 이 소동을 해결했다. 이번에 추가되는 새로운 장치는 아주 민감한 문제이기 때문에 기술자들의 존재 자체가 극비 사항으로 취급돼서 발생한 일이었다. 미첼은 평소와 달리 찜찜한 분위기 속에서 지시를 전달받은 셈이었지만 이 일만 제외하고는 모든 게 순조롭게 진행되었다.

어쩌면 너무 순조로웠을까. 그게 바로 진짜 문제였는지도 모른다. 미첼은 뭐라 말할 수 없을 만큼 지루한 기분을 느끼며 아래에 펼쳐진 호르무즈해협으로 시선을 돌렸다. 아라비아반도와 아라비아만을 가로지르는, 여러 무장 세력이 마주하고 있는 청록색의 경계선이었다. 그는 고도계와 나침반이 함께 붙어 있는 조종사용 브라이틀링 손목시계를 봤다. 아버지가 25년 전 아프가니스탄 상공을 누빌 때 찼던 것이었다. 미첼은 계기판보다 그 시계를 더 믿었다. 계기판도, 시계도 현재 이란 영공에서 6도가량 벗어나 비행하고 있는 그가 43초 뒤면 방향을 바꿔야 한다는 사실을 알려줬다. 그렇지만 머리 뒤에 있는 그 작은 장치가 제대로 작동하는 한, 기수를 동쪽으로 돌려 이란 영공으로 들어선다 해도 누구도 그의 존재를 알아차릴 수는 없을 것이었다. 그야말로 아주 깔끔한 속임수였다.

미첼에게 첨단기술을 시험하는 임무가 맡겨진 걸 동료들이 알았다면 아마 농담이라고 생각했을지 모른다. 그들은 항상 미첼이 첨단 장치 같은 건 없던 세상에 좀 더 일찍 태어났어야 했다고 말해왔기 때문이다. 그는 그만큼 단순하고 과감하게 파고드는 쪽을 좋아했고 웨지'쐐기'라는 뜻가 그의 호출 신호가 된 것도 바로 그런 이유 때문이었다. 이제 방향을 바꿀 때가 되었다. 그는 자동조종장치를 껐다. 직접 조종간을 손에 쥘 경우 어떤 대가를 치러야 할지 잘 알지만, 그 문제는 항공모함으로 돌아갔을 때 알아서 하기로 했다.

미첼은 아버지와 할아버지, 증조할아버지가 느꼈던 '그 느낌'을 자신도 한번 경험해보고 싶었다. 일생에 단 한 번만이라도 하늘을 날 때의 그 본능과 직감을 느껴보고 싶었다. 질책을 들을 각오는 되어 있었다. 그는 머리 뒤쪽에서 울리는 시끄러운 소리와 함께 이란의 영공 안으로 파고들었다.

 2034년 3월 12일 14:58 (GMT+8)
남중국해

"부르셨습니까, 사령관님?"

존폴존스호의 함장인 제인 모리스 중령은 피곤해 보였다. 너무 피곤한 나머지 약속 시간에 15분 가까이 늦은 것에 대한 사과도 잊은 것 같았다. 헌트 대령은 그녀가 짊어지고 있는 부담감을 이해했다. 헌트 역시 셀 수 없을 만큼 많은 부담감을 느껴봤기 때문이다. 바로 함선을 제대로 이끌어 나가야 한다는 부담감이었다. 거기에는 400여 명에 가까운 승조원들에 대한 절대적인 책임감이 포함되어 있을 뿐만 아니라, 남중국해 해상에 끝없이 나타나는 어선단들과 마주칠 때마다 함교로 뛰어 올라와야 하는 바람에 쌓여가는 피로도 문제였다. 함대의 지휘는 서로 협력할 수 있지만 함선 한 척과 관련된 문제는 순전히 그 함선을 이끄는 함장의 책임이었다. 아나폴리스 해군사관학교 생도 시절 두 사람 다 배운 아주 간단한 원칙이었다.

헌트는 군복 주머니에서 시가 두 개비를 꺼냈다.

"그건 뭡니까?" 모리스가 물었다.

"사과의 표시야. 쿠바산 시가지. 아버지는 관타나모 기지의 해병대원들한테서 쿠바산 시가를 구해 오곤 하셨어. 수입이 자유롭게 허가된 지금이야 큰 감흥이 없겠지만 그래도… 맛 하나는 기가 막히거든."

모리스는 말뿐만 아니라 행동도 신실한 기독교 신자이기 때문에 헌트는 그녀가 담배를 받아 피울지 알 수 없었다. 그래서 그녀가 담배를 받아 들고 함교 밖으로 따라 나와 함께 불을 붙이려 하자 마음이 흡족해졌다.

"그런데 사과의 표시라니요? 무엇에 대한 사과 말인가요?"

헌트가 내민 지포 라이터의 불꽃에 모리스가 담배 끝을 들이밀었다. 라이터에는 담배를 입에 물고 기관총을 갈겨대는 황소개구리의 모습이 새겨져 있었다. 보통은 네이비실 대원들의 가슴이나 어깨에 문신으로 그려지는 문양인데, 헌트의 아버지처럼 라이터 겉면에 새기는 경우도 있었다.

"내가 존폴존스호를 함대의 기함으로 삼았다는 걸 전해 들었을 때 기분이 썩 좋지는 않았을 것 같거든."

헌트도 담배에 불을 붙였다. 배는 계속해서 앞으로 나아가고 있었고 담배 연기는 자연스레 두 사람 뒤로 흘러갔다.

"무슨 문책성 결정으로 생각하지 않길 바랄 뿐이야. 나 말고 유일한 여성 지휘관이라는 사실도 이 일과는 관련이 없어. 내가 이 배를 기함으로 삼은 건 누구를 감독하거나 뒤를 봐주려는 게 아니란 사실을 알아줬으면 해."

헌트는 앞에 세워져 있는 깃대를 바라봤다. 거기에는 함대 사령관의 깃발이 펄럭이고 있었다.

"솔직히 말씀드려도 괜찮겠습니까?"

"이런, 제인. 격식 같은 건 그만 집어치워. 지금 여기가 무슨 사관학교 강의실도 아니고 말이야."

"음, 그렇다면 사령관님, 저는 그런 생각은 한 번도 해본 적이 없습니다. 그런 말씀 마세요. 사령관님 휘하에는 멋진 구축함 세 척에 거기에 걸맞은 승조원들이 있습니다. 어디든 선택하실 수 있죠. 사실, 말이 나왔으니까 말인데 여왕님이 저희 함에 오신다는 말을 듣고 저와 승조원들은 모두 아주 기뻐했습니다."

"내가 남자가 아니라서? 사자왕이 온다고 했으면 아주 질색했을 텐데 말이지."

모리스가 웃음을 터뜨렸다.

"내가 진짜 남자였으면 말이야, 자네도 마음 편히 담배 같은 건 못 피울 거야."

헌트는 진지하게 말하다가 미소를 지었다. 그녀의 미소는 언제나 부하 장병들을 편안하게 만들었다. 덕분에 모리스도 평소 같으면 하지 못할 이야기를 조금 더 꺼낼 수 있었다.

"우리 두 사람이 모두 남자라면 이런 식으로 대화를 나눌 수 있었을까요?"

"글쎄."

헌트는 쿠바산 시가를 하나 더 꺼내 들었다. 난간에 몸을 기댄 그녀가 보고 있는 건 여전히 믿기지 않을 정도로 고요하고 평온한 바다 저 너머의 수평선이었다.

"그런데 다리는 좀 어떠십니까?"

"더할 나위 없이 상태가 좋아."

헌트는 다리를 손으로 토닥였다. 하지만 10여 년 전 낙하산 훈련을 하다가 당했던 대퇴골 골절 부위는 건드리지 않았다. 그때의 실수로 네이비실 최초의 여성 대원이라는 그녀의 경력은 거기서 끝났고 하마터면 목숨까지 잃을 뻔했다. 그녀는 의무대에서 전달한 봉투가 든 주머니를 손가락 끝으로 툭툭 쳤다.

두 사람이 시가를 거의 다 피웠을 무렵, 모리스가 우현 수평선 끝에 있는 뭔가를 발견했다.

"저기 연기가 보이십니까?"

두 사람은 정확히 확인하기 위해 시가를 멀리 내던지고 시선을 집중했다. 작은 배 한 척이 천천히 다가오고 있었다. 아니, 그냥 표류하고 있는 것처럼 보이기도 했다. 모리스가 함교로 돌아가 쌍안경 두 개를 들고 나왔다.

이제 무슨 일인지 확실하게 알 수 있었다. 길이가 20미터쯤 되는, 그물을 끌어 올리기 위해 양옆은 낮게, 그리고 파도를 헤쳐 나가기 위해 뱃머리는 높다랗게 만든 흔히 볼 수 있는 저인망어선이었다. 그런데 그물과 기중기 뒤로 작은 조종실이 있는 배 뒤쪽에서 시커멓게 피어오르는 짙은 연기 사이로 노란색 화염이 치솟고 있었다. 열 명 남짓한 선원들이 갑판 위에서 불길을 잡으려고 안간힘 쓰면서 큰 소동을 벌이고 있었다.

헌트의 함대는 예상치 못한 상황에 처한 선박과 마주치게 됐을 때 어떻게 해야 할지를 미리 정해두었다. 우선 주변에 도움을 줄 수 있는 다른 선박이 있는지 확인한다. 도움을 줄 만한 선박이 보이지 않으면 다른 곳으로 조난신호를 보내서 도움을 요청한다. 미국 군함으로서 하지 말아야 할 일, 혹은 최후의 수단으로 선택할 수 있는 일은 직접 도움을 주기 위해 항행의 자유 작전 임무에서 이탈하는 것이다.

"어선의 국적을 확인할 수 있나?"

모리스가 국적은 확인할 수 없다고 보고했다.

헌트는 머릿속으로 자신이 택할 수 있는 선택지들을 훑어보기 시작했다. 어선의 앞에도, 뒤에도 국기 같은 건 보이지 않았다. 그녀는 함교로 들어가 당직사관을 맡고 있는 통통한 얼굴의 중위에게 지금까지 조난신호가 들어온 게 있는지 물었다. 중위는 근무 일지를 살펴보고 함교 아래층에 있는 전투정보실에 확인한 끝에 어떤 조난신호도 접수된 바 없다고 보고했다.

모리스가 어선 한 척이 위험에 빠져 있다는 조난신호를 다른 곳에 보내려는데, 헌트가 모리스를 제지했다.

"항로를 바꿔서 우리가 도우러 간다."

"항로를 바꾼다고요?" 모리스가 물었다.

하지만 사령관을 바라보는 순간 함교의 모든 승조원들은 사령관의 뜻을 이해했다. 승조원들은 이 해역에 머물러 있는 것만으로도 중국의 해군 함정과 조우할 확률이 극적으로 올라간다는 사실을 잘 알고 있었다. 충분한 실전 연습을 마친 그들은 예상치 못한 상황에 대처할 준비가 되어 있었다.

"저기 오도 가도 못하는 배가 한 척 있는데, 국적도 알 수 없고 조난신호도 보내지 않고 있어. 제인, 그러니 가서 좀 살펴봐야겠어. 전원 완전 경계 태세에 들어가도록. 이건 뭔가 앞뒤가 안 맞아."

모리스는 바로 모든 승조원들에게 사령관의 명령을 전달했다. 그들은 지금까지 몇 년 동안 연습에 연습만 거듭해왔을 뿐 정작 한 번도 무대에는 서본 적이 없는 합창단과 사정이 비슷했다. 승조원들은 각자 자신이 맡은 위치로 가서 대기했다. 방탄복에 구명조끼, 방독면 등 개인장비를 챙기고 선내 모든 구역의 방수문을 걸어 닫았다. 또 언제든 공격할 수 있게 준비를 갖추고 레이더 전파나 적외선 신호 등 구축함이 내뿜는 모든 흔적을 감출 수 있도록 스텔스기술을 가동했다.

존폴존스호가 항로를 바꿔 어선 쪽으로 접근하는 동안, 칼레빈호와 정훈호는 항행의 자유 작전을 위해 항로와 속도를 그대로 유지했다. 기함과 다른 두 척 사이의 거리가 점점 벌어지기 시작했다.

헌트는 함장실로 향했다. 요코스카 해군기지의 제7함대 사령부에 암호화된 전문을 보내기 위해서였다. 그들의 계획은 이미 변경되었다.

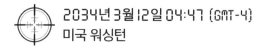

　미국 국가안보부보좌관인 산디프 샌디 초두리 박사는 매월 둘째, 넷째 주 월요일이 정말 싫었다. 양육권 합의에 따라 여섯 살 난 딸아이 아슈니가 그날이 오면 엄마에게 가서 함께 지내야 하기 때문이었다. 게다가 학교가 끝나는 시간에 맞춰 아이를 엄마에게 보내는 것도 보통 복잡한 문제가 아니었다.

　눈까지 내린 문제의 월요일 아침, 그는 백악관 상황실로 출근해서 호르무즈해협에서 진행되는 중요한 시험비행을 함께 확인해야 했다. 그래서 결국 호락호락하지 않은 어머니, 락슈미 초두리 여사에게 전화를 걸어 도움을 요청할 수밖에 없었다. 초두리 여사는 손녀딸을 대신 돌봐주기 위해 해가 뜨기도 전, 로건 서클 근처에 있는 아들의 집에 나타났다. 초두리가 몸에 맞지도 않는 헐렁한 셔츠를 입고 넥타이를 졸라매고 있을 때, 어머니는 아들에게 자신이 내건 조건 하나를 다시 한번 상기시켜줬다. 아들은 새벽녘 질척한 눈길로 나서기 전 현관 앞에서 멈춰 서서 대꾸했다.

　"네, 잘 기억하고 있어요. 그리고 아슈니가 자기 엄마한테 갈 때쯤이면 집에 돌아올 거예요."

　반드시 그렇게 해야만 했다. 초두리 여사가 내건 조건이 바로 전 며느리인 사만다와 마주치는 불쾌한 상황을 피하는 것이었기 때문이다. 사만다는 초두리 여사가 거만하게 '촌구석'이라고 부르는 텍사스주의 멕시코만 연안 출신이었다. 초두리 여사는 사만다의 비쩍

마른 몸매와 짧은 금발과 옷차림새를 본 그 순간부터 그녀가 마음에 들지 않았다.

마흔네 살에 이혼하고 어머니에게 기대어 사는 모습은 남부끄러운 일일 수도 있었다. 그렇지만 백악관을 마음대로 드나들 수 있는 출입증을 꺼내 드는 순간만큼은 상처 입은 자존심을 어느 정도 회복할 수 있었다. 초두리는 백악관 북서쪽 출입구로 가서 제복 입은 경호원에게 출입증을 보란 듯이 내보였다. 이른 아침 펜실베이니아 애비뉴를 따라 운동하던 사람들 몇몇이 백악관으로 들어가는 저 낯선 사람은 대체 누구인가 싶어 그를 힐끗거렸다. 웨스트윙^{백악관 서쪽 별관의 별칭}에 자리 잡은 지 1년 반이나 지났지만 그는 아직도 일반인들이 잘 모르는 인물이었다.

초두리 여사가 아들이 일하는 사무실에 한번 가보고 싶다고 몇 번이고 졸랐지만 그는 어머니를 완강하게 말렸다. 그녀가 생각하는 웨스트윙 사무실은 사실 환상에 가까웠다. 직원들로 북적대는 지하실 한쪽 벽에 간신히 자리 잡은 테이블 하나와 의자 하나가 그에게 주어진 공간일 뿐이었다.

테이블 앞에 앉은 그는 그날따라 텅 비어 있는 주변 분위기를 음미했다. 5센티미터 이상 쌓여 오늘 아침 미국의 수도를 마비시킨 눈길을 헤치고 출근한 사람은 아직 아무도 없었다. 그는 서랍 속을 뒤적여 식사 대용 에너지바 하나를 집어 들고는 커피 한 잔과 함께 서류철을 챙긴 뒤 방음 처리된 묵직한 문들을 통과해 상황실로 들어갔다.

회의용 테이블의 상석에는 업무용 단말기가 붙은 자리 하나가 그를 위해 남겨져 있었다. 그는 단말기를 켰다. 상황실 저쪽 끝 벽에는 해외에 파병한 미군의 배치 상황을 보여주는 지도가 LED 화면에 띄워져 있었는데, 이 화면을 통해 언제든 남부와 중부, 북부 및 기타 전투 지휘부와 보안 회선을 거쳐 화상통화나 회의를 할 수 있었다. 그는 인도태평양사령부에 집중했다. 인도태평양사령부는 대부분 바다로 이루어져 있긴 하지만 전 세계의 약 40퍼센트를 관할하는 부대였다.

오늘의 보고 담당자는 존 T. 헨드릭슨 해군 소장이었다. 초두리는 원자력잠수함 전문가인 그와 본격적으로 함께 일을 해본 적은 없지만 서로 조금은 알고 있는 사이였다. 헨드릭슨 소장의 양옆에는 그보다 훨씬 키가 큰 남녀 부관이 서 있었다. 헨드릭슨과 초두리는 15년 전 국제법 및 외교학 전문대학원인 터프츠대학 플레처스쿨에서 박사과정을 함께 공부했다. 그렇다고 두 사람이 친구였던건 아니다. 사실 두 사람이 함께 공부한 건 고작 1년 남짓 정도였는데, 초두리는 헨드릭슨에 대한 소문을 익히 들어 알고 있었다. 키가 165센티미터에 불과한 헨드릭슨은 그 작은 키 때문에 눈에 더 잘띄었다. 그의 작은 체구뿐만 아니라 기발하고도 깊이 있는 분석적 사고방식 역시 해군에서도 특수직으로 분류되는 잠수함 보직에 안성맞춤인 것처럼 보였다. 초두리는 7년에 걸쳐 학위과정을 끝냈지만 헨드릭슨은 3년 만에 끝마치는 신기록을 세웠고, 플레처스쿨의 소프트볼 선수들을 이끌고 보스턴 지역 대학 리그에서 3관왕을 차지해 '번트'라는 별명까지 얻었다.

초두리는 순간 그 예전 별명으로 헨드릭슨을 부를 뻔했지만 이

내 정신을 차렸다. 지금은 공식적인 지위를 인정해줘야 하는 시간이었다. 앞에 설치된 화면에는 전진 배치된 미군 부대들이 여기저기 흩어져 있었다. 에게해의 상륙준비단, 서태평양의 항모전단, 북극해의 얼음 밑에 잠복 중인 두 척의 원자력잠수함, 그리고 백 년 가까이 그래왔던 것처럼 러시아의 침략을 저지하기 위해 중부 유럽에 산개해 있는 기갑부대 등등.

헨드릭슨이 오늘의 주제인 두 가지 중요 사안을 보고했다. 하나는 오래전부터 계획된 작전이었고, 다른 하나는 그의 표현대로 '결과를 예측할 수 없는' 상황이었다.

오래전부터 계획된 작전이란 전자파를 이용한 방해 장치를 F-35 전투기의 스텔스기술에 새롭게 더한 시험비행이었다. 이 시험비행은 현재 진행 중으로 앞으로 몇 시간 동안 계속될 예정이었다. 문제의 F-35 전투기는 아라비아만에 있는 항공모함 조지 H. W. 부시호의 해병 항공대 소속이었다.

헨드릭슨이 손목시계를 흘끗 내려다봤다.

"F-35 조종사는 지금까지 4분가량 이란 영공 내에서 발각되지 않은 채 비행 중입니다."

그는 극비로 분류된 전자파 방해 장치의 원리에 대한 길고 지루한 설명을 시작했다. 그가 설명하고 있는 지금 이 순간에도 전투기는 이란의 방공망을 무력화한 채 비행하고 있었다. 그렇지만 설명이 시작되자마자 초두리는 다른 생각에 빠져들었다. 그는 세부적인 내용들에 대해서는 관심을 가져본 적이 한 번도 없었다. 특히 이번처럼 첨단기술과 관련되어 있을 때는 더욱 그랬다. 그가 대학원을 마치고 정치 방면으로 관심을 돌리게 된 것은 바로 이런 이유 때문이었으며 헨드릭슨 같은 고위급 장성이 초두리를 보좌하게 된 것 또한 같은 이유 때문이었다. 미국 국가안전보장회의에 합류한 초두리는 공식적으로는 헨드릭슨보다 지위가 더 높았다. 물론 그렇다고 해서 백악관을 드나드는 군 장교들 중 공개적으로 민간인 상관의 명령을 따르는 사람은 거의 없었지만. 초두리의 천재성은 기술적인 세부 사항이 아니라 최악의 상황에서 빠져나갈 수 있는 최선의 방법을 찾아내는 직관적인 이해력에 있었다. 펜스 대통령 임기 시절 이쪽 세계에 뛰어들어 지금까지 살아남은 그에게 역량이나 정치력이 부족하다고 말할 수 있는 사람은 아무도 없었다.

"두 번째 상황도 현재 진행 중입니다. 존폴존스호를 기함으로 한 세 척의 구축함이 스프래틀리군도 근처에서 항행의 자유 작전 중인데, 그중 기함이 문제가 발생한 것으로 보이는 선박 한 척을 발견하고 조사를 위해 접근 중입니다."

헨드릭슨의 설명이 계속되었다.

"어떤 종류의 선박입니까?"

초두리는 그렇게 묻고는 가죽으로 만든 묵직한 의자에 몸을 기댔다. 대통령이 상황실에 들어올 때 앉는 바로 그 의자였다. 물론 남은 에너지바를 우적우적 씹어대는 그의 모습에서 대통령과 같은 위엄은 전혀 찾아볼 수 없었다.

"아직은 알 수 없습니다. 제7함대에서 연락이 오기를 기다리고 있는 중입니다."

초두리는 최신 스텔스기술의 자세한 내용은 이해하지 못했다. 그러나 중국이 자신들의 영해라고 주장하는 바다에 떠 있는 정체 모를 배를 확인하기 위해 미 해군의 20억 달러짜리 최신식 구축함이 접근하는 것이 그의 아침을 망칠 만한 사안이라는 것 정도는 알았다. 그가 보기에 작전 중인 기함과 다른 구축함들이 서로 떨어져 움직이는 것은 그리 좋은 생각이 아닌 것 같았다.

"이건 좀 문제가 있는 것 같군요. 번트, 현장 사령관이 누구입니까?"

헨드릭슨이 초두리를 돌아봤다. 그는 초두리가 번트라는 오래된 별명을 들먹이며 약간의 도발을 하고 있다는 사실을 알아차렸다. 양옆의 부관들이 불안한 눈초리로 서로를 바라봤다. 헨드릭슨은 초두리의 도발을 무시하기로 했다.

"그 전대의 사령관이라면 제가 잘 알고 있습니다. 세라 헌트 대령은 어떤 분야에서든 1등을 놓쳐본 적이 없는 최고의 해군 장교입니다."

"그래서요?"

"그래서, 지금은 헌트 사령관에게 시간적 여유를 주는 게 현명한 판단이라고 봅니다."

 2034년 3월 12일 15:28 (GMT+8)
남중국해

구조 명령이 떨어지자 존폴존스호의 승조원들은 재빨리 작업에 착수했다. 구축함에서 내려진 고속정 두 척이 불타고 있는 어선 옆으로 다가갔다. 금발에 다부진 얼굴의 중위가 지휘했고 헌트와 모리스는 함교에서 중위가 무전기로 보내오는 보고를 실시간으로 듣고 있었다. 하지만 그건 보고라기보다는 경기장에 나와 있는 듯 흥분해서 마구 내지르는 고함에 가까웠다. 두 사령관은 이 신참 중위의 주체 못 하는 흥분 상태를 용서해 주기로 했다. 중위는 인간에게 결코 호의적이지 않은 바다와 싸우며 호스로 물을 뿜어 불을 끄고 있었다.

마치 한 장의 유리처럼 차갑게 가라앉은 바다 위에서 어선과 불길은 극적인 장면을 연출하고 있었다. 약 200미터쯤 떨어진 함교에서 그녀는 생각에 잠긴 채 바다를 바라봤다. 해군 사령관의 신분으로 이런 바다를 볼 수 있는 마지막 기회였다. 잠시 그렇게 시간이 흐른 뒤 그녀는 당직사관에게 다른 두 척의 구축함에 항행의 자유 작전을 중지하고 이쪽으로 오라는 신호를 보내라고 지시했다. 지금은 지원 병력을 가까이 두는 것이 더 나은 판단이리라.

칼레빈호와 정훈호가 방향을 돌려 속도를 높였다. 몇 분 지나지 않아 두 척의 구축함은 존폴존스호 근처로 다가와 기함을 호위하며 천천히 어선 쪽으로 함께 움직였다. 곧 남아 있던 불길이 모두 잡혔고 젊은 중위가 무전기로 승리의 함성으로 가득 찬 보고를 보내왔다. 헌트와 모리스는 누가 먼저랄 것도 없이 짧게 격려의 말을 전한 다음, 어선 위로 올라가 피해 상황이 어느 정도인지 확인하라는 지시를 내렸다.

어선의 선원들이 배 위로 올라오려는 선발대를 보고 화를 내며 고래고래 소리를 질러대기 시작했다. 그중 어떤 사람은 갈고리 같은 것을 휘두르며 덤비기까지 했다. 헌트는 왜 조난당한 어선의 선원들이 저토록 거칠게 도움의 손길을 거부하는지 알 수 없었다. 무전기로 불필요한 다툼은 될 수 있으면 피하라는 지시를 내리는데 선원들이 외치는 소리가 섞여 들려왔다. 그들이 하는 말은 만다린어, 그러니까 표준 중국어 같았다.

"사령관님, 그냥 철수하는 게 어떨까요. 전혀 어떤 도움도 원하는 것 같지 않습니다."

"제인, 그건 나도 그렇게 생각해. 하지만 문제는 말이야, 저들이 왜 저러느냔 거야."

어선 선원들과 고속정 승조원들이 서로 거칠게 삿대질을 하는 모습이 보였다. 왜 저렇게 저항을 하는 걸까? 헌트는 모리스가 무슨 말을 하고 싶어 하는지 잘 알았다. 시간이 흐르면 흐를수록 중국 해군 순찰대의 간섭을 받게 될 가능성이 점점 더 커진다. 그렇게 되면 항행의 자유 작전에 차질이 생긴다. 그렇지만 이번 일도 결국 작전의 일환이 아닐까? 항행의 자유 작전은 이 근처 해역에서의 안전한 항해를 보장해주는 작전이다. 10년 전, 아니 불과 5년 전까지만 해도 위험한 일이 벌어질 가능성은 낮았다. 물론 그 무렵에도 냉전 시절 체결된 대부분의 조약들이 폐기되지 않은 채 그대로 남아 있었지만, 조약들을 지탱할 만한 체제는 이미 무너져 내리고 없었다. 거칠게 저항하는 선원들을 바라보고 있던 헌트는 이 작은 어선이 암시하는 위험을 본능적으로 감지했다.

"모리스 함장, 구축함을 어선 가까이 대. 고속정에서 올라탈 수 없다면 여기서 직접 내려가야겠어."

그러자 모리스가 예상 가능한 문제점들을 제시하며 그녀의 지시에 반대하고 나섰다. 우선 여기서 시간을 지체할수록 상대편 해군 순찰대와 마주치게 될 가능성이 점점 더 커질 것이다. 그리고 존폴존스호를 어선 가까이 대는 일 자체가 지나치게 위험한 일이었다.

"저 배에 뭐가 실려 있는지 전혀 모르지 않습니까."

헌트는 모리스의 이야기를 끝까지 다 들었다. 그녀는 함교 내의 승조원들이 두 사령관의 의견이 서로 일치하지 않는 모습을 애써 모른 척하고 있다는 사실을 깨달았다. 헌트는 다시 똑같은 지시를 내렸고 모리스는 지시를 따랐다.

존폴존스호가 어선 가까이 다가가자 헌트는 어선의 이름을 확인할 수 있었다. 이름은 웬루이호, 모항母港은 대만을 마주 보고 있는 중국 본토의 대도시인 취안저우였다. 승조원들이 웬루이호의 가장자리 너머로 갈고리를 던져 견인용 강철선으로 연결했다. 존폴존스호와 웬루이호는 마치 모터사이클 옆에 균형이 맞지 않는 작은 사이드카가 매달린 것처럼 그렇게 나란히 물살을 가르며 움직였다. 함교에 있는 모든 승조원들이 알아차릴 수 있을 정도로 위험한 작업이었다. 그들은 사령관이 제멋대로인 이 중국 어부들을 위해 불필요하게 함선을 위험으로 내몰고 있다고 생각했지만, 그저 침울한 분위기 속에 묵묵히 지시를 따랐다.

불만스러운 분위기를 감지한 헌트는 함교에서 내려가겠다고 말했다.

"어디로 가시려고요?" 모리스가 항의라도 하듯 물었다.

"웬루이호로 간다. 아무래도 내가 직접 가서 살펴봐야겠어."

헌트가 정말로 함교를 나서자 깜짝 놀란 위병 부사관이 권총이 든 권총집을 내밀었다. 그녀는 아픈 다리의 통증은 무시한 채 권총집을 허리에 찼다.

어선의 갑판에 내려가 서니 먼저 어선에 올라탄 승조원들이 웬루이호의 선원 대여섯 명을 억류하고 있는 것이 보였다. 수갑에 두 손이 묶인 선원들은 갑판 한가운데에 책상다리를 하고 앉아 있었고 무장한 승조원 하나가 뒤에서 그들을 감시하고 있었다. 다들 기름때가 덕지덕지 묻은 더러운 옷에 낚시 모자를 깊이 눌러쓰고 있었다.

헌트가 다가가자 다른 선원들과 다르게 면도를 깨끗이 하고 모자를 반항이라도 하듯 치켜올린 누군가가 자리에서 벌떡 일어섰다. 그렇지만 그 모습은 딱히 무슨 저항을 하려는 것 같지는 않았다. 남자의 눈은 영민해 보였다. 헌트는 즉시 그 남자가 웬루이호 선장임을 알아봤다.

승조원들을 지휘하던 중사가 보고를 시작했다. 어선 내부를 수색하다가 뒤편에서 강철 문으로 단단히 막힌 선실 하나를 발견했는데 선원들이 문 여는 것을 거부하고 있다는 것이었다. 그래서 절단기를 가져오라고 지시했으니 15분 정도면 모든 게 밝혀질 거라고 덧붙였다.

웬루이호의 선장이 발음과 억양이 분명하지 않은 영어로 말을 걸어왔다.

"당신이 여기 사령관입니까?"

"영어를 할 수 있습니까?"

"당신이 여기 사령관 맞습니까?"

그가 다시 물었다. 마치 자신이 무슨 말을 하는지도 정확히 알지 못하면서 그저 이런 일이 일어날 것에 대비해 표현 자체를 통째로 외워둔 사람의 말투 같았다.

"미 해군 대령 세라 헌트입니다. 이 함대의 사령관입니다."

"내 모든 지휘권을 넘깁니다."

남자가 고개를 끄덕이더니 마치 무거운 짐을 내려놓은 듯 어깨를 푹 숙였다. 그러고는 등을 돌렸다. 그가 등 뒤로 수갑에 묶인 두 손을 펼치자 그 안에서 열쇠 하나가 나왔다. 헌트는 남자에게서 열쇠를 받아 들었다. 남자의 손바닥은 어부들과는 확연히 다르게 아주 부드러웠다. 그녀는 웬루이호의 뒤편에 있다는 그 비밀 공간으로 가서 열쇠로 문을 열어젖혔다.

"그 안에 뭐가 있는 겁니까?"

바로 뒤에서 그녀를 경호하며 따라온 위병 부사관이 물었다.

"이럴 수가. 나도 전혀 모르겠어."

눈앞에 나타난 건 고화질의 모니터들과 층층이 쌓인 채 쉼 없이 불빛을 깜빡이며 돌아가는 하드드라이브였다.

 2034년 3월 12일 13:47 (GMT+4:30)
호르무즈해협

미첼 소령이 수동으로 조종 방식을 바꾸자 즉시 조지 H. W. 부시호에 타고 있던 록히드의 민간인 기술자가 연락해 왔다. 무슨 문제라도 있냐는 것이었다. 미첼은 아무 대답도 하지 않았다. 일단 그렇게 대응했다. 어쨌든 그들은 여전히 자신의 위치를 추적할 수 있으며 또 비행 계획을 충실히 잘 따르고 있다는 사실도 확인할 수 있을 테니까. 지금 그는 이란의 주요 해군기지가 있는 반다르아바스로부터 서쪽으로 50해리쯤 떨어진 곳을 비행하는 중이었다. 수동 조종으로도 계획대로 정확히 비행하고 있다는 것은 그의 조종술과 방향감각이 컴퓨터 못지않게 정교하다는 사실을 증명해주는 것이었다.

그런데 갑자기 F-35 전투기가 대기난류에 휩싸였다. 상황은 상당히 험악했다. 계기판이 마구 요동쳤고 방향타 페달을 밟고 있는 발을 통해, 그리고 잡고 있는 조종간을 통해 '그 느낌'이 미첼의 어깨까지 타고 흘러 전달되었다. 만약 이 예상치 못한 난기류로 전투기가 경로를 벗어나게 된다면 이란에서도 한층 발전된 기술이 적용되어 있는 방공망 내로 기체가 밀려들어 갈 가능성이 있었다. 수도 테헤란을 중심으로 외곽을 향해 구축된 이 방공망은 F-35의 스텔스기술로도 감당하기가 버거울 터였다.

그래, 바로 이 느낌이야.

미첼은 조종간과 스로틀엔진에 공급되는 연료의 양을 조절하는 장치, 방향타 페달을 본능에 따라 재빠르게 움직였다. 공군 조종사로서 보낸 그의 모든 경력과 4대에 이르는 미첼 가문의 역량이 여기서 빛을 발하고 있었다.

그는 난기류의 가장자리를 타고 재빠르게 움직이며 736노트의 속도로 3.6해리를 비행했다. 원래 계획된 비행경로보다 28도가량 다른 쪽으로 치우친 채였다. 전체 비행시간이라고 해봐야 불과 4초 남짓이지만 그 안에는 그야말로 겉으로 드러나지 않은 은총의 순간이 있었다. 미첼 자신은 물론, 어쩌면 저세상에서 바라보고 있는지도 모를 그의 증조할아버지도 감사해 마지않을 순간이 일어난 것이다. 그리고 다시 난기류가 발생했을 때 '그 느낌'은 이미 사라졌고 미첼은 안정적으로 비행 중이었다.

또다시 록히드의 기술자가 왜 자동항법장치를 껐는지 물었다. 빨리 다시 가동하라는 기술자의 성화에 그는 결국 알았다고 대답하고 자동항법장치를 활성화했다. 버튼을 누르자 F-35 전투기가 자동조종 상태로 들어가면서 마치 기차가 선로에 들어섰을 때와 비슷하게 잠시 휘청거리는 느낌이 들었다.

미첼은 패피 보잉턴이 그랬던 것처럼 조종석 안에서 담배를 피우고 싶은 마음이 간절했지만, 오늘은 정말 여기까지면 충분하다는 생각이 들었다. 의기양양하게 담배 냄새를 풍기며 돌아가면 록히드의 기술자들이나 혹은 상관들이 봐줄 수 있는 범위를 넘어서게 될 것 같았다. 그래서 항공모함으로 돌아가 보고를 마친 후 바다를 바라보며 피우기로 했다.

그러는 동안 F-35 전투기가 이란이 있는 북쪽으로 방향을 틀었다. 너무나 자연스럽게 비행 방향이 바뀌는 바람에 미첼은 항공모함에서 또 연락이 올 때까지 전혀 눈치를 채지 못했다. 항공모함에서 경보를 계속 보내왔다.

"자동항법장치를 켜라."

"자동항법장치는 켜져 있는 상태다… 잠깐, 그럼 껐다가 다시 켜보겠다.”

미첼은 계기판 화면을 두드렸다. 그런데 자동항법장치를 재부팅하기 전에 계기판 자체가 제대로 작동하지 않는다는 사실을 깨달았다.

“장비가 제대로 작동하지 않는다. 수동 조종으로 전환 중이다.”

그는 조종간을 앞으로 끌어당겼다. 그리고 발로 페달을 밟았다. 그렇지만 이제는 조종간이 아니라 스로틀 손잡이를 움직여 엔진 속도를 제어하는 것조차 할 수 없었다. 전투기의 고도가 점점 떨어지기 시작했다. 분노에 가까운 좌절감 속에서 그는 조종간을 비롯한 여러 장치들을 마구 끌어당기거나 잡아 흔들었다. 마치 자신이 타고 있는 전투기를 죽이기라도 할 듯이.

귀에서는 조지 H. W. 부시호에서 날아오는 요란한 소리들이 들렸다. 그 무기력한 지시들은 사실 지시나 명령이 아닌, 조종사가 직접 이 문제를 해결해보라는 간절한 요청에 불과했다. 그렇지만 그는 아무것도 할 수 없었다. 이제 누가, 아니 어떤 존재가 자신의 전투기를 조종하고 있는지도 알 수 없었다.

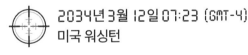

2034년 3월 12일 07:23 (GMT-4)
미국 워싱턴

초두리는 에너지바를 다 먹어 치운 후 두 잔째 커피를 마시는 중이었다. 새로운 소식들이 계속해서 날아들었다. 가장 먼저 존폴존스호가 남중국해에서 발견해 억류한 저인망어선에서 최첨단 장비로 보이는 물건들을 찾아냈다는 소식이 들려왔다. 헨드릭슨 소장이 그 역량을 굳게 신뢰하고 있는 제21구축함전대 사령관 세라 헌트 대령은 한 시간이면 구축함에 이 장비들을 옮겨 실어 정밀한 조사를 진행할 수 있다고 주장했다. 초두리가 헨드릭슨과 함께 그녀의 제안을 저울질하는 동안, 이번에는 제7함대 사령부가 인도태평양사령부에 통보한 내용이 다시 백악관 상황실로 전해졌다. 최소한 여섯 척에 달하는 중국 함대가 항로를 바꿔 존폴존스호가 있는 쪽으로 곧장 향하고 있고 거기에는 원자력항공모함 정화호도 포함되어 있다는 보고였다.

그러다가 또다시, 납득하기 어려운 소식이 전해졌다. 눈 내리는 월요일 아침 일찍부터 초두리를 백악관 상황실로 불러낸 가장 중요한 사안이었던 F-35 시험비행에서 기체에 대한 제어가 전혀 되지 않는다는 소식이었다. 조종사가 할 수 있는 모든 노력을 다하고 있지만 이제 더 이상 전투기를 조종할 수 없다는 것이었다.

"조종사도 아니고, 항공모함에서 원격조종을 하고 있는 것도 아니라면, 도대체 지금 누가 저 전투기를 움직이고 있는 겁니까?"

초두리는 헨드릭슨에게 따져 물었다. 그때 백악관 직원 한 사람이 끼어들었다.

"초두리 박사님, 워싱턴 주재 중국대사관 주재무관이 면담을 요청해 왔습니다."

초두리는 믿을 수 없다는 눈빛으로 헨드릭슨을 쏘아봤다. 그가 이 모든 상황은 그저 말 그대로 정교하게 조작된 장난이라고 해명해주었으면 하는 눈빛이었다. 물론 그런 일은 있을 수 없었다.

"알겠습니다. 그 주재무관을 연결해주세요."

초두리는 전화기를 향해 손을 뻗었다.

"그게 아니라, 지금 여기 와 있습니다. 중국대사관의 린바오 제독이 밖에서 기다리고 있습니다."

"뭐라고? 백악관에 린바오 제독이? 지금 농담하는 건가?" 헨드릭슨이 물었다.

"아닙니다. 지금 북서쪽 출입구에 와 있습니다."

초두리와 헨드릭슨은 상황실에서 나와 복도를 달려가서 가장 가까이 있는 창문으로 향했다. 블라인드를 들추고 밖을 내다보니 황금색 견장이 달린 파란색 정복을 갖춰 입은 린바오 제독이 몰려드는 관광객들에 섞여 북서쪽 출입구 앞에 위풍당당한 모습으로 서 있었다. 그의 옆에는 세 명의 경호원과 민간인 한 명이 함께 서 있었다. 규모만 적지 마치 중국의 외교 대표단 같은 모습이었다. 초두리는 도무지 이 상황을 이해할 수 없었다. 중국 사람들은 절대로 충동적으로 행동하지 않는다고 생각했기 때문이다.

"하나님 맙소사." 초두리가 중얼거렸다.

"저들을 그냥 들여보낼 순 없어요." 헨드릭슨이 말했다.

그러는 사이 경호원들이 몰려가 그들을 둘러싸고는 적어도 네 시간은 기다려야 백악관 출입이 가능한지에 대한 심사가 끝날 수 있다고 설명했다. 대통령이나 참모총장, 국가안보보좌관 정도의 인사가 허가한다면 바로 출입이 가능하겠지만 공교롭게도 지금 이 세 사람은 모두 해외에 나가 있었다. 모든 언론의 관심이 독일 뮌

헨에서 열리고 있는 G7 정상회담에 쏠려 있었고, 대통령을 비롯해 국가안전보장회의에 소속된 주요 인사들은 회담에 참석하느라 워싱턴을 비운 상황이었다. 따라서 워싱턴에 남아 있는 국가안전보장회의 소속 중 최상급자는 초두리였다.

"제기랄, 내가 나가봐야겠군요." 초두리가 말했다.

"그것도 안 됩니다." 헨드릭슨이 말했다.

"지금 저들을 백악관 안으로 들여놓을 수도 없지 않습니까?"

초두리는 쌀쌀한 날씨에 외투도 걸치지 않은 채 출입구 쪽으로 향했다. 저 주재무관이 무슨 일 때문에 왔는지 몰라도 그리 시간이 오래 걸리지 않기만을 바랄 뿐이었다. 건물 밖으로 나서자마자 휴대폰에 다시 신호가 잡히면서 진동과 함께 문자메시지 여섯 통이 왔다. 전부 다 초두리 여사가 보낸 문자였다. 손녀딸을 돌보러 온 날이면 초두리 여사는 자신의 수고를 일깨워주기라도 하려는 듯 별로 대단치도 않은 집 안 문제들을 가지고 아들에게 쉬지 않고 연락하곤 했다. 이거 미치겠군. 분명 집에 물티슈는 어디 있냐, 뭐 그런 얘기겠지. 잔디밭을 따라 걸음을 재촉하는 초두리에게 지금 그런 문자들을 확인할 시간은 없었다.

날이 꽤 추웠지만 린바오 역시 해군 정복 위에 외투를 걸쳐 입고 있지 않았다. 화려한 황금색 견장에 다양한 훈장이며 휘장이 보였고 챙이 달린 해군 장교용 정모는 단정하게 그의 팔에 들려 있었다. 그 와중에도 린바오는 손에 든 M&M 봉지에서 초콜릿을 한 번에 하나씩 꺼내 무심하게 먹는 중이었다.

초두리는 강철로 된 검은 문을 지나 린바오에게 다가갔다.

"이 나라 초콜릿 맛엔 정말 못 당하겠군요. M&M 초콜릿은 사실 군용으로 개발됐는데, 혹시 들으신 적이 있습니까? 농담이 아닙니다. 제2차 세계대전 당시 미군 병사들을 위해 대량 생산되어 공급된 게 바로 이 초콜릿의 유래입니다. 특히 남태평양 전선에서 쉽게 녹지 않도록 만들어진 초콜릿으로 유명했지요."

린바오가 담담하게 입을 열었다. 그러고는 초콜릿 코팅이 녹으면서 색소가 알록달록하게 묻어난 손가락 끝을 슬쩍 핥았다.

"그나저나 무슨 일 때문에 수고스럽게 찾아오셨습니까?"

린바오가 들고 있는 초콜릿 봉지를 뒤적였다. 마치 특별히 원하는 색깔의 초콜릿이 생각나 찾으려 했지만 도무지 찾지 못하는 것 같은 모습이었다. 그는 그렇게 계속 초콜릿 봉지 안을 들여다보며 대답했다.

"그쪽에서 우리 물건을 하나 갖고 있습니다. 대단한 건 아니에요. 웬루이라는 이름의 아주 작은 어선입니다. 그 배를 돌려받고 싶습니다."

그는 마침내 파란색 하나를 꺼내 들었지만, 자신이 찾던 색깔이 아닌 듯 얼굴을 찌푸리더니 그대로 입 안에 집어넣었다.

"그 문제라면 여기서 얘기할 사안은 아닌 것 같습니다."

"그럼 백악관 안에서 얘기할까요? 그게 불가능하다면 밖에서 얘기를 나눌 수밖에 없다고 생각합니다만."

린바오가 웨스트윙을 향해 고갯짓했다. 물론 그는 자신의 요구가 절대 받아들여질 수 없다는 사실을 잘 알고 있었다.

초두리는 두 손을 겨드랑이 밑으로 밀어 넣었다. 몸이 얼어붙을 것만 같았다.

"장담하지만, 웬루이호를 우리에게 돌려주는 건 미국 입장에서도 당장 해결해야 할 가장 중요한 문제일 겁니다."

초두리는 미국 현대사에서 어느 정당에도 소속되지 않은 최초의 대통령이 이끄는 행정부에서 일하고 있었지만, 현 행정부의 기조 역시 항행의 자유와 남중국해 문제에 대해서만큼은 이전의 공화당이나 민주당 행정부의 정책과 크게 다르지 않았다. 그는 그렇게 굳어져 있는 미국 행정부의 입장을 반복해서 설명했고 린바오는 점점 더 참을성을 잃어갔다.

"그렇게 여유를 부리실 때가 아닐 텐데요." 린바오가 점점 줄어드는 초콜릿을 계속 먹으며 말했다.

"지금 협박하시는 겁니까?"

"아니, 그럴 리가요. 내 말은 당신 어머니가 계속해서 휴대폰으로 문자를 보내고 있다는 겁니다. 그렇지 않습니까? 당장 대답을 해야 하지 않을까요? 휴대폰을 꺼내 한번 확인해보세요. 아마 손녀를 데리고 밖으로 나가 눈을 구경하고 싶은데 아이 외투를 찾을 수 없다는 문자가 와 있을 겁니다."

초두리는 바지 주머니에서 휴대폰을 꺼냈다. 재빨리 문자를 확인하니 놀랍게도 린바오가 말한 대로였다.

"지금 존폴존스호와 칼레빈호, 정훈호에 대응하기 위해 우리 함선들이 그쪽으로 향하고 있습니다. 문제가 확대되는 건 미국 측에도 반가운 일은 아닐 겁니다."

린바오는 초두리가 받은 모든 문자 내용을 훤히 들여다보고 있는 것처럼 문제의 구축함 이름들을 하나하나 다 언급했다.

"웬루이호를 포기하면 우리는 뭘 얻게 됩니까?"

"그럼 미국의 F-35 전투기를 돌려드리겠습니다."

"F-35라니요? 중국에 F-35가 있다는 말입니까?"

"상황실로 돌아가 확인해보시는 게 좋을 것 같군요."

린바오가 부드럽게 말했다. 그러고는 봉지 안에 남아 있던 마지막 초콜릿을 손바닥 위에 꺼내놨다. 노란색이었다.

"중국에서도 M&M 제품을 만들어 팔고 있지만, 여기 맛은 도저히 못 당하겠군요. 아마 초콜릿에 입힌 사탕 문제겠지요. 중국에서는 원료 배합을 제대로 못 하나 봅니다…"

린바오가 초콜릿을 입 안에 털어 넣고는 맛을 음미하듯 잠시 눈을 감았다. 그랬다가 다시 눈을 뜨고 초두리를 응시했다.

"웬루이호를 꼭 돌려줘야 할 겁니다."

"우리가 꼭 그렇게 할 필요는 전혀 없습니다."

"잘 알겠습니다. 그쪽의 입장도 이해합니다."

린바오가 실망한 듯 고개를 끄덕이더니 빈 봉지를 구겨 길바닥에 내던졌다.

"제독님, 쓰레기는 치우시지요."

"그렇게 못 하겠다면 어쩌겠소?"

초두리가 뭐라고 대응해야 할지 고민하는 동안, 린바오는 몸을 돌려 늦은 아침 붐비기 시작하는 사람들 사이를 지나 거리로 사라졌다.

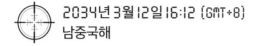

초고속 요격기 두 대가 어디선가 튀어나오며 그 충격파가 존폴존스호의 갑판을 뒤흔들었다. 승조원 중 누구도 이런 사태를 예측한 사람은 없었다. 헌트는 소리를 듣자마자 본능적으로 몸을 숙였다. 그녀는 아직 웬루이호에 남아 한 시간 전 찾아낸 첨단 장비들을 살펴보던 중이었다. 반면 웬루이호의 선장은 요격기의 출현을 처음부터 알고 있었다는 듯 씩 웃어 보였다.

"선원들은 선실 안에 구금해."

헌트는 배의 수색을 지휘하는 위병 부사관에게 지시하고는 서둘러 존폴존스호의 함교로 돌아왔다. 함교에서는 모리스 함장이 상황을 확인하기 위해 애쓰고 있었다.

"뭐가 나타난 건가?" 헌트가 물었다.

방공 관제 상황판을 뚫어져라 쳐다보고 있던 모리스의 눈에 두 대의 요격기뿐만 아니라 어디서 나타났는지 알 수 없는 정체불명의 함선 여섯 척이 포착됐다는 신호가 들어왔다. 이들은 요격기가 나타난 바로 그 순간, 다 함께 모습을 드러냈다. 마치 하나가 되어 움직이는 함대 같았다. 상황판 화면에서 속도를 높여 가장 가까이 다가오고 있는 함선은 그 형태를 봐서는 호위함이나 구축함처럼 보였다. 거리는 8해리 정도였고 거의 눈으로 볼 수 있는 거리까지 접근 중이었다.

헌트는 쌍안경을 들고 수평선을 살폈다. 저 멀리서 호위함의 기분 나쁜 회색빛 선체가 어렴풋이 나타났다.

"저기 있군."

곧이어 칼레빈호와 정훈호에서도 다른 두 척, 세 척, 그리고 마침내 다섯 척의 함선이 눈으로 확인할 수 있는 거리까지 들어왔다는 보고가 계속해서 올라왔다. 그렇게 나타난 중국 해군 함선들에는 크기가 작은 호위함은 물론이고 항공모함인 정화호까지 포함되어 있었다. 정화호는 미 해군 제7함대에 소속된 어느 함선에도 뒤지지 않을 만큼 위세가 대단했다.

얼마 지나지 않아 중국 함선들이 웬루이호를 둘러싸고 있는 헌트의 구축함 세 척을 마치 포위라도 하듯 둥글게 에워쌌다. 결국 양국의 함대가 각각 동심원을 그리며 정렬해 서로 반대 방향으로 도는 듯한 형국이 되었다.

함교 한구석에 자리 잡고 있던 통신병이 헌트를 향해 다급히 손짓했다.

"무슨 일인가?"

통신병이 헌트에게 헤드셋을 내밀었다. 뭔가 지지직거리는 잡음이 들리더니 이내 가느다란 목소리가 들려왔다.

"미 해군 사령관에게 고한다. 나는 중국 해군 소장 마창이고, 정화항모전단의 사령관이다. 그쪽에서 억류하고 있는 민간인 선박을 즉시 풀어줄 것을 요구한다. 그리고 중국 영해에서 즉시 떠나기 바란다."

잠시 소리가 끊어졌다가 같은 내용이 반복되었다. 헌트는 문득 저들이 직접적인 군사 행동에 나서기까지 인내심이 얼마나 남았을

지 궁금했다. 중국 함선들은 점점 더 가까이 다가오고 있었다.

"제7함대 사령부와 안전하게 화상통화 할 수 있나?"

헌트가 묻자 통신병이 고개를 끄덕이더니 지금은 야간 당직을 설 때 시간을 보내는 일에나 사용하는 오래된 노트북을 들고 와서는 뒤쪽의 빨간색과 파란색 전선을 연결하기 시작했다. 구식 노트북이기 때문에 더 안전한 통신이 가능할 것도 같았다.

"저들이 뭐라고 합니까?"

모리스 함장이 무표정한 얼굴로 여섯 척의 중국 함선들을 살피며 물었다.

"어선을 달라는군. 아니, 그러니까 어선이 아니라 저 안에 실린 수상한 장비들을 말하는 거겠지. 그리고 빨리 자신들의 영해에서 나가라는 거야."

"어떻게 하실 겁니까?"

"아직은 나도 잘 모르겠어."

헌트는 통신병이 있는 쪽을 바라보며 대답했다. 통신병은 인터넷 통화 접속을 반복하며 신호음이 제대로 들리는지 확인하고 있었다. 통화가 연결되기를 기다리는 동안, 구축함과 어선 사이를 오르내리느라 무리했던 다리가 아프기 시작했다. 그녀는 주머니 안에 손을 집어넣고 아픈 부위를 어루만졌다. 의무대에서 보낸 봉투가 손에 닿았다.

"제7함대와 연결됐나?"

"아직입니다."

헌트는 초조한 듯 손목시계를 바라봤다.

"이것 참. 그럼 칼레빈호나 정훈호를 호출해. 거기서 통화 연결이 가능한지 확인해봐."

통신병이 헌트를 돌아봤다. 그의 눈이 휘둥그레져 있었다. 감히 어떻게 말을 꺼내야 할지 몰라서 있는 용기, 없는 용기를 다 쥐어짜는 듯한 모습이었다.

"무슨 일인가?"

"아무것도… 할 수가 없습니다."

"아무것도 할 수 없다니 그게 무슨 말이야?"

헌트는 당황한 표정으로 모리스 함장을 봤다.

"통신망 전체가 어디와도 연결이 전혀 안 됩니다. 칼레빈호, 정훈호는 물론… 어떤 신호도 잡히지 않습니다."

헌트는 무전기를 집어 들었다. 웬루이호에 내려가 있을 때 함교와 연락하던 무전기였다. 그녀는 무전기를 껐다 켜봤다.

"전부 다 연결이 안 된다는 말인가?"

헌트의 목소리에서 처음으로 절박함이 느껴졌다.

"지금은 이것뿐입니다."

통신병이 귀에 꽂고 있던 이어폰을 내밀었다. 이어폰에서는 아까 들었던 그 말이 반복해서 흘러나왔다.

"미 해군 사령관에게 고한다. 나는 중국 해군 소장 마창이고, 정화항모전단의 사령관이다. 그쪽에서 억류하고 있는 민간인 선박을 즉시 풀어줄 것을 요구한다. 그리고 중국 영해에서 즉시 떠나기 바란다."

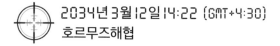

　조종석 계기판의 모든 화면이 꺼졌다. 각종 전자기기며 항법장치, 화기 관제장치가 다 먹통이 되었다. 게다가 통신망마저 끊어지자 미첼은 놀랄 만큼 기분이 차분해지는 것을 느꼈다. 이제 이 해결 불가능한 문제를 끌어안고 하늘 위에 떠 있는 건 온전히 미첼 한 사람뿐이었다. F-35 전투기는 여전히 혼자서 비행하고 있었다. 아니, 그보다는 보이지 않는 힘이 부드럽고 조심스럽게 전투기를 조종해 끌어가는 것처럼 느껴지기도 했다. 고도도 떨어지다가 멈췄다. 어림잡아 지상으로부터 1,500미터 상공을 날고 있는 것 같았다. 속도는 500, 아니 550노트쯤 되지 않을까. 그렇게 그와 F-35는 하늘을 계속해서 빙빙 돌고 있었다.

　미첼은 비행 가방에서 모든 항공 지도를 내려받아뒀던 태블릿을 꺼내 들었다. 그리고 아버지에게서 물려받은 브라이틀링 손목시계의 나침반을 확인했다. 나침반과 태블릿 지도를 살펴본 결과, 얼마 지나지 않아 자신의 위치를 정확히 찾아낼 수 있었다. 그는 지금 아라비아만 입구를 지키고 있는 이란의 거대 군사시설인 반다르아바스 바로 위를 날고 있었다. 아니, 여기서는 아라비아만이 아니라 페르시아만이라고 부르던가. 미첼은 눈 아래 펼쳐져 있는 메마른 대지를 내려다봤다.

　물론 극히 희박하지만 F-35 자체의 비정상적 결함 때문에 이런 사태가 발생했을 가능성도 있었다. 그렇지만 시간이 흐를수록 그럴 가능성은 점점 옅어져만 갔다. 그보다 훨씬 납득이 가능한 설명은 지금까지 목격한 것처럼 누군가 이번 작전에 끼어들어 전투기의 조종장치를 해킹했고 자신은 지금 조종사가 아닌 일개 승객이 됐다는 것이었다. 미첼은 이제 곧 이란 영토 내의 지상으로 추락해 전투기와 함께 끝장이 나게 될 거라고 확신했다.

시간이 얼마 남지 않았다. 한 시간도 지나지 않아 연료가 다 떨어질 것이다. 이제 한 가지 방법만 남아 있었다. 그는 두 다리 사이에 있는 검은색과 노란색으로 칠해진 손잡이로 손을 내밀었다. 손잡이를 당기면 좌석이 통째로 기체 밖으로 튀어 나가게 된다.

"그래, 바로 이 느낌이야."

그는 아버지와 할아버지, 증조할아버지를 생각하면서 자기도 모르게 큰 소리로 말했다. 그리고 바로 그 순간 단숨에 사출좌석의 손잡이를 잡아당겼다. 하지만 아무 일도 일어나지 않았다. 비상 탈출을 위한 사출좌석마저 작동할 수 없게 된 것이다.

F-35 엔진이 가벼운 신음 소리를 토해내며 속도가 줄어들었다. 그리고 나선형으로 빙빙 돌면서 반다르아바스를 향해 고도를 낮추기 시작했다. 미첼은 마지막으로 한 번 더 방향타 페달을 힘껏 밟으면서 스로틀 손잡이를 앞뒤로 밀고 당겼고, 조종간도 이리저리 잡아당겼다. 그런 다음 비행 조끼 안으로 손을 뻗어 권총을 움켜쥐었다. 권총을 망치처럼 잡은 그는 F-35가 활주로를 향해 미끄러지듯 내려가자 머리 뒤에 있는 작은 블랙박스부터 조종석 안에 있는 중요한 장치들을 다 때려 부수기 시작했다. 그러는 내내 그는 콧노래를 멈추지 않았다.

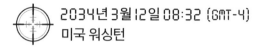
대통령이 탄 에어포스원이 G7 정상회담을 끝마치고 대서양을 가로질러 돌아오고 있었다. 정상회담의 마지막 일정은 위기 상황이 고조되면서 급히 단축되었다. 에어포스원의 앤드루스 공군기지 도착 예정 시간은 현지 시간으로 16시 37분이었다. 초두리가 딸을 아내에게 보내기 위해 집으로 돌아가기로 어머니에게 철석같이 약속한 시간보다 한 시간이나 늦은 시간이었다. 그는 상황실 밖으로 나와 또 다른 위기 상황을 해결하기 위해 휴대폰 전원을 켰다.

"산디프, 난 그 여자랑 같은 자리에 함께 못 있겠다."

초두리가 상황을 설명하자마자 어머니가 내뱉은 말이었다. 그는 어머니에게 도와달라고 애원했다. 대체 무슨 일 때문에 집에 오지 못하는 거냐고 어머니가 사정을 캐물었지만, 그는 아무 말도 할 수 없었다. 린바오가 휴대폰 문자를 훤히 들여다보고 있기 때문이었다. 하지만 어머니는 계속 고집을 부렸고 결국 그는 국가안보에 관한 문제라는 애매한 설명으로 어머니를 설득했다.

전화를 끊고 상황실로 돌아와 보니 헨드릭슨과 그의 부관 두 명이 회의용 테이블 한쪽에 앉아 멍한 표정으로 반대편 벽을 바라보고 있었다. 린바오가 전화를 걸어와, 원래대로라면 아라비아만의 조지 H. W. 부시호로부터 바레인에 있는 제5함대 사령부로, 그리고 중부사령부를 거쳐 백악관으로 전달됐어야 할 소식을 먼저 전해준 것이다. 이란 군부의 정예 친위대인 이슬람혁명수비대가 자국 영공을 통과하던 F-35 전투기의 컴퓨터를 해킹해서 원격조종으로 조종석을 장악하고 강제로 착륙시켰다는 소식이었다.

"전투기는 지금 어디에 있습니까?"

초두리가 으르렁거리듯 묻자 헨드릭슨이 덤덤하게 대답했다.

"반다르아바스입니다."

"조종사는요?"

"활주로 위에서 권총을 휘두르고 있다네요."

"그럼 안전한 겁니까?"

"어쨌든 권총을 휘두르고 있다니 말입니다."

다행히 조종사는 안전했다. 그를 해치면 훨씬 심각한 상태가 벌어지게 될 테니까. 그렇다면 이란, 그리고 그들과 손잡은 중국이 적어도 아직은 뭔가를 저지를 준비가 되어 있지 않다는 뜻인 것 같았다. 린바오가 원하는 건 간단했다. 물물교환이었다. 존폴존스호는 우연히 중국 측에 대단한 가치를 지닌 웬루이호의 첨단 장비를 손에 넣게 되었다. 중국은 동맹국인 이란을 통해 언제라도 기꺼이 F-35 전투기와 웬루이호를 교환할 준비가 되어 있었다.

초두리가 생각을 정리하기도 전, 린바오에게서 다시 연락이 왔다.

"우리 제안에 대해 생각해보셨는지요?"

그때 초두리의 머릿속에 다른 더 중요한 문제들이 떠올랐다. 2020년대 중반, 이란이 코로나바이러스의 대유행 이후 발생한 경제 붕괴를 막기 위해 중국의 전 세계적 개발 계획인 '일대일로'에 동참하기로 결정했을 때 도움을 받은 건 경제 및 군사 부문과 관련된 이해관계였다. 그렇다면 다시 동맹을 맺은 중국과 이란의 관계가 어디까지 영향을 끼칠까? 그 밖의 다른 국가도 이 일과 관계가 있을까? 초두리에겐 중국의 정찰선으로 추정되는 어선과 F-35의 교환을 승인할 권한이 없었다. 교환을 할지 말지 결정하는 건 대통령의 권한이었다. 초두리는 린바오에게 지금 이 문제는 자신의 권한 밖이라는 사실을 설명했고 곧 결정권을 지닌 상관들이 돌아올 거라고 덧붙였다. 그렇지만 린바오의 반응은 시원치 않았다.

"그렇게 계속 웬루이호를 억류하고 있을 경우, 우리는 지연되는 시간 자체를 일종의 공격 행위로 간주할 수밖에 없습니다. 시간을 끌면서 우리의 첨단기술을 불법으로 파헤치고 있다는 것 외에 다른 가정은 할 수 없으니까요. 한 시간 안에 웬루이호가 우리에게 돌아오지 않는다면 우리와 우리 동맹국들은 나름의 조치를 취할 수밖에 없습니다."

하지만 어떤 조치를 취할 것인지, 누가 중국의 동맹국들인지는 말해주지 않은 채 전화가 끊어졌다.

한 시간 안에 결정될 수 있는 건 아무것도 없었다. 대통령은 어떤 최후통첩에도 동요하지 않을 것임을 이미 천명한 바 있었다. 대통령은 오늘 저녁이 되어서야 중국 대사를 만나기로 했지만 린바오 제독의 주장에 따르면 그때는 이미 너무 늦는다.

여러 선택지를 두고 고심하고 있을 때, 헨드릭슨이 심각한 표정으로 초두리에게 현재 중국 해군 함선들과 한 시간 거리 안에 있는 미국 측 해군 병력은 미셸오바마호 한 척뿐이라고 설명했다. 미셸오바마호는 공격용 잠수함으로 예전에는 만년설로 덮여 있는 북극의 삼각주 근처를 오르내리며 중국의 상선 호위함을 감시하는 임무를 맡았었다. 현재 미셸오바마호는 상선 호위함 뒤로 약 15킬로미터 거리를 두고 두 척의 러시아 잠수함이 따라가고 있다는 사실을 확인했다. 러시아 잠수함의 이유를 알 수 없는 등장까지 염두에 두고 이번 상황의 전개에 대해 생각하던 초두리는 문득 링컨 대통령에 관한 일화 하나를 떠올렸다.

"남북전쟁에서 가장 암담한 시기였습니다."

겉으로 보기에는 헨드릭슨을 향해 말하고 있었지만 실상은 혼자 중얼거리는 것에 더 가까웠다.

"북군은 남군을 상대로 연이어 쓰라린 패배를 맛봤죠. 그때 켄터키주에서 온 한 방문객이 백악관을 떠나기 전, 링컨 대통령에게 고향에 가지고 돌아갈 만한 좋은 소식이 있냐고 물었습니다. 그러자 대통령은 대답 대신 어느 체스 고수에 대한 이야기를 들려줬죠. 이 고수는 도무지 적수를 찾지 못하다가 '자동 체스 기계Mechanical Turk'를 상대로 자신의 실력을 시험해보기로 했습니다. 그런데 세 번이나 연속으로 패하고 말았어요. 깜짝 놀란 체스 고수는 자리를 박차고 일어나 이 놀라운 기계 주위를 계속 돌아다니며 무슨 원리로 작동하는지 알아내려 했습니다. 그러다 결국 손가락질을 하며 외쳤다고 합니다. '저 안에 사람이 들어 있어!'라고 말입니다. 이야기를 마친 링컨 대통령은 그 방문객에게 용기를 가지라고 말했습니다. 상황이 아무리 나쁘게 보여도 결국 언제나 상황을 지배하는 건 사람의 힘이라고 말입니다."

그때 다시 전화벨 소리가 울려 퍼졌다. 린바오 제독이었다.

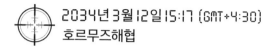

2034년 3월 12일 15:17 (GMT+4:30)
호르무즈해협

미첼은 분노가 치밀어 올랐다. 반다르아바스의 활주로 위에 앉아 있으려니 완전히 배신당한 기분이었다. 당연한 말이지만 이곳에 착륙한 건 그의 의지가 아니었다. 아니, 심지어 조종석 덮개를 열고 엔진을 끄는 것조차 그의 선택이 아니었다. F-35가 조종사인 자신을 철저히 배신한 것에 그는 수치심을 느꼈다. 전투기가 지상으로 내려오는 동안, 그는 권총을 망치처럼 휘두르며 블랙박스와 보안 회선으로 연결되는 통신장치, 특히 가장 중요한 화기 관제장치들을 때려 부쉈다. 우리에 갇혀 미쳐버린 짐승처럼 그렇게 정신없이 조종석 안 장비들을 부쉈다. 전투기가 활주로 위에 착륙한 뒤에도 그의 손은 멈추지 않았다.

조종석 덮개가 열리자마자 그는 벌떡 일어서서 계기판을 향해 권총을 쐈다. 충성스러웠지만 이제는 움직일 수 없게 된 애마의 머리에 총알을 박은 기병처럼 놀랍고도 뜨거운 기분이 온몸에서 치밀어 올랐다. 전투기를 둘러싸고 있던 혁명수비대원들은 도대체 무슨 영문인지 알 수 없었다. 처음 얼마간 그들은 일정한 거리를 두고 함부로 접근하지 않는데, 그건 조종사인 미첼이 겁나서가 아니라 지금까지 계획대로 잘 진행되어온 일을 그가 실수로라도 망치지 않을까 염려돼서였다. 그런데 미첼이 전기 배선을 잡아 뜯고 바닥을 걷어차고 수비대가 너무 가까이 접근한다 싶으면 권총을 휘두르는 등 폭력적으로 나오는 바람에 그들을 더 가까이 불러들이고 말았다. 그가 계속 F-35의 중요한 부품들을 파괴해버리면 이 전투기는 협상 수단으로서 더 이상 쓸모가 없어지기 때문이었다.

현장을 지휘하는 여단장은 조종사의 행동을 이해했다. 그는 성년이 된 후 지금까지 계속해서 미국인들을 직간접적으로 상대해왔다. 그래서 전투기 주변의 포위망을 천천히 조이라고 지시했다. 병사들이 가까이 다가오는 것을 느낀 미첼은 그들을 향해 마구 권총을 휘둘렀다. 하지만 그가 권총을 휘두를수록 병사들은 그가 권총을 발사할 수 없음을 확신했다. 계기판을 향해 실탄을 다 쏴버렸기 때문에 어차피 남은 실탄도 없었다.

타고 있던 지프에서 몸을 일으킨 여단장이 넷째 손가락과 새끼손가락이 없는 오른손을 미첼을 향해 흔들었다. 그새 무장 차량들이 점점 더 포위망을 좁혀 왔다. 여단장의 영어 실력은 손가락이 세 개만 남아 있는 그의 오른손처럼 시원치 않았지만 미첼은 그가 무슨 말을 하는지 알아들을 수 있었다. 항복하면 어떤 위해도 입히지 않겠다는 뜻이었다.

애초에 서로 싸운 적이 없으니 미첼은 항복할 생각도 없었다. 여단장은 이제 크게 소리 지르지 않아도 항복을 권유할 수 있을 만큼 그에게 가까이 다가와 있었다. 미첼은 조종석에서 일어나 권총을 내던지는 것으로 대답을 대신했다. 미첼의 던지기 솜씨는 일품이었다. 권총은 마치 도끼처럼 시원스럽게 여단장을 향해 날아갔다.

권총이 머리 바로 위를 스치고 지나갔지만 여단장은 눈 하나 깜짝하지 않고 지시를 내렸다. 차에서 내린 수비대원들이 우르르 몰려들어 날개를 타고 기체 위로 올라섰다. 미첼은 발을 페달에 붙이고 손으로는 조종간을 꼭 움켜잡은 채 조종석 안에 틀어박혀 있었다. 그의 입에는 담배 한 개비가 물려 있었다. 수비대원들이 일제히 소총으로 겨냥하자 그는 조종석 밖으로 담배를 내던졌다.

 2034년 3월 12일 16:36 (GMT+8)
남중국해

헌트 사령관이 이끄는 함대의 통신망은 20분 전부터 완전히 끊어진 채 복구되지 못하고 있었다. 이제 존폴존스호와 칼레빈호, 정훈호는 오직 신호용 깃발을 이용한 의사소통만이 가능했다. 승조원들은 높은 곳에 올라가 마치 날개를 펼치고 날아오르기라도 하려는 듯 미친 듯이 깃발을 흔들어댔다. 하지만 놀랍게도 이 오래된 방식은 생각보다 큰 효과가 있어서 세 척의 구축함은 자신들을 둘러싸고 있는 정화항모전단을 주시하며 조금씩 움직일 수 있었다. 지금 통신기를 통해 들려오는 소리라고는 오직 웬루이호를 포기하라는 요구뿐이었다. 헌트가 부사관 한 명과 함께 통신실에서 뭐가 문제인지 해결하려고 애쓰는 동안 이 소리는 끝없이 계속되었다. 두 사람은 제7함대로부터 이 상황을 제대로 설명해줄 만한 신호나 소식이 들어오기를 간절히 바랐다. 하지만 헌트는 이제 어떤 신호나 소식도 오지 않을 거라는 사실을 깨달았다.

그녀는 또한 이 모든 일들이 더 넓은 맥락, 즉 자신이 이해하지 못하는 맥락 안에서 일어나고 있다는 사실도 깨달았다. 상대방은 진행 과정 전체를 볼 수 있지만 자신은 극히 일부만을 볼 수 있는 상황에 내던져진 것이다. 현재 승조원 전원이 전투 대비를 마쳤고 위병 부사관은 여전히 웬루이호에서 문제의 장비들을 끌어내고 있었는데 한 시간이면 작업이 끝날 예정이었다. 헌트는 중국 함선들이 이 상황을 모두 파악했을 거라고 봤다. 따라서 작업이 끝나기 전에 무슨 일이든 일어날 게 분명했다.

다시 20여 분이 흘렀다. 갑판으로 내려가 웬루이호에서의 작업을 확인하고 있던 모리스 함장이 서둘러 함교로 돌아왔다.

"작업이 거의 다 완료됐습니다. 5분 정도면 끝날 것 같습니다. 그럼 웬루이호를 버리고 여기서 빠져나갈 수 있을 겁니다."

숨을 헐떡이고 있었지만 모리스의 목소리는 낙관적이었다. 헌트는 고개를 끄덕이면서도 속으로는 상황이 전혀 다른 방향으로 흘러가게 될 거라고 확신했다. 정확히 무슨 일이 벌어질지는 알 수 없지만 그게 무엇이든 자신에게 불리할 것 같았다.

바다는 오늘 아침 내내 그랬듯이 유리처럼 고요하고 차갑게 가라앉아 있었다. 헌트와 모리스는 함교에 나란히 서서 수평선을 바라봤다. 바다가 잔잔해서 두 사람은 상대 함선들의 움직임을 불과 몇 초 만에 알아챌 수 있었다. 수면 아래로 뭔가 한 줄기 물길이 일었다. 물줄기는 거품을 일으키며 일정한 속도로 순식간에 거리를 좁혀 왔다. 어뢰였다.

500미터.

400미터.

300미터.

어뢰가 고요한 바다를 가로지르며 달려들었다. 모리스 함장이 생각할 새도 없이 명령을 내렸다. 구축함 전체에 경보음이 울려 퍼졌다. 반면 헌트는 이 급박한 순간에도 미동도 없이 그대로 서 있었다. 그녀는 기이할 정도로 안도감을 느꼈다. 마침내 적들이 행동에 나선 것이다. 이제 나도 행동에 나서야겠지. 그런데 저 어뢰는 웬루이호를 겨냥한 것인가, 아니면 존폴존스호를 겨냥한 것인가. 먼저 공격을 한 건 어느 쪽인가. 그런 문제들에 대해서는 결코 같은 의견이 나올 수 없을 것이다. 전쟁이란 그렇게 서로의 의견이 다름으로 정당화된다. 이 한 방의 어뢰가 어떤 결과를 가져올지 예측할 수 있는 사람은 그리 많지 않겠지만 헌트는 할 수 있었다. 그녀는 존폴존스호의 우현을 노리고 불과 100미터 밖까지 다가온 어뢰만큼이나 앞으로 몇 년 동안 무슨 일들이 벌어질지 분명하게 알 수 있었다.

이날 일어난 일들에 대해 누구에게 책임이 있는지 바로 결정이 내려지는 않을 것이다. 전쟁이 먼저일 테니까. 그러면 승자가 그 책임을 패자에게 떠넘기겠지. 예전부터 그랬고 앞으로도 그럴 것이다. 어뢰가 명중했을 때 그녀는 그런 생각들을 하고 있었다.

 2034년 3월 12일 17:13 (GMT-4)
미국 워싱턴

초두리는 팔꿈치를 테이블 위에 걸치고는 테이블 한가운데에 있는 스피커폰 쪽으로 얼굴을 기울였다. 그를 마주 보며 컴퓨터 앞에 앉은 헨드릭슨은 두 손을 자판 위에 올려놓고 기록할 준비를 했다. 두 사람에게 에어포스원에서 현재 상황을 통솔하고 있는 국가통수기구NCA가 지시를 전달했다. 국가안보보좌관이 이날 저녁 중국 대사가 백악관을 방문하기 전에 적극적인 협상 계획을 세워 초두리가 린바오에게 연락을 취할 수 있도록 했고, 이제 협상이 진행 중이었다.

초두리는 헨드릭슨을 곁눈질하며 말했다.

"웬루이호를 중국 해군에 인도하는 데 동의하기 전에 말입니다. 반다르아바스에 있는 우리 F-35가 반드시 먼저 반환되어야만 합니다. 이번 위기를 불러온 건 우리 쪽이 아니기 때문에 그쪽에서 뭐든 먼저 행동으로 보여줘야 한다는 겁니다. 우리가 F-35를 돌려받는 즉시 중국도 웬루이호를 돌려받게 되겠죠. 더 이상 상황을 악화시킬 이유는 어디에도 없습니다."

스피커폰에서는 아무 소리도 흘러나오지 않았다. 초두리는 다시 헨드릭슨 쪽을 바라봤다. 헨드릭슨이 손을 뻗어 마이크를 끈 다음 초두리에게 속삭였다.

"저쪽에서도 소식을 들었을까요?"

초두리는 확신할 수는 없다는 표정으로 고개를 흔들었다. 헨드릭슨은 두 사람이 방금 전에 전달받은 소식에 대해 말한 것이었다. 요코스카 해군기지에 있는 제7함대 사령부가 지난 40분 동안 존폴존스호를 기함으로 하는 제21구축함전대와 어떤 연락도 취하지 못했다는 내용이었다.

"여보세요?"

초두리는 스피커폰을 향해 말했다.

"린바오 제독입니다. 내가 상황을 제대로 이해하고 있는지 확인도 할 겸, 그쪽 입장에 대해 한 번 더 설명하겠습니다. 미국 해군은 지난 수십 년 동안 중국 영해를 마음대로 휘젓고 다녔으며 중국 동맹국의 영공도 멋대로 침범해왔습니다. 그리고 오늘 그쪽에서는 우리 선박 한 척을 나포했지요. 그런데도 계속 피해자인 척하면서 우리가 먼저 그쪽에 양보해야 한다고 주장하고 있습니다. 내 말이 맞습니까?"

마치 딴 세상에서 들려오는 듯한 린바오의 목소리가 스피커폰을 통해 울려 퍼졌다. 흥미를 잃은 지 오래인 대화를 억지로 하러 나와서 짜증이 난 것 같은 말투였다. 사방이 쥐 죽은 듯이 조용해서 초두리는 천장의 할로겐전구에서 지직거리는 소리가 난다는 걸 이제야 알아차렸을 정도였다. 한편 헨드릭슨은 린바오가 하는 말을 빠짐없이 다 기록하고 있었다.

"현재 미국 행정부의 입장이 그렇습니다. 그렇지만 그쪽에서 혹시 다른 제안이 있다면 물론 진지하게 고려할 것입니다."

초두리는 마른침을 삼킨 후에야 겨우 대답할 수 있었다.

"네, 제안할 것이 있습니다."

잠시 말이 없던 린바오가 격앙된 목소리로 내뱉었다.

"그거 잘됐군요."

초두리가 바로 한마디 거들었지만 린바오는 무시했다.

"지금 혹시 확인할 수 있다면, 그쪽 컴퓨터로 우리 의견을 보내드리지요…."

갑자기 모든 전기가 나갔다. 순식간에 벌어진 일이었다. 사방이 아주 잠깐 어둠에 휩싸였다가 다시 밝아졌다. 그리고 전화가 끊어졌음을 알려주는 텅 빈 신호음이 울려 퍼졌다. 초두리가 스피커폰을 만지작거리며 백악관 교환실에 연결하려고 애쓰는 동안 헨드릭슨은 다시 전원이 들어온 컴퓨터에 접속을 시도했다.

"무슨 문제라도 있습니까?"

"컴퓨터 전원이 들어왔지만 내 이름으로 접속이 되지 않아요."

초두리는 헨드릭슨을 밀어내고 컴퓨터 앞에 앉았다. 그도 접속할 수 없기는 마찬가지였다.

2
장

블랙아웃

2034년 3월 12일 18:42 (GMT-4)
미국 워싱턴 → 중국 베이징

백악관 상황실에서 초두리 박사와 린바오 제독이 협상하는 동안 다른 사람들은 무엇을 하고 있었을까.

존폴존스호 함교에서 세라 헌트 사령관은 아래쪽에서 들려오는 공포로 가득 찬 비명 소리를 무시하려고 애쓰면서 사력을 다해 기함의 침몰을 막고 있었다.

수갑에 두 손이 묶인 미첼 소령은 눈이 가려진 채 이란 병사들에게 이끌려 반다르아바스의 활주로 위를 지나가고 있었다.

걸프스트림 900 전용기에 올라탄 린바오 제독은 조금 전 덜레스 국제공항을 떠났다. 중앙군사위원회 소속 위원들만 이용 가능한 특별 전용기였다. 린바오는 지난 30여 년간 국제회의에 참석하는 대표단의 일원으로, 혹은 장관급 고위 인사들의 안내역으로 전용기를 이용한 적이 있었다. 그러나 단독 임무를 위해 전용기를 탄 적은 한 번도 없었다. 따라서 그가 맡은 이번 임무가 얼마나 중요한지 알 수 있었다. 그는 전용기가 이륙하자마자 초두리와의 전화 연결을 지시했다. 걸프스트림 900이 고도를 높여 300미터 상공에 이르렀을 때, 그는 초두리와의 통화를 마치고 중앙군사위원회에 보안 회선을 통해 통화가 끝났음을 알렸다. 그에 대한 답이 바로 나타났다. 전원을 껐다 켜기라도 한 것처럼 창문 밖으로 워싱턴이 한순간 어두워졌다가 다시 밝아졌다.

린바오는 창문 아래로 미끄러지듯 지나가는 동부 해안선을 바라보며 전기가 나갔던 그 순간에 대해 생각했다. 걸프스트림 900이 어둠에 휩싸인 광활한 대서양을 가로지르며 국제 공역 안으로 들어섰다. 그는 바로 지금 이 순간을 위해 지난 모든 세월을 바쳐온 것 같은 기분이 들었다. 이전까지 있었던 모든 일들, 사관학교 시절과 해군 장교로서 맡았던 여러 임무, 다시 학업에 뛰어들었다가 외교관으로 변신하게 된 것 등은 마치 높은 산을 오르는 등정 계획처럼 큰 그림 안에서 하나씩 순차적으로 이루어졌다. 그리고 그는 마침내 정상에 올라섰다.

린바오는 산의 정상에 오른 것처럼 근사한 풍경을 기대하며 다시 한번 창문 밖을 바라봤다. 하지만 보이는 건 별 하나 보이지 않는 한밤중의 깜깜한 어둠뿐이었다. 그의 발밑에는 드넓은 바다가 있었다. 그 넓은 바다의 지구 반 바퀴 밖에서 진행되고 있는 사건들이 그의 상상력을 따라 펼쳐졌다. 그의 두 눈에 정화항모전단을 이끄는 마창 사령관이 보였다. 정화항모전단은 중국 영해의 주권을 수호하기 위한 것이었다. 미국에 파견된 주재무관이라는 그의 인생은 아주 오래전 중국 정부가 세운 계획대로 마창의 인생과 비슷하게 흘러갔다. 두 사람이 나란히 같은 길을 따르게 된다는 걸 아주 오래전, 해군사관학교 선후배 시절에는 알 수 없었다. 마창은 저명한 군인 가문 출신으로 아버지와 할아버지 모두 해군 제독이었다. 마창은 냉정함과 냉혹함으로 유명했고 특히 후배들을 괴롭히는 솜씨가 탁월했다. 린바오도 그 후배들 중 하나로 그저 공부만 하는 손쉬운 표적이었다. 결국 교수들이 기억할 정도의 최고 성적을 거두며 사관학교를 수석 졸업하긴 했지만, 어머니가 미국인인 그는 외로움에 시달리는 나약한 청년에 불과했다. 모호한 정체성은 그를 더욱 궁지로 몰아넣어 학우들에게 조롱과 괴롭힘을 받았는데 특히 마창이 심했다.

그렇지만 그건 다 지난 일이었다. 궁극적으로 보면 중국 정부는 린바오의 모호한 정체성에서 그의 가치를 찾아냈으며 그리하여 그는 지금의 자리에까지 오를 수 있었다. 한편 마창은 특유의 냉정함과 냉혹함으로 미국에 한 방을 날린 함대의 최고사령관이 되었다. 두 사람 다 각자의 자리에서 각자에게 주어진 역할에 최선을 다해 온 것이다.

린바오는 마음 한구석으로 자신도 정화호의 함교에 서서 막강한 전력을 갖춘 항모전단을 이끄는 사령관이었으면 했다. 그렇지만 그런 열망이나 같은 사관학교 출신인 마창에게 느끼는 질투심마저 다 잊게 해주는 것이 있었으니, 다름 아닌 그의 지적 역량이었다. 린바오는 지금 벌어지는 모든 상황을 파악하고 있는 여섯 명밖에 되지 않는 인물 중 하나였다.

마창과 그가 지휘하는 수천 명의 승조원들은 지구 반대편에서 중국 정부가 이란을 위해 극비리에 개발한 최신 사이버 전투기술에 의해 미국의 F-35 전투기가 사로잡혔다는 사실을 전혀 알지 못했다. 또한 그 사건이 지금 자신들이 맡은 임무와 어떤 관련이 있는지도 몰랐다.

린바오가 언제나 감탄해 마지않는 미국인들의 특성, 즉 도덕적 확신과 한 가지밖에 생각하지 못하는 판단력, 그리고 누가 봐도 태평스러운 낙관주의 등은 자신들이 이해할 수 없는 문제를 해결하기 위해 애쓰는 지금 이 순간에는 치명적인 약점이 되고 말았다. 강점은 곧 약점이 될 수 있는 법이라고 린바오는 생각했다.

미국은 자신들이 나포한 웬루이호에 중국 정부가 어떤 대가를 치르고라도 돌려받기를 원하는 첨단기술 장비가 실려 있다고 생각했다. 중국 정부는 웬루이호의 나포로 자신들이 원하는 위기 상황을 만들어내기 위해 미국을 자극할 만한 협상 수단이 필요했다. 그것이 바로 이란의 손에 들어간 F-35 전투기였다. 린바오는 미국이 늘 하던 대로 일련의 행동과 대응에 나설 거라는 사실을 잘 알았다. 이전에 수없이 그래왔던 것처럼 정해진 절차를 밟아 그럴싸한 결론에 도달하기를 기대하고 있을 것이다. 위기가 발생한 듯 호들갑을 떤다. 그리고 짐짓 강경한 자세로 나온다. 그러다 마침내 양국은 분위기를 누그러트리고 합의점에 도달한다. 이번 경우는 F-35와 웬루이호의 교환이 목표였다.

그렇지만 린바오와 그의 상관들은 잘 알고 있었다. F-35에 실려 있는 기술의 탈취는 중국에 그저 부차적인 목표에 불과하며 웬루이호에는 사실 중요한 장비 같은 건 아무것도 실려 있지 않다는 사실을 미국은 결코 알아차릴 수 없을 것이다. 미국은 상황 자체를 이해하지 못할 것이며 설사 나중에 알게 된다 해도 때는 이미 늦는다. 중국이 정말로 원하는 것은 위기 상황 그 자체였다. 남중국해에서 공격에 나설 수 있게 할 명분이 필요했던 것이다. 미국에 부족한 것, 아니 그동안 그들이 잊어버린 것은 다름 아닌 상상력이었다. 지난 9·11 테러 당시에도 그랬고 이번 웬루이호 사태에 관해서도 마찬가지지만 문제는 허술한 미국의 정보망이 아니라 빈곤한 상상력이었다. 그리고 미국은 문제를 해결하기 위해 애쓸수록 계속해서 수렁에 빠져들게 되어 있었다.

린바오는 하버드대학교 케네디스쿨에서 공부하던 시절, 거리의 어느 골동품 가게에서 봤던 묘한 장난감 하나를 떠올렸다. 천으로 짠 길쭉한 대롱처럼 생긴 물건이었다. 가게 주인이 관심을 보이는 린바오를 보고 그게 뭔지 맞혀보라고 말했다.

"대롱 양쪽 끝에 손가락을 넣었다가 빼보시구려."

주인의 억센 억양은 린바오가 언제나 알아듣기 어려워하는 보스턴의 여러 억양 중 하나였다. 어쨌든 그는 주인이 말한 대로 손가락을 집어넣었다가 빼려고 했다. 그런데 갑자기 대롱이 꽉 맞물리며 손가락이 빠지지 않았다. 힘을 주면 줄수록 대롱은 점점 더 손가락을 조여들었다. 그걸 본 주인은 배꼽 빠져라 웃고 또 웃었다.

"아니, 그걸 한 번도 본 적이 없단 말이오? 그게 바로 중국식 손가락 덫이라고 하는 거요."

가셈 파샤드 여단장은 텅 빈 사무실에서 플라스틱 접이식 의자 위에 앉아 있었다. 사무실 옆은 유치장이었다. 시간은 새벽에 가까웠고 파샤드는 기분이 썩 좋지 않았지만 언제나 험상궂은 표정인 그의 기분을 제대로 눈치챈 사람은 아무도 없는 것 같았다. 평소 성격도 표정과 비슷해서 그가 어떤 기분인지 알아차리기란 어려웠다. 어쨌든 그의 표정은 보는 사람에 따라서 짜증이 났거나 아니면 화가 나 있는 것 같기도 했다.

파샤드의 몸에는 흉터도 여럿 있었는데 제일 두드러지게 눈에 띄는 부위는 세 손가락만 남은 오른손이었다. 그는 신임 장교 시절 사드르시티에서 첫 임무를 수행하며 급조폭발물을 조립하다가 넷째 손가락과 새끼손가락을 잃었다. 이 실수로 인해 그는 이슬람혁명수비대 안에서도 정예 특수부대로 꼽히는 쿠드스군에서 입지가 크게 위축될 뻔했지만, 그와 이름이 같은 쿠드스군 사령관 가셈 솔레이마니가 나서서 그건 자이쉬 알 마흐디 민병대의 미숙함 때문이지 지원에 나선 파샤드의 잘못이 아니라고 편을 들어줬다.

지난 30년 이상을 쿠드스 대원으로 활약해온 파샤드가 솔레이마니 사령관과의 특별한 인연을 자신을 위해 이용한 건 그때가 처음이자 마지막이었다. 중령 계급까지 올랐던 파샤드의 아버지는 아들이 태어나기 불과 몇 주 전 솔레이마니 사령관의 암살 시도를 저지하다 목숨을 잃었다. 이 사건의 자세한 내막은 지금까지 비밀에 싸여 있지만, 어쨌든 이란의 위대한 수호자 중 한 사람인 솔레이마니는 파샤드 중령의 아들이 혁명수비대에서 능력을 발휘할 수 있도록 뒤에서 보호막이 되어줬다. 이런 솔레이마니의 그림자는 그가 세상을 떠난 후에도 계속 남아 있었고 거기에 파샤드의 타고난 능력과 대담함이 더해져 더욱 큰 힘이 되었다.

파샤드의 몸에 새겨져 있는 흉터들은 곧 그가 세운 공훈들의 역사였다. 시리아 정부군을 지원하기 위해 알레포 전투에 참전했을 때는 박격포탄 파편에 눈썹에서 뺨까지 사선으로 깊은 상처를 입었고, 2026년 아프가니스탄의 수도 카불에 남아 있던 마지막 정부군이 무너지고 헤라트 진격이 시작됐을 때는 저격수의 총탄에 맞아 목 양옆으로 동전 크기만 한 관통상의 흔적이 남았다. 그 모습은 마치 목에 커다란 나사못이 박힌 영화 속 괴물 프랑켄슈타인처럼 보였고 젊은 병사들 사이에서는 그와 관련된 별명이 떠돌았다. 최근에 그의 경력에서 정점이 된 전투는 2030년 골란고원 탈환 전투로, 당시 그는 혁명수비대의 연대를 이끌고 최종 공격을 감행하여 군인 최고의 영예인 파트훈장을 받는 영광을 누렸다. 그렇지만 후퇴하던 이스라엘군이 교활하게 쏘아 올린 로켓탄이 공교롭게도 그의 옆에 떨어져서 통신병을 죽이고 그의 오른 다리 아래쪽을 가져가고 말았다. 그후로 몸에 꼭 맞는 의족을 착용하긴 했지만 그는 여전히 매일 아침 구보 대신 4킬로미터 이상을 걸었다.

날아가버린 손가락과 다리, 그리고 얼굴과 목에 난 영광의 상처들은 모두 몸의 오른쪽에 난 것이며 묘하게도 왼쪽에는 생채기 하나 없었다. 휘하 병사들은 그를 '파디샤 프랑켄슈타인'이라고 불렀다. 파디샤는 오래전 페르시아제국 시절부터 쓰여온 말로 '황제'라는 뜻이었다. 한편 미국 CIA의 분석가들은 그의 심리학적 특성과 일치하는 또 다른 별명을 붙여줬는데, 그건 다름 아닌 '지킬 박사와 하이드'였다. 파샤드는 말 그대로 흉터가 있는 얼굴과 없는 얼굴을 지닌 두 얼굴의 사나이였다. 그는 다정하면서도 흉포하며 쉽게 흥분했다. 지금 그는 반다르아바스의 유치장 옆 텅 빈 사무실에서 또다시 흥분해 있었다.

지금으로부터 5주 전, 이란군 참모본부가 직접 파샤드에게 명령을 하달했다. 이란 정부는 미국의 F-35 전투기를 납치할 계획을 세웠고 조종사를 심문하는 것을 파샤드에게 맡겼다. 그에게 주어진 시간은 이틀이었다. 계획에 따르면 우선 미국에 치욕을 안겨줄 수 있게 심문 과정에 대한 동영상을 만든다. 그런 뒤 조종사를 석방하고 전투기는 기술 분석을 끝낸 뒤 폐기할 예정이었다. 파샤드는 일개 조종사를 심문하는 일 같은 건 낮은 계급의 장교에게나 어울리는 임무라고 불만을 토로했지만, 그에게 돌아온 건 이런 중요하고 민감한 임무를 믿고 맡길 수 있는 적당한 계급의 장교는 그가 유일하다는 대답이었다. 참모본부의 설명에 따르면 어쩌면 전쟁 직전까지 갈 수도 있는 상황이라는 것이었다. 참모본부는 아주 신중하고 정교하게 상황을 만들어가려고 했기 때문에, 파샤드는 결국 이 외진 비행장에서 한 달 이상 대기하며 미국 전투기가 머리 위에 나타나기만을 기다려야 했다.

내 꼴이 지금 이게 뭔가. 믿고 맡길 수 있는 적당한 계급의 장교라니. 파샤드는 씁쓸했다. 현역 군인으로서의 그의 전성기는 지나가고 있었다. 그는 솔레이마니 사령관의 최후를 떠올렸다. 미국인들이 그를 살해할 당시, 그의 목에는 이미 암세포가 퍼져서 그 위대한 사령관을 산 채로 천천히 먹어 치우던 중이었다. 아버지의 이 오랜 친구는 병세가 심각해지자 테헤란에서 차로 세 시간 떨어진 시골 마을 카나트말레크의 작은 집으로 파샤드를 불러들였다. 카나트말레크는 사령관의 고향이었다. 두 사람의 대화는 그리 오래 이어지지 못했다. 사령관의 침대 옆에 선 파샤드의 눈에 들어온 건 자신을 맞이하는 웃음 띤 얼굴 속에서 천천히 진행되고 있는 죽음이었다. 솔레이마니의 잇몸은 짓물렀고 갈라진 입술은 푸르뎅뎅했다. 그는 쉰 목소리로 파샤드에게 옛 친구 파샤드 중령은 순교자가 되어 결코 늙지 않는 행운을 누릴 수 있었다고 말했다. 그것이야말로 모든 군인들이 마음속으로 바라는 것이며, 파샤드도 아버지처럼 전사의 죽음을 맞이하기를 바란다고 했다. 파샤드가 뭐라고 대꾸도 하기 전에 사령관은 그를 갑자기 내보냈다. 집 밖으로 나오자 닫힌 문 뒤로 가엾은 늙은이의 헛구역질 소리가 들려왔다. 그로부터 2개월 후 솔레이마니 사령관의 가장 강력한 적이었던 미국은 그에게 가장 관대한 선물을 전해줬다. 바로 전사의 죽음이라는 선물이었다.

반다르아바스의 텅 빈 사무실에서 파샤드는 솔레이마니와의 마지막 만남을 다시 한번 떠올렸다. 그날 그가 기분이 별로 좋지 않던 건 바로 그 때문이었다. 또 다른 전쟁의 분위기가 고조되고 있다는 사실을 그는 느낄 수 있었다.

칼같이 주름이 잡힌 말끔한 군복을 입은 병사가 사무실 문을 열었다.

"여단장님…."

"무슨 일인가?"

파샤드는 잔혹하리만큼 뜨거운 눈빛으로 그를 쳐다봤다.

"포로를 심문할 준비가 끝났습니다."

파샤드는 천천히 몸을 일으켰다. 그는 어린 병사 옆을 지나 미국
인 조종사가 갇혀 있는 유치장으로 향했다. 원하든 원하지 않든 그
에게는 해야 할 일이 있었다.

 2034년 3월 12일 21:02 (GMT-4)
미국 워싱턴

초두리는 상황이 심각하다는 사실을 잘 알고 있었다. 정부 공식
이메일과 휴대폰에 심지어 신용카드 말고 정부 IP 주소로도 사용
할 수 있었던 자판기까지 뭐 하나 제대로 되는 것이 하나도 없었다.
컴퓨터에 자기 이름으로 접속할 수 있는 사람은 아무도 없었다. 사
방이 완전히 꽉 막혀버린 느낌이었다. 이건 좋지 않아, 이건 정말
좋지 않다고. 초두리의 머릿속에는 오직 불길한 예감뿐이었다. 중
부사령부는 물론 인도태평양사령부와도 전혀 연락을 취할 수 없게
되자, 빼앗긴 F-35 전투기로 인해 일어날 수 있는 수많은 결과들
은 물론, 남중국해의 존폴존스호와 제21구축함전대가 맞을 결과를
떠올리며 머릿속이 미쳐 날뛰는 것처럼 느껴졌다. 극도의 공포감
속에 초두리의 생각은 문득 전혀 예상치 못한 방향으로 흐르기 시

작했다.

어떤 기억이 머릿속에서 맴돌았다. 버지니아 북부에 있는 고등학교에 다닐 때였다. 그는 뛰어난 장애물경주 선수였다. 하지만 지역 대항전의 400미터 계주 경기에서 마지막 주자로 달리다가 발목이 부러지는 사고를 당했고 그의 선수 경력은 거기서 끝났다. 달리다 넘어지는 순간 무릎과 손바닥이 까졌고 상처에 땀이 들어가 몹시 쓰라렸지만 그렇듯 심하게 발목이 부러진 건 알아차리지 못했다. 그는 그저 멍하니 관절 아래로 발목이 덜렁거리는 걸 바라만 봤다. 이내 극심한 통증이 몰려오리라는 걸 알았지만 아직 통증은 시작되지 않고 있었다. 지금도 그때와 똑같았다. 분명 뭔가 잘못됐다는 사실을 알게 됐지만 실제로 느껴지는 건 아직 아무것도 없었다.

모든 직원들이 나서서 자판을 두드리고 전화선을 뽑았다가 끼우고 도무지 뭐가 문제인지 알 수 없는 기계장치들을 다시 깨우기 위해 애썼다. 에어포스원은 한 시간 전에 앤드루스 공군기지에 도착하기로 되어 있었지만 현재 어떤 상황인지 전혀 알 수 없었다. 앤드루스 기지에 연락할 방법이 하나도 없었다. 게다가 린바오가 초두리의 개인 휴대폰을 마음대로 들여다본다는 걸 아는 터라 감히 일반회선으로 전화를 걸거나 연락을 취하려는 사람은 아무도 없었다.

모든 연락이 끊어진 후 얼마간 시간이 이상하게 흘러갔다. 직원들 모두가 새 역사를 만들어갈 특별한 사건들이 지금 이 순간 펼쳐지고 있다는 사실을 직감할 수 있었다. 하지만 어느 누구도 그 사건들이 어떤 형태로 펼쳐지고 있는지, 그 사건들의 정체가 무엇인지, 그리고 새롭게 만들어질 역사는 어떤 모습일지 감도 잡을 수 없었다. 모든 것이 엉망진창이었다.

초두리와 헨드릭슨은 테이블 위로 몸을 굽힌 채 종이에 뭔가를 끼적였다가 찢어버리기를 반복했다. 그렇게 몇 시간이나 흘렀을까, 문이 열리고 초두리의 상관인 국가안보보좌관 트렌트 와이즈카버가 나타났다.

"초두리 박사."

"보좌관님."

초두리는 고개를 들고 얼빠진 목소리로 대꾸했다.

와이즈카버가 육군사관학교에서 미식축구를 했던 건 수십 년 전의 일이지만 그는 당장이라도 다시 경기에 뛸 수 있을 것 같은 모습이었다. 셔츠 소매는 두꺼운 팔 위로 걷어 올렸고 넥타이는 두툼한 목에 되는대로 걸려 있었다. 드문드문 백발이 섞인 머리카락은 멋대로 헝클어진 채였다. 심한 근시인 와이즈카버는 테 없는 안경을 쓰고 있었는데 전체적으로 보면 정장을 입고 아무 데서나 뒹굴다가 온 것만 같았다.

"현금을 얼마나 갖고 있나?"

"네?"

"현금 말이야. 80달러가 필요한데, 정부에서 발급해준 신용카드가 먹통이라서 말이야."

초두리와 헨드릭슨은 주머니를 뒤졌다. 모두 합쳐 76달러가 나왔고 대부분이 동전이었다. 초두리가 한 움큼의 동전과 구겨진 지폐들을 건네고 난 후 세 사람은 함께 웨스트윙을 빠져나와 잔디밭을 가로질러 백악관 출입구로 향했다. 분수대 옆 도로에 택시 한 대가 서 있었다. 세복을 입은 경호원이 초두리에게 택시 운전기사의 면허증과 택시 등록증을 쥐여주고는 자기 자리로 돌아갔다.

와이즈카버는 에어포스원이 덜레스공항으로 항로를 변경해서 민간 항공기인 척하고 착륙할 수밖에 없었다고 짧게 설명했다. 다시 말해 경호실의 호위 차량이나 어떤 세부적인 경호 계획도 없이 일반 공항에 착륙했다는 뜻이었다. 그는 대통령은 한 시간 정도면 앤드루스 공군기지로 가 있을 거라고 덧붙였다.

대통령은 에어포스원에서 일부 통신에 문제가 발생했다는 사실을 알게 됐고 이후 4성 장군인 전략사령부 사령관과 연락을 취한 뒤 부통령과도 대화를 나눌 수 있었다. 그러나 극소수 특정한 인물들과의 접촉이 가능했던 건 핵무기 공격은 교묘하게 피하면서 이번 사태를 선동하고 있는 누군가가 정교하게 계획했기 때문임이 분명했다. 중국인지 어디인지는 알 수 없지만 어쨌든 그 상대는 미국 대통령과 핵무기 공격 권한을 가진 인사들 사이에 통신이 완전히 끊어질 경우, 선제 타격을 위한 과정이 자동으로 시작된다는 사실을 잘 알고 있었다. 대통령은 전략사령부 사령관을 제외하고 국방부 장관을 비롯해 바로 반격에 나설 수 있는 어떤 군 지휘부와도 직접 연락을 취할 수는 없었다. 따라서 와이즈카버가 대신 그들과의 접촉에 나섰다. 덜레스공항에 착륙하자마자 그는 공항 대합실로 달려가서 택시를 잡아탔다. 대통령이 도착하기 전까지 자신이 먼저 백악관에 도착해 필요한 연락을 취해야만 했다. 하지만 그의 주머니에는 신용카드 말고는 동전 한 푼도 남아 있는 것이 없었다.

초두리는 택시 등록증을 확인했다. 운전기사는 남아시아 출신의 외국인 이민자로, 이름을 살펴보니 자신처럼 인도계 혈통이었다. 와이즈카버가 손에 들고 있던 돈을 꼼꼼하게 헤아려 택시비를 지불했다. 그와 함께 타고 온 경호원은 혹시 있을지 모를 위험에 대비해 사방을 경계했다.

 2034년 3월 13일 10:22 (GMT+8)
중국 베이징

린바오는 비행기에서 잠을 많이 자지 못했다. 걸프스트림 900이 착륙하자 그는 짙은 색의 정장과 선글라스 차림의 무장 요원들의 호위를 받으며 국방부 본부로 향했다. 매연 가득한 수도의 중심부에 있는 불길한 느낌을 주는 건물이었다. 린바오는 자신을 호위하는 요원들이 국가안전부 소속일 거라고 추측했지만 확실하지는 않았다. 아무런 인사말이나 공손한 태도도 없이 요원들은 건물 6층에 있는 창문도 없는 회의실로 그를 데려다놓고 문을 닫았다.

회의실 중앙에 있는 거대한 테이블은 각국의 대표단을 맞이하고 민감한 협상을 이끌어내기 위해 신경 써서 만들어졌다. 테이블 가운데에 있는 꽃병에는 햇빛이 없어도 시들지 않는 품종인 스파티필룸이 몇 송이 꽂혀 있었다. 린바오는 하얗고 부드러운 꽃잎들을 손가락으로 어루만지며 평화의 상징으로 불리는, 이곳과 어울리지 않는 얄궂은 꽃에 대해 생각했다. 테이블 위에는 두 개의 은쟁반도 있었는데 M&M 초콜릿 봉지들이 쌓여 있었다. 그는 봉지 겉면에 인쇄된 글자들이 모두 영어라는 사실을 알아차렸다.

회의실 반대편 끝에 있는 쌍으로 된 여닫이문이 활짝 열렸다. 린바오는 깜짝 놀라 똑바로 몸을 곧추세웠다. 중간급 장교들이 우르르 쏟아져 들어와 영사막과 함께 보안 회선으로 연결되는 화상통화 설비를 설치하고는 깨끗한 생수가 든 물병들을 테이블에 올려놨다. 그런 다음 파도가 밀려가듯 처음 들어왔을 때와 마찬가지로 재빨리 밖으로 사라졌다.

그들이 나가고 나자 몸집이 아주 작은 남자가 나타났다. 그의 가슴에는 온갖 종류의 훈장이며 휘장들이 번쩍거렸다. 그의 몸가짐은 사근사근했고 귓불은 축 늘어졌는데 보름달처럼 둥근 얼굴에는 가식적인 웃음이 한가득 들어차 있었다. 악수하기 위해 내민 손도 마치 전기 콘센트에 꽂는 플러그처럼 보였다.

"린바오 제독, 린바오 제독. 축하하네. 정말 멋지게 해냈군."

그는 승리의 노래라도 부르듯 린바오의 이름을 두 번 반복해서 불렀다. 린바오는 국방부 장관인 장 장군을 지금까지 한 번도 만나본 적이 없지만 그의 얼굴이 아주 낯익었다. 여러 군 시설 안에 내걸린 주요 간부들의 사진 중에서 지금까지 몇 번이나 그의 얼굴을 봤을까? 국방부 장관의 웃는 얼굴은 카메라를 보며 짐짓 엄숙한 표정을 짓는 다른 공산당 간부들과는 분명 차이가 있었다. 습관처럼 굳어진 그의 사근사근한 태도는 유약한 모습으로 비칠 수도 있지만 그만큼 국방부의 강력한 힘을 감춰주는 부드러운 보호막이기도 했다.

장 장관이 테이블에 있는 은쟁반들을 향해 손짓했다.

"일부러 준비했는데 아직 맛도 보지 않았군."

린바오는 떨떠름한 기분이 들었다. 그는 장 장관과 중앙군사위원회가 보고를 듣기 위해 자신을 소환했다고 생각했다. 그러나 그들은 이미 아주 작은 부분까지 모두 알고 있었다. 린바오의 말이며 행동이며 M&M 초콜릿을 두고 오갔던 이야기까지 하나도 빠짐없이 알고 있었다. 저 은쟁반에 쌓인 미국산 M&M 초콜릿이 바로 그 증거였다. 그들은 린바오에게 자신들의 눈에서 절대 벗어날 수 없다는 사실을 알려주고 있었다.

장관이 테이블 상석에 놓인 편안해 보이는 의자에 몸을 기댔다. 그리고 린바오에게 옆으로 와서 앉으라고 손짓했다. 해군 생활을 한 지 30년이 다 되어가지만 중앙군사위원회 소속 위원과 직접 대면한 건 이번이 처음이었다. 하급 장교 신분으로 하버드대학교에서 공부하고 진급 후에는 뉴포트에 있는 해군참모대학교를 다니게 됐을 때, 그리고 서방 국가 해군과의 합동훈련에 참여하게 됐을 때, 그는 서방 측 장교들이 계급과 관계없이 서로 친밀한 관계를 유지하는 것을 보고 항상 감탄하곤 했다. 제독이나 사령관도 부하 장교들을 친근하게 이름으로 부르는 경우가 많았고, 해군사관학교나 장교 후보생 시절부터 선후배로 지내며 군 생활을 함께한 사람들이 국방부 장관이나 차관 자리에 오르기도 했다. 이런 평등한 분위기는 평등을 이념적 토대로 내세우는 공산주의국가보다 오히려 서방의 군대에서 훨씬 깊이 자리 잡고 있었다. 린바오는 고위급 간부들에게 그저 '동지'에 불과했다. 다른 유대감은 없었다. 뉴포트 해군참모대학교에서 제2차 세계대전 당시 벌어졌던 사상 최대 규모의 전차전인 쿠르스크 전투를 공부할 때 린바오는 소련군의 최대 약점 중 하나가 바로 양방향 무전기의 제한된 사용이었다는 사실을 배웠다. 당시 양방향으로 통신할 수 있는 무전기가 설치된 전차는 지휘관급 전차들뿐이었다. 소련 군부는 하급 전차장들이 지휘관에게 말을 걸 만한 이유가 전혀 없다고 생각했다. 그들이 할 일은 그저 지휘관의 명령에 따르며 기계의 톱니바퀴 역할을 충실히 해내는 것뿐이었다. 그때부터 린바오의 시대에 이르기까지 공산주의국가에서 변한 것은 거의 없었다.

저쪽 끝에 설치된 영사막이 환하게 밝아졌다.

"우리는 중요한 전투에서 승리를 거두었네. 그러니 자네도 이걸 볼 자격이 있어." 장관이 설명했다.

화면은 완벽할 정도로 안전하게 연결됐고 소리도 깨끗하게 들렸다. 보이는 영상은 마치 창문을 통해 다른 방을 들여다보는 것처럼 거슬리는 부분이 하나도 없었다. 바로 정화호의 함교였고 그 한가운데에 마창 사령관이 서 있었다.

"축하하네, 사령관. 여기 자네의 옛 친구도 와 있네."

장관이 작지만 날카로워 보이는 치아를 드러내며 린바오를 가리켰다. 린바오는 어색하게 화면 쪽으로 고개를 숙였다. 마창도 답례를 했다. 그렇지만 장관의 손짓이 아니었다면 분명 린바오의 존재를 무시했을 터였다.

마창이 상황을 설명하기 시작했다. 그가 이끄는 항모전단이 두 척의 미 해군 구축함을 격침했는데 현재 그 두 척은 칼레빈호와 정훈호로 확인되었다. 칼레빈호의 경우 탄약고에서 엄청난 폭발이 일

어나 300여 명에 달하는 승조원 중 일부만 살아남았으며 정훈호
는 밤새도록 버티다가 결국 침몰했다. 오늘 날이 밝자마자 몇 시간
에 걸쳐 중국 함선들이 일부 살아남은 미군 승조원들을 건져 올렸
으며 유일하게 남은 존폴존스호는 모든 기능이 정지된 채 조금씩
물속으로 가라앉고 있다. 마창이 항복을 권유했으나 헌트 사령관
은 욕설까지 뒤섞어가며 완강하게 거부했다. 통역병이 제대로 전달
하는 걸 주저할 정도로 심한 욕설이었다. 정화항모전단은 서른여섯
시간 동안 계속해서 대기 중이며, 구축함들과의 연락이 완전히 두
절된 미 해군이 상황을 알아보기 위해 조사선을 보내지 않을까 염
려되는 상황이다. 마창은 존폴존스호에 마지막 일격을 가할 수 있
도록 허가해달라고 청했다.

"장관님, 미 해군이 지원군을 보낸다 해도 당연히 우리는 그들을
격퇴할 수 있을 것입니다. 그렇지만 그런 상황이 되면 제가 피하라
는 지시를 받았던 확전 상황으로 이어질지도 모릅니다. J-31 요격
기 편대는 언제든 정화호에서 이륙할 준비가 되어 있으며 모든 상
황이 정리되는 데 걸리는 시간은 52분 정도입니다. 명령을 기다리
겠습니다."

장관이 부드럽고 둥근 턱을 문질렀다.

린바오는 화면을 바라봤다. 바쁘게 움직이는 함교의 승조원들 뒤
로 수평선이 눈에 들어왔다. 바다 위는 희뿌연 안개 같은 것으로 덮
여 있었다. 린바오는 잠시 후 그게 무엇인지 알아챘다. 칼레빈호와
정훈호가 침몰하면서 남긴 건 그게 전부였다. 머지않아 존폴존스호
도 그렇게 연기만 남기고 사라지겠지. 마창의 염려는 일리가 있다

고 린바오는 생각했다. 이번 작전은 시작부터 선택지가 한정적이었다. 남중국해를 완벽하게 장악하는 목표는 어느 한 가지만 잘못되어도 제대로 이루어질 수 없다. 우선은 이 구축함들을 제압해야 하며, 잘못된 판단으로 인해 육탄전으로 번져서는 안 된다.

"마창 사령관, 혹시 존폴존스호가 살아남을 수 있겠나?"

마창이 잠시 화면 밖 누군가에게 쉰 목소리로 말을 건 후 다시 정면을 향했다.

"장관님, 지금 그대로 내버려둔다면 존폴존스호는 세 시간 안에 완전히 침몰할 것으로 예상됩니다."

린바오의 눈에 정화호가 요격기들을 출격시킬 수 있는 유리한 위치를 잡기 위해 움직이는 것이 보였다. 그런데 갑자기 저 멀리 수평선 위로 한 줄기의 검은 연기가 나타났다. 처음에는 너무 희미해서 화면에 무슨 문제가 있는 게 아닌가 생각했지만, 그는 이내 수십 킬로미터 밖에서 존폴존스호가 불타고 있다는 사실을 깨달았다.

장관이 마지막 일격 명령을 내릴지 고심하며 손가락으로 턱을 두드렸다. 결단이 필요한 순간이지만 잘못된 판단으로 이번 사태가 더 큰 갈등으로 번져 나가지 않도록 조심스럽게 진행할 필요가 있었다. 잘못하면 남중국해 밖에서 중국의 국익이 위협을 당할 수도 있으니까.

장관이 몸을 앞으로 기울였다.

"사령관, 요격기 출격을 허가한다. 그렇지만 잘 들으시게. 우리에겐 반드시 전달해야만 하는 특별한 전언이 있다네."

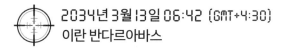
"냄새 한번 고약한 곳이군."

눅눅한 공기, 뭔가 썩는 듯한 냄새. 만일 상황을 몰랐다면 어느 오래된 버스터미널의 공중화장실에 갇혔다고 생각했을지도 모른다. 미첼의 눈에는 안대가 씌워져 있었고 양손은 바닥에 고정된 철제 의자에 수갑으로 채워져 있었다. 그의 눈에 비치는 건 사방에서 불규칙적으로 일렁이는 그림자와 흐릿한 빛뿐으로, 그는 천장 근처에 창문이 있는 것이 아닌가 하는 생각이 들었다.

경첩이 삐걱거리는 묵직한 소리와 함께 문이 열렸다. 소리를 들어 보니 금속으로 만든 문 같았다. 약간 다리를 저는 사람이 다가오는 듯한, 일정하지 않은 발소리도 들렸다. 그런 다음 의자 하나를 바닥을 긁으며 끌어내는 것 같았다. 마주하고 앉은 사람이 누군지 몰라도 어디가 불편한 듯 앉는 동작이 어색했다. 미첼은 그 사람이 말을 꺼내기를 기다렸지만 담배 냄새만 풍겨 왔다. 불과 몇 시간 전에 예상치 못했던 포로 신세가 되어버렸지만, 그는 포로로 잡혔을 때의 행동강령을 잘 알기에 먼저 말을 꺼내지 않을 생각이었다.

"크리스 웨지 미첼 소령…."

마침내 앞에서 목소리가 들려왔다. 그리고 바로 안대가 벗겨졌다. 사방이 그리 밝지 않은데도 그렇게 갑자기 빛이 들어오자 미첼은 눈을 제대로 뜰 수 없었다. 앞에 있는 검은 형상에 시선을 집중할 수 없었다.

"웨지 소령, 귀관은 왜 여기 와 있는 거지?"

천천히 앞이 제대로 보이기 시작했다. 질문한 남자는 녹색 군복 차림이었는데 번쩍이는 금색 견장을 보니 계급이 높아 보였다. 그는 육상선수처럼 몸이 탄탄했고 눈썹에서 볼까지 이어진 긴 갈고리 모양의 흉터 때문에 인상이 몹시 험악해 보였다. 코는 마치 뼈가 몇 번이나 부러졌다 다시 세워진 것처럼 삼각형 모양 비슷하게 짓뭉개져 있었다. 손에는 미첼의 비행복에서 뜯어낸 이름표가 들려 있었다.

"웨지 소령이 아니오. 부르려면 그냥 웨지라고 부르시오. 물론 그건 친구들만 부르는 이름이지만."

"여기 볼일이 다 끝나면 친구 사이가 될 수도 있겠지."

녹색 군복의 남자가 기분이 상한 듯 조금 인상을 찡그렸다. 그가 담배를 권했지만 미첼은 손을 흔들며 거절했다.

남자가 다시 질문했다.

"왜 여기 와 있는 건가?"

미첼은 눈을 깜박였다. 주변을 둘러보니 한구석에 창살로 막힌 창문 하나가 있었다. 그리고 다른 쪽 구석에 물통 같은 것이 있었는데 아마 화장실 대용인 것 같았다. 그렇다면 옆에 있는 깔개는 잠자리일 터였다. 깔개 위 벽에는 쇠사슬이 달린 족쇄가 벽에 고정되어 있었다. 천장 한가운데에 높다랗게 매달린 비디오카메라 한 대를 제외하고 문명의 이기 같은 건 어디에도 보이지 않았다. 카메라의 붉은색 불빛이 깜박거리는 걸 보니 모든 것을 녹화하고 있는 모양이었다.

미첼은 몸 깊은 곳에서부터 피어오르는 불길한 기분을 느꼈다. 증조할아버지와 함께 해병 항공대의 최고 조종사였던 패피 보잉턴도 포로로 붙잡혀 일본군 포로수용소에서 종전을 맞이했다. 또래 젊은이들이 고향에서 대마초를 피우고 군대 영장을 불태우는 동안 베트남에서 전투기를 타고 싸웠던 할아버지도 생각났다. 그리고 늙은 아버지도 떠올랐다. 그는 처음으로 자신이 정말 죽을지도 모른다는 생각을 하게 되었다.

군복 남자가 다시 한번 여기에 왜 있는지 물었다. 미첼은 훈련받은 대로 해병대 행동강령에 따라 행동했다. 남자의 질문에 오직 이름과 계급, 군번만 말했다.

"그건 내 질문에 대한 대답이 아니야. 나는 소령이 왜 여기에 와 있는지 물었어."

미첼은 이름과 계급, 군번을 다시 말했다.

남자가 알겠다는 듯 고개를 끄덕였다. 그러고는 자리에서 일어나 한 바퀴 빙 돌아 미첼의 뒤에 섰다. 그는 두 손을 미첼의 어깨에 얹고 뭉개진 오른손의 손가락 세 개로 마치 게가 기어가듯 미첼의 목덜미를 더듬었다.

"이 상황을 타개할 수 있는 유일한 방법은 말이야, 서로 협력하는 거야. 알겠나, 미첼 소령? 인정하든 인정하지 않든 귀관은 우리 영공을 무단으로 침입했어. 그러니 우리에겐 귀관이 왜 여기 있는지 물을 권리가 있지. 그래야 상황을 해결할 수 있을 테니까. 어느 누구도 상황이 더 악화되는 걸 원치 않는다네."

미첼은 천장 한복판에 매달린 비디오카메라를 힐끗 올려다봤다.

그런 뒤 세 번째로 자신의 이름과 계급, 군번을 말했다.

"저걸 꺼버리면 좋겠나? 그럼 그렇게 해달라고 말만 하면 돼. 모든 걸 녹화할 필요는 없으니까 말이야."

남자가 카메라를 올려다보며 말했다.

생존 훈련 과정을 떠올린 미첼은 남자가 자신의 환심을 사면서 신뢰감을 쌓아가려 한다는 사실을 깨달았다. 신뢰감을 바탕으로 원하는 대답을 이끌어내려는 것이다. 이런 심문의 목적은 어떤 정보의 확보가 아니라 통제, 즉 감정적 통제였다. 일단 그렇게 서로 신뢰하는 관계를 통해서든, 아니면 위협이나 심지어 폭력을 통해서든 상대방에 대한 감정적 통제가 이루어지면 그다음부터는 원하는 정보가 술술 흘러나오게 되어 있다.

그런데 아무리 생각해도 이 남자는 뭔가 좀 이상했다. 우선 직접적인 심문 과정에 동원될 정도로 계급이 낮아 보이지 않았고, 심문이나 정보 관련 업무를 맡은 사람치고는 흉터가 너무 많았다. 남자의 군복 역시 일반적인 이란군의 군복이 아니었다.

남자가 또다시 왜 여기에 와 있는지를 물었다. 미첼은 이번에는 이름과 계급, 군번을 말하지 않았다.

"그쪽에서 먼저 말해주면 나도 대답하겠소."

남자는 놀란 것 같았다. 내가 왜 여기 와 있냐고? 그건 너무나 뻔한 이유 때문이 아닌가.

"무슨 말을 하는 건지 모르겠군."

"당신은 왜 여기 와 있는 거요? 대답해봐요. 그럼 나도 대답을 하지."

남자가 자기 자리로 돌아가서 미첼을 마주 봤다. 그러고는 흥미롭다는 듯 포로 쪽으로 몸을 숙였다.

"나야 귀관에게 질문하려고 여기 와 있지."

"헛소리."

미첼이 그렇게 내뱉자 남자가 자리에서 일어섰다.

"당신은 질문 같은 걸 하러 여기 오지 않았어. 그런 험상궂은 얼굴을 하고서 뭐? 당신이 후방에서 얼쩡거리기나 하는 정보부 나부랭이란 말을 나보고 믿으라는 건가?"

그러자 흉터를 제외한 남자의 얼굴 전체가 부끄러운 듯 시뻘겋게 달아올랐다.

"당신 같은 사람이라면 부대를 이끌고 최전선에 나가 있어야지."

미첼은 이제 될 대로 되라는 듯 웃고 있었다. 그는 승부수를 던졌고 상대방의 반응을 보고 자신이 제대로 해냈다는 사실을 알았다. 이제 상황을 통제하고 있는 건 바로 자신이었다.

"그런데 왜 여기에 와 있는 건가? 누구한테 밉보였기에 이런 지저분한 뒤치다꺼리나 하러 온 거냔 말이야."

남자가 몸을 뒤로 한껏 젖혔다가 세게 미첼을 후려쳤고 그 서슬에 바닥에 고정된 의자까지 뒤로 넘어갔다. 미첼은 인형처럼 힘없이 바닥에 쓰러졌다. 그의 몸 위로 쉴 새 없이 주먹이 쏟아져 내렸다. 정신을 잃기 전 미첼의 눈에 마지막으로 들어온 건 천장 한가운데서 붉은색 불빛을 깜빡거리는 비디오카메라였다.

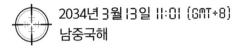
그들은 동쪽에서 나타났다. 두 개의 은빛 섬광이 수평선 위로 나타나 크게 손상된 존폴존스호의 주위를 한 바퀴 맴돌았다. 그날 아침 이후 전체 승조원의 절반에 가까운 100명이 넘는 장병들이 어뢰 두 발의 연속된 공격으로 인한 폭발로 불에 타거나 물이 차오르는 갑판 아래에 갇혀버렸다. 다른 절반은 구축함의 침몰을 막기 위해 전우들이 아직 빠져나오지 못했음에도 침수 구역을 차단할 수밖에 없었다. 해상 전투에서 으레 그렇듯 대부분이 그대로 사망했는데 모든 것을 집어삼키는 바다 위의 전장은 애초에 부상자들이 견딜 만한 곳이 아니었다.

두 대의 요격기가 곧장 공격해 오지 않자 남은 승조원들 사이에서는 숨만 들이마시는 듯한 침묵이 내려앉았다. 침묵 속에는 그 요격기들이 요코스카 해군기지에서 날아왔거나, 아니면 그들을 돕기 위해 파견된 아군 항공모함에서 출격했을지 모른다는 가냘픈 희망이 숨어 있었다. 그렇지만 존폴존스호의 승조원들은 무기로 가득한 날개를 보고 그들이 구하러 오지 않았다는 사실을 깨달았다.

그런데 왜 공격을 하지 않는 걸까? 왜 폭탄을 떨어뜨려 모든 걸 끝내지 않는 거지? 헌트는 이런저런 추측에 시간을 낭비할 수는 없었다. 전날 첫 번째 어뢰가 명중한 이후 그녀의 관심은 단 한 곳에 집중되었다. 기함 존폴존스호의 침몰만은 어떻게 해서든 막아야 했다. 안타깝게도 이제는 헌트가 이 배의 함장이었다. 두 번째 어뢰에 맞은 후부터 모리스 함장의 모습은 어디에서도 찾아볼 수 없었다. 헌트는 칼레빈호와 정훈호가 침몰하는 모습을 무기력하게 지켜볼 수밖에 없었다. 머지않아 그녀와 살아남은 승조원들도 같은 운명을 맞이하게 될 게 분명했다. 불길은 거의 다 잡았지만 그대신 퍼낼 수 있는 것보다 많은 바닷물이 쏟아져 들어오고 있었다. 물의 무게 때문에 선체는 마치 짐승처럼 구슬픈 비명을 지르며 이리저리 뒤틀렸다. 선체가 완전히 결딴나는 건 이제 시간문제였다.

헌트는 함교를 지키며 최선을 다해 자신이 할 수 있는 일을 했다. 먹통이 된 통신장치들을 확인하고 승조원들을 내보내 함교 밖의 피해 상황을 수시로 점검했다. 그리고 GPS와 관련된 모든 장치가 고장 났기 때문에 지도를 펼쳐서 다시 현재 위치를 찾았다.

헌트는 고개를 들어 정화호에서 날아온 두 대의 요격기를 바라봤다. 한편으로는 이제 그들이 쓸데없이 빙빙 돌지만 말고, 조롱하는 것도 멈추고 바로 폭탄을 떨어뜨려 이 함선과 함께 잠들도록 해주기를 바라는 마음도 들었다.

"사령관님…."

그녀가 수평선 쪽을 바라보고 있을 때 옆에 서 있던 통신병이 말을 걸었다. 그녀는 다시 고개를 치켜들었다. 요격기들이 방향을 바꾸어 존폴존스호를 향해 빠른 속도로 돌진해 오고 있었다. 누가 봐도 공격대형이 분명한 요격기들의 날개 위로 햇빛이 번쩍일 때 그녀는 그들이 기관포 공격을 시작했다고 생각했다. 그녀는 얼굴을 찡그렸지만 아무 일도 일어나지 않았다. 요격기들과의 거리가 점점 더 가까워졌다. 지금 존폴존스호에서 제대로 작동하는 무기는 하나도 없었다. 함교는 정적에 휩싸였다. 기껏해야 열아홉 살을 넘지 않았을 통신병이 그녀를 바라봤다. 그녀는 자기도 모르게 팔을 들어 통신병을 감싸 안았다.

두 요격기가 아주 가까이, 아주 낮게 접근하면서 헌트는 불안정한 대기 속을 통과하는 요격기 날개가 조금 흔들리는 것까지 볼 수 있었다. 이제 곧 머리 위로 폭탄이 떨어지리라.

그녀는 두 눈을 감았다.

천둥소리 비슷한 폭발음이 들렸다.

그런데 아무 일도 일어나지 않았다.

헌트는 고개를 들었다. 두 요격기는 곡예비행이라도 하듯 서로의 주위를 나선형으로 빙빙 돌면서 하늘 위로 치솟아 올랐고 이내 길게 이어진 구름 사이로 모습을 감췄다 보이기를 반복했다. 그러더니 다시 고도를 낮춰 30미터도 되지 않는 높이를 유지하며 수면 위를 날아갔다. 비행 속도는 거의 실속속도에 가까워질 만큼 줄어들었다. 요격기들이 함교 옆을 지나갈 때 거리가 너무 가까워서 헌트는 조종사까지 어렴풋이 확인할 수 있었다. 그때 조종사가 마치 경례라도 하듯 날개를 기울였다. 헌트는 그게 적들이 보낸 전언이며 그걸 전하기 위해 요격기가 출격한 거라고 믿었다.

요격기들이 고도를 높이더니 기수를 돌려 왔던 곳으로 되돌아갔다. 존폴존스호의 함교는 여전히 침묵에 휩싸여 있었다. 그때 갑자기 뭔가 지지직거리는 소리가 들렸다. 꼬박 하루하고도 몇 시간이 더 흐른 후에야 처음으로 무전기 중 하나가 소리를 낸 것이다.

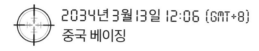

화면이 꺼졌다. 영사막이 천장 속으로 다시 접혀 들어갔다. 드넓은 회의실에는 린바오와 장 장관 두 사람뿐이었다.

"자네 친구인 마창 사령관이 나한테 화가 난 것 같은가?"

린바오는 순간 당황했다. 그는 국방부 장관 정도의 위치에 있는 누군가가 부하의 감정에 관심이 있을 거라는 생각은 단 한 번도 해본 적이 없었다. 뭐라고 대답해야 할지 알 수 없어서 린바오는 못 들은 척했다.

"마창은 역량 있는 사령관이야. 결단력 있고 능력 좋고 냉혹하기까지 하지. 그렇지만 그 능률적인 모습이 그의 약점이기도 하거든. 마창은 그저 싸우는 것밖에 몰라. 다른 사령관들처럼 미묘한 상황의 차이라는 걸 이해하지 못한단 말이지. 존폴존스호를 그냥 내버려두라고 했지만 마창은 업적을 쌓을 기회를 내가 빼앗은 것으로 받아들이더군. 자신이 맡은 임무의 진짜 목적을 제대로 이해하지 못하고 있는 거야."

임무의 '진짜 목적'이라는 말이 답이 없는 질문처럼 그대로 허공에 맴돌았지만, 린바오는 감히 그걸 소리 내어 물어볼 수 없었다. 그래서 침묵으로 질문을 대신했다.

장관이 이야기를 이어갔다.

"린 제독, 말해보게. 자네는 서방 국가에서 유학 생활을 했으니 아리스토데모스에 대해 들어본 적이 있겠지?"

린바오는 고개를 끄덕였다. 아리스토데모스는 그 유명한 테르모필레 전투에서 유일하게 살아남은 스파르타 전사였다. 린바오는 하버드의 한 공개강좌에서 그에 대해 배웠는데 '전쟁의 역사'라는 다소 거창한 이름의 이 강좌를 맡은 사람은 그리스 문화에 푹 빠진 교수였다. 전해지는 이야기에 따르면 300명의 스파르타 전사들이 페르시아제국에 맞서 최후의 일전을 준비하고 있을 때, 아리스토데모스는 공교롭게도 눈병을 앓고 있었다. 스파르타의 왕 레오니다스는 눈이 보이지 않는 자는 필요 없다며 아리스토데모스를 스파르타로 돌려보냈다. 그후 잘 알려진 것처럼 스파르타 전사 300명은 모두 장렬하게 전사하고 만다.

"아리스토데모스는 유일하게 살아남아 동료 스파르타 전사들의 최후를 전해준 사람입니다."

"마창 사령관이 이해 못 하는 부분이 바로 그거야. 세 척의 구축함을 전부 다 침몰시키라고 그를 내보낸 것이 아닐세. 그가 맡은 임무는 그게 아니야. 우리의 전언을 전달하려는 거지. 만일 구축함들이 모두 파괴되어 사라져버린다면 우리가 전하고자 하는 전언도 함께 사라지는 거라네. 누가 그걸 다시 전하겠나? 무슨 일이 일어났는지 그 사정을 누가 다른 사람들에게 전달할 수 있겠냔 말이야. 생존자들을 남겨 그들에게 보여주면 우리 뜻을 분명히 전달할 수 있겠지. 문제의 핵심은 불필요한 전쟁을 시작하는 게 아니라 미국이 우리 말에 귀 기울이게 하는 거라네. 우리 영해에서 우리가 주장하는 주권을 인정하도록 만드는 거지."

장관이 슬며시 웃으며 이를 드러냈다. 그런 다음 린바오가 미국

주재무관으로서 자신의 역할을 충실하게 이행한 것을 칭찬했다. 그는 웬루이호와 존폴존스호를 미끼로 해서 미국을 교묘하게 함정으로 몰아넣었다. 유엔에서 제기될 것이 분명한 국제적 항의는 민간 어선인 웬루이호 나포 사태에 대한 미국의 책임 문제로 희석될 것이다. 그러면서 이 문제는 유엔이라는 비효율적인 국제기구의 손을 떠나 역시 비효율적인 다른 국제기구들로 흘러들 것이다.

거기까지 언급한 장관이 잠시 생각에 잠겼다가 앞으로 벌어질 사건들에 대한 자신의 전망을 장황하게 늘어놓기 시작했다. 존폴존스호의 살아남은 승조원들은 정화호에 의해 목숨을 건진 과정을 상부에 보고할 것이다. 그리고 사실상 중국의 최고 지도부인 공산당 중앙정치국 상무위원회는 동맹국 이란과의 중재에 나서서 그들이 붙잡고 있는 F-35 전투기와 조종사를 미국을 달랠 수 있는 협상 도구로 내놓을 것이다. 그리하여 중국은 마침내 오랜 염원인 남중국해에 대한 완전한 영유권을 행사하게 될 것이다.

자신의 꿈과 전망을 모두 이야기한 장관은 대단히 흡족해 보였다.

"이제는 린 제독 차례일세. 조국과 인민들은 자네에게 큰 빚을 졌어. 물론 지금부터는 가족과 시간을 보내고 싶겠지만, 자네의 장래에 대해 이야기하지 않을 수 없지. 그래, 특별히 원하는 보직이 있나?"

그러면서 장관이 린바오의 손을 잡았다.

린바오는 의자에서 몸을 일으켰다. 그는 장관의 눈을 똑바로 바라봤다. 이런 좋은 기회를 다시는 만나기 어려울 것이다.

"장관님, 저는 다시 바다로 나가고 싶습니다. 그게 제가 바라는 전부입니다."

"그렇군."

장관이 자리에서 일어서며 손을 조금 까딱거렸다. 마치 린바오의 요청을 이미 알아들었다는 사실을 보여주려는 것 같았다.

"장관님, 구체적으로 말하자면 저는 정화항모전단의 사령관을 맡고 싶습니다."

린바오는 문으로 향하는 장관에게 용기를 내어 한마디 덧붙였다.

장관이 발걸음을 멈췄다. 그리고 어깨 너머로 고개를 돌리며 웃음을 터뜨렸다.

"마창 사령관의 보직을 가져가겠다는 건가? 어쩌면 내가 자네를 잘못 본 걸지도 모르겠군. 자네야말로 정말로 냉혹한 사람이군그래. 일단 두고 보도록 하지. 그리고 부탁이니 제발 그 망할 초콜릿은 다 가져가게."

 2034년 3월 22일 16:07 (GMT-4)
미국 워싱턴

초두리는 지난 열흘 동안 사무실을 떠나지 않았다. 딸은 어머니에게 맡겼고 이혼한 아내는 인터넷과 휴대폰이 복구된 후에도 이메일이나 문자 한 통 보내지 않았다. 개인적으로는 감사한 마음이 들 정도로 평온한 삶이었다. 전 국민의 관심을 집중시킨 위기 상황을 해결하는 데 중요한 역할을 맡은 자신에 대한 가족들의 이해심 덕분일 터였다. 새로운 침략 행위에 직면한 정치인들은 좌파와 우파를 가리지 않고 묵은 원한 같은 건 기꺼이 털어버리려는 것처럼 보였다. 남중국해 해상과 이란 영공에서 벌어진 사건의 심각성을 언론매체들이 깨닫기까지는 하루나 이틀 정도의 시간이 걸렸다.

세 척으로 이루어진 구축함전대가 몰살을 당했다.

F-35 전투기 조종사가 포로로 붙잡혔다.

그 결과는 미국의 단결이었다. 국민들의 격렬한 분노의 외침은 점점 더 끓어올랐다. 아침 방송에서 저녁 뉴스에 이르기까지 모두가 전하고자 하는 뜻은 분명했다. 뭔가 행동에 나서야 한다는 것이었다. 행정부 내에서도 국가안보보좌관 트렌트 와이즈카버를 필두로 한 강경파 관료들은 국민의 편을 들었다. 그들은 미군이 전 세계에 절대적인 위용을 보여줘야 한다고 생각했다. '도발하면 반드시 대응한다'라는 구호가 백악관 곳곳에서 울려 퍼졌다. 그렇지만 백악관에서 제일 중요한 곳인 대통령 집무실은 조용하기만 했다. 대통령에게는 확신이 없었다. 대통령 측 사람들은 행정부 내에서는 물론, 언론이나 방송을 통해서도 어떤 의견도 표명하지 않았다. 그들의 의구심은 그동안 흔히 보아온 것처럼, 이미 걷잡을 수 없이 번져버린 상황이 더 확대되는 것을 원치 않는 머뭇거림으로 나타났다. 미국 대통령과 동맹국들은 시간만 질질 끌고 있었다.

위기가 시작된 지 열흘이라는 시간이 지났지만, 사태를 진정시키려는 전략은 실패하고 있는 것처럼 보였다. 얼마 지나지 않아 모든 미국 국민이 칼레빈호와 정훈호의 침몰, 그리고 존폴존스호의 생존에 대해 알게 되었다. 존폴존스호는 완전히 복귀한 것은 아니었고, 구축함전대 사령관을 포함해 얼마 남지 않은 생존자들을 구출한 잠수함에 이끌려 어디론가 사라졌다. 해군은 언론매체의 관심을 피해 사령관을 은밀히 빼돌려 조사위원회에 출석시켰다.

헌트 사령관의 경우엔 실명이 알려지지 않은 채 넘어갈 수 있었지만, 해병 항공대의 미첼 소령은 그와 정반대였다. 언론에서 일방적인 공격이라고 주장하는 이른바 '미스치프환초 전투' 이후, 중국의 고위 관료들이 미 행정부에 접촉을 해왔는데 특히 장 장관은 이번 위기는 심각한 오해에 불과하다고 주장했다. 그는 선의의 표시라며 미국과 이란 사이의 중재를 자처하고 나섰다. 자신이 개인적으로 나서서 F-35 반환과 조종사 석방을 협상할 거라고 밝혔다. 중국의 특사가 사태의 여파로 폐쇄된 워싱턴의 자국 대사관 대신 인도의 뉴델리 주재 미국대사관에 이 제안을 들고 도착하자, 미 행정부는 중국과 이란이 중요한 첨단기술들을 빼돌리기 전에 F-35가 반환될 것처럼 말하는 건 미국을 철저히 기만하는 행위에 불과하다고 일축했다. 그런 와중에 미 행정부는 조종사를 반드시 데려와야 한다는 강력한 압박에 시달리고 있었다.

미첼의 생사가 불분명해진 지 사흘이 지났을 무렵, 그의 실명이 행정부의 누군가에 의해 어느 케이블 뉴스 방송사로 유출되었다. 해당 방송사의 뉴스 진행자가 캔자스시티 외곽에 있는 미첼 가족의 집을 찾아갔고, 그곳에서 그녀는 이 집안 남자들이 4대째 해병 항공대 소속 전투기 조종사라는 구미가 당기는 이야깃거리를 발견했다. 그녀는 노획한 일본군 군기부터 아직도 핏자국이 남아 있는 비행복에 이르기까지 이 집안에 전해 내려오는 기념품들이 벽에 걸린 거실에서 대담을 시작했다.

미첼의 아버지는 이따금 뒷마당에 심긴 나무 한 그루를 멍하니 바라보면서 아들에 대해 이야기했다. 나무의 가장 굵은 가지에는 그네를 매달았던 녹슨 고리가 여전히 박혀 있었다. 미첼의 아버지는 수십 년 동안 이어져온 집안의 전통에 대해서도 이야기했다. 방송사는 젊고 잘생긴 미첼 소령의 사진과 함께 그의 아버지, 할아버지, 증조할아버지의 사진을 클로즈업해 보여줬다. 미첼 가문의 사진들은 바로 미국이 겪어온 지난 세월을 드러내고 있었다. 미국이 전성기를 누리던 시절들이었다. 이 방송 영상이 인터넷에 올라오자 불과 몇 시간 만에 수백만 명이 넘는 사람들이 영상을 봤다.

위기 상황이 일어난 지 닷새가 지난 후, 백악관 상황실에서 대통령이 이 방송을 봤냐고 물었고 모두 그렇다고 대답했다. 이미 소셜 미디어에서는 #FreeWedge, 즉 웨지 소령을 되찾자는 해시태그가 유행처럼 번지고 있었다. 웨스트윙의 어디에서도 창밖으로 눈을 돌리면 워싱턴을 뒤덮을 정도로 하루가 다르게 늘어나고 있는 '실종된 미군 찾기' 운동 본부의 검은 깃발과 시위대를 볼 수 있었다. 하지만 대통령은 남중국해에서 전사한 수백 명의 승조원보다 전투기 조종사 한 명이 훨씬 큰 반향을 불러일으키는 이유를 이해하지 못하는 것 같았다. 상황실은 쥐 죽은 듯 조용해졌다. 대통령의 테이블 위에는 칼레빈호와 정훈호, 존폴존스호의 희생자 가족들에게 보내는 위로의 편지가 대통령의 서명을 기다리고 있었다.

"도대체 왜 그 조종사가 수많은 다른 생명보다 더 중요하다는 건가?" 대통령이 과장된 말투로 물었다.

"대통령님, 그 조종사는 많은 것들을 상징하고 있습니다." 초두리가 불쑥 내뱉었다.

대통령이 참석한 회의에서 자리를 배정받지 못한 초두리는 다른 일반 직원들과 함께 벽에 몸을 기댄 채 서 있었다. 자리에 앉아 있던 주요 인사들이 고개를 돌려 그를 주목했고 그는 즉시 입을 연 것을 후회했다.

대통령이 단호한 어조로 초두리에게 해명을 요구했다.

"미첼 소령은 하나의 연결고리 같은 존재입니다. 미첼 가족은 우리가 만만치 않은 적수들을 무찔렀던 과거를 다시 상기시켜줍니다. 미국 국민들은 지금 앞으로 어떤 일이 벌어질지 직감하고 있습니다. 그래서 그를 보면서 우리가 하나로 뭉치면 어떤 일을 해낼 수 있는지를 떠올리는 것입니다. 사람들이 그에게 그렇게나 많은 관심을 보이는 건 바로 그 때문이라고 생각합니다."

머뭇거리며 말을 시작했지만 초두리는 점차 자신감이 차올랐다. 그의 설명에 어느 누구도 반응을 보이지 않았다. 잠시 침묵이 흐른 후 대통령이 상황실 안을 둘러보며 자신에게는 오직 한 가지 목표만이 있을 뿐이라고 말했다. 그건 바로 만만치 않은 적수와의 군사적 충돌 같은 사태로 번져 나가는 것을 피하는 것이었다.

"다들 아시겠습니까?"

대통령이 회의용 테이블 주위에 둘러앉은 사람들과 눈을 맞추며 말을 마쳤다. 모두들 고개를 끄덕였지만 여전히 풀리지 않는 긴장된 분위기는 모두 다 대통령의 의견에 동의하지는 않는다는 사실을 분명하게 보여줬다.

대통령이 상황실을 나서자 보좌관들이 줄지어 그 뒤를 따랐다.

상황실 안이 다시 소란스러워졌다. 각 부처 장관들과 기관장들은 하나둘씩 음모라도 꾸미듯 몸을 숙이고 이야기를 나누었다.

초두리가 자기 테이블로 다시 돌아왔을 때 직속상관인 와이즈카버가 그를 찾아왔다.

"이보게…."

부모의 목소리만 들어도 자기가 뭘 잘못했는지 알아차리는 어린 아이처럼 초두리는 자신이 상황실에서 갑자기 내뱉은 말 때문에 와이즈카버가 화났다는 사실을 금방 알 수 있었다. 그는 얼버무리듯 사과하며 다시는 그런 행동을 하지 않겠다고 약속했다. 10여 년 전 와이즈카버의 어린 아들이 지구촌을 덮친 코로나바이러스의 대유행으로 세상을 떠났는데, 그때의 일을 계기로 와이즈카버는 정치적으로 강경파의 길을 걷게 되었다. 하지만 그가 또 다른 자식처럼 대하는 부하 직원들에게는 언제나 아버지와 같은 죄책감이나 책임감을 감추지 못했다.

"초두리 박사, 이제 그만 집으로 돌아가 좀 쉬도록 하게."

그의 목소리는 처음과 달리 부드럽고 따뜻해졌다.

 2034년 3월 20일 03:34 (GMT+4:30)
이란 테헤란

미첼은 처음에는 집에 돌아왔다고 생각했다. 어두운 방에서 눈을 떴을 때 그는 깨끗하게 정돈된 침대에 누워 있었다. 문이라고 생각되는 곳 밑으로 한 줄기 빛이 새어 들어오고 있었다. 고개를 들어 좀 더 자세히 살펴보려 했지만 극심한 고통이 몰려왔다. 그 고통 덕분에 그는 자신이 고향 집과는 까마득히 멀리 떨어진 곳에 와 있다는 사실을 깨달을 수 있었다. 그는 머리를 다시 베개에 파묻고 어둠 속을 바라봤다.

처음에는 무슨 일이 일어났었는지 잘 기억이 나지 않았다. 그러다가 조금씩 지난 일들이 하나하나 떠오르기 시작했다. 국경선을 따라 비행하다가… 갑자기 조종할 수 없게 됐고… 전투기에서 탈출하려 했지만… 결국 반다르아바스에 강제로 착륙해서… 활주로 위에서 담배 한 대를 피우고… 흉터가 잔뜩 있는 남자를 만났고… 그 남자가 손가락이 세 개만 남아 있는 오른손으로 자신의 어깨를 움켜쥐었다. 그렇게 지난 일들을 모두 떠올리기까지 꼬박 하룻밤이 걸렸다.

입 안의 혀를 움직여 보니 이가 여러 개 빠진 것이 느껴졌다. 입술은 물집이 잡혀 퉁퉁 부어 있었다. 창을 가린 커튼 주변으로 빛이 보이기 시작했다. 미첼은 얼마 지나지 않아 주변 사물들을 알아볼 수 있게 됐지만 눈앞은 여전히 흐릿했다. 한쪽 눈이 부어올라 제대로 뜨기 힘들었고 다른 쪽 눈으로는 앞을 거의 볼 수 없었다. 만일 시력을 잃었다면 다시는 하늘을 날 수 없으리라. 다른 부위라면 치료와 원상회복이 가능할지 모르지만 시력만은 회복이 불가능하다.

미첼은 손으로 얼굴을 만져보려 했지만 팔이 움직이지 않았다. 양쪽 다 침대 틀에 수갑으로 묶여 있었다. 그가 손으로 얼굴을 만지려고 애쓸 때마다 수갑이 덜그럭거렸다.

갑자기 다가오는 발소리가 들렸다. 방문이 열리고 환해진 문 앞에 나타난 건 이슬람 여성들이 쓰는 히잡을 두른 젊은 간호사였다. 그녀가 조용히 하라는 듯 입술에 손가락을 갖다 댔다. 하지만 가까이 다가오지는 않으려 했다. 그러면서 두 손을 모아 뭔가 부탁하는 듯한 몸짓으로 부드럽게 말했지만 미첼이 알아들을 수 없는 언어였다. 간호사는 곧 방을 나갔다.

그리고 방 안이 밝아졌다. 저쪽 한구석, 금속 틀에 매달린 텔레비전이 보였다. 텔레비전 아랫부분에는 뭔가가 새겨져 있었다.

미첼은 욱신거리는 머리를 베개 위에 편안하게 기댔다. 그리고 그나마 좀 뜰 수 있는 눈으로 텔레비전과 밑에 새겨진 글자에 집중했다. 흐릿한 형상들이 하나로 합쳐지면서 그는 시력이 거의 돌아온 듯 글자들을 알아볼 수 있었다. 그 환상적이면서 구원과도 같은 이름은 다름 아닌 일본의 텔레비전 상표 '파나소닉'이었다. 그는 두 눈을 감고 목구멍에서 치밀어 올라오는 뜨거운 뭔가를 억지로 다시 집어삼켰다.

"잘 쉬셨습니까, 웨지 소령."

누군가가 들어오면서 말을 걸었다. 그 느릿한 영국식 억양에 미첼은 목소리가 들리는 방향으로 고개를 돌렸다. 깔끔한 흰옷을 걸친 남자의 여윈 얼굴은 각이 졌고 턱수염은 깔끔하게 다듬어져 있었다. 남자가 곧 침대 틀에 묶인 미첼의 양팔에 연결된 정맥주사들을 확인하기 시작했다. 미첼은 최대한 지칭하는 눈길로 그 남자를 쏘아봤다. 미첼을 달래듯 남자가 친절한 목소리로 설명했다.

"사고가 있었습니다. 그래서 이곳으로 데리고 왔죠. 여기는 아라

드 병원입니다. 내가 장담하는데 테헤란에서 최고의 시설 중 하나
죠. 당신이 당한 사고는 꽤 심각했지만 지난 몇 주 동안 나와 동료
들이 최선을 다해 당신을 돌봤습니다. 우리는 당신을 꼭 고향으로
돌려보내고 싶지만 당신네 나라 정부가 영 협조를 하지 않는군요.
그래도 곧 모든 문제가 잘 풀리고 당신도 고향으로 돌아가게 되리
라 생각합니다. 소령은 어떻게 생각하십니까?"

미첼은 아무 말도 하지 않았다. 그저 아까처럼 계속해서 의사를
처다보기만 했다.

"좋습니다. 그럼 최소한 지금 기분이 어떤지 정도는 말해주시겠
습니까?"

미첼은 텔레비전 쪽으로 시선을 돌렸다. 이번에는 파나소닉이란
글자가 더 빨리 눈에 들어왔다. 그는 고통을 참으며 웃었다. 그리고
의사를 향해 이곳의 빌어먹을 인간들 누구에게도 자신이 할 수 있
는 유일한 말은 이미 정해져 있다고 대꾸했다. 그건 바로 자신의 이
름과 계급, 군번이었다.

 2034년 3월 23일 09:42 (GMT-4)
미국 워싱턴

초두리는 상관의 지시를 충실하게 따랐다. 그는 집으로 돌아가서
딸과 단둘이 시간을 보냈다. 저녁 식사로 두 사람이 제일 좋아하는
닭튀김과 감자튀김을 먹고 두 사람이 좋아하는 옛날 영화 「블루스

브라더스」를 봤다. 그런 다음 초두리는 딸에게 닥터 수스의 그림책 세 권을 읽어줬다. 하지만 그는 세 번째 책『버터 전쟁』을 절반쯤 읽다가 딸과 함께 잠이 들었고 한밤중에 깨어나 비틀거리며 자기 방으로 내려갔다. 다음 날 아침 눈을 뜨니 와이즈카버에게서 이메일 한 통이 와 있었다. 제목: 오늘, 내용: 휴가.

　초두리는 우선 딸을 학교에 데려다주고 집으로 돌아와 아침을 차려 먹었다. 그리고 더 할 일이 없나 생각해봤다. 점심까지는 아직 두어 시간이 남아 있었다. 그는 태블릿을 들고 공원으로 나가서 새로 올라온 소식들을 확인했다. 국내와 국외 소식을 비롯해 사설에 연예가 소식까지 하나도 빠트리지 않고 읽었다. 그렇게 살펴본 모든 소식이 어떤 식으로든 지난 열흘 동안 있었던 위기 상황을 다루고 있었다. 언론의 사설들은 각각 의견이 달랐다. 어떤 사설은 웬루이호 사태를 미국의 조작으로 드러났던 베트남 통킹만 사건과 비교하며 가짜 전쟁의 위험성을 경고했다. 그리고 70년 전과 마찬가지로 "이번 위기 상황을 이용해 동남아시아 지역에서 올바르지 않은 정책적 목표를 달성하려 하는" 기회주의적 정치인들을 경계하자고 했다. 또 어떤 사설은 훨씬 전의 과거로 거슬러 올라가 이른바 유화정책의 위험성을 장황하게 언급하며 그와 다른 의견을 내세웠다. "나치 독일이 체코슬로바키아를 침략한 바로 그때 연합군이 반격에 나섰더라면 제2차 세계대전이라는 엄청난 유혈극은 일어나지 않았을 것이다." 초두리는 "남중국해에서 또다시 자유세계의 시민들을 위협하는 공격 행위가 일어났다"로 시작되는 다른 기사도 훑어봤다. 그렇지만 미국을 전쟁으로 몰아넣기 위한 온갖 과장된 수식어로 가득한 그 기사를 끝까지 다 읽지는 못했다.

초두리는 대학원 시절 함께 수업을 들었던 어느 해군 소령에 대한 기억을 떠올렸다. 그는 해군 사병으로 지원해서 이라크에서 해병대와 함께 위생병으로 군 경력을 시작한 사람이었다. 어느 날 도서관에서 그의 지정 좌석 옆을 지나가다가, 초두리는 메인호 사진이 들어간 오래된 그림엽서 한 장이 그의 좌석에 붙어 있는 걸 봤다. 폭발해서 침몰한 함선 말고 다른 함선 사진을 붙여두는 게 좋지 않겠냐고 농담을 던지자 그는 이렇게 대답했다.

"내가 메인호의 사진을 붙여두는 건 두 가지 이유 때문입니다. 우선, 무사안일주의가 큰 사고로 이어진다는 사실을 기억하기 위해서입니다. 연료와 무기를 가득 실은 함선은 언제라도 폭발할 위험이 있으니까요. 하지만 그보다 더 중요한 이유는 1898년의 메인호 사건 그 자체입니다. 인터넷도 없고 방송도 없던 시절 미국은 스페인의 선제공격을 운운하며 얼마든지 국가적 광분 상태를 만들어낼 수 있었습니다. 그 결과가 바로 미서전쟁이죠. 그리고 50년 뒤 제2차 세계대전이 끝난 후에야 마침내 제대로 된 조사가 이뤄졌습니다. 그 결과가 뭔지 아십니까? 메인호는 보일러 과열이나 무기고에서의 실수 등이 원인이 된 내부 폭발로 침몰한 것이었습니다. 메인호 사건은 물론이고 내가 참전했던 이라크전쟁에서 얻은 교훈은 단 하나입니다. 전쟁을 시작하기 전에 무슨 일이 일어나고 있는지 분명하게 알고 있어야 한다는 거죠."

초두리는 태블릿을 껐다. 점심시간이 거의 다 되었다. 그는 생각에 잠긴 채 걸어서 집으로 향했다. 사태가 진정됐으면 하는 그의 소망은 자신의 평화주의적 성향과는 아무런 상관이 없었다. 국가안전보장회의 소속인 그는 무력시위의 효과를 잘 알고 있었다. 그가 사태의 확대를 두려워하는 건 본능적인 충동에 가까웠다. 모든 전쟁에는 잘못된 계산이 내재되어 있다. 본질적으로 그럴 수밖에 없다. 왜냐하면 일단 전쟁이 시작됐을 때는 모두 다 자신들이 승리할 것을 믿어 의심치 않으니까. 그는 걸어가면서 보고서를 쓰듯 자신이 의심스러워하는 부분들을 말로 정리하려 했다. 첫 번째 문장이 떠올랐다.

우리 스스로가 믿고 있는 미국은 더 이상 지금까지 우리가 알고 있던 그 미국이 아니다….

그는 이것이 진실이라고 생각했다. 그러면서 이 말이 사실은 얼마나 곤란한 내용을 담고 있는지, 그리고 미국의 힘을 과신하는 것 자체가 얼마나 큰 재앙으로 이어질 수 있는지에 대해 곰곰이 생각해봤다. 하지만 이제 점심시간이었고 그런 실존적인 의문점들에 대해 그가 할 수 있는 건 아무것도 없었다. 최소한 지금은 그랬다. 다른 모든 위기와 마찬가지로 이번 위기 상황도 그냥 그렇게 지나갈 가능성이 컸다. 결국은 좀 더 냉철한 사람들이 사태를 주도하게 되겠지. 지금까지 대부분 그렇게 해결되지 않았던가.

집으로 돌아온 초두리는 냉장고를 열었지만 특별히 먹을 만한 게 들어 있지 않았다. 등 뒤에서는 CNN 뉴스가 방송되고 있었다. 뉴스 진행자가 방금 들어온 속보를 알렸다.

"해병 항공대 소속 조종사 크리스 미첼 소령에 대한 녹점 영상을 확보했습니다."

초두리는 급히 몸을 일으키다가 냉장고에 머리를 부딪혔다. 텔레비전 쪽으로 고개를 돌리려는데, 그 영상에 일부 시청자들에게 불쾌감을 줄 수 있는 잔혹한 내용이 포함되어 있다는 경고 설명이 들렸다. 그는 굳이 그 영상을 볼 필요도 없었다. 이미 얼마나 상황이 안 좋을지 잘 알고 있었다. 그는 텔레비전 끄는 것도 잊은 채 차에 올라타고 백악관으로 향했다.

초두리는 이혼한 아내에게 질책당하지 않도록 어머니에게 학교가 끝나면 딸을 데리러 가줄 수 있는지 문자를 보냈다. 초두리 여사는 그 즉시, 평소와 다르게 아무런 불평 없이 알겠다는 답장을 보내왔다. 아마 그 독점 영상이란 걸 보신 거겠지. 그는 15분가량 걸리는 출근길을 달리며 라디오방송에 귀를 기울였다. MSNBC와 폭스, NPR, WAMU, 심지어 지역 음악방송인 WPGC까지 어느 방송국이나 그 영상 이야기뿐이었다. 그 영상의 화질은 거칠고 해상도도 좋지 않았지만 모두 미첼이 어떤 처지에 있는지에 집중했다. 바닥에 쓰러져 웅크리고 있는 미첼 옆에서 한 이란군 장교가 그를 내려다보며 옆구리와 머리에 마구 발길질을 해댔다. 하지만 미첼은 자신의 이름과 계급, 군번만 반복해서 말할 뿐이었다.

초두리가 아침에 태블릿으로 읽었던 각기 다른 언론의 주장들은 빠르게 하나의 의견으로 합쳐지고 있었다. 출근길에 들은 모든 방송에서 이제 한 가지만 이야기했다. 이 조종사가 보여준 저항 정신은 모든 국민에게 귀감이 될 것이며 우리는 누구에게도 굴복하지 않으리라는 것이었다. 우리가 누구인지 잊었는가? 지금의 단합된 초강대국을 일궈낸 정신을 우리는 잊고 있는 것인가? 초두리는 어제 백악관 상황실에서 있었던 논쟁과 사태의 확대를 바라지 않는 대통령의 정책 방향을 떠올렸다. 이제 이 영상이 공개됐으니 그런 정책을 계속해서 밀고 나갈 수는 없을 것이다.

그가 사무실 안으로 뛰어 들어갔을 때 제일 먼저 마주친 사람은 위기가 닥친 이후 제대로 만날 수 없었던 헨드릭슨이었다. 국가안전보장회의 직원들의 사무실은 이제 이란에 대한 행정부의 대응을 돕거나, 아니면 반대로 방해하기 위해 증원되어 온 국방부 직원들로 북적거렸다.

"그 영상은 언제 입수된 건가요?"

초두리가 묻자 헨드릭슨이 그를 복도로 끌고 나갔다. 헨드릭슨은 마치 길을 건너는 사람처럼 좌우를 두리번거리며 비밀이라도 전하듯 조용히 속삭였다.

"지난밤에요. 사이버사령부에서 입수했죠. 정보부 계통이 아니라는 게 좀 이상하긴 합니다만. 영상에 나온 이란 여단장은 이성을 잃었던 것 같아요. 그는 이란 군부에서 배경도 든든한데, 심문 과정을 담은 영상이 군부에 보고되기 전까지는 상관들도 그가 그런 짓을 했으리라곤 믿지 않았을 겁니다. 우린 이란의 이메일을 추적하다 그 영상을 입수한 거고요. 이란은 인터넷과 사이버 보안 문제에 관해서는 우리의 상대가 되지 못하니까요. 그들은 사이버공격엔 관심이 많으면서 방어에 대해선 신경을 전혀 안 쓴단 말이죠."

"그럼 언론에서는 어떻게…?"

헨드릭슨이 플레처스쿨에 함께 다닐 때 흔히 봤던 익숙한 표정으로 초두리를 바라봤다. 초두리나 다른 사람이 대답이 너무나 분명한 질문을 던질 때면 헨드릭슨은 늘 그렇게 짜증 난 듯한 표정을 짓곤 했다. 어쨌거나 헨드릭슨은 초두리의 질문에 대답해야 했다.

"어떻게라니요. 누군가 유출한 거죠."

초두리가 유출한 범인이 누구라고 생각하는지 물어보려 하는데, 와이즈카버가 사무실에서 복도로 나왔다. 뭘 읽다 나온 것처럼 코끝에는 테 없는 안경이 걸쳐져 있었다. 그는 옆구리에 '일급비밀/외부 유출 금지'라고 적힌 서류철 몇 개를 끼고 있었다. 그 두께를 봐서는 최고 등급의 군사작전 계획안이라는 생각이 들었다.

와이즈카버가 초두리를 보며 얼굴을 찡그렸다.

"집에서 쉬고 있으라고 내가 말하지 않았던가?"

 2034년 4월 9일 16:23 (GMT+9)
일본 요코스카 해군기지

세라 헌트 사령관은 구내매점으로 조심스럽게 발걸음을 옮겼다. 지난 3주 동안 헌트는 어느 군 기지에 갇혀 독신자 간부 숙소에서만 지냈다. 제공된 편의시설이라고는 검열된 미군 방송만 지루하게 틀어주는 텔레비전 한 대와 작은 주방, 그리고 냉동실 없는 냉장고뿐이었다. 왜 해군 사령부에서 모항인 샌디에이고가 아니라 일본 요코스카 해군기지에서 자신에 대한 조사위원회를 열기로 했는지 그녀는 도무지 알 수가 없었다. 아마도 조사 과정에 지나치게 관심이 쏠리는 걸 피하려는 의도였겠지만 사실 그것조차 확신할 수는 없었다. 해군 사령부는 결정된 사안에 대해 누구에게도, 심지어 해군 내부에서조차 그 이유에 대한 설명 같은 건 하지 않았다.

미스치프환초 전투가 일어난 이후 이 형편없는 곳으로 아무도 모르게 끌려와 지난 몇 주를 보내는 동안, 헌트는 하루에 한두 차례 어딘지 알 수 없는 건물의 행정실로 소환되어 똑같은 질문과 대답을 반복했다. 그녀는 빨리 이 조사 과정과 절차가 마무리되어 자신과 관계된 모든 오해가 풀리기를 바랐다. 그러면 편안하게 퇴역할 수 있을 것이다.

오랜 친구인 존 헨드릭슨 소장으로부터 낙관적인 내용을 담은 음성메시지가 도착했을 무렵, 헌트는 조사위원회가 결코 제대로 된 결론을 내리지 못할 거라는 의구심을 품고 있던 상태였다. 헨드릭슨은 헌트가 머무는 기지에 '우연히 들를 예정인데' 만나서 한잔할 수 있는지 물었다. 그는 아나폴리스 해군사관학교에서 교관으로 근무할 때 남는 시간에는 소프트볼을 지도했는데, 당시 사관생도였던 헌트는 그가 가장 아낀 선수였다. 당시 투수로 활약한 그녀에게 헨드릭슨과 다른 생도들은 '철벽'이라는 애정이 듬뿍 담긴 별명을 붙여줬다.

헌트는 매점 계산대 앞에 줄을 섰다. 그녀가 들고 있는 건 IPA 맥주 두 세트에 견과류, 크래커, 치즈 등이었다. 그런데 다른 병사들이 자기만 바라보고 있는 듯한 기분이 들었다. 모두 그녀가 누군지 잘 알았고 안 그런 척하면서 그녀를 몰래 훔쳐봤다. 헌트는 그들의 반응이 감탄인지, 아니면 경멸인지 알 수 없었다. 그녀는 제2차 세계대전 이후 미 해군이 겪은 최내 규보의 해전에 참전한 해군 사령관이었다. 그녀와 함께 현장에 있었던 세 명의 함장은 살아 돌아오지 못하고 모두 바닷속 깊은 곳에 잠들었다. 자기 계산 차례가 됐을 때 헌트는 그 유명한 진주만공격 이후 살아남은 사령관과 병사들은 어떤 기분이었을지 궁금했다. 물론 나중에 공훈을 인정받기는 했지만 처음엔 다들 비난을 받지 않았을까? 그들도 조사위원회에 소환되는 고통을 겪어야 했을까?

숙소로 돌아온 헌트는 사온 견과류를 플라스틱 볼에 담고 크래커와 치즈를 접시에 올려놨다. 맥주까지 꺼내놓고 그녀는 말없이 기다렸다. 그리 오래 기다릴 필요는 없었다.

똑, 똑, 똑… 똑… 똑… 똑… 똑, 똑, 똑.

저 소리를 다시 듣게 되다니. 헌트는 왠지 현실감이 느껴지지 않았다. 그녀가 들어오라고 소리치자 헨드릭슨이 잠겨 있지 않은 문을 열고 들어와서 그녀 앞에 마주 앉았다. 두 사람은 서로를 잘 알기에 별다른 말은 필요가 없었다.

"문 두드리는 소리가 귀엽네요."

"SOS 신호야. 기억하지?"

"그럼요. 그렇지만 여긴 해군사관학교도 아니고 난 더 이상 스물한 살짜리 사관생도가 아니에요. 하긴 당신도 이제 내 방을 몰래 드나들던 스물일곱 살 교관이 아니지만요."

헨드릭슨이 서글픈 듯 고개를 끄덕였다.

"수지는 어떻게 지내요?"

"잘 지내지."

"아이들은요?"

"걔들도 뭐… 나도 곧 할아버지가 돼. 크리스틴이 임신했거든. 시기가 딱 맞아떨어졌지. 비행훈련을 막 끝마친 뒤라… 당분간 육상

근무를 하게 됐어."

그의 목소리에 갑자기 생기가 돌았다.

"여전히 그 남자랑 함께인가요? 화가인가 하는?"

"화가가 아니라 그래픽디자이너."

"크리스틴은 똑똑한 아이예요."

헌트는 패배를 시인하듯 웃음을 지었다.

만일 그녀가 결혼했다면 상대는 화가든 시인이든 서로의 꿈과 충돌하지 않는 사람이었을 것이다. 아니면 특별한 꿈 같은 건 없는 사람일 수도 있었다. 그런 이유로 수십 년 전 헌트와 헨드릭슨의 관계는 더 이상 이어지지 못했다. 당시 둘 다 미혼이었지만 남자 교관과 여자 생도라는 처지 때문에 관계를 인정받기 어려웠다. 헨드릭슨은 헌트가 해군사관학교를 졸업하고 나면 자신들의 관계를 떳떳하게 공개할 수 있을 거라고 생각했다. 하지만 헌트는 헨드릭슨과 결코 함께할 수 없다는 사실을, 자신이 원하는 길을 가려면 그렇게 할 수 없다는 사실을 잘 알았다. 졸업을 몇 주 앞두고 헌트가 자신의 생각을 설명하자, 헨드릭슨은 그녀가 평생 단 하나뿐인 사랑이라고 말했고 그후 30년 가까운 세월 동안 그는 단 한 번도 그 말을 번복하지 않았다. 그때 그녀가 보여준 건 지금과 똑같은 차가운 침묵뿐이었다. 헨드릭슨은 그녀의 별명인 '철벽'을 다시 떠올리지 않을 수 없었다.

"당신은 어떻게 지내고 있어?" 헨드릭슨이 물었다.

"잘 지내요."

헌트는 천천히 맥주를 한 모금 마셨다.

"조사위원회에서 보고서 작성을 거의 다 끝냈어."

그녀는 시선을 돌려 창밖을 바라봤다. 항구에는 지난주부터 평소와 다르게 함선들이 잔뜩 몰려들고 있었다.

"세라, 나도 그 보고서를 읽었어…. 해군에서는 당신을 조사위원회에 소환하는 게 아니라 훈장을 수여해야 했는데."

헨드릭슨이 손을 뻗어 그녀의 팔을 잡았다.

그녀의 시선은 여전히 닻을 내리고 있는 회색의 강철 함선들을 향하고 있었다. 여기 이 좁다란 방에 갇힌 채 해군 장교로서의 경력이 끝나지 않고 저기 있는 어느 함선 위에라도 다시 올라탈 수 있다면 얼마나 좋을까.

"지휘하던 함선들을 모두 잃은 사령관에게 누가 훈장 같은 걸 주겠어요?"

"그런가."

그녀는 헨드릭슨을 쏘아봤다. 역시 그는 자신의 감정과 생각을 다 이해하기엔 그릇이 부족한 사람일까. 함대를 모두 잃은 그녀의 심정을, 부상으로 퇴역을 앞두고 있던 그녀의 처지를, 아니 한참을 거슬러 올라가서 결혼하지 않고 가정을 꾸리지 않고 대신 해군을 가족으로 삼기로 했던 그녀의 결심을. 그사이 헨드릭슨은 진급을 거듭해 해군의 주요 보직을 두루 거치고 대학원에 들어가 박사학위를 받았으며 백악관을 출입하는 자리에까지 올랐다. 또한 결혼해 가정을 꾸렸고 이제 곧 할아버지가 된다. 그녀는 그런 것들을 어느것 하나 누리지 못했다.

"그래서 여길 찾아온 거예요? 나한테 훈장 같은 건 주어지지 않는다는 말을 전하려고?"

"아니, 그런 게 아니야."

헨드릭슨이 그녀의 팔에서 손을 거두고 자리에서 몸을 일으켰다.

"당신이 그 상황에서 최선을 다했다는 사실을 조사위원회도 곧 깨닫게 될 거라는 걸 알려주러 온 거야."

"그 상황이라는 게 도대체 뭐였는데요?"

"그걸 당신이 나한테 설명해줬으면 해."

헨드릭슨이 견과류를 한 움큼 움켜쥐고는 한 번에 다 털어 넣었다. 그는 단지 해군 조사위원회 때문에 워싱턴에서 이곳까지 날아온 것이 아니었다. 하지만 헌트는 그 분명한 사실을 헤아리지 못했다. 그녀는 슬픔과 좌절감에 깊이 사로잡혀 있었기 때문에 다른 사정들에 대해서는 달리 생각해볼 겨를이 없었다.

"그러니까 우리가 어떻게 대응해야 할지 그 범위를 생각하기 위해 여기까지 온 거군요."

헨드릭슨이 고개를 끄덕였다.

"앞으로 미국은 어떻게 대응하게 될까요?"

"세라, 내 마음대로 그런 말을 할 순 없어. 하지만 당신이라면 예상은 할 수 있겠지."

헌트는 다시 항구 쪽으로 시선을 돌렸다. 갑판 위를 함재기들로 가득 채운 항공모함, 수면 위로 선체를 낮게 드러낸 잠수함, 반잠수식 최신형 초위함과 구식 구축함. 구축함들의 날렵한 선체는 바다를 향하고 있었다. 이것이 미국의 대응 방식이었다.

"당신 상관들은 저 함선들을 어디로 보낼 작정인가요?"

헨드릭슨은 아무 대답도 하지 않고 대신 몇 가지 기술적인 문제들을 언급했다.

"당신은 조사위원회에서 통신망이 다 두절됐다고 보고했어. 우린 저들이 어떻게 그렇게 할 수 있었는지 완전히 알아내진 못했지만 몇 가지 추론을 했지."

그는 헌트에게 작동 불능의 무전기에서 들려왔다는 지지직거리는 잡음에 대해 물었고, 방공 관제 상황판은 단순히 작동이 중단된 것인지, 아니면 완전히 기능을 상실한 것인지에 대해서도 물었다. 그는 또 조사위원회의 질문과는 완전히 결이 다른 좀 더 까다로운 질문들을 연이어 던졌고 헌트는 성의껏 대답하려고 최선을 다했다. 그러다 그녀도 더 이상 견딜 수 없는 상황에 이르게 되었다. 헨드릭슨의 질문들은 백악관에 있는 그의 상관들이 베이징에 있는 적들에게 어떤 대응을 계획하고 있든 결국 재앙으로 이어질 운명이라는 사실을 조금씩 알려주기 시작했다.

"아직도 모르겠어요? 그들이 벌인 일 중에서 기술적인 세부 사항들은 문제가 되지 않아요. 더 많은 첨단기술이 있다고 해서 적들을 압도할 수 있는 게 아니에요. 지금 기술이 문제가 아니라고요. 그들은 코끼리의 눈을 가리고 우리를 농락하는 거예요."

"코끼리라니?"

헨드릭슨이 당황한 듯 헌트를 바라봤다.

"우리 말이에요. 우리가 바로 덩치만 큰 코끼리라고요."

헨드릭슨은 병에 남아 있던 맥주를 마저 마셨다. 오늘 하루도 길었지만 지난 몇 주간은 특히 힘이 들었다. 내일 아침 헌트를 보러

다시 왔다가 오후에 비행기를 타고 돌아갈 예정이었다. 그는 그녀가 무슨 말을 하는지 이해했다. 아니, 최소한 이해하고 싶었다. 하지만 지금 미국 행정부는 미국이 겁쟁이가 아니라는 사실을 어떤 식으로든 보여줘야 한다는 압박감에 시달리고 있었다. 게다가 해군 문제뿐만 아니라 납치당하듯 끌려간 F-35 전투기와 조종사 문제도 있었다. 볼일을 마친 헨드릭슨은 자리에서 일어나 문 쪽으로 향하며 대외정책을 국내 정치문제가 좌지우지하는 이 비극에 대해 곰곰 생각에 잠겼다.

"내일 다시 만나러 올게. 괜찮지?"

헌트는 대답하지 않았다.

"괜찮아?"

"그렇게 해요."

그날 밤 그녀는 깊이 잠들지 못하고 꿈을 꾸었다. 꿈속에서 그녀와 헨드릭슨은 오래전 다른 선택을 했다면 누릴 수 있었을 또 다른 삶을 살고 있었다. 꿈에서 깨어난 그녀는 밤새도록 뒤척이며 다시 같은 꿈을 꾸려고 애썼다.

다음 날 아침이 밝아오자 그녀는 문을 두드리는 소리에 몸을 일으켰다. 하지만 찾아온 사람은 헨드릭슨이 아니었다.

문을 여니 여드름이 채 가시지 않은 병사가 소식을 전했다. 오늘 오후 마지막 조사를 위해 조사위원회에 출석하라는 전언이었다. 그녀는 고맙다고 말한 후 이두운 방으로 돌아왔다. 장문을 가린 커튼을 걷자 햇빛에 눈이 부셔서 잠시 앞이 보이지 않았다. 그녀는 눈을 비비며 항구 쪽을 바라봤다. 항구는 텅 비어 있었다.

3
장

코끼리 눈 가리기

2034년 4월 23일 12:13 (GMT+4:30)
이란 이스파한

　파샤드는 자신에게 내려진 처분을 받아들였다. 그에게 적용된 군율의 집행은 엄격하면서도 신속했다. 한 달도 채 되지 않아 그는 미국인 조종사를 심문하던 중 저지른 과도한 폭력 행위를 질책하는 서한을 받았고, 그후 조기 퇴역했다. 그에 대한 처분 명령을 직접 전달하기 위해 파견된 행정장교가 명령서 하단을 보여줬다. 거기에 서명한 사람은 다름 아닌 이란군 참모총장인 모하마드 바게리 장군이었다. 명령서를 전달받았을 때 그는 이스파한에서 차로 한 시간 거리인 가족 소유 시골집에서 근신 중이었다. 시골집은 카나트 말레크에 있던 솔레이마니 사령관의 집을 생각나게 했다. 평화롭고 조용한 곳이었다.

　파샤드는 일상생활에 적응하기 위해 애썼다. 처음 며칠 동안 그는 군 시절과 마찬가지로 매일 아침 5킬로미터 이상 걸었고 그동안 보관해온 공책들이 든 상자를 뒤지기 시작했다. 일종의 회고록이나 어쩌면 젊은 장교들에게 도움이 될 수 있을 만한 내용을 적어보려 했지만 글 쓰는 데 집중하기가 쉽지 않았다. 그는 절단되어 없는 다리가 가렵다고 느껴지는 이른바 환상통으로 고생했다. 전에는 한 번도 경험해본 적이 없는 증상이었다.

한낮이 되면 그는 글쓰기를 중단하고 들판 위의 느릅나무로 나들이 삼아 점심을 먹으러 갔다. 나무에 등을 기대고 쉬면서 먹는 건 삶은 달걀이나 빵 한 조각, 올리브 같은 간단한 음식이었지만 최근 입맛을 잃었기 때문에 가져온 음식을 다 먹는 날은 없었다. 그래서 나무 위에 살면서 먹을거리를 찾아 매일 점점 더 가까이 다가오는 다람쥐 한 쌍에게 음식을 남겨줬다.

파샤드는 자신이 군인다운 최후를 맞기를 빌어줬던 솔레이마니와의 마지막 만남을 떠올리고 또 떠올렸다. 반다르아바스에서 그렇게 감정을 폭발시킨 건 분명 아버지의 옛 친구를 실망시키는 일이었다. 하지만 잡혀 온 포로 하나를 구타한 것으로 혁명수비대 간부가 근신 처분을 받고 억지로 퇴역하는 건 예전 같으면 상상도 못할 일이었다. 그는 이라크와 아프가니스탄, 시리아와 팔레스타인 등지에서 폭력을 행사해 필요한 정보를 얻어낸 경우가 많았다. 그는 또한 잔혹함을 앞세워 높은 지위에 올랐던 사람들을 많이 알고 있었다. 그렇지만 상관들은 그에게 더 많은 것을 기대했고, 그는 상관들의 신뢰를 저버리고 말았다. 그들은 그가 미국 조종사의 도발에 순간 이성을 잃고 말았다고 생각했을 것이다. 하지만 거기에는 깊은 사정이 있었다.

파샤드는 이성을 잃지 않았다. 그 반대였다. 그는 자신이 무슨 짓을 하고 있는지 정확히 알고 있었다. 아주 세부적인 내용까지는 이해하지 못했지만 이 미국인이 얼마나 중요한지 알고 있었다. 그는 미국인 조종사를 때려눕히면 아버지와 솔레이마니 장군을 죽인 서방 강대국들과 이란 간의 전쟁을 좀 더 앞당길 수 있을 거라고 생각했다. 그렇게 되면 하늘에 계신 아버지도, 장군도 이란이 무능력한 지도자들 때문에 오랫동안 피해왔던 서방과의 숙명의 대결에 한발 더 다가간 것에 분명 자랑스러워할 터였다. 그는 운명이 자신에게 내어준 기회를 붙잡아야 했다. 그렇지만 그의 행동은 오히려 역효과를 냈고 그 대가로 그의 군인 경력은 끝나고 말았다.

몇 주에 걸쳐 파샤드는 정해놓은 일정에 따라 규칙적인 생활을 했고 마침내 있지도 않은 다리를 괴롭히던 가려움증이 사라지기 시작했다. 그는 텅 빈 집에서 혼자 생활하며 매일 아침 5킬로미터를 걷고 점심시간에는 한가로이 산책했다. 나무 위에 사는 다람쥐 한 쌍은 하루하루 점점 가까이 다가왔다. 그러다가 그중 수컷으로 보이는 윤기 흐르는 짙은 갈색의 다람쥐가 마침내 파샤드의 손바닥에 있는 먹을 것을 집어 갔다. 점심을 다 먹은 후에는 집으로 돌아가서 오후 내내 글을 썼다. 밤이 되면 간단하게 저녁을 차려 먹고 침대에 누워 책을 읽었다. 수백, 때로는 수천 명의 병사를 지휘했던 과거의 사령관은 자신이 혼자 사는 것에 만족하는 모습을 보고 놀라지 않을 수 없었다. 아무도 이곳에 찾아오지 않았다. 전화 한 통 오는 일이 없었다. 오직 파샤드밖에 없었다.

그러던 어느 날 아침, 그는 가족 소유의 땅과 맞닿은 도로 위로 군대의 수송차량들이 검은 매연을 내뿜으며 잔뜩 지나가는 것을 봤다. 거기에는 궤도차량들도 섞여 있었다. 길이 꽉 막혀 차들이 제대로 움직이지 못하자 장교와 부사관들이 빨리 이동하라고 소리를 질러댔다. 목적지에 늦게 도착하면 큰일이라도 나는 모양이었다.

파샤드가 공책에 한가롭게 끼적이고 있을 때, 벨 소리가 울려 퍼졌다. 깜짝 놀란 그는 자기도 모르게 공책에 선을 긋고 말았다.

"여보세요?"

"가셈 파샤드 여단장이십니까?"

모르는 사람의 목소리였다.

"전화 건 사람은 누구요?"

상대는 마치 이름 같은 건 기억하지 말아달라는 듯 재빨리 자기소개를 한 후 참모본부에서 퇴역 장교와 예비역 장교들에게 동원령을 선포했다고 알렸다. 그리고 집결지의 주소를 알려줬다. 파샤드는 종이에 자신이 찾아가야 하는 곳의 주소를 자세히 받아 적었다. 그는 도대체 무슨 일 때문에 동원령이 내려졌는지 묻고 싶었지만 그러지 않기로 했다.

파샤드는 수화기를 내려놨다. 무슨 일이 벌어졌는지 알아보려면 라디오를 켤 수도 있었지만, 적어도 지금은 그렇게 하고 싶지 않았다. 벌써 한낮이 됐고, 그는 늘 그래왔던 것처럼 점심을 싸들고 산책한 다음 나무 아래에 앉아 있고 싶었다. 그는 이번 동원령에 응하지 않아도 자신에게 별다른 문제는 일어나지 않으리라는 사실을 잘 알고 있었다. 그는 지금까지 이란을 위해 충분히 봉사했고, 그걸 감히 부정할 수 있는 사람은 아무도 없었다. 몇 주 전이었다면 별로 갈등하지 않았을지도 모른다. 바로 짐을 싸서 또 다른 전쟁터로 기쁘게 떠났을 것이다. 그렇지만 놀랍게도 그는 이 조용한 삶을 받아들였다. 심지어 어느 정도 만족감까지 누리면서 이곳에 정착해 살 수 있겠다는 상상도 하고 있었다.

파샤드는 집을 나와 걷기 시작했다. 그의 걸음걸이는 한가해 보였지만 속도는 빨랐다. 그는 흙길을 따라 내려가서 들꽃들이 피어 있는 들판을 지났다. 빙하가 녹아 흐르는 물줄기 위의 징검다리를 건너 평소 아침에 걷는 것보다 훨씬 먼 거리를 걷고 또 걸었다. 숨을 몰아쉴 때마다 가슴이 가득 부풀어 올랐고 힘이 넘치는 것을 느꼈다. 그에게는 전화로 이름 모를 목소리가 전달한 명령을 따를 의무 같은 건 없었다. 그는 이미 충분히 많은 일을 했다. 전쟁은 그에게서 모든 것을 빼앗아 갔다. 처음에는 아버지를, 다음에는 그 상실감을 끝까지 견뎌내지 못한 어머니를. 그에게 남은 건 이곳에 있는 가족 소유의 집과 땅뿐이었다. 전쟁 때문에 마지막으로 남은 이 평화로운 삶까지 포기해야 하는 걸까?

나무 아래에 도착한 파샤드는 배가 고팠다. 평소보다 두 배가 넘는 거리를 걸었기 때문일까. 이 정도로 허기가 진 건 아주 오랜만에 있는 일이었다. 그는 나무에 기대고 앉아 점심을 먹었다. 천천히 음식 맛을 음미했다.

점심을 다 먹고 막 낮잠을 자려는데 예의 그 다람쥐 한 쌍이 다가왔다. 그중 털 색깔이 짙은 녀석이 다리를 스치고 지나가는 게 느껴졌다. 눈을 떠보니 다리 옆에 그 수컷이 있었고 몸집이 작은, 눈처럼 하얀 꼬리가 있는 암컷은 뒤에서 그를 바라보고 있었다. 하지만 녀석들에게 줄 음식이 하나도 남아 있지 않았다. 그는 웃옷에 묻어 있는 빵 부스러기를 털어서 손바닥에 모았다. 그게 그가 할 수 있는 최선이었다. 수컷 다람쥐가 어느 때보다 더 가까이 다가와 그의 손바닥에 머리를 파묻었다. 그는 깜짝 놀랐다. 그렇게나 작은 다람쥐가 자신을 전혀 두려워하지 않고 다가오리라곤 생각해본 적이 없었다. 그 사실에 놀라 그는 다람쥐가 얼마 되지 않는 빵 부스러기로는 만족하지 못한다는 것을 알아채지 못했다. 다람쥐가 한 입 거리밖에 되지 않는 음식을 먹어 치우고 나서 그를 보며 고개를 갸웃거렸고, 아무것도 남은 게 없다는 걸 깨닫고는 그만 그의 손가락을 깨물고 말았다.

파샤드는 놀라지 않았다. 욕을 하지도, 다람쥐를 털어버리지도 않았다. 일반적인 반응은 아니었지만 어쨌든 그는 반사적으로 움직였다. 그는 수컷 다람쥐의 몸통을 낚아채 힘껏 움켜쥐었다. 안전거리를 유지하며 기다리던 암컷 다람쥐가 미친 듯이 주위를 빙빙 맴돌기 시작했다. 그는 손에 더 힘을 줬다. 이제 그만두고 싶어도 그만둘 수가 없었다. 한편으론 그만두고 싶었고 여기, 이 나무 아래서 평화롭게 머물고 싶었다. 그런데도 그는 있는 힘껏 힘을 줬고 손가락 사이로 물린 자리에서 피가 새어 나오기 시작했다. 수컷 다람쥐가 부들부들 떨면서 몸부림을 쳤다. 그는 다람쥐가 완전히 몸부림을 멈출 때까지 손힘을 풀지 않았고, 자리에서 일어서서 죽어버린 다람쥐를 나무뿌리 옆에 떨어뜨렸디.

암컷 다람쥐가 달려와서 그를 올려다봤다. 그는 천천히 걸어서 집으로 돌아왔다. 주소가 적힌 종이쪽지가 있는 집으로.

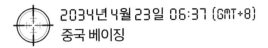
중앙군사위원회 소속으로 해군 작전을 총괄하는 부사령관이라는 린바오의 새 직책은 그저 형식적이고 따분한 자리였다. 국방부는 전시체제에 돌입해 있었지만 그가 얼굴을 내보여야 하는 회의 자리는 점점 더 늘어났고 시간도 더 길어졌다. 린바오는 이런 회의에서 종종 장 장관과 마주쳤는데, 장관은 정화항모전단의 지휘를 맡겨달라는 그의 요청에 대해 한 번도 이야기를 꺼내지 않았다. 그리고 그에겐 그 문제를 다시 들먹일 자격이 없었다. 겉으로 보기에 지금 그가 하는 일은 중요하고 그에게 딱 맞아 보였지만 그는 바다로 돌아가는 길이 전보다 더 멀어졌다고 느꼈다. 정화항모전단이 미국에 완승한 후 그에겐 오히려 일종의 공황 상태 같은 것이 일어나고 있었다.

뭐라고 딱 말할 수 없지만 성가시고 사소한 것들, 즉 때로는 삶을 견딜 수 없을 정도로 지루하게 만드는 일상의 보잘것없는 것들이 하나로 뭉쳐 있는 느낌이었다. 미국에서 근무하는 주재무관이라는 그의 지위는 특별하면서도 대단히 중요했다. 그런데 이제 조국이 한동안 겪어보지 못했던 유례없는 군사적 위기에 직면한 상황에서도 그는 그저 매일 국방부로 출퇴근만 하고 있을 뿐이었다. 워싱턴에서 누렸던 개인 운전기사를 두는 특혜도 사라졌다. 아내가 딸을 학교에 데려다주려면 차가 필요했기 때문에 린바오는 어쩔 수 없이 다른 사람의 차를 얻어 타고 출근해야 했다. 오래전 진급을 완전히 포기하고 이제 농구 이야기밖에 하지 않는 땅딸막한 장교 둘과 함께 승합차 뒷좌석에 끼어 앉아 있을 때면 그는 자신이 항공모함 함교에 서 있는 장면을 상상조차 할 수 없었다.

진급한 사람은 마창뿐이었다. 그가 세운 공훈 덕분에 그에게 8·1훈장이 수여될 거라는 소식이 발표되었다. 8·1훈장은 중국 군인이 누릴 수 있는 최고의 영광이었다. 마창이 그 훈장을 받으면 린바오가 정화호의 사령관이 될 가능성은 거의 없는 것이나 마찬가지였다.

그래도 그가 느낀 실망감은 최근 미국을 상대로 한 작전에서 어느 누구도 통제할 수 없는 사건들을 자신이 일으켰다는 자부심으로 상쇄되었다. 그래서 그는 맡은 일을 묵묵히 계속해 나갔다. 하지만 얼마 지나지 않아 전혀 예상 못 한 사건이 벌어졌다.

잔장에 있는 남해함대 사령부에서 그에게 전화를 해왔다. 그날 아침 중국 무인정찰기가 '미 해군 주력 함대 중 하나'가 스프래틀리 군도를 향해 약 12노트의 속도로 남행하고 있다는 사실을 포착했다. 그들은 이른바 '항행의 자유 작전'의 경로로 종종 사용되는 항로를 따라 이동하고 있었다. 그런데 무인정찰기가 미 해군 함선들을 포착하자마자 정찰기와 남해함대 사령부 사이의 통신이 두절되었다. 중앙군사위원회에 이 사실을 보고한 건 남해함대 사령관이었다. 그의 문의는 간단했다. 위험을 무릅쓰고라도 또 다른 무인정찰기를 출동시켜야 하는가?

린바오가 이 문제에 대한 의견을 제시하기 전에 장 장관이 등장하면서 약간의 소동이 벌어졌다. 중간급 장교들을 비롯해 행정병들이 일제히 일어서서 부동자세로 장관을 맞이했다. 린바오도 전화기를 손에 든 채 자리에서 일어섰다. 그가 상황을 설명하기 시작했지만 장관이 손바닥을 펼쳐 보이며 제지했다. 장관은 무인정찰기와 보고 내용에 대해 이미 다 알고 있었다. 장관이 수화기를 낚아챘고, 린바오는 장관이 하는 말을 듣기만 할 수밖에 없었다.

"그래… 그렇군… 그 보고는 이미 받았네."

장관이 조바심이 난 듯 웅얼거렸다. 함대 사령관이 하는 말은 물론 잘 들리지 않았다.

"그건 안 돼. 또 다른 충돌은 절대 일어나선 안 돼."

장관이 대답하자 다시 사령관이 뭐라고 말했다.

"왜냐하면 그랬다간 그 정찰기 역시 잃게 될 테니까. 자네의 요청에 대해서는 지금 준비 중이야. 아마 한 시간쯤 뒤면 준비가 다 될 걸세. 그러니 현재 함선을 떠나 있는 병력들을 다 불러 모으게. 지금부터 엄청나게 바빠질 테니까 말이야."

장관이 전화를 끊고는 격분한 것처럼 숨을 몰아쉬었다. 피곤한 듯 어깨가 처졌다. 마치 또다시 자신을 크게 실망시킨 아이를 앞에 둔 아버지 같았다. 하지만 장관은 이내 완전히 다른 표정을 하고 고개를 들었다. 그리고 린바오에게 따라오라고 지시했다.

두 사람은 국방부의 드넓은 복도를 빠르게 걸어갔다. 뒤로는 장관의 수행원들이 따라왔다. 린바오는 또 다른 무인정찰기를 투입하지 않을 경우 장관이 어떤 대응책을 내놓을지 확신할 수 없었다. 두 사람은 이윽고 처음 만났던 창문 없는 회의실에 도착했다.

장관이 테이블 상석에 있는 푹신한 회전의자에 앉아 몸을 뒤로 젖히고는 깍지 낀 두 손을 가슴에 갖다 댔다.

"물론 미국에서 그렇게 했겠지. 사실 실망스러울 정도로 예측 가능한 일이야."

장관의 수행원이 화상통화를 준비하는 것을 보고 린바오는 곧 누구와 대화를 나누게 될지 알 것 같은 느낌이 들었다.

"내 추측에 따르면 미국은 두 개의 항모전단, 아마 포드호와 밀러호겠지만, 여하튼 함대를 곧장 남중국해를 겨냥해 파견한 것 같네. 그들이 그렇게 하는 건 단 한 가지 이유 때문이겠지. 자신들이 여전히 그렇게 할 수 있다는 사실을 과시하기 위해서야. 그래, 이런 식의 도발은 확실히 예측할 수 있어. 지난 수십 년 동안 그들은 우리 항의에도 불구하고 우리 영해 안에서 항행의 자유 작전을 계속 감행해왔으니까. 게다가 그들은 '하나의 중국'을 전혀 인정하지 않고 유엔에서 대만 정부의 주권을 지지한다며 우리를 모욕했지. 우리는 그동안 그 모든 도발과 모욕을 참고 견뎌온 거야. 할리우드 영화와 NBA 농구의 나라…. 위대한 우리 조국이 국력이 밀린다는 이유 하나 때문에 그런 모욕을 참고 견뎌야 한다는 건 정말 있을 수 없는 일이지.

그렇지만 우리의 진짜 힘은 과거에 늘 그랬던 것처럼 분별력 있는 인내심에 있다네. 미국은 그런 인내심을 갖고 행동할 능력이 없어. 사계절이 바뀌듯 쉬지 않고 정권과 정책이 바뀌니까. 국민 모두의 의견에 일일이 귀 기울이는 방식으로는 장기적으로 지속되는 국제 전략을 제대로 실행할 수 없지. 미국을 지배하고 있는 건 감성과 도덕성에 대한 낙관적인 태도, 그리고 자신들이 중요하게 생각하는 원칙들에 대한 믿음이야. 할리우드에서 영화를 만들려면 이런 것들이 아주 중요하겠지만 우리처럼 하나의 국가로서 수천 년을 견디고 살아남으려면 그렇게 생각하면 안 되지. 앞으로 미국이 어떻게 될 것 같나? 난 천 년 후에는 미국이란 국가 자체를 아무도 기억하지 못할 거라고 확신하네. 그저 어느 순간 존재했던 그런 곳으로 기억되겠지. 아주 덧없는 짧은 순간 동안 말이야."

장관이 테이블 위에 손을 얹고 기다렸다. 맞은편에서는 화면이 아직 완전히 연결되지 않은 채 대기 중이었다. 그는 마치 자신의 미래 모습을 보기라도 할 것처럼 뚫어져라 텅 빈 화면을 응시했다.

잠시 후 화면이 연결되었다. 마창은 정화호의 함교 안에 서 있었다. 6주 전과 거의 달라지지 않은 모습이었다. 유일하게 달라진 점은 군복 상의 주머니 위에 노란색, 황금색, 붉은색 띠와 함께 큼지막하게 달린 별 하나였다. 바로 8·1훈장이었다.

"마창 사령관, 정화호의 현재 위치로부터 동쪽으로 약 300해리 떨어진 지점에서 남해함대의 무인정찰기 한 대가 연락이 끊어졌습니다."

장관이 공무를 진행하는 딱딱한 말투로 말하자 마창의 표정이 굳어졌다. 그도 이 사건이 뜻하는 바를 분명히 이해하고 있는 것 같았다.

"우리가 보유하고 있는 모든 정찰위성에 대한 권한을 사령관에게 부여합니다. 이제부터 사령관이 하는 일에 대해서는 중앙군사위원회가 책임을 집니다."

마창이 경의를 표하듯 천천히 고개를 숙였다.

린바오는 결국 미국이 파견한 항모전단을 궤멸하라는 명령이 떨어졌다는 사실을 어렴풋이 짐작했다.

"무운을 빕니다."

마창이 다시 한번 고개를 숙였다.

통화가 끝나자 다시 텅 빈 화면만 남았다. 직원들이 분주히 들어왔다 나가기를 반복했지만 테이블 앞에 앉아 있는 건 린바오와 장관뿐이었다. 턱을 쓰다듬는 장관을 보며 린바오는 그날 아침 처음으로 그의 표정에서 뭔가 불확실한 기미를 감지했다.

"그런 눈으로 나를 쳐다보지 말게."

장관의 말에 린바오는 시선을 돌렸다. 어쩌면 자신의 표정에 속으로 하고 있던 생각이 드러났는지도 모른다. 그는 지금 수천 명의 알지 못하는 사람들에게 죽음의 선고를 내린 남자 앞에 있었다. 그들 중 자신들에게 두 개의 미국 항모전단을 공격하라는 명령이 떨어졌다고 진심으로 생각하는 사람이 있을까? 미국보다 우월한 사이버 전투 능력을 갖고 있다 하더라도 말이다. 항공모함 포드호와 밀러호가 이끄는 함선들은 모두 합쳐 40척이었다. 극초음속 미사일로 무장한 구축함에 누구도 알아차리지 못하게 공격할 수 있는 잠수함, 최신식 호위함, 소형 무인공격기와 장거리 공격용 극초음속 미사일을 탑재한 순양함까지. 게다가 이 함선들은 놀라운 공격 및 방어 사이버 기술이 탑재된 어마어마한 숫자의 정찰위성들의 지원을 받고 있었다.

그동안 미국 해군을 연구하고 분석하는 일에만 집중해온 린바오보다 이 사실을 더 잘 아는 사람은 없었다. 그는 또한 미국이란 나라 자체의 성향도 잘 이해하고 있었다. 자신의 상관들이 해군을 동원해 미 해군 함선들을 격침하고 동맹국을 통해 미군 조종사를 포로로 잡는 사건을 일으키고도 외교적인 노력을 통해 위기를 잠재울 수 있다고 생각한 건 정말 통탄할 만한 계산 착오였다. 장 장관 같은 사람들은 정말로 미국이 남중국해에서 항행의 자유 작전을 순순히 포기할 거라고 믿었던 것일까? 미국이 내세우는 도덕성과 종잡을 수 없는 감수성이 지금까지 종종 그 나라를 잘못된 길로 인도하긴 했지만, 어쨌든 언제나 대응은 확실했다. 즉 미국이 항모전단들을 파견한 지금의 상황은 완벽하게 예측 가능한 것이었다.

아침이 지나고 오후가 되면서 구체적인 계획이 만들어졌다. 정화호가 마지막으로 보고된 포드호와 밀러호의 위치를 향해 공격대형을 펼치며 스프래틀리군도 남쪽을 봉쇄하는 형태로 이동하기 시작했다. 미국 항모전단은 정화호에서 자신들의 각종 전자 장비를 교란하기 전에 대규모 공격을 감행할 가능성이 컸다. 하지만 그후 이 코끼리의 두 눈은 가려지게 된다. 미국의 무기들은 첨단기술을 사용하지 못하고 작동 불능 정도가 아니라 일종의 뇌사 상태에 빠져들게 될 것이다. 그러면 이번에는 정화항모전단이 포드호와 밀러호에 반격을 가하는 것이다. 여기까지가 중국의 계획이었다.

그런데 오후에서 저녁으로 넘어갈 무렵이 돼서도 미국 함대의 모습은 어디에서도 포착되지 않았다. 다시 화면을 통해 연결된 마창이 장관에게 수십 해리에 걸쳐 반달 형태로 대형을 펼치고 있는 자신의 함대 현황을 알렸다. 린바오는 슬쩍 손목시계를 봤다.

"왜 시계를 보는 거지?"

장관이 마창의 보고를 끊으며 물었다.

린바오의 얼굴이 달아올랐다.

"따로 볼일이라도 있는 건가?"

"아닙니다."

마창이 보고를 계속하는 동안 린바오는 진땀을 흘리며 앉아 있었다. 그가 타고 가야 하는 차는 이미 15분 전에 출발했다. 그는 이제 어떻게 집으로 돌아가야 할지 눈앞이 막막했다.

 2034년 4월 26일 04:27 (GMT+5:30)
인도 뉴델리

전화벨 소리가 울려 퍼졌다.

"아직 자고 있습니까?"

"지금 막 일어났습니다."

"상황이 좋지 않아요."

"무슨 상황이요?"

초두리는 마른침을 삼키고 눈을 비볐다. 조금씩 눈에 초점이 잡히면서 자명종 시계의 디지털 숫자가 눈에 들어왔다.

"포드호와 밀러호 말입니다. 함대가 사라졌어요."

"사라지다니 그게 무슨 말입니까?"

"중국 측과 전투가 벌어졌습니다. 아니, 그냥 일방적으로 당한 건가? 이 상황을 어떻게 설명해야 할지 모르겠군요. 모든 통신망이 두절되면서 우리 함대는 장님이 되어버렸어요. 전투기를 띄웠지만 전자 장비는 먹통이 되고 항법장치도 전혀 작동하지 않으면서 비행 자체가 불가능해졌어요. 조종사는 탈출할 수도 없었고, 미사일도 쏠 수가 없었죠. 벌써 우리 전투기 수십 대가 바다에 추락했습니다. 그러고 나서 적들이 몰려온 거죠. 그들은 뭐든 다 갖고 있었어요. 항공모함에 호위함, 구축함, 디젤잠수함과 원자력잠수함, 그리고 셀 수 없이 많은 무인어뢰정에 초음속 순항미사일까지. 그것도 최첨단 사이버방어 기술로 무장하고서 말입니다. 우린 여전히 상황도 제대로 파악 못 하고 있는데. 빌어먹을, 그게 전부 다 지난밤에 일어난 일입니다. 하나님 맙소사, 그녀의 말이 옳았어요."

"누구 말이 옳았다고요?"

"세라, 세라 헌트 말입니다. 몇 주 전 내가 요코스카에 가서 그녀를 만났거든요."

초두리는 미스치프환초 전투에 대해 해군 조사위원회가 헌트에게 아무 책임도 묻지 않기로 했다는 것을 들어서 알고 있었다. 또 해군에서는 이 사건을 그저 우발적으로 일어난 일로 취급하고 싶어 했다는 것도 잘 알고 있었다. 사실은 그나마 그렇게라도 넘어갈 수 있었던 그때가 지금보다 형편이 훨씬 나은 건지도 모른다. 뒤이어 일어난 지금의 사태를 냉정하게 판단하는 건 그때보다 훨씬 어려워졌다. 그리고 이제는 해군이 아니라 미국 전체가 이 거대한 재앙을 그때처럼 무시하고 넘어가는 게 불가능해졌다. 헨드릭슨의 말을 액면 그대로 받아들인다면 두 개의 항모전단이 궤멸하고 수천 명의 승조원이 전멸했다는 뜻이었다.

"정말 일방적으로 당하기만 한 겁니까? 그러니까, 우리도 공격하기는 했나요? 적들의 피해는 어느 정도입니까?"

"전혀 없습니다."

"전혀라니요?"

"중국의 정화호를 공격하기는 했지만 침몰한 적 함선은 단 한 척도 없다는 뜻입니다."

"이럴 수가. 와이즈카버 보좌관은 뭐라고 합니까?"

초두리는 침대에서 일어나 불을 켜고 의자 위에 걸쳐뒀던 바지에 차례로 다리를 집어넣었다. 뉴델리 주재 미국대사관에 붙어 있는 손님용 별관의 초라한 숙소에 도착한 건 이틀 전이었다. 초두리가 옷을 챙겨 입는 동안 헨드릭슨은 아직 일반 국민에게는 알려지지 않은 소식들을 전해줬다. 공교롭게도 중국 측에서 통신망 교란에 나선 덕분에 미 행정부는 이 소식들이 밖으로 새어 나가지 않도록 막을 수 있었다. 아니, 중국이 정보를 역이용해 공격해 올 때까지는 그렇게 할 수 있을 것이다. 이상한 일이지만 중국은 아직 그렇게 하지 않고 있었다.

헨드릭슨은 백악관이 크게 당황하고 있다고 설명했다. "이제 국민들이 뭐라고 할지 모르겠군." 이 소식을 전해 들은 대통령의 첫마디였다. 와이즈카버 보좌관은 핵무기와 관련된 공격과 방어를 관장하는 북미항공우주방위사령부에 연락해 방어준비태세를 우선 데프콘 2로 올린 후 대통령에게 데프콘 1로 올려달라고 요청했다. 그리고 긴급 소집된 국가안전보장회의에서는 정화항모전단의 위치가 파악되거나 공격이 가능해질 경우 전술핵무기를 사용할 수 있도록 사전 승인을 해달라고 요청했다. 놀라운 일이지만 그의 요청이 완전히 거부되지는 않았다. 불과 며칠 전까지만 해도 사태 확대를 반대했던 대통령은 큰 충격을 받은 것 같았다.

미 행정부에서 초두리를 인도로 파견한 것은 사태를 진정시키기 위해서였다. 미첼 소령의 석방을 둘러싼 협상이 진전을 보이면서 이란 측에서는 인도 주재 이란대사관으로 미첼을 보내주는 데까지 합의했다. 미첼의 귀환은 거의 기정사실화된 것 같았다. 초두리를 비롯해 그를 지원하는 CIA 분석가들은 이란이 미첼을 바로 돌려보내지 않고 시간을 끄는 것은 단 한 가지, 그가 입은 상처, 특히 얼굴 부위의 상처가 아물기를 바라기 때문이라고 믿었다. 인도 외무부 장관을 중재자로 해서 마지막으로 이란 측과 접촉했을 때 그들은 미첼이 일주일 안에 석방될 수 있을 거라는 확답을 줬다.

"일주일이면 너무 늦어요. 아직 상황을 모르고 있다는 걸 전제로 했을 때, 그들이 뭔가를 눈치챈다면 분명 미첼 소령을 다시 테헤란으로 끌고 갈 겁니다. 지금 당장 그를 되찾아오거나 아니면 최소한 노력이라도 해야 합니다. 그 일 때문에 내가 이렇게 전화를⋯."

헨드릭슨이 말을 멈췄다. 잠시 침묵이 이어졌다. 초두리는 어떻게 자신이 그런 일을 해낼 거라고 저렇게 기대할 수 있는지 도무지 상상이 가지 않았다.

"박사님, 지금 우리는 전쟁 중입니다." 헨드릭슨이 덧붙였다.

예전 같으면 그 말이 그저 극적인 효과를 위한 과장처럼 들렸을지도 모른다. 그렇지만 지금은 그렇지 않았다. 헨드릭슨은 있는 그대로의 사실을 말하고 있었다.

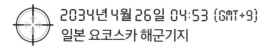
날이 환하게 밝아오면서 안개는 사라졌다. 수평선 너머로 세 척의 함선이 보였다. 구축함 한 척, 호위함 한 척, 그리고 순양함도 한 척 있었다.

세 척의 함선은 거의 움직이지 않는 것처럼 아주 천천히 이동하고 있었다. 호위함과 순양함은 거의 붙어 있는 것처럼 거리가 가까웠고 구축함은 조금 옆으로 떨어져 있었다.

그날 아침 일찍 창문으로 보이는 풍경은 뭔가 이상했다. 헌트는 오후에 비행기를 타고 샌디에이고로 가게 될 예정이었다. 그녀는 자기가 지금 보고 있는 광경이 어딘지 말이 안 된다고 느꼈다. 항공모함 포드호와 밀러호는 어디에 있는 거지?

붉은색 조명탄이 하나 솟아올랐다. 뒤이어 또 하나가, 그리고 또 두 개의 조명탄이 솟아올랐다. 구축함 갑판에서는 신호등이 깜빡거리기 시작했다.

깜빡, 깜빡, 깜빡… 깜빡… 깜빡… 깜빡… 깜빡… 깜빡, 깜빡, 깜빡….

세 번 짧게… 세 번 길게… 다시 세 번 짧게….

헌트는 즉시 그 신호의 의미를 알아차렸다. 그녀는 숙소를 빠져나와 제7함대 사령부로 달려갔다.

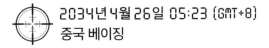
완벽한 승리였다. 그들이 기대했던 것 이상의 결과가 나왔다. 하지만 오히려 그 완벽한 승리가 그들을 불안하게 만들었다.

자정이 지난 시각, 마창이 포드항모전단의 선두에 나선 구축함들과 조우했다고 보고했다. 먼저 미스치프환초 근처에서 몇 주 전 큰 성공을 거두었던 것과 똑같은 방식의 사이버공격을 시작해서 미 해군 함선들의 통신망을 끊고 무기 사용도 불가능하게 만들었다. 그다음 10여 척의 무인어뢰정이 적에게 발각되지 않고 반경 1킬로미터 안으로 접근해서 일제히 어뢰를 발사했다. 공격은 대성공이었다. 세 척의 구축함에 세 발의 어뢰가 명중했고 불과 10여 분이 지나기도 전에 구축함들은 바다 밑으로 사라졌다. 이 소식이 국방부로 전해지자 떠들썩한 환호성이 터져 나왔다.

중국 해군의 공격은 밤새도록 쉬지 않고 이어졌다. 선양 J-15 전투기 네 대가 단 한 번의 출격으로 미국 구축함 세 척, 순양함 두 척, 호위함 한 척에 열다섯 발의 직격탄을 명중시켰고 여섯 척 모두 그 자리에서 침몰했다. 어뢰로 무장한 러시아제 카모프 헬리콥터 여섯 대가 세 척의 054A형 호위함에서 각각 날아올라 어뢰 여섯 발 중 네 발을 명중시켰는데, 한 발이 포드호에 맞아 방향타가 작동 불능이 되었다. 이를 시작으로 연이어 공격받은 두 척의 항공모함이 반격하기 위해 전투기들을 발진시켰다. 또한 다른 미 해군 함선들도 공격을 시작했지만 목표물을 제대로 찾을 수 없었다. 이미 해가 져서 어두운 밤이 됐을 뿐만 아니라 아무것도 볼 수 없는 진짜 어둠이 그들을 뒤덮었기 때문이다.

그동안 그들을 이끌어줬던 첨단기술들은 모두 무용지물이 된 지 오래였다. 중국의 사이버 전력은 미국을 압도했다. 정화호는 굉장히 정교한 인공지능기술을 바탕으로 필요한 때에 정확하게 맞춰 사이버 무기들을 동원할 수 있었고 고주파 발신장치를 이용해 미 해군의 기계장치들을 교란했다. 상대방의 감시장치를 피하는 기술은 여전히 중요했지만 이제는 그저 부차적인 기술에 불과했다. 결국 방어용이 아닌 공격형 사이버 기술과 전력에서 엄청난 격차가 벌어지면서 중국 해군은 남중국해 깊은 곳까지 미 해군을 압도하는 병력을 마음껏 투입할 수 있었다.

네 시간에 걸쳐 정화호 함교에서 베이징 국방부로 계속해서 보고가 들어왔다. 마창이 지휘하는 공격은 놀라울 정도로 빠르게 진행되었다. 반면 중국 측 피해는 놀라울 정도로 적었다. 전투 시작 후 두 시간이 지나는 동안 중국 해군은 단 한 척의 함선도, 단 한 대의 항공기도 잃지 않았다. 이윽고 린바오도 살아생전 보게 될 거라고는 한 번도 생각해보지 못했던 일이 일어났다. 039A형 재래식 디젤잠수함 한 척이 밀러호의 옆으로 몰래 접근해 어뢰 발사 준비를 한 후 직접 타격이 가능한 거리가 되자 어뢰를 발사한 것이다. 항공모함이 침몰하기까지는 10분도 걸리지 않았다.

이 소식이 전해졌을 때 전과 다르게 국방부 안에서는 어떤 환호성도 터져 나오지 않았다. 오직 침묵만이 내려앉았을 뿐이었다. 밤새도록 회의실 상석을 지키고 있던 장 장관이 일어나 문으로 향했다. 회의실에서 서열이 국방부 장관 다음인 린바오는 장관에게 어디를 가는 것이며 언제 돌아올 건지 물어봐야 했다. 전투는 아직 완전히 끝난 상태가 아니었다. 비록 방향타는 파손됐지만 포드호가 건재했고 여전히 위협적이었다. 그가 이 사실을 일깨워주자 장관이 그를 돌아봤다. 늘 활기가 넘쳤던 장관의 표정이 지난 몇 주 동안 쌓인 피곤함 때문인지 왠지 일그러져 보였다.

"잠깐 나가서 바람 좀 쐬려는 것뿐이네. 곧 날이 밝아오겠군. 어제와는 완전히 다른 새날이 시작될 테니 동이 트는 걸 보고 싶어서 말이야."

그가 손목시계를 보며 말했다.

 2034년 4월 26일 05:46 (GMT+5:30)
인도 뉴델리

헨드릭슨과의 통화가 끝난 후 초두리는 누구와 통화해야 할지 알고 있었지만 한편으로는 통화가 연결되지 않으면 했다. 그는 재빨리 시차를 계산했다. 좀 늦긴 했지만 어머니라면 아직 깨어 있을 시간이었다.

"너랑 통화가 되려면 며칠은 더 있어야 할 줄 알았는데."

초두리 여사는 조금 짜증이 난 듯한 목소리였다.

"네, 알고 있어요."

초두리는 지친 목소리로 대꾸했다. 그가 피곤한 건 잠이 부족해서도, 제7함대를 둘러싼 끔찍한 상황을 점점 더 실감하게 됐기 때문도 아니었다. 그저 어머니에게 뭔가 부탁해야만 하는 상황이 그를 몹시 피곤하게 했다.

"출장길에 문제가 좀 생겨서요."

그는 극적인 효과를 노리며 잠시 뜸을 들였다. 그렇게 하면 어머니도 지금 벌어지는 상황들을 감안해 그 '출장길의 문제'라는 게 아들에게 어떤 영향을 미치고 있는지 생각하게 되지 않을까.

"죄송한데 어머니 오빠랑 연락 좀 할 수 있을까요?"

그의 예상처럼 어머니는 잠시 아무 말도 하지 않았다.

그가 인도 해군에서 퇴역한 아난드 파텔 중장을 '외삼촌'이 아니라 '어머니 오빠'라고 부른 이유가 있었다. 아난드 파텔을 한 번도 외삼촌과 조카 사이로 만난 적이 없었고, 또 파텔은 초두리 여사와도 살가운 남매가 아니었다. 가족 사이가 틀어지게 된 건 초두리 여사가 십 대였을 무렵 어느 젊은 해군 장교와 결혼을 전제로 소개받아 만났기 때문이었다. 이 장교는 오빠 파텔의 친구였는데 결국 끝까지 이어지지 못했고, 초두리 여사는 그후 초두리의 아버지를 만나 사랑에 빠졌다. 의대생인 새신랑은 컬럼비아대학교로 가서 학업을 계속할 계획을 세웠고 결국 두 사람은 미국으로 떠났다. 남은 가족들, 그중에서도 특히 오빠 파텔은 가문의 명예에 큰 상처를 입었다고 생각했다. 그렇지만 그건 아주 오래전의 일이었다. 초두리 여사의 남편이 될 수도 있었던 젊은 해군 장교는 20년 전 헬리콥터 추락 사고로 사망했고 암 전문의였던 초두리의 아버지도 암에 걸려 10년 전 세상을 떠났다. 그동안 아난드 파텔은 인도 해군에서 진급을 거듭했다. 미첼 소령의 석방을 위해 뒤에서 안간힘 쓰고 있는 초두리에겐 굉장히 고마울 수도 있는 존재였다. 다만 그러기 위해서는 초두리 여사의 도움이 반드시 필요했다.

"무슨 말인지 모르겠구나. 미국 정부와 인도 정부 사이에 무슨 문제라도 있는 거냐? 거긴 사람이 없어? 그런 건 다 정부에서 공식적으로 알아서 하는 거지, 왜 가족을 끌어들여야 하는 거냐?"

초두리는 어머니에게 물론 양국 정부 사이에는 아무 문제가 없고 대부분 공식적인 경로로 일을 처리한다고 설명했다. 하지만 외교적으로 대단히 까다로운 문제가 발생하면 개인적인 연줄, 그러니까 가족관계를 동원해야 할 때도 있는 법이다.

"게다가 그 남자는 이제 내 가족도, 오빠도 아니야."

초두리 여사가 날카롭게 대꾸했다.

"왜 정부에서 하필 나를 골라 여기로 보냈겠어요? 정부에 이런 일을 할 사람이 얼마나 많은데요. 우리 가족의 뿌리가 바로 여기 인도라서 굳이 나를 뽑아 보낸 거라고요."

"네 아버지가 들으면 깜짝 놀랄 말을 하는구나. 넌 미국인이야. 정부가 널 보낸 건 네가 일을 잘하기 때문이지, 네 부모가 인도 출신 이민자라서 그런 건…."

"난 지금 어머니 도움이 필요해요."

잠시 침묵이 흘렀다.

"알았다. 거기 뭐 적을 게 있니?"

초두리 여사는 아직도 외우고 있던 오빠의 전화번호를 불러줬다.

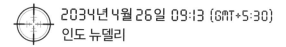

얼굴 부기가 꽤 많이 가라앉았다. 갈비뼈도 전보다 훨씬 좋아졌다. 심호흡을 해도 아프지 않았다. 물론 약간의 흉터는 남았지만, 그가 미국으로 돌아가 미라마 해병대 항공기지 근처 술집에서 이번 무용담을 늘어놓을 때 여자들이 고개를 돌릴 만한 흉터 같은 건 없었다. 며칠 전 그들은 미첼에게 갈아입을 옷을 주고 고기도 좀 먹이더니 정부 전용기에 그를 태웠다. 물론 혼자가 아니었다. 권총을 허리띠에 두르고 거울형 선글라스를 쓴 사복 차림의 경호원들이 그를 감시했다. 그가 재주 부리듯 땅콩 몇 알을 공중으로 던져 입으로 받아먹었을 때 경호원들이 웃기도 했지만, 그는 그들이 비웃는 것인지, 정말 재미있어서 웃는 것인지 알 수 없었다.

정부 전용기는 해가 진 뒤에야 착륙했다. 미첼은 다분히 의도적이라고 생각했다. 그는 창문을 완전히 가린 소형 승합차에 실려 공항을 떠났다. 그날 밤 늦게까지 아무도 그에게 말 한마디 하지 않았다. 그는 그들이 마련해준 양탄자가 깔린 방에서 잘 준비를 했다. 그곳은 감방이라기보다는 싸구려 숙박업소 같은 분위기였다. 여전히 지금 여기가 어디인지 말해주는 사람은 없었다. 내일 날이 밝으면 적십자사 직원이 찾아올 거라는 사실만 말해줬다.

그날 밤 그는 흥분에 들떠서 거의 잠을 이루지 못했다. 오래전 미군 병사들을 위로해주곤 했던 공연단을 닮은 매력적인 간호사의 모습이 끊임없이 머릿속에 떠올랐다. 당시 간호사 복장을 했던 공연단 모습이 어땠더라? 아름다운 얼굴에 하얀 간호사 제복, 스타킹, 그리고 작은 빨간 십자가가 그려진 모자를 쓰고 있었지. 요즘 적십자사나 병원의 직원들 모습은 그렇지 않다는 사실을 잘 알지만 어쩔 수 없었다. 거의 두 달 만에 외부와 접촉하게 되는 내일 아침의 만남을 추측하며 그의 상상력은 텅 빈 방을 가득 채워갔다. 심지어 립스틱을 바른 그녀의 입술이 전하는 위로의 말까지 눈에 보일 정도였다. 이제 집에 보내드릴게요.

다음 날 아침 방문이 열리고 몸집이 작은 인도 남자가 나타났다. 미첼의 실망감은 극에 달했다.

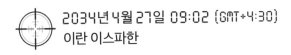

2034년 4월 27일 09:02 (GMT+4:30)
이란 이스파한

제2군 행정본부의 누구도 남중국해에서 무슨 일이 벌어졌는지 정확하게 아는 사람은 없었다. 참모본부에서 전국에 동원령을 선포했지만 어느 누구도 왜 전쟁이 임박했는지 아는 사람은 없었다. 파샤드는 집을 떠나며 군복을 입고 갈까 생각했지만 이내 마음을 고쳐먹었다. 그는 더 이란 최정예 쿠드스군의 여단장은커녕 이슬람혁명수비대 장교도 아니었다. 그는 이제 민간인이었고 몇 주밖에 안 되긴 하지만 그동안의 휴식 기간이 영원처럼 느껴졌다. 아니, 어쩌면 그 시간은 휴식이 아니라 단절의 시간이었는지도 모른다. 그 시간을 되돌려 다시 원래 자리로 돌아갈 수 있을까? 곧 알 수 있을 터였다. 파샤드는 거대한 행정본부의 별관 3층에서 계단 아래까지 늘어서 있는 줄에 끼어 기다렸다. 그는 자신이 줄잡아 수십 년은 차이가 나는, 여기서 가장 나이가 많은 사람일 거라고 생각했다. 함께 줄 서 있는 사람들이 흉터투성이에 오른손에는 손가락이 세 개밖에 남지 않은 자신을 흘긋거리는 게 느껴졌다.

한 시간쯤 지났을까, 파샤드는 줄 밖으로 안내되어 계단을 따라 4층에 있는 집무실로 올라갔다.

"여기서 기다리시오."

그를 데리고 온 상병이 집무실 안으로 들어갔다가 바로 나와서 그에게 안으로 들어가라고 손짓했다.

널찍하고 사치스러워 보이는 집무실이었다. 커다란 떡갈나무 테이블 뒤에는 두 개의 깃발이 서로 엇갈려 걸려 있었는데 하나는 이란 국기, 다른 하나는 군대 깃발이었다.

행정 업무를 담당하는 대령이 파샤드에게 다가와 손을 내밀었다. 그의 손바닥은 부드러웠고 군복은 어찌나 풀을 많이 먹여 다려놓았는지 은은하게 윤이 날 정도였다. 대령은 골란고원의 영웅인 나이 든 전직 여단장에게 앉아서 차를 마시자고 권했다. 상병이 먼저 파샤드 앞에, 그러고 나서 대령 앞에 찻잔을 놨다.

"이렇게 모시게 되어 영광입니다."

대령이 차를 홀짝이며 말했다. 파샤드는 어깨를 으쓱해 보였다.

"집무실이 참 좋군요."

"뭐, 더 좋은 곳에도 계셨을 텐데요."

"난 야전 지휘관이었소. 이런 개인 집무실 같은 곳엔 앉아본 기억조차 없소."

파샤드는 차를 한 모금 마신 후 남은 차를 한 번에 다 들이켜고는 쟁반 위에 큰 소리를 내며 내려놨다. 의례적인 인사말은 이제 그만하고 빨리 본론으로 들어가자는 뜻이었다.

"지난밤 늦게 테헤란에서 보내온 겁니다. 이곳에 찾아오시면 직접 전달하라는 지시를 받았습니다."

대령이 서류 봉투를 내밀었다. 봉투 안에는 명령서 등에 흔히 사용되는 두꺼운 종이가 한 장 들어 있었고, 그 위에는 이런저런 내용과 함께 서명과 도장이 가득 찍혀 있었다.

"해군 소령으로 복귀하라는 명령서인가?"

"참모총장이신 바게리 장군님이 진지하게 고려해달라는 말과 함께 직접 이 명령서를 주셨습니다."

"난 육군 여단장이었소."

파샤드는 명령서를 대령 앞에 도로 놨다. 대령은 아무 반응도 보이지 않았다.

"그런데 왜 동원령이 떨어진 거요?"

"저도 잘 모릅니다. 자세한 내용은 알 수 없습니다. 지금은 그저 명령만 따를 뿐이지요."

대령이 또 다른 봉투를 꺼내서 파샤드에게 내밀었다. 그 안에는 시리아의 수도 다마스쿠스까지 비행기로 갔다가 다시 타르투스에 있는 러시아 해군기지로 이동하기 위한 일정표가 들어 있었다. 타르투스에 도착하면 그는 '연락장교'의 임무를 맡게 된다. 파샤드는 참모본부의 명령이 과연 합당한 것인지, 아니면 그저 자신에게 모욕을 주기 위해 꾸민 일인지 알 수 없었다. 그의 혼란스러운 표정이 얼굴에 드러난 모양이었다. 대령은 '군의 행정적인 관점에서' 문책성으로 퇴역당한 장교를 비슷한 부대의 비슷한 계급이나 보직으로 복귀시키는 것이 얼마나 난감한 일인지 설명했다.

"바로 얼마 전 알게 된 사실입니다만, 동원령을 내리고 보니 고위급 장교들이 너무 많이 소집됐다는군요. 지금은 조국을 위한 희생과 봉사가 필요한 시점입니다. 지금 그 자리가 군에서 제시할 수 있는 유일한 자리입니다."

대령이 서랍을 열더니 이번에는 해군 소령을 나타내는 황금색 견장을 한 쌍 꺼내서 테이블에 올려놨다. 파샤드는 그 견장을 쏘아봤다. 세 계급이나 강등을 당하는 셈이었다. 결국 이렇게까지 되는 건가. 일촉즉발의 위기 상황에서 조국을 위해 뭔가 하고 싶다면 이런 식으로라도 숙이고 들어가야만 하는 건가? 최전선의 사령관이 아니라 러시아군과의 연락을 책임지는 보잘것없는 일이라도? 그것도 육군이 아닌 해군 장교로? 파샤드는 심지어 배를 타는 것도 그리 좋아하지 않았다. 솔레이마니 사령관도, 아버지도 살면서 이런 식의 모욕을 겪어야 했던 적은 단 한 번도 없었다.

파샤드는 자리에서 일어나 굳은 표정으로 대령의 얼굴을 마주봤다. 그는 주먹을 불끈 쥐었다. 지금 솔레이마니 사령관과 아버지가 옆에 있다면 어떤 선택을 하라고 할지 알 것 같았다. 그는 뭔가 쓸 것을 달라고 대령에게 손짓했다. 그리고 명령서를 받았다는 걸 확인하는 서명을 했다. 그런 다음 명령서와 함께 타르투스까지의 이동 일정표를 챙겼다.

파샤드가 몸을 돌려 문으로 향하는데 대령이 그를 불러 세웠다.

"파샤드 소령, 뭔가 잊은 게 없나?"

대령이 견장을 들어 보였다. 파샤드는 견장을 받아 들고 다시 문으로 향했다.

"소령, 한 가지를 더 잊은 것 같은데?"

파샤드는 멍하니 뒤를 돌아봤다. 그리고 한 가지 사실을 깨달았다. 그는 깊은 곳에서 끓어오르는 익숙한 분노를 억제하려고 애썼다. 다른 경우였다면 폭력을 행사하게 만들었을 분노였다. 풀을 잔뜩 먹인 군복을 차려입고 안락한 집무실 밖으로는 한 번도 나간 적 없는 이 멍청이가! 이 멍청한 녀석은 진짜 군인인 양 굴면서 이런저런 편한 보직만 옮겨 다녔을 게 분명했다.

파샤드는 대령의 입술이 퍼렇게 질리고 머리통이 목 위로 축 늘어질 때까지 녀석의 목을 잡아 힘껏 비틀고 싶었다. 하지만 그렇게 하지 않았다.

해군 소령 가셈 파샤드는 차렷 자세로 몸을 곧추세웠다. 그리고 대령을 향해 세 손가락밖에 남지 않은 오른손으로 경례했다.

 2034년 5월 6일 07:26 (GMT+8)
스프래틀리군도

린바오의 눈에 수면 위로 비치는 아침 햇살이 들어왔다. 그가 바다에 나온 것도, 사령관으로 돌아온 것도 정말 오랜만이었다. 바로 얼마 전 이 바다 위에서 중국은 승리했다. 중국 해군이 항공모함 포드호와 밀러호를 포함해 미 해군 제7함대 소속 37척을 궤멸한 소식은 빠르게 전 세계로 퍼졌다. 바다 위에서의 세력균형이 무너졌다는 충격에 휩싸이며 전 세계는 새로운 현실을 마주하게 되었다. 그리고 린바오는 얼마 전 장 장관으로부터 정화항모전단을 지휘하라는 명령을 직접 받았다. 그는 아내와 딸을 베이징에 남겨두고 잔장에 있는 남해함대 사령부에 도착했다.

린바오는 이제 자신이 지휘하게 될 함선을 향해 날아가면서 마창을 떠올렸다. 마창의 시신이 저 아래 어디쯤 있을지 궁금했다. 옛 사관학교 친구의 유언은 바다에 수장해달라는 것이었다. 마창은 평생, 죽음에 이를 때까지도 중국 해군의 전설로 남기 위해 노력했고 그의 전사는 물론 수장도 그 전설의 일부가 되었다. 트라팔가르해전에서 전사한 영국의 영웅 넬슨 제독처럼 마창은 자신이 누릴 영광을 위해 정화호를 무모하리만큼 전투 현장 가까이 몰고 들어갔다. 그때 구형 F/A-18 호넷 전폭기 한 대가 정화호의 대공 방어망을 뚫고 접근했는데, 호넷 조종사는 전혀 미국인답지 않은 일을 저질렀다. 정화호의 비행갑판, 그러니까 함교 바로 옆으로 자살 공격을 감행했던 것이다.

수평선 너머로 정화호가 모습을 드러냈다. 아직은 기껏해야 우표 정도의 크기로 보였다. 항공모함이 가까이 다가오는 것을 보면서 린바오는 마창의 죽음이 F/A-18 호넷이 감행했던 마지막 출격과 그리 다르지 않다고 생각했다. 그는 미군 조종사의 자살 공격으로 일반 병사 몇 명, 하급 장교 두 명, 그리고 마창이 전사했다는 보고를 받은 장 장관의 반응을 떠올렸다.

"정말 용감한 조종사로군."

장관은 정작 마창에 대해서는 한마디도 하지 않았다. 그의 전사에 충격을 받기도 했지만 자신의 영광을 위해 마창이 저지른 무모한 행동에 화가 많이 난 것 같았다.

"결국 자네가 원했던 대로 사령관 자리에 오를 수 있겠군."

하지만 장관은 다른 사람들 앞에서는 조국의 영웅 마창 사령관을 소리 높여 찬양했다.

항공모함 위 비행갑판으로 수송기가 하강할 때, 함교의 지시에 따라 착륙 지점으로 이동할 때 오가는 익숙한 교신 소리가 들려왔다. 정화호는 항공기가 착륙할 때 붙잡아주는 장치가 네 곳에 설치되어 있지만 지금 작동이 가능한 건 두 곳뿐이었다. 1번과 4번 장치는 지난 전투 중 파손되어 일주일이 지난 지금도 수리 중이었다. 린바오는 계속 이어질 것이 분명한 앞으로의 전투를 준비하기 전에 먼저 처리해야 할 문제로 갑판의 착륙장치 고장을 기억해두기로 했다.

난기류가 발생하면서 린바오가 탄 수송기가 심하게 흔들렸다. 고도가 300미터 밑으로 떨어졌을 때 내려다보니 갑판 위가 몹시 소란스러웠다. 근무 중이 아닌 승조원들까지 나와 있는 건지, 평소보다 훨씬 많은 인원이 새 사령관의 도착을 보려고 기다리고 있었다.

수송기가 곧 착륙했지만 무슨 일인지 바로 멈추지 못했고, 조종사는 제대로 착륙하기 위해 다시 속도를 높여 하늘로 날아올랐다.

"죄송합니다, 사령관님. 난기류 때문에 착륙 지점을 벗어났습니다. 이번에는 실수하지 않겠습니다."

린바오는 조종사에게 너무 신경 쓰지 말라고 말했지만, 마음속으로는 새 사령관으로서 조종사의 착륙 실패도 고쳐야 할 문제점으로 기억해둬야겠다고 생각했다. 다시 고도를 높이면서 조종사가 린바오의 실망감을 알아챈 모양이었다. 그는 다시 착륙을 시도하려고 준비하며 쉬지 않고 이런저런 이야기를 떠들어댔다.

"아까는 제가 한 번에 착륙하는 것이 새로 오신 사령관님께 행운의 징조가 될 거라고 말씀드렸습니다만, 너무 신경 쓰지 마십시오. 저도 사실 그런 일에 별반 의미를 두지는 않습니다."

또다시 난기류로 인해 수송기가 흔들렸다.

"마창 사령관께서 부임하시던 때가 기억나는군요. 그날도 바람이 꽤 변덕스러웠거든요. 그래서 그때는 세 번이나 착륙에 실패했지 뭡니까."

조종사가 신이 난 듯 덧붙였다.

 2034년 4월 28일 13:03 (GMT+5:30)
인도 뉴델리

만일 중국 정부가 남중국해에서 거둔 승전 소식을 하루 뒤에 발표하기로 결정하지 않았다면, 초두리는 이란대사관에서 미첼을 절대로 데리고 나올 수 없었을 것이다. 임무를 무사히 마친 후 며칠 동안 초두리는 미첼의 납치와 석방 과정이 중국 측의 첫 번째 실수라는 생각이 들었다. 그렇지 않았다면 지금으로부터 몇 주 전

M&M 초콜릿을 좋아하는 주재무관이 웬루이호 사태를 논의하기 위해 접촉한 것을 시작으로 중국 측이 계획한 일련의 작전들은 그야말로 완벽하게 진행됐을 것이다.

미첼 소령의 석방은 위험한 제안이었다. 초두리가 이란대사관에 처음 나타났을 때 미첼은 몹시 실망한 표정이었다. 그는 나중에 초두리에게 자신은 적십자 소속의 여자 간호사나 직원을 기다리고 있었지 남자 외교관을 기대했던 건 아니라고 말했다. 하지만 그의 실망감은 그날 아침 인도 정부가 그를 석방시키기 위해 이란 정부와 협상을 벌였다는 초두리의 설명을 듣자 이내 사라져버렸다. 초두리는 그저 서두르라는 말만 덧붙였다. 두 사람은 인도 정보부에서 파견한 요원 두 사람에게 이끌려 대사관 뒷문을 통해 정신없이 그곳을 빠져나왔다.

나중에 미첼은 초두리에게 그의 외삼촌이 어떻게 이란 대사를 설득해 인도 정부의 책임하에 자신을 석방시킬 수 있었는지 물어봤다. 이란 정부 입장에서는 분명 그의 석방이 최선의 선택은 아니었을 터였다. 초두리는 '콤프로마트kompromat'라는 러시아어로 대답을 대신했다.

"콤프로마트요?"

"냉전 시절 소련에서 주요 인사들의 약점을 잡던 걸 말합니다."

인도 정보부는 외국인들, 특히 외교관들에 대해 이들에게 영향력을 미칠 수 있는 정보를 수집하고 있는데, 인도 주재 이란 대사는 마침 동성애 성향이 있었다. 초두리의 외삼촌이 이란 대사를 찾아가 이 사실을 넌지시 언급하자 그는 다른 생각 같은 걸 할 여유가 없었다. 만일 자신의 성적 취향이 세상에 알려진다면 인도 정부에 속아 넘어간 것보다 훨씬 큰 질책을 자국 정부로부터 받게 될 게 뻔했기 때문이다.

"그래서 이란대사관이 당신을 풀어준 겁니다, 미첼 소령."

"친구와 동료들은 그냥 웨지라고 부릅니다."

여전히 멍 자국이 남아 있는 그의 얼굴에 커다랗게 웃음이 번졌다.

초두리는 미국대사관 직원과 함께 미첼을 병원에 데려다줬다. 그 직원이 미국 본토, 아니면 해병대 사령부가 생각하는 적당한 곳으로 그를 돌려보낼 항공편을 주선할 예정이었다. 이제 초두리는 워싱턴으로, 백악관 상황실로, 그리고 딸아이에게로 돌아가야 했다. 그는 차를 잡아타고 대사관 별관으로 돌아왔다. 짐을 꾸려 공항으로 가기 위해 숙소에 들어서자마자 그는 거실 소파에서 참을성 있게 기다리고 있는 외삼촌을 미처 보지 못하고 곧장 침실로 향했다.

"산디프, 이야기 좀 할 수 있을까?"

굵직한 저음의 목소리가 등 뒤에서 들려오자 초두리는 깜짝 놀랐다.

"놀라게 했다면 미안하구나."

"여긴 어떻게 들어오셨어요?"

노장군이 눈을 크게 치켜떴다. 한가한 질문을 던지는 조카에게 실망한 눈치였다. 아난드 파텔 장군은 아침부터 시작해 오후가 채 되기도 전에 인도 정부와 외교부, 그리고 군대 내에 있는 연줄을 동원해 이란이 구금하고 있던 미국인 조종사를 석방시켰다. 그런 사람에게 대사관 별관의 문 하나를 열고 드나드는 건 별일도 아니었을 것이다.

파텔 장군은 조카에게 참을성 있게 설명했다.

"대사관의 인도 직원이 들여보내줬다. 예전에 나한테 신세를 졌던 사람이지."

초두리는 밖에 나가 한잔 마시면서 이야기하자는 외삼촌의 말에 고개를 끄덕였다. 밖으로 나온 두 사람은 대기하고 있던 검은색 고급 승용차에 올라탔다. 조카는 지금 어디로 가고 있는지 묻지 않았고 외삼촌도 아무 말 하지 않았다. 차를 타고 가는 동안 두 사람은 침묵을 지켰고 초두리는 그게 오히려 더 편했다. 뉴델리에 도착한 후 지난 며칠 동안 그는 대사관 밖으로 거의 나와보지 못했는데 이제 태어나서 처음으로 부모님의 고향인 이 도시를 마음껏 구경할 기회를 얻게 된 것이다.

그는 도시의 풍경을 보고 깜짝 놀랐다. 자라면서 어머니에게 들었던 이야기, 어머니가 보여줬던 사진 속 풍경과는 너무도 달랐다. 숨이 막힐 것 같은 매연으로 가득한 거리도 없었고 사방을 뒤덮고 있는 금방이라도 무너질 것 같은 판잣집들도 보이지 않았다. 거리는 깨끗했고 새로 지은 주택단지들의 외관은 미려했다.

인도의 변화는 20여 년 전부터 시작되었다. 당시 모디 총리는 동료 민족주의 지도자들과 함께 사회기반시설에 적극 투자함으로써 낡은 인도를 철저하게 몰아냈고, 2024년 일어난 '10일 전쟁'에서 결정적인 승리를 거둠으로써 숙적 파키스탄의 위협에서도 벗어날 수 있었다. 그후 인도군은 오늘날과 같은 막강한 전력을 보유하게 되었다.

초두리는 그저 차창 밖을 내다보며 쓰레기 하나 없는 깨끗한 거리와 끝없이 늘어선 최신 유행의 고층 건물들, 그리고 흠잡을 데 없는 모습으로 느긋하게 걷고 있는 병사들을 확인하는 것만으로도 지난 역사를 배울 수 있었다. 병사들은 각자의 부대나 함선에서 휴가를 받아 나온 것이리라. 모디 총리와 그의 지지자들은 개혁을 방해하는 세력을 일소하고 구시대의 잔재들을 다 치워버렸다. 물론 이런 변신이 완전히 끝나려면 아직 멀었다. 대도시의 외곽 지역들은 여전히 갈 길이 멀어 보였다. 그렇지만 시간이 흐를수록 미래에 대한 전망은 더욱 밝아지고 있었다.

마침내 두 사람은 목적지에 도착했다. 그들을 맞이한 건 오히려 과거로 돌아간 듯한 풍경이었다. 아난드 파텔이 회원으로 있는 델리 짐카나 클럽은 인도에서 가장 오래된 사교 모임 장소였다. 지붕이 있는 현관을 향해 포장도로가 길게 이어졌다. 길 양옆으로는 정원사들이 널찍한 잔디밭을 완벽하게 다듬어놨다.

초두리와 파텔은 건물 2층으로 안내되었다. 창문을 열고 탁 트인 공간으로 나서자 대영제국의 위세가 절정이던 시절 만들어진 이 클럽의 또 다른 유산인 정교하게 설계된 정원들이 내려다보였다. 두 사람은 마실 것을 주문했다. 파텔은 물을 탄 술, 초두리는 탄산음료였다.

주문을 받은 직원이 사라지자 파텔이 물었다.

"내 여동생은 어떻게 지내고 있지?"

초두리는 잘 지내고 있다고 대답했다. 어머니는 할머니 역할을 잘하고 있으며 아버지가 세상을 떠났을 때는 굉장히 힘들어하셨다는 말까지 한 초두리는 거기서 입을 다물었다. 갑자기 자신에게는 어머니의 소식을 오랫동안 소식이 끊어졌던 오빠에게 전할 자격이 없는 것 같다는 생각이 들었다. 만일 그때 음료수를 준비해주는 곳에 있는 텔레비전 근처에서 작은 소란이 일어나지 않았다면 두 사람의 대화는 거기서 끝이 났을지도 모른다.

대부분 하얀색 테니스 복장을 한 말끔한 모습의 회원들과 시중드는 직원들이 너나 할 것 없이 모두 모여들어 텔레비전에서 흘러나오는 소리에 귀를 기울였다. 뉴스 진행자는 남중국해에서 벌어진 대규모 교전에 대한 소식들을 정리하며 이어폰을 만지작거렸다. 그는 특파원들을 통해 새 소식이 귀로 들려올 때마다 그저 멍한 표정으로 정면을 바라볼 때가 많았는데, 그 모든 소식들은 단 하나의 충격적인 결론으로 이어졌다. 미국 해군이 완전히 패배한 것이다.

"사람들이 이번 사태의 진정한 의미를 깨닫게 되기까지는 시간이 좀 걸릴 거다."

파텔이 텔레비전 쪽을 바라보며 조카에게 말했다.

"이번 사태의 진정한 의미라… 결국 전쟁이 시작됐군요."

파텔이 고개를 끄덕이고는 술을 한 모금 마셨다.

"그래. 그렇지만 이번 패배는 단지 시작일 뿐이야. 그것도 알고 있어야 한다."

"미국 해군은 중국 해군에 뒤지지 않아요. 아니, 훨씬 강합니다. 물론 우리가 방심한 건 있어요. 그렇지만 그런 실수는 두 번 다시 되풀이되지 않을 겁니다. 사실 지금 실수를 저지르고 있는 쪽은 바로 중국이죠."

초두리는 잠시 멈췄다가 책을 읽듯 말을 이었다.

"우리가 저지른 모든 일이 결국 잠자고 있던 거인을 깨워 무시무시한 결의를 다지게 만든 건 아닌지 두렵다."

"일본 제국 연합함대 사령관 야마모토 이소로쿠 말이냐? 그렇지만 이건 진주만하고는 달라. 완전히 다른 상황이지. 주위를 한번 둘러보려무나. 그 어떤 대제국도 정도 이상의 선을 넘으면 무너질 수밖에 없어. 이 오래된 영국식 사교 모임 장소도 대영제국의 최전성기와 몰락을 보여주는 기념물이지."

초두리는 외삼촌에게 미국이 몰락에 이를 정도로 선을 넘은 것은 아니라는 사실을 상기시켜줬다. 다만 한 번의 패배로 쓴맛을 봤을 뿐이다. 그는 자신의 말이 진지하게 들리도록 목소리를 가다듬고는 이야기를 이어갔다.

"게다가, 우리는 보유하고 있는 전술 및 전략핵무기 공격력에 대해서는 아직 논의조차 하지 않고 있습니다."

"지금 무슨 말을 하고 있는지 알고나 있는 거냐? 전술 및 전략핵무기라고? 그게 무슨 뜻인지 생각해보려무나. 핵무기를 동원한다면 누구도 승자가 될 수 없어."

"히로시마와… 나가사키에 핵폭탄을 투하했지만… 우리는 전쟁에서 승리했습니다."

"우리라고? 네가 말하는 우리가 과연 누구냐? 그때 네 가족은 여기서 5킬로미터도 떨어지지 않은 곳에서 살고 있었어. 그리고 너, 넌 미국이 제2차 세계대전이 끝나고 어떻게 번영을 구가할 수 있었다고 생각하지?"

파텔은 점점 더 화가 치밀어 올랐다.

"그거야 우리가 승리했으니까요."

"영국도 승리했고 소련도 승리했다. 심지어 프랑스도 결국 승리를 거두었지."

"무슨 말씀을 하시는 건지 잘 모르겠습니다."

"전쟁에서는 말이다, 그저 승리만 하는 게 중요한 게 아니라 어떻게 승리했느냐가 중요하다는 뜻이다. 예전에 미국은 전쟁을 먼저 시작하지 않았다. 대부분 전쟁을 마무리 짓는 쪽이었지. 그렇지만 지금은… 지금은 그게 반대로 되어버렸다. 지금은 전쟁을 시작하는 쪽이 미국이야. 마무리 짓는 쪽이 아니라."

그러다가 파텔이 갑자기 이야기 주제를 바꿔서 다시 자신의 동생에 대해 묻기 시작했다. 초두리는 딸의 사진을 꺼내 보여줬다. 그리고 이혼한 사실과 어머니가 아내를 영 탐탁지 않게 여겼다는 이야기를 들려줬다. 하지만 파텔은 무슨 이야기인지 알아듣지 못하는 것 같았다.

조카의 이야기를 다 들은 후 그는 한 가지 질문을 던졌다.

"그래서 고향으로 돌아올 생각은 없는 거냐?"

"제 고향은 미국입니다. 외국인 이민자의 아들인 저 같은 사람이 성장해서 국가원수를 위해 일할 수 있는 곳이 이 세상에 미국 말고 또 어디 있을까요. 미국은 특별한 나라입니다. 지금 그걸 말씀드리고 싶은 거예요."

"넌 내가 이곳 회원이 돼서 가장 만족스러웠던 게 뭔지 알겠니?"

초두리는 영문을 몰라 멍하니 있었다.

"따라오너라."

파텔이 의자를 뒤로 밀면서 자리에서 일어났다. 의자 다리가 타일이 깔린 바닥에 긁히는 소리가 났다. 두 사람은 바로 안쪽에 붙어 있는 상과 상패들이 전시된 방으로 들어갔다. 유리창이 있는 장식장 안에 양쪽에 손잡이가 달린 번쩍이는 우승 트로피들이 보관되어 있었는데 거기 새겨진 날짜들은 무려 지난 세기까지 거슬러 올라가기도 했다. 거기서 파텔은 한쪽 구석에 있는 액자 속 사진을 조카에게 보여줬다. 세 명의 영국군 장교가 터번을 두른 인도 병사들의 호위를 받으며 서 있는 사진이었다. 날짜는 지금으로부터 100년 전, 인도가 영국으로부터 독립하기 10년 전이었다.

파텔은 이들이 라즈푸타나 소총연대 소속이며 영국군 장교들은 이곳의 회원이었다고 설명했다. 제2차 세계대전 중 일본이 영국에 선전포고를 하기 전날 밤 찍은 사진으로, 라즈푸타나 소총연대는 곧 태평양 전선으로 떠났다.

"대부분의 장교가 미얀마나 말레이제도에서 전사했다."

파텔이 주머니에서 은색 볼펜을 한 자루 꺼내 들고 그중 한 사람을 가리켰다. 넓은 어깨에 콧수염을 가진 남자였다.

"흠, 여기 있구나. 이름을 알아보겠니? 나익 임란 산디프 파텔 병장… 네 외고조부님이다."

파텔이 볼펜으로 사진 아랫부분에 적혀 있는 이름을 툭툭 쳤다.

초두리는 말없이 사진을 응시했다.

"자신의 운명을 바꾼 사람들은 미국에만 있는 게 아니야. 미국만 특별한 나라는 아니다."

초두리는 휴대폰을 꺼내 외고조부의 모습을 찍었다.

"인도 정부가 어떻게 대응할 거라고 생각하시나요?"

"그건 뭐라고 말하기가 어렵구나. 그렇지만 나로서는 우리가 잘 이겨 나갈 거라고 믿어 의심치 않는다."

"왜 그렇게 생각하시는데요?"

"왜냐하면 우리는 미국이 잊어버린 교훈을 잘 기억하고 있기 때문이지."

 2034년 5월 13일 11:42 (GMT+9) 일본 요코스카 해군기지

본토로 돌아가기로 했던 항공편이 취소되었다. 세라 헌트에게 새로운 지시가 떨어졌다. 해군 병원에서의 건강검진 일정이 잡혔다. 이번에는 아무 문제 없이 통과되었다. 그리고 특진 대상에 그녀가 포함됐다는 소식이 들려왔다. 준장 진급이었다. 그녀도 이제 별을 달게 된 것이다. 다시 새로운 지시가 내려왔다. 그녀는 충격을 받았다. 미 해군에서 그녀에게 엔터프라이즈항모전단의 지휘를 맡긴 것이다. 거기에는 엔터프라이즈호를 비롯해 스무 척 가까운 함선들이 포함되어 있었다. 이 모든 일이 진행되기까지 일주일밖에 걸리지 않았다. 그다음 일주일 동안 그녀는 요코스카 해군기지에서 자신의 함대를 시찰했다. 엔터프라이즈호가 도착하기 전날 밤, 앞으로 계속 헌트 준장을 괴롭히게 될 악몽이 처음 시작되었다.

꿈속에서 그녀는 포드호와 밀러호 항모전단의 생존자들이 처참한 모습으로 항구로 들어오는 걸 지켜봤다. 돌아온 건 함선 세 척뿐이었고, 그녀는 그중 한 척과 연결용 다리가 이어진 부둣가에 서 있었다. 그런데 그 구축함은 포드호나 밀러호와 함께 싸우러 나갔던 함선이 아니었다. 자세히 살펴보니 바로 그녀의 옛 기함인 존폴존스호였다. 승조원들이 줄을 서서 다리를 내려왔다. 그녀는 젊은 승조원들 대부분의 얼굴을 알아볼 수 있었다. 그리고 그들 사이에 제인 모리스 함장이 있었다. 모리스 함장은 몇 주 전 존폴존스호의 함교에서 나눠 피웠던 것과 똑같은 시가를 입에 물고 있었다.

마치 전에 살았던 삶을 돌아보는 것 같은 기분이었다. 헌트는 자신의 부하였던 모리스에게 다가갔지만 그녀는 헌트가 그 자리에 존재하지 않는 것처럼 그냥 지나쳐 가버렸다. 모리스의 행동에는 어떤 악의도 없었다. 마치 헌트가 유령이고 이미 유령이 된 그들이 살아 있는 사람인 것 같았다.

헌트는 계속해서 모리스의 주의를 끌어보려 하다가 문득 어느 젊은 해병이 다리를 따라 내려와 부두 위에 올라서는 것을 봤다. 그녀는 그 해병에게 끌리듯 다가갔다. 그는 다른 승조원들과 다르게 흰색 군복을 입고 있었고 거울처럼 번쩍거리는 가죽 군화 위로 나팔바지를 펄럭이고 있었다. 스물다섯 살도 안 됐을 것 같은 이 어린 해병의 상의에는 눈이 어지러울 정도로 많은 훈장과 휘장이 달려 있었다. 그는 네이비실 대원이었다.

해병이 부두를 가로질러 곧장 그녀를 향해 다가왔다. 그리고 그녀의 손을 잡고 세 번 쥐었다 폈다를 반복했다. 나는. 너를. 사랑한

단다…. 그녀의 아버지가 그랬던 것과 똑같았다. 해병은 여전히 손을 놓지 않은 채 헌트를 바라보며 계속 무엇인가를 기다렸다. 헌트는 그가 누구인지 도무지 알아볼 수 없었다. 기억 속에서 아버지는 언제나 더 나이가 많고 지치고 지저분한 모습이었는데. 그녀는 아버지의 훈장과 휘장이 그렇게 번쩍거리는 걸 한 번도 본 기억이 없었다. 그렇지만 지금은 눈이 부실 정도로 환하게 빛나고 있었다. 아버지의 푸른색 눈은 그녀에게서 떠날 줄을 몰랐다. 그녀도 아버지의 손을 잡고 쥐었다 폈다를 반복했다. 저도. 아빠를. 사랑해요.

아버지가 그녀를 보며 말했다. "네가 꼭 그렇게 할 필요는 없단다." 그러고는 손을 놓고 걸어가기 시작했다.

"할 필요가 없다니요?"

그녀가 소리쳤지만 그는 멀리 사라져버렸다. 헌트의 악몽은 항상 이런 식으로 끝났다.

아침이 되어 헌트는 잠에서 깨어났다. 엔터프라이즈호가 항구로 들어오는 날이었다.

그녀는 부둣가에서 자신이 지휘할 승조원들을 만나면서도 꿈속의 마지막 장면이 머리에서 떠나지 않았다. 그녀는 자기도 모르게 주위를 두리번거렸다. 다리를 따라 다른 승조원들과 함께 내려오는 아버지나 모리스를 찾기라도 하는 것처럼. 승조원들은 대부분 젊었고 보직을 맡은 장교나 사병이나 평소보다 계급이 한두 계급 낮았다. 최근 들어 고질적인 인력 부족에 시달리기도 했지만 무엇보다 앞서 있었던 전투에서 큰 피해를 본 해군에서 인력을 충원하느라 고민에 고민을 거듭한 결과였다. 그녀는 승조원들이 젊고 경험이 부족할지 몰라도 열정이 넘치고, 따라서 그 열정으로 부족한 경험을 대신할 수 있을 거라고 스스로를 위로했다.

아라비아만의 제5함대로부터 힘든 항해를 거쳐 도착한 엔터프라이즈호는 이곳에 일주일가량 정박할 예정이었다. 자매함인 부시호가 최근 이란 영공에서 F-35 전투기와 조종사를 잃는 불명예를 겪은 터라, 엔터프라이즈호 승조원들은 이번 임무 수행에서 그와 같은 굴욕을 겪지 않기로 단단히 결심한 것 같았다.

이번 임무의 구체적인 내용은 여전히 알려지지 않은 상태였다. 승조원들은 중국 해군이 공격적인 사이버 전투 능력을 보유하고 있으며 그에 대한 효과적인 대응 수단은 아직 없다는 사실을 잘 알고 있었다. 하지만 이번 임무에 힘의 균형을 무너뜨리겠다고 위협하는 중국 해군의 함선들을 파괴하거나 최소한 무력화하겠다는 목표가 포함되어 있으리라는 사실은 누구나 짐작할 수 있었다.

무엇보다 중국 함대, 그중에서도 정화항모전단이 어디에 있는지부터 찾아낼 필요가 있었다. 웬루이호 사태와 포드호, 밀러호의 침몰을 통해 배운 교훈은 중국의 사이버 전투 능력이 바다 위의 상당히 넓은 영역에서도 효과적으로 아군의 눈을 가릴 수 있다는 사실이었다. 제7함대 사령부에서는 헌트의 퇴역을 취소할지 말지 결정하는 동안, 남중국해는 물론 그 너머까지도 무인정찰기들을 띄워 보내 중국 함대의 배치 상황을 파악하고 그들의 다음 이동 경로를 예측하려고 애썼다. 이 임무를 위해 최신 스텔스기술이 적용된 MQ-4C 트리톤 해상초계기, RQ-4 글로벌호크, 그리고 미국의 인공위성 연결망과 통합되어 운용되는 CIA의 RQ-170 센티넬까지 동원되었다. 그렇지만 반다르아바스에서 F-35 전투기에 그랬던 것처럼 중국 측에서는 일정 거리 안에만 들어온다면 감지 및 조종장치를 무력화하여 무인정찰기들을 자기들 마음대로 조종할 수 있었다. 그래서 결국 헌트는 제7함대 사령부로부터 반경이 800해리에 달하는 해당 해역에 대한 정보를 하나도 얻지 못했다.

다만 일본과 베트남, 대만, 필리핀 열도가 포함된 그 해역의 어딘가에 정화호를 비롯한 중국 함대들이 있는 것은 분명했다. 사령부에서는 헌트가 그들을 찾아내 파괴하기를 기대하고 있었다.

헌트는 엔터프라이즈호의 전투비행대대 중 하나인 VMFA-323에 있는 모든 전자기기의 작동을 중단시킬 것을 요구했다. '데스 래틀러스'라는 별칭으로 불리는 이 대대는 엔터프라이즈호에서 유일하게 해병 항공대 소속이면서 아직도 구형 F/A-18 호넷을 주력 기체로 사용하고 있었다. 항구를 떠나기 전 기체를 손보는 데 이틀의 시간이 주어졌고 출항하고 나면 시간 나는 대로 바다 위에서도 작업을 계속할 예정이었다. 사실상 전투비행대대 중 하나를 '보지도 못하고 듣지도 못하게' 개조하려는 것이었다.

데스 래틀러스 대대장은 강력하게 반발했다. 그는 헌트 사령관에게 휘하 조종사들이 장비의 도움 없이 맨몸으로 싸울 수 있을지 장담할 수 없다고 말했다. 하지만 그의 이의 제기는 받아들여지지 않았다. 지금으로서는 선택의 여지가 거의 없었기 때문이다. 헌트는 다음에 벌어질 전투에서는 조종사들이 눈과 귀를 가린 채 비행하게 될 수밖에 없다는 사실을 잘 알고 있었다. 그것도 물론 정화호를 찾아낸 후에 생각할 문제였다.

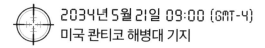
미첼은 그저 미국 본토로 돌아가고 싶었다. 샌디에이고의 바닷가가 눈에 아른거렸다. 새벽 6시에 체육관에 집합해 8시면 비행 전 점검을 시행하고 9시에 첫 비행을 한다. 그런 다음 점심을 먹고 1시 30분에 두 번째 비행을 마친 후 확인 및 보고, 그리고 장교회관에서 시간을 보낸 다음 멋진 아가씨들을 만나 밤을 즐기는 생활이었다. 그는 조종사용 선글라스를 다시 쓰고 싶었고 바다로 나가 서핑도 하고 대대 동료들과 시시껄렁한 농담도 나누고 싶었다.

물론 가고 싶지 않고 피하고 싶은 일도 있었다. 그는 버지니아주에 있는 콴티코 해병대 기지로는 가고 싶지 않았다. 그리고 해병대 사령부에서 붙여준 상사가 옆에 있는 것도 싫었다. 이 상사는 WDCMA에 있는 동안 그를 호위해줄 거라고 말했다. 다시 말해 줄곧 붙어 있겠다는 뜻이었다.

"상사, 빌어먹을 WDCMA가 대체 무슨 뜻인가?"

미첼이 문자 표창장이며 상장을 잔뜩 받은 걸 제외하면 아무짝에도 쓸모가 없어 보이는 얼굴의 상사가 대답했다.

"워싱턴을 중심으로 한 미국 수도권Washington, D.C., Metro Area을 뜻합니다, 소령님."

"지금 나랑 장난하자는 건가?"

"아닙니다, 소령님."

미국으로 돌아온 후 몇 주가 흐르는 동안 미첼과 상사는 이런 식의 대화를 수도 없이 질리도록 나눴다.

미쳴을 계속 기지 안에 붙잡아두는 것은 표면적으로는 계속해서 이어지는 보고 과정 때문이었다. 첫 주에는 CIA와 DIA국방정보국, NSA국가안보국, 국무부, 심지어 국가지리정보국 등에서 찾아온 직원이며 요원들과의 면담을 별문제 없이 끝마쳤다. 그는 F-35가 일으켰던 오작동들을 비롯해 계기판에 총을 쏘는 등 문제를 해결하기 위해 진행했던 과정을 상세히 설명했다.

모두들 미쳴이 하는 말을 받아 적느라 열심이었다. 하지만 그는 지루했다. 그게 진짜 문제였다. 그는 하루의 대부분을 그냥 죽치고 앉아 텔레비전 뉴스만 봤다.

"함선 서른일곱 척이라."

그는 갑자기 혼자서 큰 소리로 중얼거리곤 했다. 그때마다 누군가가, 하다못해 그 앞뒤가 꽉 막힌 상사라도 나타나 자신의 말을 가로막으며 아무 일도 일어나지 않았다고 말해주면 좋겠다는 생각이 들었다. 포드호와 밀러호를 포함한 함선들은 모두 다 무사하며 이 모든 것이 그저 환상에 불과하다고 말이다. 그는 10년 전 펜서콜라 비행학교에서 같이 지냈던 조종사 중 일부가 전사했다는 사실을 알게 되었다.

"너희들도 나처럼 당한 거냐?"

미쳴은 전투에 대해 생각할 때마다 이가 빠진 자리며 흉터들을 더듬으며 그렇게 묻곤 했다.

콴티코 해병대 기지에서의 두 번째 주에는 네 시간의 치과 치료가 예약되어 있었다. 치과 의사는 왜 미쳴을 기지 안에 붙잡아두고 있는지, 그 진짜 이유를 알려줬다. 깔끔한 솜씨로 다섯 개의 치아를 손봐준 의사가 그가 볼 수 있게 거울을 가져다주며 말했다.

"어떤 것 같아요? 백악관에 갈 때쯤이면 아무 문제 없이 자리 잡을 것 같은데."

그리고 또다시 일주일이 흘러갔다. 미첼을 기다리고 있는 가장 중요한 일정은 백악관에서의 보고 절차였다. 상사는 미첼이 이란에 잡혀 있는 동안 유명 인사가 됐다고 설명했다. 그러면서 소셜미디어에서 유행하고 있는 해시태그 운동인 #FreeWedge를 보여줬다. 결국 대통령도 정치인이니 무사 귀환한 미첼과 찍은 사진 한 장이 필요한 건 너무도 당연한 일이었다. 그런데 그의 백악관 방문은 계속 연기되었다. 그가 할 수 있는 건 텔레비전을 켜고 무슨 일이 일어나고 있는지 알아내는 것뿐이었다. 중국 함대는 감쪽같이 사라졌다. 그리고 중국은 더 이상 아무런 대응도 하지 않고 있었다. 국방부 장관과 합동참모본부 의장, 심지어 국가안보보좌관, 그러니까 군 복무 경력도 없으면서 늘 강경하게 전쟁을 주장하는 와이즈카버까지 기자회견을 자청하여 '중국의 침략 행위'에 대해 속이 뻔히 들여다보이는 애매한 위협만 되풀이하고 있었다.

몇 주에 걸쳐 말로만 무력시위를 하는 동안 미국 행정부는 제풀에 지친 것 같았다. 언론에서 기자회견이 사라지자 마침내 백악관에서 미첼에게 연락해 왔다. 콴티코 해병대 기지를 나와 북쪽으로 차를 타고 가면서 그는 급히 치수를 맞춰 마련한 해병대 정복을 확인하고 또 확인했다. 그는 대통령으로부터 전쟁포로 메달을 받을 예정이었다.

"아주 멋져 보이십니다, 소령님."

상사의 말에 미첼은 고맙다고 답하고 창문 밖을 바라봤다.

웨스트윙의 방문객 전용 출입구에 도착했지만 아무도 그들의 방문을 기다리고 있는 것 같지 않았다. 그날 경호원들에게 미첼의 방문은 예정에 없는 일정이었다. 상사가 경호원에게 계속 따져 물었고 결국 윗사람과 연결되었다. 그리하여 국방부와 해병대 사령부에 전화 연락이 갈 때까지 족히 30분이 더 소요되었다.

마침내 초두리가 두 사람이 있는 곳으로 걸어 나왔다. 그는 미첼의 오늘 방문을 알고 있었다. 한 번에 한 사람만 데리고 들어갈 수 있기 때문에 상사는 밖에서 기다려야 했다. 다닥다닥 붙어 있는 웨스트윙의 집무실과 사무실들을 지나쳐 가는 동안 초두리가 미안하다며 설명했다.

"중국 측의 사이버공격 이후로 통신이든 뭐든 제대로 연결되지 않고 있습니다. 오늘 약속이 있는 건 맞는데 요즘은 상황이 너무 유동적이라서요. 언제 일정대로 진행될지 내가 직접 가서 알아보겠습니다."

초두리는 곧 바삐 움직이는 사람들 사이로 모습을 감췄다.

미첼은 자기 눈으로 확인하고 나서야 위기 상황임을 실감할 수 있었다. 사람들이 복도를 따라 우르르 몰려가다가 갑자기 방향을 바꿔 반대 방향으로 몰려갔다. 목소리를 낮추긴 했지만 열띤 논의가 사방에서 벌어졌고 전화 통화도 다급하게 이뤄졌다. 남자들은 수염도 제대로 깎지 못했고 여자들은 머리가 엉망이었다. 식사도 전부 앉은 자리에서 해결하는 것 같았다.

"그래, 자네가 미첼 소령인가?"

누군가 갑자기 그의 옆에 나타났다. 한쪽 옆구리에 붉은색 바인더를 끼고 테 없는 안경을 코끝에 걸친 남자가 의심스러운 물건이라도 보듯 그를 위아래로 훑어봤다.

미첼은 본능적으로 벌떡 일어나 인사했다.

"네, 그렇습니다. 크리스 미첼 소령입니다."

남자가 따뜻하게 맞이해줄 여력 같은 건 없다는 듯 가볍게 악수를 청했다.

"난 백악관의 국가안보보좌관일세. 미첼 소령, 자네는 일정에 맞춰 와줬어. 그런데 대통령께서는 오늘 저녁에 대국민담화가 있으셔서 말이야. 그 준비 때문에 바쁘시거든. 대단히 미안한 일이지만 전쟁포로 메달은 내가 대신 수여하겠네."

남자가 메달이 들어 있는 파란색 상자를 성의 없이 미첼에게 들이밀었다. 그리고 잠시 뭐라고 해야 할지 생각하는 듯 뜸을 들였다가 "축하하네"라는 한마디를 남기고 서둘러 사라졌다.

웨스트윙을 빠져나온 미첼은 상사가 참을성 있게 기다리고 있는 방문객 전용 구역으로 향했다. 다시 만난 두 사람은 말없이 펜실베이니아 애비뉴를 따라 걸어서 공영 주차장으로 갔다. 거기에는 두 사람이 타고 온 공무 차량이 주차되어 있었다.

상사는 대통령과의 만남이 어땠는지에 대해 아무것도 묻지 않았다. 그는 미첼이 그리 환대받지는 못했다는 사실을 눈치챈 것처럼 보였고 미첼의 기운을 북돋워주려는 듯 내일이라도 사령부에서 새 임무를 맡길 수 있다는 사실을 상기시켜줬다. 미첼은 이제 조종사로 복귀하는 데 아무 문제가 없었다. 그 말을 들은 미첼은 미소를 머금었지만, 콴티코 해병대 기지로 돌아가는 동안 말없이 그저 라디오에서 흘러나오는 옛날 음악만 들었다.

그런데 갑자기 방송이 중단되더니 특보가 있다는 안내가 나왔다. 그리고 잠시 후 대통령이 등장해 연설을 하기 시작했다. 상사가 라디오 소리를 높였다.

"친애하는 국민 여러분. 몇 시간 전 우리 해군과 정보 당국은 미국의 동맹국인 대만 앞바다에 대규모 중국 함대가 출현한 것을 확인하였습니다. 최근 중국과의 적대적인 관계를 생각하면, 이것은 대만의 주권뿐만 아니라 우리의 주권을 분명하게 위협하는 행위입니다. 최근에 발생했던 군사적 시련들로 말미암아 이런 위협에 대처하기 위한 우리의 선택권은 상당히 제한적인 것이 사실입니다. 그렇지만 다행히 그런 제한적인 선택권만으로도 여전히 충분하다고 말할 수 있습니다. 제35대 대통령인 존 F. 케네디 대통령의 말을 인용하자면 '우리가 잘되기를 바라는 나라건, 혹은 우리가 못되길 바라는 나라건 간에 우리는 우리의 자유의 지속과 성공을 위해 모든 대가를 치르고 모든 고난을 견디며 모든 우방을 돕고 모든 적국에 맞설 것이라는 사실을 전 세계 모든 나라에 알려줘야' 하는 것입니다. 그의 말은 쿠바 미사일 위기를 포함한 케네디 행정부에서 가장 암울했던 시기에 분명히 증명되었습니다. 그리고 오늘날에도 그 사실에는 변함이 없습니다.

중국 정부와 국민에게 직접 말씀드리고자 합니다. 중국은 새로운 사이버 무기를 동원해, 주어진 절차에 따라 좀 더 신중하게 대응할 수 있는 우리의 능력을 저하시켰습니다. 전쟁으로 향하는 길은 우리가 가고 싶은 길이 아닙니다. 그렇지만 어쩔 수 없는 상황이라면 우리도 그 길을 갈 수밖에 없습니다. 우리는 우리의 동맹국들에 대한 책임을 다할 것입니다. 함대를 다시 불러들이십시오. 그리고 주변 바다에서의 항행의 자유를 인정해주십시오. 그렇다면 참혹한 재앙을 피할 수 있을 것입니다.

대만의 주권을 침해하는 행위는 미국에 대해 선을 넘는 행위나 마찬가지입니다. 한계선을 넘는 행위는 우리가 정한 시간과 장소에서 우리가 지닌 압도적인 위력에 직면하게 될 것입니다. 동맹국들에 대한 책임을 다하고 동시에 우리 스스로를 지키기 위해 나는 필요한 경우 해당 지역 사령관들이 전술핵무기를 제한적으로 사용할 수 있도록 사전 승인하였습니다…."

미첼은 라디오를 껐다. 어둠 속에서 차들이 비상등을 번쩍이며 갓길 여기저기에 멈춰 서 있었다. 모두들 라디오에서 반복적으로 흘러나오는 대통령의 연설에 귀를 기울이고 있었다. 하지만 그는 더 이상 듣고 싶지 않았다.

"맙소사, 전술핵무기라니. 백악관과 군이 서로 소통하는 데 아무 문제가 없어야 할 텐데요."

상사의 말에 미첼은 그저 말없이 고개만 끄덕였다.

"그나저나 소령님, 그 전쟁포로 메달 좀 볼 수 있을까요?"

미첼은 무릎에 놓인 파란색 상자를 열었다. 그런데 상자 안은 텅비어 있었다. 그도, 상사도 무슨 말을 해야 할지 알 수 없었다.

4
장

적을 모르고 나를 모를 때

ㄹㅁㅋㅓ년 5월 ㄹㄹ일 ㅁ1:ㅋㅂ (ㅁㅁㅜ+ㄹ)
바렌츠해

파샤드는 벌써 사흘 연속, 밤마다 제대로 잠을 자지 못했다. 그에
게 배정된 선실은 흘수선 바로 위에 있어서 바닷물에 떠내려온 얼
음덩어리들이 뱃머리에 부딪히는 소리를 들을 수 있었다. 얼음덩어
리들은 마치 종이라도 울리듯 텅, 텅, 텅 소리를 냈다. 그런 소리가
밤새도록 이어졌다.

몇 주 전 시리아 타르투스에 도착하니 몇 가지 지시 사항이 그를
기다리고 있었다. 파샤드는 러시아 해군에 파견된 연락장교로서 반
소매 군복과 햇볕에 그을린 피부로 널리 알려진 지중해함대가 아
니라 발트함대와 함께 북쪽으로 멀리 떨어진 곳에 배치될 예정이
었다. 비행기를 타고 러시아 최서단 칼리닌그라드에 있는 발트함대
사령부에 도착했을 때 그에게는 겨울용 외투조차 없었다. 그는 사
령부가 자신을 항공모함 쿠즈네초프호나 순양함 표트르벨리키호

에 배치하리라고 생각했다. 하지만 그는 쉼 없이 흔들리는 작은 호위함 레즈키호에 타게 되었다. 양철 깡통처럼 가볍고 빠른 이 배에서 그는 늘 가벼운 뱃멀미에 시달렸다.

텅, 텅, 텅…. 파샤드는 결국 자는 걸 포기하고 일어나 불을 켰다. 그의 침대는 선실 벽에 접이식으로 매달려 있었는데 선실이 너무 작아서 침대를 접지 않으면 문을 제대로 열 수 없었다. 상대적으로 계급이 낮은 연락장교인 파샤드 소령의 하루를 채우는 수많은 초라한 일상 중 하나였다. 좁디좁은 장교식당 겸 휴게실에서 밥을 먹는 것도 쉬운 일이 아니었다. 동료 장교들은 러시아어만 할 줄 알았고 대부분이 그보다 열 살 이상 어렸다. 그래서 파샤드는 보통 중간중간 비는 시간에 가서 식사하거나 아니면 밤참을 선실로 가져와서 뒤늦게 끼니를 때웠다.

그는 잠옷 위에 해군 병사들이 주로 입는 짧은 외투를 걸쳤다. 붉은색 등이 켜진 통로를 따라 강철로 된 격벽 사이를 비틀대며 걸어가는 동안 얼음덩어리들이 선체를 두들기는 소리가 끊임없이 그를 따라왔다. 그는 장교식당으로 향하며 뭔가 먹을 만한 게 남아 있기를 바랐다.

장교식당에는 레즈키호의 참모장교인 바실리 콜차크 중령이 자리 잡고 앉아 있었다. 그는 찻잔을 손에 들고 노트북으로 뭔가를 읽고 있었다. 취사병이 채워놓은 두 개의 커다란 스테인리스 통을 보니 하나는 갈색 국물에 담긴 시커먼 고기, 다른 하나는 희뿌연 국물에 담긴 허연색 고기였다. 각각 옆에 뭐라고 적힌 팻말이 붙어 있었지만 파샤드는 러시아어를 알지 못했다.

"그 허연 건 생선이오. 아마 청어 같은 거겠지. 시커먼 건 돼지고 기고." 콜차크가 고개를 들더니 영어로 말했다.

파샤드는 잠시 두 가지 중 뭘 먹을까 둘러보다가 결국 아무것도 고르지 않고 콜차크 앞에 앉았다.

"잘 생각한 거요." 콜차크가 다시 말했다.

콜차크의 오른쪽 새끼손가락에는 황금으로 만든 도장 반지가 끼 워져 있었다. 작지만 번뜩이는 두 눈은 차가운 푸른색으로 갈고 닦 은 지 수십 년이 지난 보석처럼 약간 흐릿했다. 코는 길고 끝이 화 살처럼 뾰족했는데 감기라도 앓고 있는 것처럼 빨갰다.

"아마 이 소식은 아직 듣지 못했을 거라고 생각하오."

콜차크의 억양은 어딘지 약간 고풍스러운 영국식 영어 느낌이 었다.

콜차크가 노트북으로 영상을 틀었다. 두 사람은 몇 시간 전 미국 대통령이 한 대국민담화에 귀를 기울였다. 영상이 끝난 후 두 사람 은 아무 말도 하지 않았다. 그러다 콜차크가 파샤드에게 오른손에 대해 물었다.

"미국인들과 싸우다가 이렇게 됐소. 그 반지는 어떤 반지요?"

반지를 가까이서 보니 과거 러시아제국을 상징했던 머리가 둘 달린 독수리가 새겨져 있었다.

"우리 고조부님이 쓰시던 거요. 그분도 해군 장교셨지. 그때는 러 시아제국 해군이었지만. 고조부님은 러일전쟁에 참전하셨고 나이 드신 후에 공산주의 혁명이 일어나 혁명군에게 살해당하셨소. 이 반지는 그후 아주 오랜 세월 우리 가족이 숨겨왔소. 이렇게 당당하게 반지를 끼고 다니는 건 고조부님 이후 내가 처음이 아닌가 싶소. 세월이 흐르면서 많은 것들이 바뀌었지."

그렇게 말하고 콜차크가 담배를 길게 한 모금 빨아들였다.

"미국이 앞으로 어떻게 나올 거라고 생각하시오?"

"그건 바로 내가 묻고 싶은 질문인데. 당신은 미국과 싸워본 경험이 있잖소."

파샤드의 과거를 인정해주는 듯한 이 한마디는 그를 조금 당황하게 만들었다. 누군가 자신의 의견을 물어본 게 도대체 얼마 만의 일인가. 그는 콜차크에게 친밀감을 느꼈다.

파샤드는 미국의 지도자들은 자신들이 그어놓은 '한계선'이 침범당할 때마다 각각 다르게 대응해왔다고 대답했다. 그리고 대국민담화에서 언급한 것처럼 중국이 대만을 합병하는 것을 막기 위해 미국이 정말로 핵무기를 사용할지 자신도 궁금하다고 덧붙였다.

"미국의 행동이 예측 가능하던 때도 있었지만 이제 그런 경우는 거의 없는 것 같소. 예측이 어려워지면서 미국은 훨씬 위험한 존재가 됐지요. 미국이 실력 행사에 나선다면 러시아는 또 어떻게 할 것인지 궁금하군요. 러시아의 지도자들은 잃을 게 많지 않소? 어디를 가든 부유한 러시아인들이 눈에 띄던데."

"부유한 러시아인들? 그런 사람들이 세상에 있을 리 있나."

콜차크가 웃음을 터뜨렸다.

파샤드는 콜차크의 말을 이해할 수 없었다. 그는 지중해와 흑해에서 흔히 볼 수 있는 러시아인 소유의 개인 유람선이며 이탈리아와 크로아티아 바닷가에 있는 호화 별장들에 대해 언급했다. 그는 외국에 나가서 눈에 띄는 화려한 것들, 즉 별장이나 유람선이나 전용기와 마주칠 때면 누구의 소유인지를 물어보곤 했는데 그때마다 어김없이 들려오는 대답은 '러시아인'이었다.

"아니, 아니. 그렇지 않아요. 부자 러시아인은 존재하지 않소. 돈만 많은 가난한 러시아인들이 있을 뿐이지."

콜차크가 재떨이에 담배를 비벼 끄고 새 담배를 꺼내 불을 붙이더니 자신의 조국에 대해 거들먹거리듯 설명하기 시작했다. 제국주의 시대건, 공산주의 시대건 러시아는 주변의 강대국들에게 제대로 인정받은 적이 단 한 번도 없다는 얘기였다.

"러시아제국 시절 황제를 비롯한 황족들은 황궁에서 러시아어가 아닌 프랑스어를 사용했소. 공산주의국가가 된 후 러시아 경제는 속이 텅 빈 채 껍데기만 남았지. 지금 러시아 지도자들은 다른 나라들로부터 범죄자 취급을 받소. 미국을 가든, 영국을 가든 러시아인들을 대놓고 무시하지. 심지어 푸틴 대통령까지도 말이오.

다른 나라 사람들에게 푸틴 대통령은 러시아의 국부가 아니오. 천만의 말씀. 그 사람들에겐 푸틴도 그저 수많은 거지 같은 러시아인 중 하나에 불과할 뿐이고, 기껏해야 깡패 두목쯤이나 될까. 푸틴이 러시아 국민들에게 크림반도와 조지아, 그리고 우크라이나 일부까지 옛 조상들의 영토를 되찾아줬는데도 말이오. 그뿐인가, 푸틴이 미국의 정치체제를 뒤흔들어놓는 바람에 심지어 지금 미국 대통령은 특정 정당의 대표도 되지 못하고 힘없는 '개인' 자격으로 출마를 해야 하오. 우리는 태생이 교활한 사람들이오. 우리의 지도자도 러시아인이니 당연히 교활하지. 미국이 실력 행사에 나서면 러시아가 어떻게 나올 것이라 생각하냐고 물었소? 그거야 당연한 일 아니겠소. 닭장에 들어간 여우가 뭘 하겠소?"

콜차크의 입술이 벌어지며 얼굴에 웃음이 번졌다.

파샤드는 언제나 자신의 조국과 러시아가 여러모로 공통된 이해 관계를 가지고 있다는 사실을 최소한 머릿속으로는 이해하고 있었다. 그렇지만 이제 그 깊은 유대감까지 이해하게 되었다. 이란과 러시아는 비슷한 길을 걸으며 비슷한 방식으로 발전해왔다. 두 나라 모두 과거에는 황제를 뜻하는 샤와 차르를 섬기던 제국이었으며 두 나라 모두 공산주의자와 이슬람 근본주의자들이 이끈 혁명을 겪었다. 또한 두 나라 모두 경제제재와 국제적 불신 같은 서방 측의 반감에 시달려왔다. 파샤드는 이제 동맹국인 러시아에도 새로운 기회가 모습을 드러내고 있다는 사실을 직감할 수 있었다.

그들이 모항인 칼리닌그라드를 출발한 건 3주 전의 일이었다. 항해 첫 주에 레즈키호는 대서양 서부와 이곳 발트해 북부를 철저히 감시하는 미 해군 제3함대와 제6함대 소속 함선들의 동향을 추적했다. 그런데 갑자기 그들이 사라져버렸다. 남중국해에서 연이어 대재난을 겪은 후였기 때문에 미 해군 함대의 목적지는 누가 봐도 분명했다. 한편 그들이 모습을 감춤으로써 어떤 기회가 만들어질 수 있는지도 분명해졌다. 이 바다 밑으로는 북아메리카대륙 10G 인터넷 연결의 90퍼센트를 책임지고 있는 광섬유 통신망이 최소한 500여 개 이상 가로지르고 있었다.

"미국에서 핵무기를 터뜨린다면 우리가 이 바다 밑 통신망을 몇 개 정도 건드려도 다들 신경 쓰지 않을 거라고 생각하오. 우리 군대

가 폴란드의 영토 일부를 점령해도 마찬가지일 거고. 그러면 칼리
닌그라드는 러시아 본토와 직접 육로로 연결되는 거지."

콜차크가 파샤드를 똑바로 보며 벽에 있는 지도를 가리켰다. 푸
틴 대통령도 이에 대해 여러 차례 언급한 바 있었다.

"만약 미국이 핵무기를 터뜨린다면, 그들이 항상 우리에게 경고
해왔던 고립된 상태가 될 거요."

"미국에서 정말 핵무기를 사용할 거라고 생각하시오?"

"10년, 아니 15년 전이었다면 아니라고 대답했겠지. 하지만 지금
은 잘 모르겠소. 미국이란 나라는 더 이상 그 나라 사람들이 자기
조국이라고 생각해온 그런 나라가 아닌 것 같으니 말이오. 세월이
흐르면서 많은 것들이 바뀌었지. 안 그렇소? 그리고 지금은 세계의
균형이 우리에게 유리한 쪽으로 기울고 있소. 음, 그나저나 시간이
너무 늦었군. 소령도 가서 쉬어야 하지 않겠소."

콜차크가 손목시계를 보고는 노트북을 껐다.

"잠이 오지 않소."

"무슨 이유라도?"

파샤드는 주변이 조용해질 때까지 입을 다물었다. 잠시 후 콜차
크도 얼음덩어리들이 선체에 와서 부딪힐 때 나는 텅, 텅, 텅 소리
를 희미하게나마 들을 수 있었다.

"그래요, 저 소리가 거슬리긴 하겠군요. 게다가 배도 쉬지 않고
흔들리니."

파샤드가 고개를 끄덕이자 콜차크가 테이블 너머로 손을 뻗어
그의 팔을 지그시 붙잡았다.

"그렇다고 저런 것들에게 지면 안 되지. 선실로 가서 좀 누워요. 배가 흔들리는 건 곧 지나면 익숙해질 거요. 그리고 저 소리는… 난 저 소리를 들으면 언제나 뭔가 다른 걸 상상하는 데 도움이 된다오."

"뭔가 다른 걸 상상한다고요? 이를테면?"

텅, 텅, 텅… 또다시 얼음덩어리가 부딪히는 소리가 들려왔다.

"마치 종소리처럼 뭔가 새로운 변화를 알려주고 있는 것 같지 않소?"

 2034년 5월 22일 23:47 (GMT+8) 남중국해

문을 두드리는 소리가 들렸다. 아직 한밤중이었다. 린바오는 일어나 앉으면서 앓는 소리를 냈다. 이번에는 또 무슨 일인가. 잠을 방해받는 게 일상이 되었다. 지난밤에는 그가 이끄는 항모전단 소속 구축함 두 척의 사령관들이 함대 편성에 대해 받은 명령을 두고 언쟁을 벌여서 그가 그 문제를 해결해야 했다. 그 전날 밤에는 예상치 못한 태풍경보가 있었는데 다행히 그냥 경보로 그쳤다. 하지만 그후 잠수함 중 한 척과의 통신이 잠시 끊어졌다. 또 그 전전날 밤에는 정화호의 원자로 중 하나에 냉각재로 사용되는 경수가 과도하게 투입되었다. 그리고 또 뭐가 있었더라…. 수면 부족으로 그의 머릿속이 잠시 뒤엉켰다. 그는 지금 조국의 역사에서 가장 위대한 순간의 정점에 서 있는지도 몰랐다. 그렇지만 실제로는 별다른 감흥이 없었다. 자잘한 업무 때문에 옴짝달싹할 수 없었고 다시는 밤새 푹 자는 일이 없을 거라는 확신이 들었다.

그럼에도 그는 각종 사이버 장비와 스텔스기술, 그리고 인공위성 등을 복잡하게 결합한 성과에 대해 만족감이 차오르는 것을 느꼈다. 미국은 그들이 대만 근처로 향하고 있다고 확신하고 있었지만 중국의 오랜 맞수인 대만은 대응에 필요한 정확한 위치 자료를 확보할 수 없었다. 물론 결국 미국이 그들을 찾아내겠지만 그때가 되면 너무 늦을 것이다.

"사령관님, 전투정보실에서 사령관님을 찾고 있습니다."

그는 다시 한번 문을 두드리는 소리에 잠이 깼다.

"사령관님…."

"한 번만 불러도 충분하네."

그는 문을 벌컥 열어젖혔다. 열아홉 살도 안 돼 보이는 어린 병사가 문 앞에 서 있었다. 그 역시 잠이 부족해 보였다.

"먼저 가서… 먼저 가서 내가 곧 간다고 전하게."

어린 병사가 고개를 한 번 숙이더니 서둘러 복도를 따라 사라졌다.

린바오는 옷을 입으면서 괜히 성질을 부렸다고 후회했다. 그만큼 그는 중압감에 시달리고 있었다.

적의 감시망을 피해 모습을 감춘 이후 지난 3주 동안 정화항모전단은 다른 세 개의 항모전단과 함께 대만 주변을 둘러싸듯 포위하고 있었고 정예 특수부대, 전략폭격기 부대와 초음속 미사일 부대도 대기 중이었다. 린바오가 이끄는 함대의 정확한 위치를 찾기 위해 전 세계를 아우르는 미국의 거대한 감시망이 사방을 샅샅이 뒤지고 있다는 사실을 그도 느낄 수 있었다.

장 장관이 계획을 짜고 중앙정치국 상무위원회가 승인한 이번 작전은 두 가지 단계에 따라 진행되고 있었는데 각각 그 유명한 『손자병법』의 가르침을 따르고 있었다. 우선 '계획을 감춰 깜깜한 밤처럼 아무도 알 수 없게 만든 후 움직일 때는 벼락이 떨어지듯 신속하게 움직여라'라는 가르침이 있었다. 중국 함대는 모습을 감출 때도 그랬지만 다시 나타날 때도 그야말로 벼락이 떨어지는 것처럼 신속하게 나타나 대만을 깜짝 놀라게 할 계획이었다. 이렇듯 아무도 모르게 군사력을 한곳에 집중한 나라는 없었다. 미국은 물론이고 그 어떤 나라도 이에 대항하기 위해 전투력을 배치하는 데는 최소한 몇 주 이상의 시간이 걸릴 것으로 예상되었다.

그리고 장 장관이 세운 작전의 두 번째 단계는 '싸우지 않고 적을 굴복시키는 것이 최고의 병법'이라는 가르침에 따른 것이었다. 장 장관은 대만 앞바다에 중국 함대가 갑자기 모습을 드러낸다면 대만 입법원의 선택지는 오직 한 가지밖에 없다고 생각했다. 즉, 투표를 통해 국회를 해산하고 중국의 일부로 합병되는 것이다. 장 장관이 이 작전 계획을 중앙정치국 상무위원회에 제출했을 때, 그는 대만에 대한 기습 포위는 피 한 방울 흘리지 않는 외통수가 될 거라고 주장했다. 물론 팔순에 접어들어 겁만 잔뜩 늘어난 자오러지 중앙기율검사위원회 서기 같은 일부 원로 위원들 사이에서는 회의론도 존재했지만, 대다수 위원들은 장관의 계획을 지지했다.

린바오가 전투정보실로 들어서니 화면 속에서 장 장관이 그를 기다리고 있었다.

"장관님, 다시 뵙게 되어 반갑습니다."

정화항모전단이 모습을 감춘 후 두 사람은 이메일은 계속 주고받았지만 보안 때문에 직접적인 통화는 중단했다. 다시 얼굴을 마주하게 되자 한참 동안 멋쩍은 침묵이 흘렀다.

"나도 사령관을 다시 보게 되어 반갑소."

장관은 린바오 사령관과 승조원들의 탁월한 작전 수행 능력에 대해 찬사를 늘어났다. 그들은 항모전단 전체를 계획된 위치로 이동시키는 복잡하기 짝이 없는 임무뿐만 아니라 그 와중에 파손된 정화호의 수리까지 말끔하게 해냈다. 그러니 그야말로 더 큰 승리를 거둘 준비가 됐다며 장관은 계속 축하의 덕담을 건넸다. 하지만 그럴수록 린바오는 왠지 더 불안해졌다. 분명 뭔가 잘못되었다.

"어젯밤 늦게 대만 입법원이 의원들을 긴급 소집하기로 했네. 곧 며칠 안에 입법원에서 국회 해산 투표가 있을 것으로 예상하는데… 우리가 세운 계획은 순조롭게 진행되리라 생각하네. 다만 걱정되는 게 한 가지 있는데, 미국 측에서 핵무기 공격을 할 수도 있다고 위협을 가하고 있네. 물론 자네도 이미 전해 들었겠지만 말이야."

아직 그 소식은 전해 듣지 못했다. 린바오는 바로 옆에 앉아 있는 정보 분석 장교를 힐끗 쳐다봤다. 그들은 통신이 완전히 끊어진 상태로 지난 열두 시간을 보냈다. 젊은 장교가 즉시 평소에 사용하는 노트북에서 「뉴욕타임스」의 인터넷 홈페이지를 찾아 열었다. 머리기사 제목이 크고 굵은 글씨체에 빨간색 줄까지 그어져 있었는데,

미국 대통령이 핵무기 사용도 고려하고 있다는 내용이었다. 불과 몇 시간 전에 올라온 기사였다.

린바오는 장관에게 뭐라고 말해야 할지 떠오르지 않았다. 그저 정화항모전단의 현재 배치 상황을 전해야 한다는 생각에, 그는 조종사들의 준비 상태며 해상 호위함들의 위치, 잠수함들의 상황 등을 기계적으로 보고했다.

계속해서 세부적인 내용에 대한 보고가 이어지자 장관이 초조한 듯 손톱을 물어뜯기 시작했다. 자신의 손만 내려다볼 뿐, 린바오의 이야기는 거의 듣고 있는 것 같지 않았다.

"장관님, 우리가 세운 계획은 지금까지 아무 문제가 없습니다."

하지만 장관은 아무 말도 없었다.

"만약 대만 입법원이 국회를 해산하기로 결정한다면 미국은 우리에게 공격을 가할 수 없을 겁니다. 그들은 다른 나라의 투표 결과를 무시하고 우리를 공격할 만큼 뻔뻔하지 못하니까요."

"아마 그럴 수도…."

"설사 그들이 공격한다 해도 우리 함대를 직접 공격할 수는 없을 겁니다. 애초에 우리의 정확한 위치 정보를 갖고 있지 않으니 전술 핵무기 공격도 불가능합니다. 게다가 지금 우리는 대만 해안에서 불과 몇 킬로미터 떨어져 있을 뿐입니다. 항구들이 피해를 본다면 곧 재앙으로 이어지겠지요. 장관님, 그게 이번 계획의 핵심 아니겠습니까. 우리는 싸우지도 않고 적을 제압하는 겁니다. 손자가 말했던 것처럼 싸우지 않고 이기는 것이야말로 최고의 병법이지요."

장관이 고개를 끄덕이더니 "아마 그럴 수도"라는 말을 한 번 더 되풀이했다. 물이라도 한잔 마셔야 할 것처럼 그의 목소리는 갈라져 있었다. 두 사람의 화상통화는 그렇게 끝났다.

린바오와 그의 함대가 할 수 있는 일은 이제 기다리는 것 말고는 아무것도 없었다. 벌써 해가 뜨기 시작했다. 그는 함장실로 돌아오면서 시계를 확인했다. 해가 곧 완전히 떠오르면 안개도 다 사라질 것이다. 대만도, 중국 함대도 머지않아 서로 모습을 완전히 드러내게 된다. 하지만 린바오는 피곤했다. 그에게는 조금이라도 휴식이 필요했다.

린바오는 잠을 청하려 했지만 잠이 오지 않았다. 결국 그는 어쩔 수 없이 책이라도 읽기로 했다. 책꽂이를 훑어보니 『손자병법』이 있었다. 얄궂은 일이지만 그는 뉴포트에 있는 해군참모대학교에서 『손자병법』을 처음 읽었다. 그는 장마다 상세히 주석이 달린 책을 읽으면서 뉴포트의 안개가 어떤 식으로 바닷가를 덮었는지, 배들은 어떻게 그 안개를 뚫고 지나갈 수 있었는지를 떠올렸다. 그의 시선이 『손자병법』의 한 구절에서 멈췄다. 전에 여러 번 읽었지만 세월이 흐르면서 잊고 있던 구절이었다.

'적을 알고 나를 알면 백 번 싸워도 위태로움이 없다. 적을 알지 못하고 나를 알면 승패의 가능성은 절반이다. 적을 모르고 나를 모르면 싸울 때마다 위험에 빠진다.'

그는 눈을 감았다. 나는 적에 대해 잘 알고 있을까. 그는 미국과 관련된 것들을 모두 다 떠올려보려고 애썼다. 미국에서 공부하며 살던 시절, 그리고 자신의 절반이자 그곳에서 태어난 어머니에 대해. 어머니의 목소리가 들려왔다. 어머니가 불렀던 노래들은… 전부 미국 노래였다. 그는 한 곡을 흥얼거려봤다. 너무나도 기억에 생생한 오티스 레딩의 「부둣가에서」라는 노래였다. 마침내 그는 깊고 평화로운 잠에 빠질 수 있었다.

 2034년 5월 21일 21:37 (GMT-4)
미국 워싱턴

대통령의 대국민담화가 있기 전 아침, 담화문의 사본이 백악관 직원들에게 먼저 공개되었다. 담화문은 국무부와 국방부, 국토안보부, 심지어 재무부까지 각 부처 간의 조정 과정을 거쳤다. 공보 비서관과 수석 정치 자문위원, 그리고 초두리를 포함한 국가안전보장회의 직원들은 대통령 집무실의 '결단의 책상' 앞에서 진행된 사전 연습에 비밀리에 참석했다. 초두리는 대통령이 대단히 침착하면서도 결연하게 멋진 모습을 보여주고 있다고 생각했다.

그날 저녁 마침내 대국민담화 생방송이 시작됐을 때, 초두리는 자기 테이블 앞에 앉아 있었다. 동료들이 비좁은 웨스트윙 이곳저곳에 아무렇게나 흩어져 있는 텔레비전들 앞으로 모였지만 그는 방송을 보지 않았다. 사전 연습을 충분히 봤기 때문에 굳이 그럴 필요를 느끼지 못했다. 사람들이 일제히 뭐라고 중얼거리는 소리를 듣고서야 그는 고개를 들었다. 그를 포함해서 웨스트윙 동료들 중 누구도 대통령이 필요한 경우 제한적인 핵무기의 사용을 사전 승인했다는 내용을 발표하리라곤 상상도 못 했다.

모두 어안이 벙벙한 눈으로 텔레비전을 쳐다보고 있을 때 대통령 집무실의 문이 활짝 열렸다. 각료들이 성큼성큼 걸어 나왔다. 멍한 표정이며 은밀히 속삭이는 모습을 보니 그들도 전혀 예상하지 못한 것 같았다. 오직 헨드릭슨과 와이즈카버 두 사람만 당황하지 않은 표정이었다.

와이즈카버가 초두리를 집무실로 호출했다. 그는 지난주 대통령 집무실 한구석에 자신의 자리를 마련했다.

"어서 들어오게. 5분 안에 이야기를 끝내야 해."

와이즈카버의 집무실은 제대로 정리된 게 하나도 없을 정도로 엉망진창이었다. 서류철들은 펼쳐져 겹겹이 쌓여 있었고 각각의 겉표지마다 알아볼 수 없는 분류 기호가 적혀 있었다. 와이즈카버가 초두리와 헨드릭슨에게 지시 내용이 행정부 관련인지, 국방부 관련인지에 따라 서류들을 구분해 나눠주기 시작했다. 그러면서 동시에 간결하게 지시 사항을 전달했다. 와이즈카버가 헨드릭슨과 초두리에게 맡긴 자잘한 임무들을 통해 미국은 핵전쟁에 한 걸음 더 가까이 다가가게 되었다.

초두리가 뭐라고 질문하기도 전에 5분이라는 시간이 훌쩍 지나갔다. 문이 닫혔다. 헨드릭슨과 초두리는 양손에 서류 더미를 든 채 집무실 밖으로 밀려났다.

"발표 전에 담화문 내용을 미리 알고 있었습니까?"

"그게 뭐가 중요합니까."

초두리는 그게 정말 중요한 문제인지 아닌지 확실히 알 수 없었다. 어쨌든 헨드릭슨은 그 내용을 이미 알고 있었던 게 분명했다.

헨드릭슨은 국방부에서 파견된 고위급 장성이기 때문에 그가 핵무기 공격과 관련된 내용을 미리 알고 있었던 건 어쩌면 당연한 일일지 모른다. 또 추가된 내용을 극소수 인사들만 알고 있었던 것도 상식적으로 당연한 일이다. 그럼에도 초두리는 속았다는 생각을 떨쳐 버릴 수 없었다. 다시 말해 기분이 개운치 않았다. 그렇지만 한편으로는 이런 생각도 들었다. 핵무기 사용을 허가하는 결정에 어떻게 개운하고 깔끔한 느낌이 들 수가 있단 말인가?

"절대로 그렇게 되어서는 안 됩니다."

하지만 초두리는 그 말이 자신의 확실한 주장인지, 아니면 그저 헨드릭슨의 의견을 구하려는 것인지 알 수 없었다. 대통령의 핵무기 공격에 대한 입장을 제외하면 초두리는 대부분의 관련 정보들을 잘 알고 있었다. 예컨대 그는 대만 근처에 배치된 중국 군대에 관한 최신 정보도 알고 있었다. 대만을 둘러싸고 있는 올가미에는 해군을 비롯해 지대지 및 공대지 미사일과 제한된 범위 내에서 자동으로 임무를 수행할 수 있는 특수부대 일부가 포함되어 있었다. 포위 작전을 아무도 모르게 초고속으로 진행하기 위해 중국은 정체를 알 수 없는 그들만의 놀라운 기술들을 계속해서 사용했다. 중국 해군은 이제 대만 바로 코앞까지 와 있었다. 그로 인해 민간인들이 받을 피해의 위험성을 감안한다면 미국의 전술핵무기 공격이 과연 가능하기나 할까?

"그냥 우리가 그렇게 할 거라고 믿으면 됩니다." 헨드릭슨이 말했다. "현재 우리 해군의 세 개 항모전단이 남중국해로 이동하라는 명령을 받았어요. 우리에게 필요한 건 시간입니다. 일단 우리 함대를 배치할 수만 있다면 우리도 중국 본토를 위협할 수 있죠. 그럼 중국은 대만 근처에 배치된 부대들을 철수시켜야 할 겁니다. 진짜로 핵무기 공격을 할 것처럼 위협해서 우리에게 필요한 시간을 벌자는 거죠."

"하지만 그만큼 엄청난 위험을 감수해야 하는 것 아닙니까."

헨드릭슨은 어깨를 으쓱했지만 그렇다고 반대 의견을 말하지도 않았다. 그는 자신이 받은 서류들을 가방에 챙겨 넣었다. 이제 국방부로 돌아가야 할 시간이었다. 초두리는 그를 배웅하며 잠시 걷기로 했다. 밤새도록 사무실 안에만 있어야 할 테니 미리 바람을 좀 쐬고 싶었다.

"당신 친구인 세라 헌트가 엔터프라이즈항모전단의 사령관이 됐다는 소식을 들었어요."

초두리가 화제를 돌리기 위해 말을 꺼냈다.

두 사람은 웨스트윙 밖으로 나왔다. 몇 걸음 앞에 경호실이 관리하는 마지막 검문소가 있었다. 머리 위 청명한 밤하늘에는 별들이 가득했다.

"그래요. 나도 들었습니다."

헨드릭슨이 초두리에게서 시선을 돌려 라파예트공원이 있는 길 건너편을 바라봤다.

"그렇군요. 잘됐습니다."

"정말 잘됐을까요?"

그렇게 반문하고 헨드릭슨은 우두커니 서서 밤하늘과 공원을 번갈아 봤다. 마치 앞으로 한 걸음 나아가야 할지, 아니면 뒷걸음쳐야 할지 정하지 못한 사람 같았다.

"대만을 지키기 위해서든, 중국 측의 도발 때문이든, 그것도 아니면 그저 와이즈카버의 뜻을 따르기 위해서든… 우리가 정말 핵무기로 공격하게 된다면 직접 그 방아쇠를 당기게 될 사람은 헌트일 확률이 가장 높아요."

초두리는 미처 그런 생각까지는 하지 못했다.

2034년 6월 11일 12:38 (GMT-7)
미국 미라마 해병대 항공기지

그들은 미첼 소령을 어떻게 해야 할지 알 수 없었다. 미첼이 콴티코 해병대 기지에서 받은 명령서에는 특정 전폭기나 전투기 대대에 대한 언급은 없었고 그저 제3해병비행단이라고만 적혀 있었다. 설상가상으로 그가 비행단 본부로 신고하러 왔을 때 평가 기록을 조회하려고 했더니 자료가 손상되어 있었다. 미첼은 3년 전 F/A-18 호넷 조종을 그만두고 F-35 조종사로 보직이 변경됐지만 F-35 조종사로서 비행했다는 기록은 전혀 없었다.

해병대로서는 비행 기록이 확인되지 않는 조종사를 1억 달러가 넘는 군용기에 태울 수 없었다. 미첼은 분명 F-35를 타고 비행하다가 이란 영공에서 포로로 잡혔고 그 사건을 모르는 사람이 없었지만 그런 건 아무런 상관이 없었다. 기록이 남아 있지 않다면 그건 일어나지 않은 일이었다.

대통령의 대국민담화가 발표되고 핵전쟁이라는 악몽이 바로 앞까지 다가온 것 같은 분위기 속에서 몇 주가 흘렀다. 그런데도 4대째 전투기 조종사로 복무 중인 미첼이 아무도 찾지 않는 장교 휴게실에서 대부분의 시간을 보내며 갤러그 게임이나 하고 있었던 건 바로 이런 이유 때문이었다.

우주선으로 적들을 공격하는 이 전자오락 게임기는 버려진 다트 판이며 전쟁 기념품 중 하나인 총알 박힌 일본군 전투기의 꼬리 부분 등과 함께 휴게실 한구석 벽에 세워져 있었다. 미첼은 갤러그를 하는 방식이 무척 마음에 들었다. 있는 것이라곤 조종 손잡이와 단추 하나로 아주 단순했고 내용도 별게 없었다. 우주선 한 대가 끝없이 몰려오는 우주의 침입자들을 물리친다. 모두 다 같은 무기를 사용하는 공평한 대결이고, 우주선의 유일한 장점은 인간 조종사가 가진 기술이다.

이 게임기는 아마 1980년대 초반부터 50여 년을 미라마 장교 휴게실에 있었을 것이다. 얼마나 많은 조종사들이 이 게임기를 가지고 놀았을까. 베트남전이 끝나고 돌아온 조종사들, 쿠웨이트와 보스니아, 이라크, 아프가니스탄, 시리아 하늘을 누볐던 조종사들에 베네수엘라 해방 작전에 참여했던 조종사들까지 모두 다 이 조종 손잡이와 단추를 움직이며 점수를 올리기 위해 애썼겠지. 빨간색의 작은 손잡이는 그야말로 바위에 박혀 있었다던 명검 엑스칼리버처럼 성스러운 유물이나 마찬가지였다. 덕분에 미첼은 텅 빈 장교 휴게실에서 한적한 아침 시간과 지루한 오후 시간을 견뎌낼 수 있었다.

기지 안의 모든 조종사들은 부대 배치가 끝났거나 곧 명령을 받을 준비가 되어 있었고 그 밖의 다른 대원들도 쉬지 않고 근무 중이었다. 그런 분위기였기 때문에 미첼은 어느 날 오후, 중령 한 사람이 휴게실 안을 어슬렁거리는 걸 보고 깜짝 놀랐다. 그날 아침 최고 점수에 몇백 점 모자라는 기록을 세운 미첼은 점심을 먹은 뒤 비행단 본부에서 자신의 비행 경력을 확인하는 문제를 두고 또 한 차례 쓸데없는 면담을 했다. 그러고 나서 휴게실로 돌아왔고 대만 주변의 교착 상태를 알기 위해 이따금 신문들을 뒤적일 때만 빼고는 온 신경을 게임에 쏟아 붓던 중이었다.

중령이 테이블 앞에 앉더니 김이 서린 유리잔에 채워진 맥주를 홀짝였다. 그의 정복 가슴께에 황금빛 비행기 날개며 휘장들이 붙어 있었기 때문에 미첼은 그가 상급 장교, 그러니까 사령관급과의 회의에 참석하러 온 것이 아닌가 생각했다. 느슨하게 풀어진 넥타이와 지친 표정을 보니 아무래도 회의가 순조롭게 진행되지 않은 모양이었다.

중령이 미첼이 보다가 던져둔 신문을 집어 들며 물었다.

"내가 좀 봐도 괜찮을까?"

"물론입니다."

미첼은 갤러그 게임을 그만두고 중령 근처에 가서 자리 잡고 앉았다. 중령이 신문을 읽기 시작했다. 그의 이마에 깊은 주름이 새겨졌다. 그가 '아무 쓸모 없는 미군의 기술적 우위'라는 사설 제목을 가리켰다. 그의 손가락에 끼인 호두알만 한 크기의 해군사관학교 졸업 반지가 보였다.

"이런 쓰레기 같은 것도 기사랍시고. 우리 군을 보고 아무 쓸모 없다고 말하는 거나 마찬가지야."

미첼은 슬쩍 몸을 숙여 사설 내용을 훑어봤다. 사설은 특히 최근에 있었던 '중국의 침략 행위'에 비추어 볼 때, 미국 방위 전략의 중심이 되는 첨단기술 장비에 대한 의존도를 줄여야 한다고 주장했다. 그러면서 조금 에둘러 미 해군 함선의 4분의 1 이상이 괴멸되고 대만을 포기할 수밖에 없을 것 같은 지금의 상황을 언급했다.

"우리 군이 아무 쓸모 없다고 주장하는 것은 아닙니다. 사설의 주장은 우리가 보유하고 있는 첨단기술이 오히려 방해가 되고 있다는 건데요."

중령이 얼굴을 찡그리자 털 많은 양쪽 눈썹이 하나로 붙으며 원시인을 닮은 얼굴이 되었다. 마치 어떻게 조종사는 빼놓고 조종사가 타는 비행기에 대해서만 비판을 가할 수 있는지 이해하기 어렵다는 표정 같았다.

"그런데 이렇게 환한 대낮에 장교 휴게실에서 뭘 하고 있는 거지?"

"최고 기록을 깨는 중입니다."

미첼이 갤러그 게임기 쪽으로 눈짓하며 말하자 중령이 몸이 흔들릴 정도로 크게 웃음을 터뜨렸다.

"그런데 중령님은요? 여긴 무슨 일이십니까?"

중령이 웃음을 멈췄다. 두 눈썹이 아까처럼 또 하나로 붙었다.

"며칠 전까지만 해도 VMFA-323 대대의 대대장이었지."

"데스 래틀러스 말인가요?"

중령이 어깨를 으쓱해 보였다.

"그 대대라면 엔터프라이즈호에 배치되지 않았나요?"

미첼은 신문 A3면의 아래쪽을 봤다. 항공모함 엔터프라이즈호의 사진과 함께 남중국해에서 벌어지고 있는 최근 상황에 대한 꽤 긴 기사가 실려 있었는데 지금 이 순간만큼은 미국의 전력이 한 수 위라는 게 결론이었다.

"무슨 일이 있었습니까?"

"무슨 일이 있었냐고? 어떤 망할 인간 하나가 항모전단의 사령관이랍시고 부임해서 말이야. 사령관 이름이 뭔지 아나? 세라 헌트. 존폴존스호와 칼레빈호, 정훈호를 수장한 장본인이지. 구축함 세 척을 다 날려 먹었지만 요즘 해군 사정으로는 그 정도면 대단한 전투 경험을 쌓은 경력자 아니겠나? 그런데 어느 날 아침 조종사 대기실에 나타나서는 내 밑에 있는 모든 F/A-18 호넷에서 전자 장비를 다 떼어내라는 거야. 그러면서 엔터프라이즈호에서 전자 장비 없이 운용할 수 있는 전폭기는 호넷밖에 없다고 하더군. 사령관의 명령을 그대로 따르면 나와 내 부하들은 중국 함대에 맞서 그야말로 맨몸으로 싸워야 하는데, 그럼 사격용 조준기에 색연필로 표시하는 거 말고 남은 게 뭐가 있겠나. 정말 엿 같은 소리지. 안 그래?"

중령이 남은 맥주를 한 번에 죽 들이켜고 맥주 한 잔을 더 주문했다.

"그래서 뭐라고 했습니까?"

미첼은 갑자기 입 안이 바싹 말라붙었다.

"지금 한 말 그대로지. '사령관님, 정말 죄송하지만 엿같은 소리 하지 마십쇼.' 그래서 내가 지금 여기 있는 거지."

"그럼 누가 데스 래틀러스를 지휘하죠?"

"그딴 걸 내가 알 게 뭐야. 아무나 하고 있겠지. 내가 그만두고 나올 때 엔터프라이즈호는 출항 준비 중이었고 정비사들이 호넷 조종석 안을 헤집고 있더군."

중령이 그런 질문은 예상하지 못했다는 듯 턱을 문질렀다.

"그럼 아직 지휘관이 정해지지 않았다는 거군요?"

중령이 고개를 끄덕였다. 미첼은 눈을 크게 치켜떴다. 그는 주머니에서 지폐 한 움큼과 갤러그 게임기에 쓰던 동전 한 주먹을 꺼냈고 지폐로 계산했다.

"어디 갈 데라도 있나?"

"전화 좀 하려고요."

중령이 실망한 듯한 표정을 지었다.

"혹시 동전들 쓰실 겁니까?"

"그건 뭐 하러?"

"여기서 계속 시간을 죽이실 거면 저기 가서 최고 기록에 한번 도전해보시라고요."

중령이 맥주를 길게 한 모금 마신 후 텅 빈 잔을 큰 소리를 내며 내려놨다.

"그럼 줘봐."

중령은 동전을 받아 들고 갤러그 게임기 쪽으로 달려갔다.

미첼이 장교 휴게실을 나오는데 중령이 내지르는 욕설이 들렸다. 아무래도 게임이 마음대로 되지 않는 모양이었다.

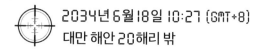

비행갑판 위에 우의를 걸쳐 입은 린바오가 서 있었고, 우의 주름을 타고 빗줄기가 세차게 흘러내렸다. 맑은 날이었다면 저 멀리 건물들과 하늘이 맞닿아 희미하게 빛나는 모습을 볼 수 있었을지 모른다. 지금 린바오의 눈에 보이는 건 그저 육지를 뒤덮고 있는 먹구름뿐이었다.

장 장관이 도착할 시간이었다. 그가 왜 찾아오는지 그 이유를 정확히 아는 사람은 없었다. 그렇지만 린바오는 미국, 그리고 대만과 마주하고 있는 지금의 교착 상태를 해결할 때가 가까워지고 있음을 느낄 수 있었다. 장 장관이 가져올 것이라 믿어 의심치 않는 새로운 소식이라면 이 교착 상태의 해결책이 되어줄 것이 틀림없었다.

저 멀리서 뭔가 깜빡거리는 것이 보였다. 린바오는 희미하게 흔들리는 불빛을 알아봤다. 장 장관이 탄 비행기였다. 이리저리 흔들리던 비행기가 구름 속에서 갈라진 틈을 헤집고 모습을 드러냈다. 몇 초 후 비행기가 갑판 위에 휘청거리며 착륙했다. 조종사가 착륙 장치의 위치를 완벽하게 찾아냈고 그제야 린바오는 안심했다.

잠시 후 뒷문이 열리고 장 장관이 내려왔다. 항공모함 착륙에 흥분했는지 그의 둥근 얼굴은 환하게 웃고 있었다. 국방부 장관의 방문은 사전에 알려지지 않았지만 그는 마치 정치인처럼 갑판 위 승조원들과 악수를 나누기 시작했고 승조원들은 결국 그가 누구인지 알아차렸다. 린바오는 그를 비행갑판 밖으로 안내했다.

함장실로 간 두 사람은 항해용 지도들이 흩어져 있는 테이블 앞에 앉았다. 테이블 위로는 홀로그램으로 투사된 대만 지도가 축을 따라 회전하고 있었다. 당번병이 두 사람에게 차를 따라주고 차렷 자세를 취했다. 린바오는 손짓으로 당번병을 내보냈다. 이제 함장실에는 두 사람뿐이었다. 장 장관이 의자에 깊이 몸을 기댔다.

"현재 우리는 교착 상태에 빠져 있지…."

장관이 이야기를 시작했다. 린바오는 가만히 고개를 끄덕였다.

"난 대만 입법원이 투표를 통해 국회를 해산시키기를 기다렸네. 그러면 불필요한 공격을 피할 수 있을 테니까. 그런데 그럴 가능성은 점점 낮아지고 있네. 왜 미국이 핵무기로 우리를 공격할 수 있다고 위협했는지 생각해봤나?"

린바오는 질문의 의도를 정확히 이해할 수 없었다. 대답이 너무나 간단해 보였기 때문이다.

"그야 우리에게 으름장을 놓기 위함이 아니겠습니까, 장관님."

"음, 그렇다면 말해보게. 그래서 사령관은 위축됐나?"

린바오는 아무 말도 하지 않았다. 장관을 실망시킬 것 같았기 때문이다.

"글쎄, 물론 그래선 안 되겠지."

장관의 설명에 따르면, 핵무기 공격을 내세운 미국의 위협이 곧 미국의 위력을 보여주는 것은 아니다. 오히려 반대로, 미국은 자신들이 얼마나 수세에 몰려 있는가를 보여주고 말았다. 미국이 정말로 중국을 위협하고 싶었다면 그들은 대규모 사이버공격을 시작했을 것이다. 그렇지만 미국은 중국의 온라인 기반 시설을 뚫고 들어갈 만한 능력이 없다. 미국이 자랑하는 수많은 혁신과 경제력의 근간이 됐던 규제 완화는 이제 미국의 약점이 되어버렸다. 그 때문에 미국의 온라인 기반 시설은 중국과 다르게 효율적으로 통제되지 못하고 취약한 부분을 드러내게 되었다.

"미국은 사이버방어를 국가에서 전적으로 책임지고 운용할 능력이 없다는 사실을 스스로 증명해 보였네. 반면 우리는 그저 자판 몇 번 두드리는 것만으로 대부분의 미국 전력망을 차단할 수 있지. 핵무기를 통한 보복이라는 그들의 위협은 그 옛날 장갑을 벗어 상대방 얼굴을 때리며 결투 신청을 했던 것처럼 시대에 뒤떨어진 터무니없는 짓이야. 그러니 이제 우리가 그런 위협에 대해 어떻게 생각하고 있는지 보여줄 때인 거지."

"그러면 어떻게 하실 생각입니까?"

린바오는 홀로그램 지도를 원격조종장치로 끄고 테이블 위에 펼쳐져 있는 항해용 지도들을 보기 위해 찻잔을 치웠다. 그는 장관이 함대의 운용에 대해 이야기할 거라고 생각했다. 하지만 장관은 항해용 지도를 무시하며 말했다.

"여기서는 아무것도 하지 않아. 북쪽의 바렌츠해에서 작전을 시작할 걸세. 미 해군의 제3함대와 제6함대는 북쪽 바다를 떠나 남쪽으로 이동했어. 그래서 우리의 동맹국 러시아는 미국의 10G 인터넷 접속을 책임지고 있는 해저 통신망에 마음대로 접근할 수 있게 됐지. 러시아의 도움으로 우리는 미국에 그들이 믿고 있는 힘은 시대에 뒤떨어졌으며, 핵무기만이 한 국가를 무력화시킬 수 있는 유일한 방법도 아니고 최선의 방법도 아니라는 사실을 상기시켜주게 될 거네. 자네가 해야 할 일은 간단해. 만반의 준비를 하고 있으라고. 이제 곧 새로운 방식의 공격을 보게 될 테니까.

물론 전면전은 아니고 그저 통신망을 연결하는 선 한두 개만 절단하겠지만, 우리는 미국을 어둠 속으로 몰아넣고 그들이 텅 빈 공간만 바라보게 만들 걸세. 그런 후에는 대만 입법원이 문을 열고 우리를 불러들이거나, 아니면 우리가 알아서 들어가게 되지 않을까? 어느 쪽이든 자네는 바로 움직일 준비가 되어 있어야 해."

"그 지시를 하시기 위해 여기까지 찾아오신 겁니까?"

"난 자네에게 무슨 지시를 하려고 온 게 아니야. 실제로 만반의 준비가 되어 있는지, 이 항공모함에 올라 직접 확인하고 싶어 찾아온 거지."

린바오는 장관의 쏘아보는 시선을 느꼈다. 그는 이제 앞으로 며칠 동안 대만에 아무런 저항 없이 입성하게 되든, 아니면 공격하며 진군하게 되든, 자신의 함대가 얼마나 신속하게 움직이느냐에 따라 많은 것들이 달려 있다는 사실을 이해했다.

그때 문을 두드리는 소리가 들리더니 전투정보실에서 보내온 쪽지가 도착했다. 린바오는 쪽지를 읽었다.

"무슨 일인가?"

"엔터프라이즈호가 움직이기 시작했답니다."

"이쪽으로 오고 있는 건가?"

"그렇지 않습니다. 이해가 안 되네요. 전혀 엉뚱한 방향으로 가고 있답니다."

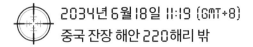

이 바다는 선박들의 묘지였다. 엔터프라이즈호가 항로를 결정했을 때 헌트 사령관은 자신의 발밑에 수장된 수많은 난파선을 떠올렸다. 엔터프라이즈호의 동쪽에는 필리핀, 그리고 서쪽에는 통킹만이 있었다. 그녀는 선체가 파괴된 채 바다 밑에 잠들어 있는 USS프린스턴호와 요크타운호, 호엘호, 갬비어베이호를 생각했다. 그리고 일본 함선들, 전함들, 수송선들도 있었다. 그런데 왜 여기로 온 것일까. 그녀는 그 이유를 알 수 없었다.

명령은 쉬지 않고 전달되었다. 그녀는 두 시간마다 통신실로 불려 갔다. 엔터프라이즈호의 가장 깊숙한 곳에 있는 오래된 밀실 같은 통신실을 책임지는 상사는 이곳을 자신만의 영역으로 취급했다. 모두들 그를 퀸트라는 별명으로 불렀는데, 그건 그가 영화 「죠스」에 나오는 괴팍한 상어잡이 선장 퀸트를 묘하게 닮았기 때문이었다. 퀸트의 옆에는 언제나 어린 상병 하나가 조수로 함께했는데, 엔터프라이즈호 승조원들은 그를 후퍼라고 불렀다. 후퍼 역시 「죠스」의 등장인물이었다. 그러나 그가 리처드 드레이퍼스가 맡았던 안경 쓴 용감한 해양생물학자를 닮아서가 아니라 잠자는 시간만 빼고는 늘 퀸트와 함께 있기 때문이었다.

헌트는 서서히 이런 단편적인 의사소통 방식에 익숙해졌다. 중국이 컴퓨터 연결망 같은 사이버 공간에서 우위를 점하면서 엔터프라이즈호는 모든 컴퓨터 연결을 끊어버렸다. 백악관과 직접 접촉하고 있는 인도태평양사령부는 제2차 세계대전 당시 미 해군이 사용했던 장거리 대역폭 방식과 똑같은 고주파 무선신호기로 헌트에게 최소한의 필요한 내용만 그때그때 전달하고 있었다.

지시가 도착했다는 연락을 받고 헌트는 함장실 4층 밑에 있는 통신실로 내려갔다. 퀸트는 이리저리 엉킨 전선을 다룰 때 쓰는 돋보기안경을 코끝에 걸치고 있었고 후퍼는 연기가 피어오르는 납땜용 인두를 손에 들고 있었다.

"모두 수고가 많네."

사령관의 목소리가 들리자 후퍼가 깜짝 놀랐지만 퀸트는 고개를 숙인 채 꼼짝도 하지 않았다. 그는 안경 너머로 시선을 집중하며 통신기와 연결된 뒤엉킨 전선들을 빠른 손놀림으로 정리했다.

"안녕하십니까, 사령관님. 아침부터 연락드려 죄송합니다."

입에 불도 붙이지 않은 담배를 문 채 퀸트가 말했다.

"지금은 저녁이네, 상사."

"그럼 다 늦은 저녁에 연락드려 죄송합니다."

퀸트가 눈을 치켜떴지만 전선에서 시선을 돌리지는 않았다. 그가 눈짓하자 후퍼가 납땜용 인두를 내밀었다. 퀸트는 재빨리 전선과 들고 있던 회로판을 인두로 연결했다. 항해가 시작된 후 지난 2주 동안 퀸트와 후퍼는 엔터프라이즈호에 배치된 F/A-18 호넷 대대의 모든 조종석에 첨단 전자 장비 대신 구형 VHF과 UHF, HF 무선통신기를 설치했다. 이렇게 해서 데스 래틀러스는 중국의 사이버 공격으로부터 완벽하게 안전한 유일한 비행대대가 되었다. 적어도 계획상으로는 그랬다.

"설치가 끝나지 않은 전폭기는 몇 대나 남아 있지?"

"다 끝났습니다. 오늘 아침에 마지막 호넷을 손봤죠. 지금 하는 건 엔터프라이즈호의 HF 무선통신기 성능을 더 높이는 장치입니다."

퀸트는 잠시 말없이 온 신경을 집중했다.

"저거 말입니다."

지금까지 씨름해온 수신기의 조립을 마친 퀸트가 전원을 켰다. 그러자 연결된 스피커에서 윙윙거리는 소리가 울려 퍼졌다.

"소리를 좀 줄여줄 수 있나?"

후퍼가 힐끗 쳐다보자 퀸트가 고개를 끄덕였다. 후퍼가 한쪽 귀를 연주자가 악기를 조율하듯 쫑긋 세우고 회전식 손잡이를 돌려 주파수를 이리저리 바꾸는 동안, 퀸트는 왼손과 오른손을 번갈아 움직이면서 무엇인가를 찾았다.

헌트의 호기심을 알아차린 듯 퀸트가 설명했다.

"지금 떠돌고 있는 신호를 찾고 있습니다. 보통 LDELong-Delayed Echo라고 부르죠. HF 주파수를 전송하면 수신기를 찾을 때까지 지구 주위를 빙빙 돕니다. 그때 아주 드물게 그중 일부가 계속해서 떠도는 경우가 있죠."

"그 일부라는 게 얼마나 길지?"

"보통은 몇 초 정도입니다." 퀸트가 대답했다.

"어제 그런 신호들을 몇 개 찾아냈습니다." 후퍼가 덧붙였다.

"지금까지 찾은 신호 중 가장 오래된 건 뭐였나?"

후퍼가 다시 회전식 손잡이를 이리저리 돌리는 동안, 퀸트는 마치 음악 연주를 시작하는 것처럼 오른손을 치켜들었다. 그는 헌트에게 말하는 동안에도 계속 주파수의 진동을 듣고 있었다.

"제가 이 바다에서 잡아낸 신호들을 들어보면 50년 전이나 심지어 75년 전에 오갔던 대화들의 일부라는 걸 알 수 있습니다. 여기엔 수없이 많은 유령이 있습니다, 사령관님. 우리는 그저 일단 다 들어보는 겁니다."

퀸트가 고르지 못한 치열로 미소를 지어 보이며 덧붙였다.

헌트는 오래된 대화들이 주변을 계속해서 떠돌 수도 있다는 가능성에 대해 상상하지 않을 수 없었다. 북베트남 해안에서 어둠 속을 헤매며 착륙해야 할 항공모함을 찾다가 실종된 조종사들, 필리핀해에서 달려드는 일본군 전투기들을 보며 대혼란에 빠진 함선의 사수들…. 그렇지만 헌트에겐 당장 처리해야 할 임무가 있었다.

퀸트가 테이블에서 종이 한 장을 집어 들었다. 최근 인도태평양 사령부로부터 받은 암호문을 해독한 종이였다.

"뭐, 새로운 명령처럼 보이진 않습니다, 사령관님."

종이에 정리된 건 명령이라기보다는 그저 네 개의 위도와 경도로 된 사각형 좌표였다. 다른 지시 사항은 없었다. 헌트는 엔터프라이즈호와 휘하 함선들을 이 사각형 안으로 이동시킨 후 또 다른 지시를 기다려야 했다. 헌트가 종이를 주머니 안에 구겨 넣고 통신실을 나서려는데 퀸트가 그녀를 멈춰 세웠다.

"사령관님, 이걸 고쳐봤는데요. 혹시나 사령관님이 쓰실 수도 있을 것 같아서요. 주파수만 잘 맞추면 BBC 월드 서비스도 들을 수 있고 어쩌면 음악방송도 들을 수 있을지 모릅니다. 우리가 어느 위치에 있느냐에 따라 다르겠지만요. 주파수 찾는 회전식 손잡이가 잘 안 돌아가긴 하지만 좀 신경 쓰시면 별문제 없을 겁니다."

퀸트가 뒤쪽 선반에 있던 오래된 휴대용 라디오를 헌트에게 건 넸다.

헌트는 함장실까지 곧바로 뛰어 올라갔다. 그녀는 항해용 지도들 이 겹겹이 쌓인 테이블 위에 종이를 올려놓고는 평행자와 컴퍼스, 나침반, 날카롭게 깎은 연필을 이용해 좌표를 따라 사각형을 그렸 다. 그다지 넓지는 않았지만 항모전단이 충분히 들어갈 수 있는 정 도였다. 현재 위치에서 보면 남쪽으로, 그러니까 대만 해안과는 80 해리 정도 더 먼 거리였다. 그리고 직선거리 650킬로미터 밖에는 바로 중국 남해함대 사령부가 있는 잔장이 있었다. 대만을 둘러싼 위기 상황 때문에 얼마나 많은 남해함대 소속 함선들이 잔장에 모 여 있을지 그녀는 궁금했다.

그렇게 많지는 않을 거야. 그렇지만 그 정도로도 충분한 전력이 겠지. 헌트는 연필을 항해용 지도 위에 내려놓고 라디오를 켜서 간 신히 BBC 월드 서비스를 찾아냈다. 그리고 팔짱을 낀 채 다리를 앞으로 쭉 뻗은 뒤 눈을 감고 긴장을 풀었다. 그녀는 기자들의 보도 내용을 상상해보려 했다. 'USS 엔터프라이즈호가 전술핵무기를 동 원해 중국의 해군기지를 공격했습니다…' 하지만 그런 보도는 잘 상상이 되지 않았다. 도저히 일어날 것 같지 않은 상황이었기 때문 이다. 지난 냉전 시대의 교전규칙 중 21세기까지 이어져 내려오는 건 거의 없었고 서로 핵무기로 보복을 가한다는 상호확증파괴 논 리 역시 지금은 누구도 염두에 두고 있지 않았다. 게다가 잔장의 해 군기지를 괴멸한 후 미국이 얻을 수 있는 건 거의 없다는 게 그녀

의 생각이었다. 엔터프라이즈호의 항로를 바꿀 준비를 하면서 그녀
는 이번 작전이 어떤 의미가 있는지 어렴풋이 알 것 같았다. 인간이
핵무기를 개발한 이래 각 국가들은 핵무기의 위협 앞에 몸을 사릴
수밖에 없었다. 지금의 위기도 언제나 그랬듯이 곧 진정될 것이다.
그런 생각이 들자 마음이 조금 편해졌다.

그녀는 의자 위에 앉은 채 깜빡 잠이 들었다. 꿈도 꾸지 않고 푹
잠들었다가 한 시간쯤 뒤 눈을 떴을 때, 라디오에서는 아무 소리도
흘러나오지 않았다. 그저 지지직거리는 잡음만 들려왔다. 그녀는
BBC 방송을 다시 듣기 위해 주파수를 이리저리 맞춰봤다.

갑자기 무슨 소리가 들려왔다. 거의 알아듣기 힘든 가냘픈 목소
리였다. 그리고 귀에 들리자마자 바로 사라져버렸다. 헌트는 방금
들은 이상한 소리를 다시 들을 수 있지 않을까 싶어서 주파수를 처
음 그 자리에 그대로 놔뒀다. 그녀는 그게 누구의 목소리인지 알 것
같았다. 퀸트가 이미 말하지 않았던가. 바로 유령들의 소리라고.

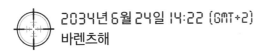 **2034년 6월 24일 14:22 (GMT+2)**
바렌츠해

북쪽의 태양은 거의 하루 종일 머리 위에 떠 있었다. 하늘은 청명
했고 계절에 걸맞지 않게 날씨는 그럭저럭 따뜻했다. 미 해군 함대
는 어디에서도 찾아볼 수 없었다. 그들은 이미 멀리 떠나버린 후였
다. 혹시 있을지 모를 미 해군의 위협 같은 건 아무도 신경 쓰지 않

은 채 레즈키호를 비롯한 러시아 함선의 승조원들은 마음껏 주어진 시간을 누렸다. 순양함 표트르벨리키호의 승조원들은 얼음처럼 차가운 바닷물 속으로 뛰어들었다. 항공모함 쿠즈네초프호의 함장은 비행갑판에서의 일광욕을 허가했다. 레즈키호의 경우 콜차크의 허락하에 선내 방송을 통해 정비 시간에 미국 가요를 틀어줬다. 가장 인기가 있는 건 엘비스 프레슬리, 조나스 브라더스, 샤키라 같은 유명 가수들의 노래였는데 특히 샤키라의 「내 엉덩이는 거짓말하지 않아Hips Don't Lie」가 큰 인기를 끌었다.

파샤드가 레즈키호 함교에 있을 때 관측병이 함선의 좌현 쪽에서 상어 떼를 발견했다. 관측병을 배치한 건 콜차크였는데 그는 이상하리만치 상어들에게 관심을 가졌고 심지어 몇 분 동안 상어 떼를 따라 함선의 항로를 조정하기까지 했다.

"완벽하군. 이 상어들은 바다 밑에 있는 10G 통신망이 있는 곳으로 향하고 있소. 놈들은 전자기의 흐름에 이끌리거든. 통신망은 미국과 연결되어 있고 상어들이 그걸 종종 물어뜯는다고 하니, 상어들 덕분에 우리에겐 변명거리가 생기는 거요."

어리둥절한 파샤드에게 콜차크가 설명했다. 바다 밑 통신망의 일부를 파괴한다면 미국 인터넷의 60퍼센트 정도가 접속 장애를 일으킬 것이고, 그러면 미국 정부도 뭔가를 단단히 깨닫게 될 것이다. 파샤드가 콜차크에게서 들은 내용에 의하면 그랬다. 이 정도라면 모든 사람을 정신 차리게 만들기에 충분할 것이다. 각자 자신들의 이익을 위해 행동한다고 하지만, 파샤드 입장에서는 오직 자신의 조국과 또 어쩌면 러시아 정도가 명확한 사고를 할 수 있는 것처럼 보였다. 이란과 마찬가지로 러시아 역시 미국의 힘을 빼앗는 어떤 계획도 도움이 될 수 있다는 사실을 잘 알고 있었다. 솔직히 말해 현재의 위기 상황이 무난히 해결된다면 이란이나 러시아가 실제로 얻을 수 있는 이익은 없다. 혼란이 있어야 이익이 된다. 그것도 엄청난 혼란이. 세계질서의 변화를 가져올 수 있을 정도의 혼란 말이다.

상어들이 바다 밑으로 사라지자 레즈키호를 비롯한 함선들은 문제의 10G 통신망 위에서 그날의 남은 시간을 특별히 하는 일 없이 보냈다. 파샤드는 계속 함교를 지켰고 콜차크와 함장도 러시아어로만 대화하며 밤새도록 함교를 떠나지 않았다.

콜차크는 이따금 시간을 내어 파샤드에게 상황을 설명해줬다.

"지금 이 지역 주변을 빙빙 돌고 있소. 표트르벨리키호가 잠수정을 밑으로 내려보내 통신망을 파괴할 폭발물을 설치하고 있지요."

"폭발물의 규모는 얼마나 됩니까?"

파샤드가 콜차크에게 묻자, 함장이 쌍안경을 눈에서 떼고 어깨 너머로 두 사람을 경계하듯 바라봤다.

"딱 충분할 정도요." 콜차크가 대꾸했다.

함장이 얼굴을 찡그렸고 이윽고 무전기에서 러시아어가 흘러나왔다. 콜차크가 수신기를 낚아채더니 재빨리 뭐라고 대답했다. 함장은 다시 쌍안경으로 먼 바다를 주의 깊게 바라봤다. 표트르벨리키호가 잠수정을 회수하고 있었다. 폭발물의 설치가 끝난 것이다. 수평선 저쪽으로 쿠즈네초프호가 보였다. 갑판 위에는 항공기들이 가득했다.

콜차크는 계속 손목시계를 확인했고 기다리는 동안 초침은 쉬지 않고 숫자 위를 돌았다. 침묵 속에서 몇 분의 시간이 더 흘러갔다.

폭발이 일어났다.

바다 밑에서 수면 위로 물줄기가 솟구쳐 올라왔다. 그리고 충격과 함께 쿵쿵 소리가 이어졌다. 함선 전체가 다 흔들릴 정도였다. 물줄기가 수면으로 흩뿌려졌다.

함교의 무전기에서 다시 소리가 났다. 이번에는 축하라도 전하듯 아주 흥분된 목소리였다. 함장 역시 비슷한 목소리로 대답했다. 레즈키호의 함교에서 폭발 장면을 보고도 기뻐하지 않는 사람은 파샤드뿐이었다. 그는 그저 어리둥절할 뿐이었다.

"저 정도 폭발이면 끊어진 통신망이 한두 개가 아니겠는데요."

"아마도." 콜차크의 얼굴에서 웃음기가 사라졌다.

"아마도?" 파샤드가 되물었다.

가슴속 깊은 곳에서 오래되어 익숙한 분노가 끓어올라 온몸으로 퍼져 나가는 게 느껴졌다. 파샤드는 뭔가 단단히 속은 느낌이었다.

"통신망 전부를 날려버릴 정도의 위력이잖소."

"그런다 한들 뭘 어쩌겠소? 미국과 중국이 서로 화해한다고 해서 우리에게 돌아올 이익 같은 건 거의 없소. 물론 이란도 얻는 게 없을 건 마찬가지고 말이오. 이번 사태에 혼란의 씨앗을 좀 더 뿌려봅시다. 그런 다음 일이 어떻게 돌아가는지 한번 지켜보잔 말이오. 결과는 러시아와 이란, 우리 모두에게 도움이 되겠지. 누가 알겠소? 그런 다음엔 우리가 나서서…."

콜차크가 자신의 생각을 미처 다 전하기도 전, 함선 안에 충돌 경보가 울려 퍼졌다. 콜차크와 파샤드가 앞쪽을 살펴보는 동안 "우측 방향타를 반대 방향으로!", "좌측으로 완전히 방향을 바꿔!" 등의 명령이 빠르게 내려졌다.

파샤드는 무엇 때문에 충돌 경보가 울렸는지 알 수 없었다. 다른 배도 없고 빙산도 없고 큰 사고로 이어질 만한 커다란 장애물 같은 것도 전혀 보이지 않았다. 눈앞에 보이는 건 그저 맑고 푸른 하늘뿐이었다.

안개 같은 물보라가 걷히자 레즈키호의 앞을 가로막은 장애물의 실체가 드러났다. 근처 상어들이 다 모인 듯 수십 마리의 상어가 허연 배를 드러낸 채 물 위에서 퍼덕거리고 있었다. 레즈키호는 충돌을 피하기 위해 계속 움직였다. 상어들의 사체가 얄팍한 선체에 부딪혔고 파샤드는 밤마다 잠을 못 이루게 하는 얼음덩어리들이 떠올랐다. 텅, 텅, 텅. 그렇지만 이번에는 훨씬 날카로운 소음이 텅텅 소리와 합쳐졌다. 마치 음식물 찌꺼기 분쇄기로 쇠숟가락이 섞여 들어가는 듯한 소리였다. 상어들의 사체가 레즈키호에 달린 두 개의 스크루를 지나가고 있었던 것이다.

선체가 약간 파손된 레즈키호는 항로를 새로 정하고 온통 피로 물들어버린 바다를 뒤로한 채 그 자리를 떠났다.

 2034년 6월 26일 21:02 (GMT+8)
중국 잔장 해안 220해리 밖

미국 동부 해안 전 지역에 걸쳐 인터넷 접속이 중단되었다. 중서부 지방에서는 80퍼센트가 연결이 끊겼다. 캘리포니아를 중심으로 한 서부 해안의 경우에는 접속 가능한 지역이 50퍼센트까지 줄어 들었다.

미국 전역에서 정전 사태가 발생했다.

공항들이 폐쇄되었다.

시장은 공황 상태에 빠졌다.

헌트는 퀸트 상사가 넘겨준 휴대용 라디오에서 흘러나오는 BBC 월드 서비스 속보에 귀를 기울였다. 속보를 듣는 즉시 그 의미를 알아차린 그녀는 바로 통신실로 달려 내려갔다. 퀸트 역시 속보를 들으며 그녀를 기다리고 있었다.

"아직 아무 연락도 없었나?"

"아무것도요." 퀸트가 대답했다.

후퍼는 통신실에 없었다. 그는 선실에 들어가 잠을 자고 있었다. 헌트는 나이 든 퀸트와 둘만 있다는 사실에 적잖이 안심되었다. 그녀는 자신이 기다리고 있는 소식의 내용을 대강 짐작했고, 소식이 도착했을 때 가능하면 최소한의 사람들만 있기를 바랐다. 후퍼 같은 젊은 세대 앞에서 그런 소식을 듣게 된다는 건 아무리 생각해도 견디기 어려울 것 같았다.

퀸트와 함께 좁아터진 통신실에 앉아 HF 무선통신기에서 흘러나오는 소리에 귀 기울이는 동안, 헌트의 머릿속에서는 이런저런 생각이 꼬리에 꼬리를 물고 이어졌다. 그러다 마침내 소식이 도착했다.

그들이 결단을 내렸을 때 초두리는 그 자리에 없었다. 그후 벌어진 일들에 대한 죄책감을 조금이라도 덜기 위해 그는 그 사실에 매달리게 되었다. 실제로 이후 몇 년 동안 그는 임시 발전기로 밝혀진 희미한 조명 아래 상황실 테이블을 둘러싸고 벌어졌던 논쟁의 분위기를 상상해보는 시간을 수시로 가졌다. 와이즈카버 보좌관과 육해공군의 참모총장들, 그리고 각 부처 장관들이 취한 입장을 비롯해 대통령이 자신이 정한 '한계선'을 보여주며 베이징의 지도자들에게 감히 그 선을 넘어보라고 도발했을 때의 찬반 논쟁에 대해 상상해보곤 했다.

대부분의 사람들이 어느 정도 예상한 일이지만 중국은 이제 그 선을 넘어선 것처럼 보였다. 주요 인사들이 상황실에 모였을 때, 바다 밑 인터넷 통신망의 절단과 그로 인해 벌어진 어둠 속으로의 추락은 중국이 한계선을 넘어섰음을 입증하는 분명한 증거였다. 문제는 그에 대한 대응이었는데, 그마저도 놀랄 만큼 짧은 절차를 걸쳐 결정되었다.

초두리는 와이즈카버 보좌관이 어느 쪽이 미국에 이익이 되는지를 설명하고, 이어 3군 참모총장들이 다양한 선택지를 제시하고, 마침내 대통령의 재가를 받아 핵무기 공격이 공식 승인되는 상황을 머릿속으로 그려봤다. 그는 그 이상에 대해서는 생각하거나 상상할 필요가 없었다. 왜냐하면 그 주요 인사들이 웨스트윙으로 퇴장하는 모습을 봤기 때문이다. 그들의 우울한 표정에는 자신들이 방금 내린 결정에 대한 이해가 담겨 있지 않았다. 하지만 자신들이 불러일으키게 될 파괴적 결과에 대한 과거의 교훈을 이해하지 못한다고 해도, 어떻게 그런 결정을 내릴 수가 있단 말인가.

본격적으로 작전이 시작되면서 와이즈카버는 국가안전보장회의 직원들의 근무 교대 시간을 정했다. 초두리는 집으로 돌아갔다가 다음 날 아침 출근하게 되어 있었는데, 그는 공격이 오늘 밤 어느 때쯤 시작될 것으로 예상했다. 물론 베이징의 대응이 있을 것이 분명하기 때문에 직원들은 만반의 준비를 하고 있어야 했다.

차를 몰고 집으로 돌아가는 길에 보니 여전히 어디에도 전기가 들어오는 곳은 없었다. 신호등 역시 절반가량만 제대로 작동했다. 이제 며칠만 지나면 도시는 쓰레기로 뒤덮이기 시작할 것이다. 초두리는 평소 즐겨 듣는 라디오방송국의 주파수를 맞췄지만 들려오는 건 지지직거리는 잡음뿐이었다. 그는 침묵 속에서 차를 몰았다.

그는 밤새도록 같은 생각을 되풀이했다. 어머니, 딸과 같이 저녁을 먹은 뒤 딸을 안아 들고 침대로 데려다주면서, 어머니에게 안녕히 주무시라는 인사를 하면서, 그는 생각했다. 가족들을 안전한 곳으로 데려가야만 해.

초두리는 그곳이 어디인지 잘 알고 있었다. 방공호도 아니고 도시 외곽 지역도 아니었다. 아니, 그런 곳이 아니야. 여기서는 어디를 가도 안전을 장담할 수 없어. 그는 자신이 무슨 일을 해야 하는지 잘 알고 있었다. 누구에게 연락해야 할지도.

집 안은 쥐 죽은 듯 조용했다. 딸과 어머니가 잠이 든 지금, 그는 아주 조용히 움직여야 했다. 그는 휴대폰을 집어 들고 전화를 걸었다. 신호가 한 번 울린 후 바로 전화가 연결되었다.

"아난드 파텔이오."

초두리는 몸이 얼어붙는 것 같았다. 그는 잠시 아무 말도 하지 못했다.

"여보세요? 여보세요?"

"외삼촌, 접니다. 산디프예요."

 2034년 6월 27일 13:36 (GMT+8)
중국 잔장 해안 300해리 밖

수평선 위에서 하얀색 빛이 번쩍였다.

헌트는 영원히 그 순간을 기억했다.

 2034년 6월 30일 11:15 (GMT+8)
대만 타오위안국제공항

린바오는 자신이 미국에 대해 아주 잘 알고 있다고 믿었었다. 하지만 그렇지 못했다. 한때 자신의 절반이 미국인이라고 생각했지만, 지금은 그렇지 않았다. 그들이 사흘 전 잔장에서 그 일을 저지른 이후부터 더는 아니었다.

지금 자신과 함께 있는 거의 모든 승조원의 가족들이 폭발 지역 안에 있었다. 사관학교 시절부터 시작해 임관 이후 알게 된 수많은 친구들이며 해군과는 아무 관련이 없지만 청록색 바다가 보이는 항구 도시에서 살던 세 명의 사촌에 이르기까지 그가 알았던 수많은 사람이 한순간 번쩍인 섬광 속에서 사라졌다. 살아남은 사람들도 운이 좋지는 않았다. 베이하이와 마오밍, 양장은 물론 훨씬 멀리 떨어진 선전의 병원들까지 환자들이 가득 차 있었다.

미국의 잔장 공격이 신속하고 과감했다면, 중국 군대의 대만 점령 역시 그에 못지않았다. 물론 대만 점령은 150킬로톤에 달하는 핵무기 공격에 대한 중국의 대응은 아니었다.

아직 결정되지 않은 대응 방법에 대한 논의를 위해 린바오는 함대를 떠나 회의에 소환되었다. 그 때문에 그는 타오위안국제공항의 국제선 청사 안에 있는, 한때 영국항공 일등석 손님들의 휴게실이었던 곳에서 장 장관의 도착을 기다리고 있었다. 민간 항공기들은 각종 전투기와 수송기로, 피서객이나 출장자는 군인들로 대체되어 이전만큼은 아니더라도 공항은 꽤 바쁘게 돌아갔다.

마침내 장 장관이 휴게실에 도착했다. 그의 뒤에는 적지 않은 숫자의 수행원이 뒤따르고 있었다. 그가 늦은 건 그 수행원 겸 경호원들 때문이었다.

"나에 대한 경호가 한층 엄중해졌다네."

장관이 수행원들을 돌아보며 그 특유의 과장된 웃음을 지어 보였지만, 그들 중 누구도 웃는 사람은 없었다.

장관은 린바오를 회의실로 안내했다. 회의실은 기업의 고위 임원들이 비행기를 갈아타는 시간에 이용할 수 있도록 만들어진 정육면체의 공간이었다. 두 사람은 긴 테이블의 한쪽 끝에 나란히 앉았다. 린바오는 장관의 군복이 평상시 입는 정복이 아니라 포장지 안에 접혀서 들어 있던 걸 그대로 꺼내 입은 듯 쭈글쭈글하고 몸에 맞지도 않는 위장 전투복이라는 사실을 알아차렸다.

장관이 험악한 표정을 지으며 턱을 문지르기 시작했다. 그렇게 해야 말을 하기 전에 입이 풀리는 것 같았다.

"우리 입장이 점점 더 불안해지고 있네. 1주일, 아니 2주일 후면 미국이 함대를 우리 본토에 가까이 집결시킬 것이고 그렇게 되면 우린 바다를 통해 자유로이 드나들 수 없게 되는데, 그건 절대로 용납할 수 없는 일이지. 그렇게 되도록 내버려둔다면 미국은 우리가 여기 대만에서 그랬던 것처럼 우리 목을 옥죄어올 거야. 우리의 본토 전체가 핵무기 공격은 말할 것도 없고 본격적인 침략의 위협 아래 놓이게 될 거란 말이네. 자신들이 그어놨던 한계선을 미국은 넘어서버렸어. 일단 핵무기로 한 번 공격하고 나면 두 번째나 세 번째 공격에 대한 양심의 가책은 줄어드는 법이지. 이제 우리도 어떻게 해야 할지 결단을 내릴 때가 왔네."

장관의 태도가 사뭇 위압적이었기 때문에, 린바오는 이번 회의의 본질을 묘사할 좋은 표현을 고르느라 고심했다.

"음, 그래서 이번 회의의 목적은 무엇입니까?"

장관이 몸을 앞으로 숙이더니 린바오의 팔에 다정하게 손을 얹었다. 그리고 나서 검은색 정장 차림의 수행원들이 자신의 행동을 관찰하고 있다는 걸 확인이라도 하듯 창밖을 흘끗 바라봤다. 린바오도 그들이 자신들을 주목하고 있다는 사실을 알 수 있었다.

장관은 이번 회의가 '두 사람만의 회의'라는 사실을 고백했고, 린바오는 이번 회의의 숨은 의미가 직감적으로 와닿기 시작했다. 장관은 대만 전역에 부대를 배치해 라디오, 텔레비전 방송국과 발전소 같은 전략적 목표 지점들은 물론 정치가들까지 완전히 장악하고 있는 특수부대 사령관을 소환할 수도 있었을 것이다. 또한 어떤 반격에도 대응할 수 있도록 만반의 준비를 마친 공군 사령관도 부를 수 있었을 것이다. 하지만 장관은 그 두 사람이 '다음에 벌어질 상황에 필요한 능력'을 보유하고 있는지 확신하지 못하겠다고 설명했다. 장관의 설명은 다음에 무슨 상황이 벌어질 것인지 물어봐 달라는 것이나 다름없었다.

린바오가 질문하자 장관은 평소와 다르게 말수가 줄어들었다. 그는 팔짱을 끼더니 마치 처음부터 린바오를 제대로 평가했는지 다시 확인하는 것처럼 눈을 가늘게 뜨고 린바오를 훑어봤다.

"난 베이징으로 소환된 상태라네."

장관이 그렇게 말하고는 다시 한번 유리창으로 둘러싸인 회의실 밖을 쳐다봤다. 밖에서는 수행원들이 계속 대기하고 있었다. 린바오는 이제야 상황을 알 것 같았다. 저 남자들은 장관이 원하든 원치 않든 반드시 장관을 다시 데리고 가야 할 것이다.

장관의 설명이 이어졌다.

"사흘 전 잔장에서 그 일이 일어난 후 우리 계획이 미국의 대응을 잘못 계산했다는 목소리가 나오고 있네. 중앙정치국 상무위원회 밖은 물론 안에서도 나를 향해 비난의 목소리가 터져 나오고 있지만 이런 불온한 분위기는 전혀 놀라운 일이 아니지. 나의 적들은 약점을 발견했고 그걸 공격하고 있을 뿐이니까.

그들은 바렌츠해에서의 신뢰할 수 없는 동맹국들의 행동이나, 약자로 낙인찍히는 것에 대한 두려움이야말로 가장 큰 약점이었던 미국 대통령의 대응마저 나한테 책임이 있다고 주장하고 있네. 그렇지만 나한테 음모나 배신의 기운을 알아차릴 수 있는 타고난 본능이 없었다면 지금 이 자리까지 올라오지 못했겠지. 린바오 사령관, 자네한테 주목하게 된 것도 바로 그런 본능 때문이었네. 마창의 후임 사령관으로 임명한 것도 바로 그 때문이고 말이야. 지금 난 외부의 적들뿐만 아니라 내부의 적들에게 대항하기 위해 자네한테 도움을 청하는 걸세."

이에 대해 린바오가 어떻게 생각하는지 아주 작은 표정의 변화도 놓치지 않겠다는 듯, 장관이 린바오를 똑바로 응시했다.

"도움이요? 네, 그건 알겠습니다. 그런데 그다음에는 어떻게 되는 겁니까?"

린바오는 그다음에 무슨 일이 일어날지 여전히 알 수 없었다. 중국은 대만 주변에서 자국의 영향력을 유지하는 상황에서 미국과 협상을 할 수도 있지 않을까. 잔장의 괴멸은 대만 합병을 위해 지불할 수밖에 없었던 대가로 이해될지도 모른다. 린바오는 장관에게 중국의 원래 계획은 싸우지 않고 적을 제압하는 『손자병법』의 지혜뿐만 아니라 긴장을 완화하는 전략에 바탕을 두고 있다는 점을 상기시키며 평소보다 많은 이야기를 했다.

그때 검은색 정장 차림의 수행원 중 한 사람이 손가락으로 유리

창을 두드렸다. 그리고 자신의 손목시계를 가리켰다. 이제 떠날 시
간이었다.

장관이 통통한 뱃살을 따라 올라오는 군복을 여미며 자리에서
일어섰다. 그는 최대한 위엄 있는 모습을 보이며 수행원에게 손가
락 하나를 들어 올려 잠시만 기다리라고 알린 뒤, 린바오를 돌아보
며 그의 어깨에 손을 올렸다.

"그래, 우린 모두 『손자병법』의 그 오래된 교훈을 잘 알고 있지.
손자는 분명 싸우지도 않고 적을 무찌르는 비대칭 전술의 대가였
을 거야. 그렇지만 그는 또 말하지 않았었나? 지형이 곤란한 곳에
서는 오래 머물지 말고 포위를 당했으면 즉시 계략을 짜내라…"

그때 수행원이 회의실 문을 열고 들어와서 대화를 가로막았다.
장관이 수행원을 보며 눈을 번뜩였지만 이내 결심한 듯 다시 린바
오 쪽으로 눈길을 돌렸다.

"그리고 절체절명의 위기에 놓이게 됐다면… 싸울 도리밖에 없
다."

말을 끝마친 장관은 마치 여기에 나타나지도 않았던 사람처럼
사라져버렸다.

5
장

절체절명의 위기

2034년 7월 1일 02:38 (GMT+8)
남중국해

미쳴 소령의 눈이 기체의 선을 따라 움직였다. 그는 날개 밑으로 몸을 숙이고 들어가 웅크린 채 걸어가며 각 날개가 시작되는 부분부터 끝나는 부분까지 살폈다. 그러면서 혹시 움푹 들어간 부분이나 연결이 헐거워진 부분, 공기역학적으로 문제가 생길 수 있는 부분이 있는지 확인했다. 그는 다시 기체의 뒤로 돌아가 쌍발 제트엔진의 깊고 어두운 배기구를 들여다봤다. 그리고 애프터버너터보제트 엔진의 추진력 증가 장치 안으로 머리를 집어넣고 숨을 깊숙이 들이마시면서 두 눈을 감았다. 세상에, 얼마나 이 기름 냄새가 그리웠던지. 그다음에 그는 마치 고양이가 자기 집 창턱에 올라앉는 것처럼 단번에 호넷 기체 위로 뛰어올랐다. 조종석으로 걸어가 안에 들어앉은 그는 한 손은 조종간에, 다른 손은 스로틀 손잡이에 올리고 눈을 감았다. 한밤중이었고 격납고 갑판에는 아무도 없었다.

미첼은 일본 요코스카 해군기지에서 잠시 대기했다가 몇 시간 전 엔터프라이즈호에 도착했다. 수송기를 타고 날아오는 와중에 그는 잔장이 있는 서쪽에서 태양이 이상하리만큼 환하게 빛나다가 지는 모습을 봤다. 지금까지 한 번도 본 적이 없는, 마치 상처에서 흘러나오는 피 같은 선명한 붉은색이었다. 그가 난생처음으로 본 핵폭발의 광경이었다.

그 공격은 소규모의 전술핵무기로 이루어졌지만 이로써 전쟁의 양상은 확연히 달라졌으며 더 규모가 큰 전략핵무기의 사용 가능성도 커졌다. 인도 정부가 전쟁 중단을 위한 협상을 진행하려고 분주히 움직였지만 아무 소용이 없었다. 미첼조차 어느 쪽이든 단 한 번의 잘못된 계산이 대규모의 핵무기를 동원한 전면전으로 이어질 수 있다는 사실을 깨달았다. 다시 말해 전 세계의 운명을 끝장내는 거대한 전쟁이 벌어질 수 있는 상황이었다. 이건 정말 터무니없는 일이야. 미첼은 속으로 중얼거렸다. 하지만 할아버지라면 이런 상황을 즐기지 않았을까 하고 생각하기도 했다.

시차 때문인지 잠이 오지 않았던 미첼은 격납고 갑판으로 내려왔고 자신이 지휘를 맡게 된 VMFA-323, 즉 데스 래틀러스의 전폭기들을 둘러보고 있었다. 물론 시차 문제가 아니었더라도 새로운 임무를 맡게 됐다는 흥분 때문에 잠을 이룰 수 없었을 것이다.

미라마 해병대 항공기지에서 데스 래틀러스의 전 대대장과 우연히 마주친 후, 그는 콴티코 해병대 기지에 머무는 동안 자신의 보호자를 자처했던 상사에게 전화를 걸어야겠다고 생각했다. 미첼이 구식으로 뜯어고친 데다 인원도 부족한 데스 래틀러스의 새 지휘관을 임명했냐고 묻자, 상사는 현재 사령부에서 F-35 대대의 부족한 인원을 채우는 데 집중하고 있기 때문에 낡아 빠진 호넷 대대에 대해서는 아무도 신경 쓰지 않는다고 설명했다. 그후 이어진 대화는 두 사람의 예전 대화와 거의 다를 바 없었다.

"아직 지휘관조차 임명하지 않았다고? 지금 나랑 장난하자는 건가?"

"아닙니다, 소령님."

몇 번 재빠르게 자판을 두드리고 퇴역 예정인 어느 장군과 통화한 끝에, 상사는 미첼에게 새 명령서를 전달해줄 수 있었다.

그동안 이런 날이 오기를 얼마나 기다렸던가. 사실상 어린 시절부터 기다려왔던 게 아닐까. 미첼은 조종석에 앉아 자신이 평생에 걸쳐 꿈꿔온 모든 것이 이번 임무에 달려 있음을 직감했다. 두 눈을 감은 채 그는 호넷을 몰고 하늘을 나는 상상에 빠져들었다. 조종간을 잡고 방향타 페달을 밟았다. 속도를 높였다가 줄였다가 하며 스플릿 S 기동, 고도를 바꾸며 하는 요요 방어 기동, 임멜만 기동과 연속 회전 기동 등을 순서대로 진행했다.

어린 시절 그는 두꺼운 종이 상자로 비행기 조종석을 만들고 아버지의 낡은 조종사 헬멧을 쓰고 놀곤 했다. 속도를 높여! 방향은… 적기가 다가온다! 적기가…. 상상 속에서 벌어지는 난전에서 그는 "전속력으로! 그래, 바로 그거야…"를 외치며 적기를 격추하기도 했고 때로는 반대로 "적기가 따라붙었다! 탈출해! 탈출하라고!"라는 동료의 말을 들으며 장렬히 산화하기도 했다. 그렇지만 언제나 영광이 그와 함께했다.

"소령님, 괜찮으십니까?"

미첼이 조종석 옆을 보니 불도 붙이지 않은 담배를 입에 문 상사 하나가 서 있었다. 그는 상사에게 자기소개를 하고 여기에 왜 왔는지 설명했다. 나는 새로 부임한 데스 래틀러스 대대의 지휘관이며 따라서 여기 전폭기들은 내 것이나 다름없다. 그러니 걱정할 것도, 신경 쓸 것도 없다. 어디든 원하는 대로 살펴볼 것이다.

"여기 전폭기들이 소령님 거라고요?"

상사가 다른 호넷들을 돌아보며 말했다.

비행갑판으로 연결되는 가장 가까운 승강기 근처에는 언제든 출격할 수 있게 준비를 끝낸 호넷 전폭기 열 대가 모여 있었다. 그리고 이제는 쓸모가 없다는 사실이 드러난 F-35 전투기들은 저쪽으로 밀려난 신세였다.

상사가 조종석 옆으로 사다리를 끌어오며 믿기지 않는다는 듯 웃음을 터뜨렸다.

"전임 지휘관도 여기 호넷들을 자기 거라고 생각했지 뭡니까. 헌트 사령관께서는 그걸 별로 마음에 들어 하지 않으셨지만요."

미첼은 다음 주에 헌트 사령관을 만날 예정이었다. 그녀의 이름이 나오자 그는 상사의 말에 좀 더 귀 기울여보기로 했다. 그는 자신을 '퀸트'라고만 소개한 상사가 처음 만나는 사령관과 좋은 관계를 유지하게 해주거나, 아니면 최소한 전임자가 맞았던 불명예스러운 최후는 막아줄 정도의 지혜를 가지고 있을 거라고 생각했다.

퀸트가 조종석 전자 장비들의 전원을 켰다. 컴퓨터와 GPS를 비롯해 온라인으로 접속 가능한 장치들은 모조리 작동 불능으로 되어 있었다. 각종 무기는 수동식 조준장치를 통해 움직이고 역시 수동식 장치로만 발사가 가능하다. 항법장치가 없으니 손목시계와 연필, 계산기를 사용해 비행시간을 계산하고 실제 지도를 보며 비행해야 한다. 통신 역시 호넷에 맞게 개조해 설치한 VHF, UHF, HF 무선통신기를 통해 이루어진다.

이제야 비로소 조종사들이 모든 걸 알아서 해야 했던 시절, 말 그대로 본능에 따라서만 비행하는 방식으로 하늘을 날아오를 기회를 잡게 되었다. 미첼은 새로운 흥분을 느꼈다.

 2034년 7월 3일 10:37 (GMT+2) 그단스크만

파샤드의 옛 이슬람혁명수비대 전우들은 해저 통신망 파괴 소식을 비교적 담담하게 받아들였다. 참모총장인 모하마드 바게리 장군은 자신의 감정을 거의 내비치지 않았다. 몇 시간 후 바게리 장군이 직접 보낸 암호문이 파샤드의 노트북에 도착했다. 내용은 간단했다. 모든 진행 상황에 대해 계속 보고할 것. 파샤드는 러시아 측에서 과연 다음에 어떤 행동을 할지 궁금하기 짝이 없었다.

그다음 주가 되자 레즈키호와 표트르벨리키호, 그리고 항공모함 쿠즈네초프호는 칼리닌그라드 쪽을 향해 남쪽으로 항로를 바꾸었다. 파샤드는 러시아 함선들이 모항으로 돌아가는 거라고 생각했다. 하지만 쿠즈네초프호가 칼리닌그라드에서 15킬로미터쯤 떨어진 지점에 머물며 그단스크만에서 항공 작전을 준비하기 시작했을 때, 그는 이들이 자국 영토로 돌아가지 않을 거라는 사실을 알았다. 적어도 지금은 아니었다.

수호이 SU-34 공격기들이 처음 쿠즈네초프호의 갑판에서 출격했을 때 날개 밑에는 다양한 무기들이 잔뜩 장착되어 있었다. 파샤드는 바로 선실로 가서 테헤란의 상관들에게 알렸지만 개인적인 분석 내용은 전혀 덧붙이지 않았다. 그는 상황에 대한 잘못된 분석은 나중에 자신에게 불리하게 작용할 뿐이며 설사 제대로 분석했다 해도 별로 득이 되지 않는다는 사실을 아주 잘 알고 있었다. 그가 노트북을 종료하기 전, 참모본부로부터 짧게 답이 왔다. 알겠음. 계속 확인할 것.

함교로 돌아간 파샤드는 콜차크가 레즈키호를 지휘하고 있는 모습을 봤다. 레즈키호는 해안선에 가까이 다가가 있는 쿠즈네초프호 주변을 돌며 경계를 서고 있었다. 파샤드도 쌍안경을 통해 육지를 볼 수 있었는데, 검은 바위들이 저 멀리 흐릿하게 늘어서 있었다. 그는 육지까지의 거리가 10킬로미터쯤 될 거라고 추정했다.

출격한 지 한 시간도 지나지 않은 수호이 공격기가 해안을 가로질러 돌아와 착륙 준비를 하기 시작했다. 쌍안경으로 살펴보니 날개 밑이 텅 비어 있었다. 싣고 간 무기들을 다 써버린 것 같았다. 수호이 공격기가 쿠즈네초프호 갑판에 착륙하기 위해 가까이 접근할 때, 파샤드는 조종석의 밑부분 좌우에 있는 기관포 총구가 검게 그을린 것을 발견했다. 미사일이나 폭탄뿐만 아니라 기관포까지 발사한 전투가 벌어졌다는 뜻이었다.

콜차크가 쌍안경으로 공격기들이 착륙하는 모습을 지켜봤다.

"거의 다 된 것 같군."

그는 조타수에게 새로운 방향과 속도를 지시한 후 파샤드를 보며 의기양양한 웃음을 지어 보였다. 파샤드는 동맹국 러시아의 명백한 승리에 어떻게 반응해야 할지 알 수 없어 속으로 고민했다. 러시아는 이란의 동맹국이지만 자신들이 펼치고 있는 작전과 관련해 아직 파샤드를 완벽하게 신뢰하고 있는 것 같지 않았다.

첫 출격을 끝마친 수호이 공격기들은 레즈키호가 훤히 보이는 곳에서 착륙하고 연료와 무기를 보충했다. 콜차크는 지금 이 순간 '발트해 북쪽 항구들과 러시아를 이어주는 선조들의 영토를 되찾으려 하는' 지상군을 위해 쿠즈네초프호에서 발진한 공격기들이 공중 지원을 하고 있다고 파샤드에게 설명했다.

이들이 주장하는 선조들의 영토가 지금 폴란드의 일부분이라는 사실은 별로 중요하지 않았다. 몇 주 전 레즈키호의 장교 휴게실에서 콜차크는 러시아 본토와 발트해의 칼리닌그라드를 연결하는 통로 확보에 대한 러시아의 관심을 내비친 바 있었다. 전 세계의 관심이 남중국해로 쏠려 있는 동안, 러시아는 이번 위기를 자신들에게 이익이 되는 방향으로 이용하려는 것이다.

콜차크가 담배를 손가락 사이에 끼운 채 지도 위를 가리키며 말했다.

"누가 우리를 막겠소? 우선 미국은 아니지. 그들은 이제 우리에게 주권이니 인권이니 하는 것들을 설교할 입장이 못 되니까. 특히 잔장 사태 이후엔 말이오. 중국이야 우리의 이런 행동을 바로 이해

해줄 거요. 중국어로 위기라는 말은 기회라는 말과 거의 같은 뜻으로 받아들여진다고 합니다. 이 지도를 한번 봐요. 우리는 폴란드 영토에서 이 부분을 빼앗아 벨라루스를 통해 러시아 본토와 이어지게 할 거요. 폴란드 사람들은 불평하겠지만 그렇다고 정말로 그 땅을 아쉬워하거나 그러진 않겠지. 그러면 리투아니아와 에스토니아, 라트비아 주변을 싸고도는 통로와도 깔끔히 연결되고… 또 머지않아 그 세 나라도 러시아의 품으로 다시 돌아오게 되는 거요.”

파샤드가 뭐라고 말하기 위해 입을 열었지만, 쿠즈네초프호의 비행갑판에서 또다시 수호이 공격기들이 출격하면서 그의 말은 묻히고 말았다. 공격기들이 목표물을 공격하고 뒤이어 지상군이 진격해 해당 지점을 확보하면서 저 멀리 육지에서 시커먼 연기가 솟아오르기 시작했다. 파샤드는 다시 선실로 내려가 테헤란의 참모본부로부터 무슨 새로운 연락이 왔는지 확인해야겠다고 생각했다. 그렇게 한들 함교의 누구도 대수롭지 않게 생각할 것 같았다. 그들은 사실 특히 오늘 같은 날 일어난 모든 일을 파샤드가 보고하기를 바라고 있는 건지도 몰랐다. 오늘 러시아군은 펼치는 작전마다 승리를 거두고 있었다.

그렇지만 파샤드는 심지어 러시아 입장에서 봐도 이번 작전이 무모하다고 생각했다. 폴란드는 나토 회원국이다. 이제 팔순이 넘은 푸틴 대통령은 어쩌면 말년에 엄청난 계산 착오를 저지른 것이 아닐까? 그는 공격기들을 올려다보며 나토가 언제 대응하고 나설지 궁금했다. 지난 수십 년 동안 미국의 무관심은 나토를 무용지물로 만들었으며 창설된 지 올해로 85년이 된 나토는 이제 시대에 뒤

떨어진 냉전 시대의 그림자나 마찬가지였다. 하지만 그래도 여전히 어금니나 송곳니 정도는 남아 있지 않을까? 물론 그렇지 않을 수도 있었다. 이번에 맞대결하게 된 팔순 넘은 노장들 중에서 오랫동안 진심으로 이를 갈고 있었던 건 푸틴일지도 모른다.

파샤드가 선실로 내려가 테헤란으로 보고하기도 전에 함교에서 소동이 벌어졌다. 전투기 한 대가 쿠즈네초프호와 레즈키호 사이를 휘저으며 지나갔다. 30미터도 되지 않는 낮은 고도로 접근하면서 두 개의 엔진이 수면 위로 큰 물보라를 일으켰다. 러시아의 수호이 공격기들이 쉬지 않고 오가는 혼란스러운 상황 속에서 모두 그 존재를 제대로 알아차리지 못한 것일까. 그 전투기는 미그-29로, 날개에는 폴란드 공군을 상징하는 빨간색과 흰색의 격자무늬가 선명하게 새겨져 있었다. 너무나 가까운 거리에서 적의 전투기를 목격했다는 집단적인 충격에 레즈키호의 모든 승조원들은 그 자리에서 얼어붙었고, 그 순간 거대한 침묵이 그들을 감쌌다.

침묵이 깨진 건 미그-29가 애프터버너를 작동해 급가속하며 위로 솟아오른 후 천천히 속도를 줄였을 때였다. 미그-29는 쿠즈네초프호의 비행갑판 위를 떠나지 않으면서 고도를 300미터, 600미터, 900미터까지 천천히 높였다. 수십여 대의 중무장한 수호이며 승조원들이 갑자기 폴란드 공군 전투기의 발밑에 놓이는 상황이 벌어졌다. 이윽고 미그기가 기체를 뒤집으며 기수를 아래쪽으로 향하고 공격 자세를 가다듬었다.

파샤드는 그때 미그기의 기체 아래쪽을 확인할 수 있었다. 미그기는 무장조차 충분히 되어 있지 않았다. 그저 폭탄 두 개만 덩그러니 매달려 있는 게 다였다. 그렇지만 그 정도로도 충분했다.

레즈키호에서 미그기를 향해 발포하면서 불꽃과 함께 연기가 뭉게뭉게 하늘로 치솟았다. 파샤드는 미그기 아래 매달려 있던 폭탄들이 잠시 공중에 떠 있는 모습을 볼 수 있었다. 또 커다란 반점처럼 보이는 조종석 안의 조종사 옆모습도 눈에 들어왔다. 그때 레즈키호에서 발사한 대공 미사일이 명중하면서 미그기는 물론이고 완전히 전투기에서 떨어지지 못한 폭탄, 그리고 조종석에서 탈출할 기회조차 잡지 못한 조종사까지 한꺼번에 날려버렸다. 바로 직전 파샤드의 눈에 들어온 건 미그기의 기관포였다. 항공모함으로 돌아온 수호이의 검게 그을린 총구들과 달리 미그기의 총구는 깨끗했다. 결국 혼란과 소동 속에서도 미그기 조종사는 기관포조차 한 발도 쏘아보지 못한 것이다.

파샤드는 테헤란으로 상황을 보고하기 위해 선실로 내려갔다.

 2034년 7월 6일 07:55 (GMT+8)
중국 선전

중앙정치국 상무위원회에서 린바오를 한밤중에 갑자기 호출했다. 그로부터 한 시간 뒤, 정화호 갑판에서 어딘가에서 날아온 아무 표식도 없는 수송기 한 대가 그를 태우고 날아올랐다. 수송기 안에는 린바오 외에 검은색 정장을 차려입은 덩치 큰 남자 둘뿐이었다. 분명 국가보안부와 관련된 부서 소속이리라. 린바오는 확신할 수는 없었지만 지난번 타오위안국제공항 휴게실에서 장 장관을 만났을 때 수행원들 사이에서 두 사람을 본 것만 같았다. 어쨌든 하는 짓이 폭력배와 다를 바 없는 이런 종류의 요원들은 애초에 누가 누구인지 구분하기가 어려웠다.

날이 밝아올 무렵, 린바오는 검은색 고급 승용차 뒷좌석에서 두 요원 사이에 앉아 있었다. 차는 전혀 어울릴 것 같지 않은 장소에 있는 선전의 미션힐스 골프클럽으로 이어지는 길고 구불구불한 도로를 따라 한참을 올라갔다. 차에서 내렸을 때 그를 기다리고 있었던 건 놀랍게도 이십 대의 젊은 여성이었다. 그녀의 길고 검은 머리에는 난초 한 송이가 꽂혀 있었으며 가슴에는 '안내 담당'이라고 적힌 명찰이 달려 있었다. 그녀는 린바오에게 얇게 썬 오이가 들어 있는 물 한 잔을 건넸다. 그는 조심스럽게 물을 한 모금 마셨다.

여성 안내원은 린바오를 데리고 미로 같은 길을 따라 응접실이 딸린 객실로 안내했다. 두 명의 요원은 텅 빈 접견실의 소박한 가구와 장식물들 사이로 사라져버렸다. 객실에 도착하자 안내원은 린바오에게 재빨리 객실 내 시설들을 안내하고 두 번째 침대 안쪽에 있는 작은 냉장고와 소파를 가리킨 다음 커튼을 젖혔다. 린바오는 창문을 통해 이곳 미션힐스의 초록색 잔디가 뒤덮인 방대한 골프장을 내려다볼 수 있었다.

안내원은 필요한 모든 것이 제공될 거라고 설명하면서, 제복이나 군복이 아닌 평상복이 들어 있는 서랍을 열어 보이고 목욕용품이 완비된 욕실도 보여줬다. 배가 고프면 점심 식사를 따로 주문할 수도 있다고 했다. 안내원은 말이든 행동이든 뭐 하나 흠잡을 데 없이 조리가 있고 예의 발랐다. 린바오는 그녀가 그저 여기 휴양지에 소속된 직원인지, 아니면 자신을 데리러 왔던 요원들처럼 어느 보안 부서 소속인지 궁금했다. 하지만 그녀가 객실을 나가고 혼자 남게 되자 대단한 문제도 아닌 일에는 그만 신경 쓰기로 했다.

린바오는 침대 끄트머리에 앉아 사방을 둘러봤다. 도청장치나 초소형 감시장치는 냉난방 시설 안에 들어 있을 확률이 높았다. 침대 위에 걸린 거울 역시 마찬가지였다. 객실에 놓인 전화는 당연히 도청되고 있을 터였다. 그는 창가로 가서 골프장을 내려다봤다. 창문을 열어보려 했지만 단단하게 잠겨 있었다.

린바오는 다시 침대 끄트머리로 돌아왔다. 그는 군화와 군복을 벗고 목욕 수건으로 허리를 감싼 뒤 욕실로 들어가 물을 틀었다. 몸을 씻으려고 할 때 직원이 문을 두드렸다.

"세탁물이 있으십니까?"

린바오는 벗어놓은 군복을 직원에게 건네줬다. 직원은 다른 손님들도 오후까지는 다 준비가 끝날 거라고 말했다. 그 다른 손님들이 누구인지 린바오는 알 수 없었다. 물론 직원도 마찬가지였다.

린바오는 몸을 씻고 나서 가벼운 점심 식사를 주문했다. 식욕은 그다지 없었다. 골프장에 어울리는 바지와 셔츠로 갈아입은 그는 창가 의자에 앉아 텅 비다시피 한 골프장을 바라봤다. 끝없이 펼쳐진 푸른 잔디밭이 마치 바다처럼 넘실거렸다.

여기에 도착한 후 처음으로 그는 다시 바다를 볼 수 있을지 궁금했다. 정화호에서 소환 명령을 받고 나서 그런 생각을 자제해왔지만 객실에 혼자 앉아 있으려니 불안감을 떨쳐버릴 수 없었다. 그는 전에 이런 종류의 '소환'에 대해 들어본 적이 있었다. 잔장에서 국가적 대재난이 일어나 수백만 명이 사라졌다. 그리고 수많은 사람들이 이곳에서 멀지 않은 병원의 병상에서 서서히 죽어가고 있었다. 누군가는 책임을 져야만 했다. 중앙정치국 상무위원회는 실패의 원인으로 지목된 부분을 제거하려 들 것이다. 그 원인은 언제나 사람이었다. 린바오는 자신이 그 원인과 완벽하게 일치하는 게 아닌가 하는 생각이 들었다. 그는 다시 골프장을 내려다봤다. 모든 것을 마무리하기에는 정말로 어울리지 않는 장소였다.

몇 시간이나 흘렀을까, 누군가 조용히 객실 문을 두드렸다. 처음에 그를 예의 바르게 맞아췄던 젊은 여성 안내원이었다.

"린바오 사령관님, 좀 쉬셨나요? 옷은 다 몸에 잘 맞으시나요?"

그는 입고 있는 바지와 셔츠를 내려다본 뒤 고개를 끄덕이며 미소를 지어 보였다. 그리고 오늘 이후로 다시는 볼 수 없을지 모를 아내와 딸을 생각하지 않으려고 애썼다.

"다른 손님들께서 사령관님을 기다리고 계십니다."

 2034년 7월 6일 15:25 (GMT-4)
미국 워싱턴

집은 쓸쓸했다. 초두리는 가능한 한 집에 머무는 시간을 줄이려고 노력 중이었다. 어머니와 딸은 이틀 전 덜레스국제공항을 떠나 인도의 뉴델리로 향했다. 아슈니가 이것저것 물어봤지만, 초두리는 두 사람이 어디로 가는지, 그리고 왜 가야 하는지를 솔직하게 말할 수 없었다.

"우리 가족의 진짜 고향에 가는 거란다."

한편 초두리 여사는 자신의 오빠를 믿는 것은 고사하고 다시 가족으로 받아들여야 하는지조차 결심이 서지 않아 고민하고 있었다. 초두리는 전 부인 사만다에게 그녀의 허락이나 사전 통보 없이 딸을 지구 반대편에 있는 인도 뉴델리로, 그것도 언제 돌아올지 모르는 곳으로 떠나보냈다는 사실을 알려야 했다.

그는 앞으로 벌어질 일들을 계산하면서 미국과 중국 사이에 전략핵무기 공격이 오갈 가능성이 60퍼센트는 된다고 생각했다. 핵무기 공격이 확대되지 않을 거라는 생각은 기껏해야 희망 사항으로밖에는 보이지 않았다. 그래서 그는 딸을 워싱턴에서 멀리 떨어진 곳으로 보내야만 했다. 사만다가 무슨 말을 하든, 그녀가 자신을 가정법원에 고발하든, 딸을 돌려받기 위해 국제협약을 들먹거리든, 딸이 집으로 돌아와도 안전하다는 확신이 들 때까지는 무슨 수를 써서라도 안간힘 쓰며 버텨야 했다. 만약 그날이 오지 않는다면 딸은 영원히 미국으로 돌아올 수 없다. 초두리의 인생은 그저 그 결과에 따라 결정될 수밖에 없었다.

그렇지만 지금은 남은 인생이 어떻게 흘러갈지 생각할 여유가 없었다. 초두리는 그저 사만다에게 자신이 한 일을 알리고 그녀의 반응에 대비하는 수밖에 없었다. 그는 사만다에게 문자를 보내 저녁 식사를 함께할 수 있을지 물었다. 확실히 그건 이상하게 들릴 만했다. 두 사람은 평소 전화 통화조차 제대로 하지 못하고 한쪽이 일방적으로 끊어버리는 경우가 많았기 때문이다. 어쨌든 사만다는 그의 초대에 즉시 답을 보냈다. 아니, 즉시 답을 보내려 한다는 것을 알 수 있었다. 그의 휴대폰 문자 창에서는 계속 뭔가가 깜빡거렸는데 그건 사만다가 답을 쓰고 있거나, 아니면 썼다 지우기를 반복하고 있다는 것을 뜻했다. 1분쯤 지나 결국 답이 왔다. '응'이라는 짧은 답이었다. 어디로 갈까? 그는 다시 문자를 보냈다. 시티 라이츠. 아까보다 더 길게 시간을 끈 후에 답이 왔다.

그는 하마터면 휴대폰을 내던질 뻔했다. 너무나 사만다다운 선택이었다. 늘 그렇듯 수동적인 공격성을 보이면서 뭔가 설교를 늘어놓으려는 행동, 그가 불륜을 저지르고 결국 이혼한 후로 기회가 있을 때마다 그를 폄하하려는 욕구가 합쳐진 장소였다. 시티 라이츠는 중국 음식을 전문으로 파는 식당이었다.

다음 날 저녁, 초두리는 정확히 7시에 음식점에 도착했다. 두 사람이 결혼해서 듀퐁 서클에서 얼마 떨어지지 않은 곳에 살고 있을 때 매주 여기를 찾아오곤 했다. 이혼한 후에는 사만다가 그 신혼집을 혼자 차지했다. 그동안 음식점 내부는 거의 달라진 게 없었다. 통통한 금붕어가 헤엄치는 수족관도, 벽에 붙어 있는 중국 왕조 시대의 목판화 복제품도 예전 그대로였다. 다만 저녁 시간인데도 웬일인지 손님이 하나도 없었다.

"안녕, 새미. 식당 한번 잘 골랐네."

"당신이 여길 좋아했잖아. 그리고 이제 나를 새미라고 부르지 마."

두 사람이 함께 대학원에 다닐 때 친구들은 그녀를 새미라는 애칭으로 불렀다.

"미안해, 사만다. 이걸 뭐라 해야 할지 모르겠지만, 이런 상황에서 중식당을 고른 건 꼭 수동적인 공격성을 내보이는 행동처럼 보여."

"산디프, 오늘 만나자고 한 건 당신이잖아. 지금은 그 어느 때보다도 중식당을 이용하는 게 올바른 행동 같은데."

사만다는 '산디프'라는 이름을 거의 내뱉듯이 불렀다. 초두리는 그녀를 정말 감당하기 힘들었다. 사만다는 언제나 그렇게 뭐가 옳고 뭐가 그른 행동인지를 그 자리에서 바로 말해주곤 했다.

"잔장에서 천만 명이 넘는 사람이 죽거나 다쳤어. 그럼 제대로 된 중국 전통 요리라도 주문해야지. 그게 당신이 할 수 있는 최소한의 도리 아니야?"

사만다가 직원에게 제대로 된 베이징덕 요리를 주문하고는 초두리에게 물었다.

"당신은?"

"난 그냥 만둣국 한 그릇이면 돼."

"지금 나 놀리는 거야? 지금 고작 그것만 주문하겠다고…."

"제발 그만해."

초두리는 피가 끓어오르는 것 같았다.

"내가 위자료까지 대면서 당신의 허무맹랑한 봉사활동을 돕는 동안 당신은 최저임금만 받으면서 어디서 뭘 하고 있었어? 오늘은 어디에 있었지? 국제인권감시기구? 아니면 국제사면위원회나 동물보호 단체?"

사만다가 몸을 일으키며 식탁을 앞으로 밀어냈다. 식탁이 드르륵거리며 앞으로 밀려와 초두리의 갈비뼈 부분을 짓눌렀다. 그는 가까스로 흥분을 가라앉혔다.

"기다려, 제발 부탁이야. 제발 자리에 앉으라고."

그는 두 손을 모아 그녀를 진정시켰다.

"제발."

사만다가 그를 힐끗 봤다. 그러고는 다시 자리에 앉아 숨을 한 번 몰아쉬고 팔짱을 꼈다.

"그런데 나를 왜 보자고 한 거야?"

초두리는 문득 사만다가 무슨 상상을 하면서 이 자리에 나왔을지 궁금했다. 전남편이 직장을 잃었거나 아프거나, 아니면 전 시어머니가 몸이 안 좋아서라고 상상했을까? 그는 딸에게 무슨 일이 있었는지를 끊지도 않고 한 번에 다 말해버렸다.

"아슈니는 할머니와 함께 인도 뉴델리로 갔어. 뉴델리에 있는 할머니의 오빠한테… 어쨌든 이렇게 된 건 당신도 알다시피 우리가 잔장에서 저지른 일로 여기도 더는 안전하지 못하기 때문이야. 우리가 먼저 중국 본토를 공격했기 때문에 그들도 미국 본토를 공격해 올 확률이 크다고 볼 수밖에 없는 상황이야. 미안하지만 당신이 어떻게 생각하든 나로서는 어쩔 수 없었어. 아버지로서 내 딸, 아니 우리 딸을 위해 가장 적절한 선택을 할 수밖에 없었어."

초두리는 말을 끝마치자마자 깊게 숨을 몰아쉬었다. 그러고는 사만다가 어떤 반응을 보일지 몰라 뚫어져라 그녀를 관찰했다. 그저 그녀가 또다시 식탁을 앞으로 밀어내고 집으로 달려가 변호사에게 전화를 걸지 않기만을 바랄 뿐이었다.

그때 마침 주문한 음식들이 나왔다. 사만다는 최소한 잠깐이라도 머뭇거릴 수밖에 없었다. 그리고 그 잠깐은 꽤 길게 이어졌다.

"어서 먹어. 이러다 다 식겠어." 그녀가 오리 다리를 하나 찢어 겉껍질을 벗겨내며 말했다. "당신은 내가 그 말을 듣고 화를 낼 거라고 생각한 거 같은데, 내 말이 맞아?"

초두리는 조심스럽게 고개를 끄덕였다. 그런데 그녀는 뭔가 재밌다는 표정이었다.

"샌디, 난 당신한테 화나지 않았어. 우리 딸이 안전한 곳에 가 있다니 정말 다행이야. 당신 가족 덕분에 그런 곳에 가게 된 거니까, 사실 당신한테 고맙다고 해야겠지."

초두리는 더 말하고 싶었다. 우리 딸을 꽤 오랫동안 보지 못할 수도 있다고. 하지만 그러지 않기로 했다. 그는 사만다가 그 사실을 이미 잘 이해하고 있으며 그에 따른 고통을 견뎌내기 위해 정신을 바짝 차리려 한다는 것을 알았다. 언제부터 그랬는지 기억도 나지 않을 만큼 사사건건 서로 부딪치기만 했던 두 사람이 딸을 보호하는 한 가지 조치에 대해서만큼은 서로 의견이 일치한다는 사실에 그는 안도감을 느꼈다.

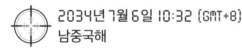

2034년 7월 6일 10:32 (GMT+8)
남중국해

그녀가 꾸는 꿈은 밤마다 조금씩 달라졌다. 꿈속에서 헌트는 요코스카 해군기지로 돌아가 부두 위에 서 있었다. 그녀가 지휘했던 함선들, 존폴존스호와 정훈호와 칼레빈호가 한꺼번에 들어오고 있었다. 지난번 꿈과 달라진 건 더 많이 등장한 또 다른 함선들이었다. 이곳저곳 파손된 포드호와 밀러호가 나타났다. 잔장에 정박해 있다가 몰살당한 중국 남해함대 함선들도 함께 모습을 드러냈다. 항공모함 랴오닝호, 구축함 허페이호와 란저우호, 우한호, 하이커우호, 거기다 이름을 알 수 없는 크고 작은 함선들이 셀 수 없이 나타났다. 부둣가로 다리가 수십 개도 넘게 내려지고 하선을 지휘하는 장교가 신호용 나팔을 불었다. 곧이어 미국 해군과 중국 해군의 수많은 승조원들이 쏟아져 내려왔다.

꿈속에서 그녀는 언제나 익숙한 얼굴들을 먼저 찾았다. 제인 모리스 같은 동료들이나 아버지의 얼굴이었다. 그렇지만 잔장에 핵무기 공격 명령을 내린 후부터 그녀는 꿈속 항구에서 아버지를 찾을 수 없었다. 그리고 수많은 승조원들 중 누구도 그녀의 존재를 알아차리는 사람은 없었다. 그녀는 과연 누가 유령인지 알 수 없었다. 저 승조원들일까, 아니면 나일까. 그녀는 아버지가 전에 꿈속에서 했던 말을 기억했다. 처음 만났을 때 아버지의 모습은 얼마나 젊어 보였던가.

"네가 꼭 그렇게 할 필요는 없단다."

아버지는 딸의 팔을 잡고 그렇게 말했었다. 그렇지만 그녀는 그렇게 하고 말았다. 저 수많은 함선과 거기에서 내리는 수천 명이 넘는 승조원들이 바로 그 증거였다.

아버지는 언젠가 딸에게 한 번의 손짓으로 지중해 밑에 잠들어 있는 죽은 선원들을 모두 되살릴 수 있다면 바다 위로 올라온 그들의 등을 밟고 지브롤터해협에서 이스라엘 해안까지 걸어갈 수 있을 거라고 말한 적이 있었다. 역사에 기록된 최초의 본격적인 해전은 지중해에서 시작됐다지만 이제 여기 남중국해에서 인류 역사의 마지막 해전이 벌어질지도 모른다. 헌트는 이미 단 한 번의 공격으로 지난 수천 년 동안 저 먼 지중해에서 죽어간 사람들보다도 많은 사람들을 죽였다.

헌트가 엔터프라이즈호에 도착한 새 조종사와 만나기로 한 날도 그런 밤을 보낸 다음 날이었다. 그녀는 새로 온 조종사가 누구인지 알아보고 이 짧은 면담을 제안했다. 그녀는 이란이 어떻게 F-35를 탈취해 반다르아바스에 착륙시켰으며 그가 몇 주 동안 포로로 잡혀 어떤 시간을 보냈는지, 그의 지난 사연을 다 알고 있었다. 또한 그가 엔터프라이즈호에, 그것도 자신이 격렬한 반대를 무릅쓰고 개조를 명령한 호넷 대대에 배치되기 위해 모든 연줄을 동원했다는 사실도 알고 있었다. 그녀는 테이블 앞에 앉아 인사 기록부를 살펴보며 크리스 웨지 미첼 소령이 호넷 대대의 최고 선임 조종사로 부임해 사실상 지휘관이 될 거라는 사실을 직감했다.

미첼이 테이블 앞에 서서 가슴을 똑바로 펴고 경례했다. 그의 부동자세는 한 치의 흐트러짐도 없었고 두 손은 군복 바지 재봉선에 단단히 고정되어 있었다. 인사 기록부와 부관이 챙겨둔 언론 기사들을 훑어보던 헌트는 미첼이 뒤쪽 벽에 걸린 사진을 뚫어져라 바라보고 있다는 사실을 알아차렸다. 바로 한 줄로 나란히 이동하고 있는 존폴존스호와 정훈호, 칼레빈호였다. 6개월 전에 찍은 그 사진을 그녀는 여전히 제대로 받아들이기가 어려웠다.

"편히 쉬게, 미첼 소령."

헌트는 여기까지 오는 길은 어땠는지, 배정받은 선실은 편한지 같은 가벼운 질문들을 던졌다. 미첼은 모두 다 만족스럽다고 대답했고, 그녀는 본격적인 면담에 들어갔다.

"내가 호넷의 전임 지휘관을 해임했다는 사실을 잘 알고 있겠지?"

미첼은 당연히 알고 있었다.

"지시를 내렸지만 그중 일부를 따르지 않으려고 하더군. 우리는 이제 지난번과 같은 문제는 절대로 겪지 않을 거야. 소령이 반다르아바스에서 잡히고 우리가 미스치프환초 전투에서 일격을 당한 후에도 여전히 우리 군에는 무조건 첨단기술에만 의존하려는 간부들이 많았지. 그들은 첨단기술에 대한 지나친 의존이 우리의 약점이 됐다는 사실을 인정할 수 없는 거지. 사관학교 시절의 옛 친구가 지금 백악관에서 근무하고 있는데, 그는 중국이 뒤로 한발 물러설 것이고 우리는 우리가 정한 한계선을 확실히 지키며 행동했다고 주장하더군. 정말 똑똑한 사람이었는데… 이번 사태까지 포함해서 대부분의 사람들이 잘못 생각하고 있는 것 같네."

헌트는 엄숙한 표정으로 미첼을 지그시 바라봤다가 다시 말을 이어갔다.

"중국은 최소한 두 도시 이상 공격하겠지. 그렇게 전쟁은 점점 확대되는 거야. 우리가 한 곳을 공격했으니 중국은 두 곳을 공격해. 그러면 우리는 여기서 그만둬야 할지, 계속해야 할지를 결정해야 하는데, 물론 그만둘 일은 없어. 이제 최소한 세 곳 이상의 중국 도시에 반격을 가할 거야. 전략핵무기는 사용하지 않겠지. 그건 그야말로 인류의 종말을 의미하는 거니까. 전술핵무기를 사용하는 선에서 그치지 않을까? 다시 말해 또다시 항공모함에서 공격이 시작되어야 한다는 거고, 그 주인공은 소령이 되겠지."

헌트가 자신의 전망이 제대로 전달되기를 기다리는 동안 두 사람 사이에는 침묵이 내려앉았다. 미첼 소령의 입가에 천천히 미소가 떠올랐다.

"내 이야기의 어떤 부분이 그렇게 재미있지?"

"아닙니다, 사령관님."

미첼의 입가에서 곧 미소가 사라졌다.

"그런데 왜 미소를 지은 거지?"

"아무것도 아닙니다. 그냥, 좀 긴장했나 봅니다."

하지만 헌트는 그 말을 믿지 않았다. 어떤 부류의 조종사들은 오직 자신의 감에만 의존해 적진 깊숙이 침투하는 일에 쾌감을 느낀다. 특히 무모해 보이는 공격이나 자살행위에 가까운 임무를 수행할 때 가슴속에서 뜨거운 것이 올라오는 걸 느낀다. 헌트는 엔터프라이즈호에서의 임무를 자살행위가 아닌 그저 전에 없던 과감한 공격으로 생각해줄 누군가가 필요했다. 또한 그럴 가능성이 전혀 없다 하더라도 무사히 귀환할 수 있다고 믿어줄 누군가가 필요했다. 왜냐하면 살아 돌아오려는 의지가 강한 조종사가 임무를 성공적으로 수행할 확률이 더 높기 때문이다.

헌트는 미첼과 함께 호넷 전폭기의 개조 문제와 관련한 검토를 시작했다. 하지만 이야기가 얼마 진행되기도 전에 그가 말을 가로막으며 이미 전폭기 점검을 마쳤다고 설명했다.

"언제 했다고?"

"도착한 날 밤에 했습니다, 사령관님. 그 일을 맡아서 하고 있는 상사를 만났습니다. 퀸트라고 하던데, 일을 잘하더군요. 아직 이곳에 적응하지 못해 잠이 안 와서 격납고 주변을 좀 돌아다녔습니다. 전폭기들은 아무 문제가 없어 보였습니다."

헌트는 의자에 등을 기댔다. 미첼의 적극적인 자세가 마음에 들었다. 또한 앞으로 아주 힘든 임무를 맡게 될 그에게 동정심도 들었다.

"시차 때문에 잠이 잘 안 오면 군의관한테 말해 약을 처방해줄까?"

"괜찮습니다, 사령관님. 사실 잠자는 문제로 어려움을 겪어본 적은 한 번도 없으니까요. 평소엔 잠이 들면 누가 업어 가도 모릅니다."

그는 다시 한번 차렷 자세를 취한 후 함장실 밖의 어둠 속으로 사라졌다.

 2034년 7월 6일 14:27 (GMT+8)
중국 선전

왜소한 몸집의 남자가 손에 골프채를 꼭 움켜쥔 채 완벽하게 다듬어진 잔디 언덕 능선을 따라 느릿느릿 움직였다. 오후의 햇살 아래로 그의 그림자가 드리워졌다. 린바오를 객실까지 안내했던 여성 안내원이 다시 그를 골프 카트에 태워 언덕으로 데리고 갔다. 한 번도 만나본 적은 없지만 린바오는 그 왜소한 남자가 중앙정치국 상무위원회 위원이자 중앙기율검사위원회 서기인 자오러지임을 알아봤다. 중앙기율검사위원회 자체나 다름없는 남자였다. 린바오는 그가 위원회 서기로 보낸 지난 세월 역시 두렵기 짝이 없었다.

카트가 언덕 꼭대기에 도착했을 때, 자오러지는 마침 공을 치기 위해 팔을 뒤로 뺀 상태였다. 린바오는 쥐 죽은 듯이 가만히 있었다. 여성 안내원도 자오러지를 방해할까 봐 꼼짝 않고 있었다.

자오러지가 힘차게 골프채를 휘두르자 획 소리와 함께 공이 날아갔다. 공은 곧 오후의 햇살 속으로 사라졌다.

골프채를 가방에 집어넣던 자오러지가 린바오를 보고 말했다.

"늙은이 솜씨치곤 나쁘지 않지?"

자오러지는 다음 홀까지 카트를 타지 않고 운동 삼아 걸어갈 생각인 것 같았다. 그의 뒤로 여러 대의 카트에 나눠 탄 수행원들이 줄줄이 따랐다. 자오러지가 린바오에게 따라오라고 손짓했고, 곧 두 사람만 따로 걷게 되었다. 그들은 각자 골프 가방을 어깨에 짊어지고 골프장을 가로질러 걸어갔다.

마침내 자오러지가 입을 열었다.

"요즘은 골프장을 걸어서 이동하는 게 내가 하는 유일한 노동이 아닌가 싶어서 말이야. 난 마오쩌둥 주석의 문화대혁명 시절에 육체노동의 맛을 제대로 봤었네. 내가 맡은 구역에서 참호를 파는 일이었지…. 아무튼 자기가 할 일은 자기가 직접 하는 게 좋아. 그래야 보람이 있거든…. 그나저나 린 사령관은 미국에서 자랐다던데 내 말이 맞나? 그래서 우리 두 사람은 굉장히 다를 수밖에 없을 거야. 그렇지 않나? 예를 들어 이 골프를 한번 보게. 미국에서는 카트를 타고 캐디까지 거느리고 골프를 하지. 그러다 캐디의 조언에 따라 경기에서 이기면 마치 자기 힘으로 이긴 것처럼 굴어. 반대로 지면 이번엔 캐디의 조언이 문제였다고 불평을 한단 말이야. 캐디는 경기 결과에 상관없이 언제나 손해만 볼 뿐이지."

린바오를 보는 자오러지의 두 눈은 마치 깊은 동굴처럼 보였다.

두 사람은 4번 홀에 도착했다. 자오러지가 먼저 공을 쳤고 공은 잔디가 잘 다듬어진 곳에 떨어졌다. 뒤이어 린바오가 친 공은 나무들이 있는 곳 중간에 떨어졌다.

"젊은 친구, 이번에 친 건 없던 걸로 하고 한 번 더 해봐."

린바오는 자기는 상관없으니 굳이 봐주실 필요는 없다고 말했다. 하지만 자오러지는 귀담아듣는 것 같지 않았다.

"그건 속임수가 아니야. 그냥 우리끼리 규칙을 만들어 하는 거지."

린바오는 다른 골프채를 꺼내 들었다. 그가 두 번째로 친 공은 자오러지의 공보다 약간 뒤쪽에 떨어졌다.

공을 향해 걸어가면서 자오러지가 다시 입을 열었다.

"잔장이 그런 일을 당했는데 나 정도 위치에 있는 사람이 골프를 하러 다니는 건 경솔한 짓이라고 말하는 사람도 있겠지. 그렇지만 우리 인민들에게 정말 중요한 건, 삶은 계속된다는 것과 우리의 지도력에는 변함이 없다는 사실을 아는 것이야.

나로서는 좀 의심스럽긴 한데 만일 우리 정보부의 예측이 맞는다면 미국은 중국 본토의 해안선을 봉쇄할 수 있도록 앞으로 2주일 안에 세 개의 항모전단을 배치하게 되겠지. 그동안 자네는 장 장관과 호흡을 맞춰 일해왔지만 최근에 그 친구가 자네의 역량에 대해 다소 의구심을 표했다는 사실을 알려줘야 할 것 같네. 장 장관은 자네가 자신에게 미국 측의 의도와 관련해 잘못된 조언을 해준 건지도 모른다고 생각하는 것 같네. 덕분에 중앙정치국 상무위원회도 그 영향을 받았고 말이야. 자네 어머니는 미국 사람이지, 그렇지 않나? 장 장관은 자네가 품고 있던 어머니의 조국에 대한 호감이 상황 판단에 영향을 미쳤다고 믿는 것 같더군."

두 사람은 다음 홀이 있는 쪽을 바라봤다. 직사각형 모양으로 잘 다듬어진 잔디밭이 길게 펼쳐져 있었다. 잔디밭은 그 뒤로 급격히 왼쪽으로 꺾이면서 나무 몇 그루와 물웅덩이 사이로 이어졌다. 린바오는 공을 멀리 날리지 못할 경우 나무들 사이에 공이 떨어지겠지만 빠져나올 수 있고, 너무 멀리 날리면 공이 물웅덩이에 빠지는데 그때는 돌이킬 수 없게 될 거라고 생각했다.

자오러지가 3번 우드를 들고 앞으로 나섰다. 린바오는 2번 아이언을 들고 그 뒤를 따랐다. 자오러지는 공 받침대를 잔디밭 깊숙이 박아 넣으며 린바오에게 2번 아이언으로는 공을 멀리 날릴 수 없다고 조언했다.

"우린 둘 다 상황을 제대로 판단했지만 각자 다른 해결책을 선택한 것 같군."

린바오는 시선을 돌렸다. 그는 자오러지와 겉으로 드러날 만한 어떤 갈등도 피하고 싶었다. 그렇지만 2번 아이언을 3번 우드로 바꿔야 한다고 생각하니 마음속 뭔가가 그것을 허락하지 않았다. 아마도 그건 그의 자존심이나 존엄성, 혹은 어떤 의지였는지도 모른다. 그게 무엇이든 간에 자신보다 강한 누군가와 마주칠 때마다 느끼는 반항심에 린바오는 익숙했다. 해군사관학교에서 상급생들이 자신의 미국 혈통을 들먹이며 괴롭혔을 때도, 정화항모전단의 지휘권이 마창에게 먼저 넘어갔을 때도 그랬고 이렇게 2번 아이언을 말없이 바라보고 있는 지금도 마찬가지였다. 말 한마디면 검은색 정장의 수행원들을 시켜 자신의 머리통에 총알을 박아 넣을 수 있는 이 남자 앞에서조차 반항심이 끓어올랐다.

"3번 우드로는 공이 너무 멀리 날아갈 겁니다. 그러면 공이 물웅덩이에 빠지겠지요. 공이 덜 날아가 나무들 사이에 떨어지더라도 최소한 거기서 공을 칠 수 있으니, 여기로 돌아와 처음부터 다시 시작하는 것보다는 훨씬 낫습니다. 두 골프채가 공을 쳐낼 수 있는 거리를 비교해본다면 그래도 욕심을 덜 부리는 선택이 더 좋은 전략이라고 생각합니다."

자오러지가 고개를 끄덕이더니 3번 우드를 꽉 거머쥐고 팔을 뒤로 뺐다. 공이 받침대를 벗어나 날아올랐다. 소리만 들었을 때 그보다 완벽한 선택은 없는 것 같았다. 그렇지만 공이 높이 떠올라 궤도의 정점에 달했을 때 린바오의 말이 옳다는 걸 분명히 알 수 있었다. 3번 우드는 이 거리에서는 맞지 않는 선택이었다. 자오러지의 공은 물웅덩이에 빠져버렸다.

자오러지가 공 받침대를 집어 들고는 린바오를 똑바로 바라봤다. 린바오는 자오러지의 표정에서 어떤 불만이나 실망의 표시를 찾아보려 했지만 아무것도 없었다. 그는 단지 린바오에게 자리를 비켜줬을 뿐이었다. 린바오는 공 받침대를 뻣뻣한 풀 사이에 박아 넣었다. 그러면서 문득 공을 가장자리 풀숲으로 보내는 게 어떨지 생각했다. 아부에 익숙한 장 장관 같은 사람이라면 자오러지 앞에서 일부러 경기를 포기하지 않을까. 그렇지만 그는 그저 최선을 다하고 싶었다. 자오러지처럼 자신의 인생 자체를 끝장낼 수 있는 사람 앞이라도 상관없었다.

린바오는 2번 아이언을 들고 스윙했다. 공은 빠른 속도로 낮게 날아가 나무 꼭대기를 스쳤지만 멈추지 않고 계속 날아가서 잔디밭 오른쪽에 안착했다.

"내가 한 수 밑인 것 같구만."

자오러지가 활짝 웃더니 골프 가방으로 가서 3번 우드를 집어넣고 2번 아이언을 꺼내 들었다.

그날 오후 내내 두 사람은 골프를 하며 보냈다. 린바오가 자오러지를 상대로 이긴 건 처음 홀이 전부였다. 린바오는 최선을 다했지만, 자오러지의 골프 솜씨는 그보다 훨씬 뛰어났다.

골프를 하는 동안 대화의 주제는 린바오가 수행해야 하는 의무와 자오러지의 표현에 따르면 '자연스러운 변화'로 바뀌었다. 그는 더 이상 장 장관에게 직접 보고할 필요가 없었다. 자오러지는 잔장에서 벌어진 비극 때문에 중앙정치국 상무위원회가 어쩔 수 없이 '중국 군대의 지휘 체계를 재편성'하게 됐다고 설명했는데, 린바오는 이 말이 수뇌부에 대한 징계를 완곡하게 돌려 표현한 것이라는 사실을 알아차렸다. 자오라지는 이윽고 린바오에게 중국이 '절체절명의 위기'에 놓여 있다고, 마치 장 장관이 했던 말을 알고 있기라도 한 듯 상기시켰다. 하지만 장 장관이나 '싸울 도리밖에 없다'는 장 장관의 결론에 대해서는 언급하지 않았다. 그저 앞으로 해나가야 할 싸움에 대해 단조롭게 말할 뿐이었다.

"우리는 잔장에 대한 미국 측 공격에 상응하는 조치를 취해야만 하네."

린바오는 아까의 교훈을 자오러지에게 다시 일깨워주고 싶었다. 엇비슷한 두 갈래 길 사이에서 어느 쪽을 선택할지 고민될 때는 언제나 자만하지 말고 욕심을 덜 부리는 쪽을 선택해야 한다는 교훈 말이다. 그렇지만 중앙기율검사위원회 서기에게 골프와 관련해 조언하는 것과 국가 경영의 잘못을 지적하는 것은 근본적으로 완전히 다른 문제였다. 린바오에게 그럴 만한 배짱은 없었다.

그는 미국에 대한 핵무기 공격의 가능성에 대해서는 입을 다물었지만, 자오러지가 자신과 관련해 세우고 있는 다음 계획을 설명했을 때는 자기도 모르게 목소리를 높일 뻔했다.

"당의 일부 인사들은 잔장 참사에 대해 국방부 장관과 함께 자네에게도 책임을 물으려 하고 있네. 사실 나 역시 오늘 이 시간까지도 확실히 마음을 정하지 못했었지. 난 자네가 국방부 장관에게 진심을 다해 조언했다고 믿네. 어쨌든 이 시점부터 국방부 장관의 모든 책임을 내가 다 떠맡게 됐어. 나로서는 앞으로 적절한 조언이 필요하겠지… 그러니까 말하자면 좋은 캐디가 필요한 거지. 누군가 다른 관점에서 생각해줄 그런 사람 말이야. 따라서 자네는 이제 함대로 돌아가는 대신 베이징 국방부에서 나를 보좌하게 될 거야."

자오러지가 린바오를 보고 웃어 보인 뒤 수행원들 쪽으로 손짓했다. 수행원 하나가 재빨리 카트를 몰고 다가왔다. 린바오는 잠자코 카트에 올랐다.

"그럼 곧 베이징에서 보도록 하지."

자오러지는 그렇게 짧게 인사한 뒤 돌아섰고, 가방에서 골프채를 고르며 다시 공을 칠 준비를 했다.

 2034년 7월 17일 13:03 (GMT+5:30)
인도 뉴델리

객관적인 측면에서 보자면 파샤드는 그야말로 대단한 승리를 목격한 셈이었다. 러시아 해군은 2주일에 걸쳐 수백 제곱킬로미터의 땅을 점령하는 지상 작전을 지원했고, 전략적인 관점에서 오랜 세월 숙원이었던 중요한 목표가 완수되었다. 이제 러시아는 육로를 통해 직접 발트해에 있는 항구, 칼리닌그라드로 갈 수 있게 된 것이다. 이름만 남은 유엔과 나토가 러시아의 '침략'을 비난하고 나섰지만 파샤드는 그들의 강력한 비난에 상황에 대한 어쩔 수 없는 인정, 체념이 함께하고 있다고 생각했다.

미국과 중국의 수십 년에 걸친 계산 착오는 세계질서에 불화의 씨앗을 뿌려왔다. 러시아로서는 그저 그 수확물을 거두기만 하면 그만이었고 다른 나라들, 그러니까 파샤드의 조국인 이란 같은 나라들도 다른 지역에서 비슷하게 수확물을 거두려는 건 전혀 놀라운 일이 아니었다. 그런데 그에 못지않게 놀라운 건 이란군이 다 된 밥에 재를 뿌렸다는 것이다.

이슬람혁명수비대의 강경파는 오랜 세월 갈등의 근원이 되어온 호르무즈해협을 이제 이란이 완전히 장악할 때라고 생각했다. 그 과정에서 혁명수비대는 쾌속정으로 이뤄진 소규모 함대를 동원해 TATA NYK라는 물류회사의 유조선 한 척을 나포하는 경솔하기 짝이 없는 결정을 내렸다. 이 유조선은 미국과 중국의 분쟁 이후 처음 호르무즈해협을 지나가는 대형 선박이었는데, 언뜻 보기에 별다른 의미 없이 그저 알파벳을 나열한 것만 같은 TATA NYK라는 이름은 결국 파샤드를 또 다른 임무로 끌어들였다. TATA NYK는 인도의 회사였다.

이슬람혁명수비대로서는 어리석은 결정이었다. 일각에서는 참모총장인 바게리 장군이 처음부터 모든 걸 알고 있었다고 비난했지만, 사실 이들은 바게리 장군의 공식 승인 없이 작전에 나선 것이었다. 이제 이란 정부는 긴장 상태를 진정시키는 동시에 호르무즈해협에 대해 오랫동안 주장해온 소유권을 포기하거나 체면을 구겨야만 하는 대단히 곤란한 입장에 처했다. 간단히 말해, 지금 바게리 장군에게 필요한 건 이란 정규군과 혁명수비대 모두와 관련이 있는 사람이었다. 양쪽과 말이 통하면서 해군 소속 장교인 누군가가 필요했다. 테헤란에서 소식이 도착하기도 전에 파샤드는 자신이 이 조건에 들어맞는 유일한 사람임을 잘 알고 있었다.

파샤드는 모스크바에서 일반 여객기를 타고 인도 뉴델리로 날아갔다. 이란 정부도, 인도 정부도 공식적으로는 협상할 의지가 있다는 사실을 인정하지 않았다. 그래서 그는 겉으로 보기에는 민간인 신분으로 뉴델리를 여행하는 중이었다. 그가 맡은 임무는 미묘했다. 그는 인도의 오랜 적수인 파키스탄은 요청만 하면 기꺼이 이란을 도울 것이며, 인도는 강하게 몰아붙일 경우 미국의 편을 들 수 있다는 사실을 알고 있었다. 이번 분쟁은 아주 사소한 잘못으로 시작됐지만 이미 세계적인 규모로 확대되었다. 어느 쪽이든 이를 더욱 악화시켜 전쟁, 즉 세계대전으로 번질 가능성이 충분했다.

러시아항공 소속 에어버스 A330의 좁은 일반석에 끼어 앉은 파샤드는 좌석 등받이에 붙은 화면을 통해 비행기의 항로를 살펴봤다. 화면 속 비행기는 지도 위에 그려진 점선을 따라 이동하고 있었다. 그는 지도를 보며 세계질서 유지에 엄청난 영향을 끼치는 두 강대국, 미국과 중국 사이의 긴장이 그동안 얼마나 빠르게 고조됐는지를 생각했다. 웬루이호 사태부터 시작해 미국과 중국 함대 사이에 벌어진 일련의 해전들, 그리고 대만 점령과 잔장에 대한 미국의 핵 공격에 이르기까지, 지난 3월 이후 발생한 사건들은 양국의 이해와 관련된 논리를 정면으로 거부하고 있었다.

정치가들이나 관련 전문가들 중에서 이번 사태를 제3차 세계대전이라고 부르는 사람은 아직 없었다. 파샤드는 인도의 개입이나 파키스탄의 개입이 이번 위기에 제3차 세계대전이라는 암울한 이름을 붙이기에 충분한 영향력을 발휘할지 알고 싶었다. 사실 그는 그렇지 않을 거라는 생각이 더 강했다. 다른 나라의 개입만으로 제3차 세계대전이 일어나지는 않을 것이다. 그러려면 뭔가 다른 것이 더 필요하다.

잔장에서 미국은 핵무기를 사용해 공격했다. 그렇지만 그 규모와 후폭풍은 어느 정도 예상하고 감당할 수 있는 수준이었다. 미국도, 중국도 아직은 전략핵무기를 꺼내 들지 않았다. 최후의 날을 맞게 할 무기들은 나오지 않은 것이다.

갑자기 파샤드의 귀가 울렸다. 에어버스 A330이 급히 고도를 낮추면서 엔진이 으르렁거렸다.

드디어 A330이 지상에 착륙했고 파샤드는 아무 문제 없이 입국 심사대를 통과했다. 작은 보스턴백 하나만 가져온 그는 얼마 지나지 않아 사람들로 북적이는 대합실에 홀로 서 있었다. 주변에는 온통 그리운 사람과 다시 만나 기뻐하는 승객들로 가득했지만 그를 맞이하러 나온 사람은 없었다. 바게리의 부관을 통해 지시를 받았을 때 이런 상황은 전혀 예상하지 못했다. 그는 공항에 도착하면 인도 측 접선책이 당연히 자신을 찾아올 거라고 생각했다.

그는 스타벅스에 자리 잡고 앉은 뒤 북적이는 사람들을 보며 서로가 서로를 부르는 수많은 이름들에 대해 생각하기 시작했다. 어머니, 아버지, 아들, 딸, 친구 같은 이름의 존재들이 순식간에 모두 사라져버린다면 어떻게 될까. 우리가 서로를 부를 수 있는 또 다른 이름, 바로 '적'이라는 이름에 의해서 말이다.

그때 낯선 사람이 나타나 파샤드의 옆, 빈자리에 앉아도 되겠냐고 물었다. 그는 그러라고 손짓한 뒤 다시 사람들을 보며 생각에 잠겼다. 옆에 자리 잡은 낯선 사람이 그에게 기다리는 사람이 있냐고 물었고 그는 그렇다고 대답했다.

"누구를 기다리시는지요?"

"아마 친구가 아닐까요."

그러자 남자가 손을 내밀었다.

"아난드 파텔 장군입니다. 당신이 기다리던 친구지요."

초두리는 택시를 타고 느지막이 미국대사관으로 향하고 있었다. 외교적 긴장 상태가 고조되면서 그는 대사관에서 머물 수밖에 없었고, 그의 어머니는 손녀딸과 함께 오빠 집에서 지내는 게 최선이라는 사실을 결국 받아들였다. 정신없이 바쁜 나날이었지만 초두리는 저녁 식사만큼은 매일 딸과 함께하려고 애썼다. 아침 일찍 일어나 하루 종일 일하고 외삼촌 집에서 가족과 저녁을 먹은 후 대사관으로 돌아가는 일과에 그는 빠르게 지쳐갔다. 택시 뒷자리에서 그는 지난 일주일을 마치 꿈인 듯 떠올리며 꾸벅꾸벅 졸았다.

이란에서 호르무즈해협을 자신들이 통제하겠다고 주장하며 인도 유조선을 나포한 지 몇 시간이 지난 후, 와이즈카버 보좌관은 초두리를 집무실로 호출해 뉴델리로 돌아갈 것을 지시했다. '돌아가라'는 와이즈카버의 말이, 초두리는 그리 편하게 다가오지 않았다. 심각한 갈등과 분쟁이 일어나는 와중에도 늘 그렇듯 집단 텃세가 다시 나타나 미국인들의 마음을 지배하기 시작했다. 그날 밤 초두리가 사만다와 저녁 식사를 했던 시티 라이츠라는 중국 음식점이 텅 비어 있었던 것도 바로 그런 분위기 때문이었다.

물론 와이즈카버는 별다른 생각 없이 말했을 것이다. '돌아가라'고 말한 건 어쩌면 지난번 초두리가 미첼 소령을 데려오기 위해 뉴델리로 갔던 게 기억나서였을지도 모른다. 그렇지만 그는 마음속에서 피어오르는 찜찜한 기분을 떨쳐버릴 수 없었다.

잔장 공격 직후 와이즈카버 보좌관은 국가안전보장회의 직원들을 정리했다. 미국은 과거 세대들과 다르게 세계대전이라는 망령, 심지어 핵전쟁의 망령이라는 위기와 직면했는데도 제대로 단결하지 못했다. 수십 년간 정치적 갈등에 시달려온 행정부는 전술핵무기 공격조차 부족했다고 믿는 강경파와 핵무기 공격으로 미국이 도덕적 권위를 포기했다고 생각하는 온건파 모두에게 비난받고 있었다. 이제 앞으로 무슨 일이 벌어지든 그에 대응하기 위해서는 진정한 충성심이 필요한 시점이었다. 다시 말해 행정부 안에서 능력이 아니라 와이즈카버 자신과 깊은 인연이 있는 사람들이 필요하다는 뜻이었다. 그래서 초두리는 호르무즈해협에서 발생한 새로운 문제를 해결하기 위해 조용히 뉴델리로 '돌아가게' 된 것이다.

미국대사관으로 돌아온 초두리는 자러 들어가기 전에 마지막으로 이메일을 확인했다. 와이즈카버의 정리 작업으로 자리에서 밀려난 또 다른 동료인 '번트', 즉 존 헨드릭슨 해군 소장에게서 이메일 한 통이 와 있었다.

두 사람은 비슷한 시기에 워싱턴을 떠나게 됐지만 헨드릭슨의 여정은 더 멀고 위험했다. 다시 말해 상당한 수준의 외교적 역량이 필요한 임무였다. 헨드릭슨이 언제나 '오랜 친구이자 동료'라고 부르는 세라 헌트는 거의 한 세기 만에 처음으로 핵무기 공격을 지시한 사령관이었다. 그 공격으로 수백만 명이 사망했으니 그에 따른 충격과 부담이 어마어마할 터였다.

백악관 지도부가 중국 측의 맞공격에 대한 대응을 준비하고 있는 지금, 미군의 모든 야전 사령관과 지휘관들은 언제든 바로 움직일 수 있게 준비해야 했다. 한순간의 망설임이 엄청난 재앙으로 이어질 수 있기에, 헌트 사령관의 심리 상태가 어떤지 확인하기 위해 결국 헨드릭슨이 파견되었다. 와이즈카버의 모호한 표현을 빌리자면 '헌트 사령관의 지휘력 강화'를 위한 조치였다.

헨드릭슨이 초두리에게 보낸 이메일의 내용은 간단했다. 엔터프라이즈호 도착. 잘 지내길 바람. 또 연락하겠음. 번트.

초두리와 헨드릭슨은 와이즈카버의 지시에 따라 워싱턴을 떠날 때, 행정부 안에서 점점 심해지는 정치적 다툼을 서로 힘을 합쳐 헤쳐 나가기로 약속했다. 초두리는 두 사람의 힘만으로 거기에 대항할 수 있을지 의심스러웠지만 어쨌든 모을 수 있는 모든 도움이 필요했고, 그건 헨드릭슨도 마찬가지였다.

초두리가 다른 이메일의 확인을 끝냈을 때 휴대폰이 울리며 문자가 한 통 도착했음을 알렸다. 외삼촌이었다. 내일 아침 여덟 시에 아침 식사를 함께하자. 만나봐야 할 새로운 친구가 있다.

 2034년 7월 19일 20:03 (GMT+8)
남중국해

헌트는 수송기 탑승자 명단을 받아 들고서야 그 사실을 겨우 믿을 수 있었다. 도대체 무슨 운명의 장난으로 그가 이곳으로 오고 있는 걸까? 명단에 적힌 이름은 '헨드릭슨, J. T.'로 수십 년 전 해군사관학교에서 소프트볼팀 선수와 코치 명단을 만들 때 이름을 쓰던 순서와 똑같았다.

함장실 밖 비행갑판에서는 계속 연습이 진행되고 있었다. 헌트는 호넷 조종사들이 첨단기술에 최소한으로 의존하는 연습을 할 수 있도록 지휘관인 미첼 소령에게 마음대로 비행 순서를 조정할 권한을 부여했다. 그리하여 이제 호넷 전폭기들이 이착륙을 반복하며 맹렬하게 으르렁거리는 소리, 날카로운 금속성 소리를 언제나 들을 수 있게 되었다.

얼마 후, V-22 오스프리의 터보프롭엔진이 내는 거친 진동 소리가 들려왔다. 연료 재보급을 겸해 착륙한 오스프리에서 내린 사람은 다름 아닌 헨드릭슨이었다.

10분 정도 지났을까, 함장실 안으로 들어온 헨드릭슨의 온통 주름진 황갈색 군복은 그가 엔터프라이즈호에 오기 위해 수많은 곳을 거쳐야 했다는 걸 보여줬다. 헨드릭슨은 해군의 보고 절차를 건너뛰고 헌트의 맞은편 의자에 털썩 주저앉았다.

"여기 온 건 내 뜻이 아니었다는 걸 당신이 알아줬으면 좋겠어."

"그럼 여기에 왜 온 거예요?"

비행갑판에서 호넷 전폭기가 이륙하자 함장실이 약간 흔들렸다. 평생 국가를 위해 일해온 헨드릭슨은 와이즈카버 보좌관이 했던 말을 그대로 헌트에게 전했다.

"내 지휘력을 강화한다고요? 도대체 그게 무슨 뜻인가요? 인도태평양사령부에는 제대로 보고하고 온 건가요? 하긴 당신은 제대로 된 절차 같은 건 한 번도 신경 쓴 적이 없으니까."

헌트는 화가 났다. 처음부터 그녀의 말에 귀 기울여준 사람은 아무도 없었다. 헨드릭슨을 비롯한 국가안전보장회의 사람들은 자신들의 우월함과 어떤 위협에도 대처할 수 있는 능력을 지나치게 믿었고 그런 지나친 자신감이 결국 그들을 궁지로 내몰고 말았다. 남중국해로 자신을 보내 중국을 공격하게 만듦으로써 이제는 언제 있을지 모를 미국 본토 공격을 대비하는 신세가 된 것이다.

"인도태평양사령부의 존스턴 사령관도 물론 내가 여기 와 있다는 걸 잘 알고 있지. 당신이 원한다면 비상 연락망으로 연락해봐도 괜찮아. 여기 오는 길에 하와이 기지에 들러서 보고했고…."

또 다른 호넷 전폭기가 비행갑판에서 이륙하며 내는 굉음이 들려왔다.

"세라, 사람들이 당신을 걱정하고 있어."

헨드릭슨은 말투를 부드럽게 바꿨다.

"당신은 많은 일을 겪었고… 감정적으로… 너무 많은 짐을 짊어졌으니까."

감정적으로 너무 많은 짐을 짊어져? 빌어먹을 인간. 헌트는 헨드릭슨이 존폴존스호를 기함으로 한 구축함전대를 맡은 이후 일어났던 일들을 말하는 것인지, 아니면 잔장에 대한 핵무기 공격의 책임자로서 겪은 일을 말하는 것인지 알 수 없었다. 아니, 어쩌면 그보다 더 오래전, 아나폴리스 해군사관학교 시절의 일들을 의미하는 것인지도 몰랐다. 그때 그녀는 자신의 꿈을 위해 가족과 또 다른 인생, 그리고 헨드릭슨을 포기해야만 했다.

"우린 모두 앞으로 무슨 일이 일어날지 잘 알고 있어. 앞으로 미국이 대응하는 과정에서 엔터프라이즈호가 중심에 서겠지. 당신 혼자서만 모든 걸 짊어질 필요는 없잖아. 내가 여기 온 건….”

헌트는 두 사람 사이에 있었던 지난 과거를 상기시키는 이야기는 하지 말고 그냥 넘어가면 좋겠다고 생각했다. 그저 어쩔 수 없이 해야 하는 이야기만 했으면. 그냥 그 말만 덧붙였으면.

“…당신의 지휘력 강화를 위해서야.”

그때부터 두 사람의 대화는 엔터프라이즈호의 전반적인 준비 태세와 반격을 가할 수 있는 역량 문제로 옮겨 갔다. 중국이 전략핵무기를 들고 나오지 않는 이상 미국의 적절한 대응은 중국 본토에 대한 다각적인 전술핵무기 공격이 될 가능성이 컸다. 헌트는 호넷 전폭기로 구성된 데스 래틀러스 대대야말로 가장 효과적인 대응책이라는 결론을 내렸다. 그녀는 헨드릭슨에게 호넷의 조종석 장비들을 개조했으며 대대 소속 전폭기 아홉 대가 각각 세 대씩 편대를 이루어 세 곳의 목표물을 공격하는 게 최선이라고 설명했다. 데스 래틀러스의 새 지휘관인 미첼이 현재 그런 임무를 상정하고 조종사들을 훈련하고 있었다.

설명을 들은 헨드릭슨이 물었다.

“해병 항공대의 호넷 대대는 열 대로 구성되어 있지 않나?”

“나흘 전에 호넷 한 대를 잃었어요. 호넷의 공격 목표물 확인 장치를 손봐서 이제는 폭탄 투하를 수동으로 해야 하기 때문에, 실제로는 어떨지 진짜 폭탄을 가지고 바다 위에서 시험하고 있는 중이에요. 그런데 그 와중에 호넷 하나가 폭탄을 제대로 투하하지 못해 폭탄이 날개 밑에 반쯤 매달린 상태가 됐어요. 그 상태로는 항공모함으로 돌아올 수 없으니, 조종사는 낙하산으로 탈출하고 호넷은 그대로 바다에 처박혀버렸죠. 여기 조종사들은 젊어서 나침반과 지도만 갖고 비행하는 데 익숙하지 않아요. 탈출한 조종사가 자기 위치를 알렸지만 하루 종일 그 주변을 수색했는데도 결국 그를 찾지 못했어요. 아마 다른 배에서 그를 구조했을지도… 우린 지금 중국 본토 가까운 곳에 있으니까요."

긴 침묵이 흐른 후 헨드릭슨이 회의적인 표정으로 고개를 숙였다.

"그런데 웨지라고? 대체 어떤 녀석이 그따위 이름을 호출 신호로 쓰는 거야?"

 2034년 7월 20일 09:37 (GMT+8)
중국 베이징

아내와 딸이 그를 보고 기뻐했지만 린바오는 집에 돌아왔다는 사실이 웬지 실감나지 않았다. 그는 여전히 앞으로 다가올 일들의 그림자 안에 갇혀 있었다. 린바오가 베이징으로 돌아왔을 때 정화항모전단은 이미 모습을 감춘 뒤였다. 그는 매일 국방부에서 함대의 위치를 확인했다. 현재 정화호는 미국 서부 해안으로 서서히 전진하고 있으며 적의 추적을 피할 수 있는 모든 장비를 가동하고 통신도 엄격하게 통제하는 중이었다.

린바오는 누구보다 정화항모전단의 역량을 잘 알았다. 그들에게 필요한 건 그저 목표물뿐이고, 항모전단이 정해진 위치에 들어서면 국방부에서 린바오의 후임인 더 젊고 뛰어난 능력을 지닌 사령관에게 목표물과 관련된 내용을 알려줄 예정이었다.

비록 장 장관은 살아서 자신의 계획이 실행되는 것을 보지 못했지만 린바오는 테이블 위에 놓인 계획안을 보자 그게 무엇인지 금방 알아봤다. 얇은 서류철에 든 그 계획안은 중앙정치국 상무위원회의 사전 승인을 받고 그에게 전달된 것이었다. 그는 서류철을 국방부 건물 깊숙한 곳에 있는 안전한 회의실로 가져갔다. 예전에 장 장관이 의기양양한 모습으로 그에게 은쟁반에 잔뜩 담긴 M&M 초콜릿을 권했던 바로 그곳이었다. 린바오는 그 늙은 관료의 여유 있던 모습이 그리웠다. 그의 열정적인 계획이며 남들과 달랐던 그만의 익살도 그리웠다. 하지만 지금 이 순간 린바오는 그야말로 홀로 이곳에 있었다. 그것도 의도적인 계획에 의해서.

중앙정치국 상무위원회가 이 계획을 승인했다 하더라도 실행하는 사람은 린바오 혼자였다. 지금 회의실에 홀로 있는 그가 계획 실행 임무를 떠맡은 최고 책임자였고, 따라서 모든 책임도 그의 몫이었다.

린바오는 신경이 곤두섰지만 이내 마음을 추스르고 서류철을 폈다. 서류철 안에는 두 개의 봉투가 있었다. 목표물이 두 곳으로 정해졌다는 뜻이었다. 그는 봉투를 열 때 쓰는 칼로 두 개의 봉투를 열었다. 각각의 봉투 안에는 일일이 도장을 찍어 빠짐없이 확인하고 순서대로 챙겨 넣은 서류가 넉 장씩 들어 있었고, 제일 위에 있는 서류에는 봉투를 받은 사람이 자기 이름을 쓰는 칸이 있었다. 그는 그 칸에 이름을 적어 넣었다. 이제 서류에 적힌 진짜 사람의 이름은 그의 이름이 유일했다. 그는 자신이 직접 국방부 장관을 대신

해 작성했던 초안의 내용이 모두 들어간 계획안과 함께 복잡한 행정 용어들이 미로처럼 가득 찬 승인 확인서를 대강 살펴봤다.

거기에는 모든 세부 사항이 설명되어 있었다. 린바오는 이제 자신의 서명만으로 지상기지나 잠수함, 폭격기 등의 발사 방식을 결정하는 것부터 핵분열물질의 적재와 관련 대원들의 준비, 그리고 목표물에 대한 정확한 공격까지 모든 세부 사항을 책임져야 했다.

그런데 그 목표물은….

이번 계획안에서 린바오가 유일하게 몰랐던 내용이 바로 공격 목표였다. 그는 자오러지가 직접 목표물을 결정했을 거라고 생각했다. 미션힐스의 골프장에서 처음 만난 후 린바오는 목표물을 결정할 때 자오러지가 자신에게 먼저 조언을 구하지 않을까 하고 기대했다. 만약 그런 기회가 주어졌다면 린바오는 자오러지에게 너무 큰 욕심은 부리지 말라고 조언했을 것이다. 로스앤젤레스나 뉴욕 같은 미국에서도 가장 큰 도시에 대한 공격은 지나친 욕심이며 그날 3번 우드를 선택했던 것과 다를 바 없다. 잔장 한 곳에 대해 미국 도시 두 곳을 향한 보복이니, 사태가 확대되더라도 최소한 비슷한 곳을 선택해야 한다. 잔장은 중국 남해함대의 기지였기 때문에 공격 목표 중 한 곳은 그와 비슷한 군사기지가 있는 곳이 적절하고, 다른 한 곳은 산업 중심지가 되어야 한다. 린바오는 요청을 받았다면 자신이 했을 조언들을 떠올렸다.

그렇지만 자오러지에게 다른 사람의 조언 같은 건 필요하지 않았다. 그가 진정으로 원하고 필요로 하는 건 계획이 어긋났을 경우 그 모든 비난과 책임을 대신 짊어질 사람이었다. 희생양. 호구. 지금 내가 바로 그런 처지가 아닐까. 그 순간 린바오는 다짐했다. 이번을 마지막으로 다시는 어떤 명령도 따르지 않을 것이다.

그는 해군에서 퇴역하기로 했다. 그렇지만 지금은 해야만 하는 일이 있었다.

그는 서류의 마지막 장을 펼쳤다. 그리고 거기서 핵무기 공격을 받게 될 좌표를 찾아냈다.

32.7157° N, 117.1611° W

29.3013° N, 94.7977° W

그는 지도에서 첫 번째 좌표를 확인했다. 그곳은 캘리포니아주 샌디에이고였다. 두 번째 좌표가 가리키는 곳은 텍사스주 갤버스턴이었다.

 2034년 7월 20일 08:17 (GMT+5:30)
인도 뉴델리

파텔 장군이 마련한 아침 식사 모임은 8시로 약속되어 있었지만, 초두리는 교통체증 때문에 9시가 거의 다 되어서야 외삼촌 집에 도착했다. 문 앞에서 그를 맞은 파텔은 오늘의 '특별 손님' 역시 조금 늦게 도착했다고 설명했다. 세 사람을 제외하고 집은 텅 비어 있었다. 외삼촌의 권유에 따라 딸 아슈니는 인근에 있는 초등학교에 다니고 있었다.

서재에는 2인용 소파와 1인용 의자 하나, 책장이 있었고 한쪽 구석에 있는 텔레비전에서는 화려하게 차려입은 무용수들이 흥겹게 춤을 추고 있었다. 그리고 서재 중앙에는 어떤 남자가 서 있었다. 초두리는 그의 오른 손가락이 세 개밖에 없다는 사실을 알아차렸다. 두 사람이 악수하자 파텔은 초두리를 '미국 정부에서 일하고 있는 조카 산디프'로, 남자를 '페르시아 출신의 친구 가셈'으로 소개했다. 파텔 장군은 퇴역한 신분이기 때문에 지금 이 모임은 비공식적인 행사였다.

파텔의 소개에는 분명 애매한 부분이 있었다. 그는 조카가 이 이란에서 온 장교에 대해 전혀 아는 바가 없다고 생각했을 것이다. 그렇지만 초두리는 많은 것을 알고 있었다. 그는 미첼이 반다르아바스에 감금되어 있었던 상황에 대한 보고서를 읽었다. 거기에는 소령을 무자비하게 구타했던 오른 손가락이 세 개밖에 없는 혁명수비대 여단장에 대한 장문의 설명이 포함되어 있었다. 초두리는 이슬람혁명수비대, 그중에서도 쿠드스군의 장성급 인사인 파샤드가 어떤 사연으로 이곳까지 오게 됐는지 이해할 수 없었다. 파샤드는 외교협상과 전혀 어울리지 않는 인물이었다.

세 사람은 각자 자리에 앉았다. 파텔은 일부러 계산한 듯 1인용 의자에 떨어져 앉았고, 파샤드와 초두리는 어쩔 수 없이 한 소파에 나란히 앉아야 했다. 그런 자리 배치는 초두리가 몇 년 전 결혼 생활에 대한 상담을 진행하며 지루하게 보낸 시간을 떠올리게 했다. 결국 파샤드와 초두리는 이혼 위기에 처한 부부가 나눌 법한 지극히 감정적인 언사로 각자의 조국이 내세우고 있는 입장에 대해 이야기를 나누기 시작했다.

초두리는 이란이 호르무즈해협을 통제하겠다고 나선 건 도저히 받아들일 수 없다고 말했다. 현재 중국과 미국이 치르고 있는 전쟁의 영향으로 전 세계가 엄청난 고통을 겪고 있는데 호르무즈해협을 통제하려는 행위는 또 다른 재앙을 불러들이는 것과 다름없다. 따라서 20년 전 핵 개발 협상에 실패한 후 이란을 따라다녔던 불신보다 더한 제재가 가해질지도 모르니 이란에는 아무 이득도 없을 거라는 게 초두리의 설명이었다.

제재가 언급되자 얼굴이 시뻘겋게 달아오른 파샤드가 두 주먹을 움켜쥐었다. 미첼을 심문하면서 그가 어떤 식으로 이성을 잃었는지 잘 아는 초두리는 혹시 자신도 그때의 미첼과 비슷한 신세가 되는 게 아닐지 걱정되었다.

하지만 파샤드는 깊게 심호흡을 했다. 그러자 몸의 자세가 변하기 시작했다. 어깨에 긴장이 풀리고 쥐었던 손을 다시 폈다. 표정도 다시 침착해졌다.

"우리 이란은 최근 불거진 문제에 대한 해결책을 찾을 수 있다고 믿고 있고, 그래서 내가 이곳에 와 있는 겁니다."

"적어도 그 점에서는 의견이 일치하는군요. 미국도, 이란도 더 이상 적대적인 관계가 확대되지 않기를 바라고 있습니다. 또 동맹국인 인도의 입장을 대변해서 말하자면, 인도 역시 이런 갈등에 끼어드는 걸 바라지 않을 겁니다. 인도는 현재 일본, 한국을 비롯한 미국의 동맹국들과 마찬가지로 미국과 중국 사이의 분쟁에 관여하지 않고 있습니다. 이런 분쟁이 지금보다 더 큰 규모로 확대되도록 내버려두는 건 분명 어리석은 일입니다. 그러니까… 그러니까 잘못된 계산 때문에 말입니다."

그러자 파텔이 손짓으로 조카의 말을 가로막았다.

"이 문제의 본질은 이란과 미국 어느 쪽도 정말로 자국에 이익이 되는 쪽으로 행동하지 않았다는 겁니다. 초두리 박사, 미국의 자만심은 마침내 그 위대함조차 무너뜨리게 됐지. 미국은 그 귀중한 생명과 국부를 도대체 무엇을 위해 낭비한 거지? 남중국해에서의 항행의 자유? 대만의 주권? 난 이 세상은 미국과 중국이 공존할 수 있을 정도로 충분히 넓다고 생각해. 아마 미국은 이 전쟁에서 승리할 수 있겠지. 그렇지만 무엇을 위한 승리지? 제2차 세계대전이 끝난 이후의 영국처럼 되기 위해서인가? 미국이라는 제국이 해체되고 미국 사회가 뒷걸음질하는 걸 보기 위해서? 그렇게 되기 위해 수백만 명이 넘는 사람들이 미국과 중국에서 죽어 나가야 한다는 건가?

파샤드 소령, 낭신 이야기를 한번 들어봅시다. 이란은 대체 무슨 생각으로 인구만 해도 열다섯 배는 더 많은 인도 같은 중립국을 자극하게 됐습니까? 우리는 필요하다면 우리 힘만으로 얼마든지 그 유조선을 찾아올 수 있습니다. 설사 양국 사이에 갈등이 빚어지더라도 그보다 훨씬 더한 일도 감행할 역량이 있고요."

말을 끝마친 퇴역 장성은 어깨를 뒤로 젖히고 가슴을 펴며 자세를 조금 곧추세웠다. 그런 뒤 초두리와 파샤드를 쳐다봤다. 그 모습은 마치 예전처럼 함선을 지휘하며 두 부하 장교에게 새 항로를 지시하는 것처럼 보였다.

"두 사람은 각각 이번 분쟁을 시작한 국가들을 대표해서 이 자리에 나와 있는 겁니다. 난 그 분쟁을 끝낼 수 있는 국가를 대표하는 것이고."

질책 아닌 질책을 충분히 들은 초두리와 파샤드는 아무 말도 하지 않았다. 한쪽 구석에 있는 텔레비전에서 소리가 흘러나오자 세 사람의 시선이 본능적으로 그쪽을 향했다. 파텔이 텔레비전 소리를 높였다. 무용수들이 모두 자리에서 물러나고 갓 십 대가 된 듯한 소녀만 남았다. 소녀는 몸에 녹색 천을 두르고 손목에는 황금 팔찌를 했으며 손등과 손바닥, 발바닥은 인도의 전통 염료로 물들였다.

소녀가 빠르게 울리는 북소리에 맞춰 빙글빙글 돌면서 허공을 향해 힘차게 발짓하기 시작했다.

"저건 탄다바라고 합니다." 파텔이 설명했다. "저렇게 빙글빙글 돌면서 생명의 우주적 진화를 이끌어내는 거지요."

"어떻게 말입니까?" 파샤드가 물었다.

"탄다바 춤을 처음 춘 건 시바 신이었으니까요."

"시바 신이요?" 이번에는 초두리가 기억을 더듬으며 물었다.

"그래, 시바 신은 창조의 신이자 파괴의 신이지."

외삼촌이 그의 기억에서 빠진 부분을 채워줬다.

그때 서재 밖에서 전화벨 소리가 들렸다. 파텔이 밖으로 나가자 초두리와 파샤드는 말없이 북과 피리, 인도의 전통 악기 시타르의 반주 속도에 맞춰 점점 더 빨라지는 춤을 감상했다.

초두리는 상황이 곧 해결될 거라고 믿었다. 이란은 누구의 지지도 받지 못할 것이다. 그들은 더 이상 호르무즈해협을 가로막고 있을 수 없다. 이란뿐만 아니라 이란의 동맹국인 중국에도 인도가 본격적으로 개입하는 건 감당하기 힘든 큰 위험이기 때문이다. 무엇보다 인도의 개입은 미국에 결정적으로 유리한 상황을 만들어줄 수 있다.

하지만 결론에 도달한 초두리는 문득 우울한 기분이 들었다. 지금까지 미국은 제1차 세계대전과 제2차 세계대전부터 한국과 베트남, 발칸반도에 이라크와 아프가니스탄, 시리아 문제까지 개입해왔다. 그러한 미국의 개입은 성공이냐 실패냐에 상관없이 해당 국가들에 결정적인 영향을 미쳤다. 그렇지만 이제는 더 이상 그렇지 못한 것이다.

통화가 끝났는지 파텔이 서재로 돌아왔다. 그는 뭔가를 말하려는 듯 입술을 달싹였다가 굳게 입을 다물었다.

의자로 가서 앉은 파텔이 말을 꺼내려는데 텔레비전 화면 아래로 자막이 한 줄 지나갔다. 힌디어와 영어로 된 속보였다. 초두리와 파샤드가 속보를 미처 다 읽기도 전, 파텔이 괴로운 듯 한숨을 내쉬며 말했다.

"샌디에이고와 갤버스턴입니다."

세 사람은 말없이 가만히 앉아 있었다. 서재 안에서 들리는 건 오직 음악뿐이었다. 움직이는 것도 텔레비전 화면뿐이었다. 자막이 계속해서 흘러나왔다. 그 위로는 소녀가 흥겹게 탄다바 춤을 추고 있었다. 춤은 끝없이 이어질 것 같았다.

6장

탄다바, 시바의 춤

2034년 7월 20일 21:47 (GMT+8)
중국 베이징

첫 번째 영상이 전송됐을 때 린바오는 혼자 있었다. 그는 공격이 시작되기 세 시간 전 국방부 건물에 도착해 회의실에 틀어박힌 채, 홀로 기다렸다. 정화호에서 초소형 레이더와 적외선 촬영장치가 설치된 장거리 무인정찰기들을 샌디에이고와 갤버스턴 상공에 띄웠다. 지지직거리며 실시간으로 전송되는 영상이 회의실 저편에 있는 화면에 음울한 회색빛으로 나타났다.

그는 테이블 상석에 앉아 항공모함 안에서 무인기를 조종하는 조종사들의 목소리에 귀 기울였다. 누군지 구분할 수 없는 영혼 없는 목소리들이 폭발이 일어난 지점의 하늘에서 쏟아지는 검은색 비, 그리고 마치 분노한 신이 땅속부터 집어삼킨 것처럼 보이는 사라진 두 도시에 대해 눈에 보이는 대로 설명했다. 그 목소리들은 인간이 한 번에 저지를 수 있는 가장 거대한 파괴 행위를 전하고 있었다. 시간이 지나면서 목소리만 점점 더 크게 들려오자 그는 자신이 듣고 있는 것이 신이 직접 이야기하는 소리 같다고 생각했다.

샌디에이고와 갤버스턴에서 벌어지는 일들을 실시간으로 지켜보면서, 린바오는 이제 해군 장교로서의 삶은 그야말로 완전히 끝났다고 확신했다. 이제 남은 문제는 이곳에서 안전하게 빠져나가는 것이었다. 물론 그는 그게 만만치 않다는 걸 잘 알고 있었다. 미션힐스에서 만난 후 자오러지는 자연스럽게 린바오의 직속상관이 되었다. 자오러지와 린바오가 같은 지휘 계통 안에 있다는 사실을 증명하는 조직도는 어디에도 없었지만, 자오러지의 허락 없이 국방부의 어느 누구도 린바오의 사직서를 받아주지 않을 거라는 건 확실했다.

그런데 미션힐스에서 헤어진 후 자오러지와 린바오 사이에는 직접적인 접촉이 전혀 없었다. 실제로 만나는 건 물론이고 단 한 통의 전화나 이메일도 오가지 않았다. 어느새 자오러지는 샌디에이고와 갤버스턴 상공을 돌고 있는 무인정찰기들처럼 저 멀리 떨어져서 그 실체가 전혀 느껴지지 않는 유령 같은 존재가 되어 있었다.

업무를 위해 린바오에게 전해지는 공식 승인서에 자오러지는 물론이고 진짜 사람의 이름이 적혀 있는 경우는 없었다. 중앙정치국 상무위원회는 관료주의적 모호함을 앞세운 언어로 자신들의 뜻을 전하려 했다. 게다가 그들의 직접적인 의도는 실제로 존재하는 부서들보다 아예 존재하지도 않는 곳들을 거쳐 전해지는 경우가 훨씬 많았다. 따라서 중앙정치국 상무위원회의 결정이 나중에 문제가 될 경우 그 유령 부서들 중 한 곳이 책임을 지면 그만이었다.

린바오가 무인정찰기에서 정화호로, 다시 국방부 건물로 실시간으로 전송되는 영상을 보고 있을 때 전달 사항이 이미 그의 앞 테이블에 놓여 있었다. 핵무기 공격을 지시할 때처럼 봉인된 봉투에 든 서류를 꺼내 보니 거기에도 역시 첫 장에 '전달'을 담당한 부서들의 이름들이 가득했다.

린바오는 만일 자신의 사직서를 이 부서들을 거슬러 올라가며 '전달'한다면 어떤 일이 벌어질지 궁금했다. 그렇게 하면 중앙정치국 상무위원회까지 이어질까. 그럴 수 있을 거라는 생각은 들지 않았다. 그는 고위직 장성의 사직과 같은 민감한 문제는 그런 경로를 통해 처리될 수 없다는 사실을 본능적으로 잘 알고 있었다. 그의 사직서가 일반적인 보고서나 서류처럼 간단한 문제라면 또 모를까.

그러다 문득 린바오는 제2차 세계대전 당시 소련의 전차들이 지휘관들만 서로 무전기로 대화를 나눌 수 있었다는 사실을 떠올렸다. 뉴포트의 해군참모대학교에서 지나치게 상부에만 집중된 지휘 구조의 문제점을 배울 때 들었던 실제 사례였다.

린바오의 아내와 딸은 뉴포트를 아주 마음에 들어 했다. 한겨울 눈보라가 몰아칠 때면 그의 가족은 벽난로 앞에 옹기종기 모여 시간을 보냈고, 단 한 번 맛봤던 여름에는 주말마다 고트섬에 가서 작은 배를 빌려 타고 돛을 활짝 펼친 후 클레이본 펠 현수교 아래를 지나 해군참모대학교의 그 유명한 회색빛 건물을 향해 나아갔다. 이윽고 모래사장에 도착하면 돗자리 한 장을 펼치고 그 위에 간단한 음식을 차려 먹었다. 신발을 벗어 던지고 느긋하게 몸을 기댄 린바오는 가족들과 퇴역 후의 삶에 대한 이야기를 나누었다. 그는 나중에 이곳 해군참모대학교에서 역사를 가르치고 싶었다. 그때를 떠올리는 것만으로도 자기도 모르게 린바오의 얼굴이 붉어졌다. 지금 돌이켜보면 그 얼마나 터무니없는 상상이었던가.

다시 그 진짜 사람 같지 않은 목소리가 들려왔다.

"체공 가능 시간 22분 남음. 추가 임무를 위해 대기합니다."

그러자 정화호의 전투정보실에서 무인정찰기를 폭발 현장으로 더 가까이 보내 모든 것이 파괴되었다는 분명한 사실을 다시 한번 확인하게 했다.

나는 역사를 가르치고 싶었는데…. 린바오는 생각했다. 실시간으로 전송되는 영상을 보면서도 그의 생각은 이곳저곳을 떠돌았다. 역사를 가르치고 싶다는 꿈은 누구에게도, 심지어 아내에게도 말한 적이 없었다. 만약 그가 몇 년 전에 계획을 실천에 옮겼다면 해군 중령이라는 제법 인정받을 만한 계급으로 퇴역했을 것이다. 그에게는 미국 국적과 박사학위가 있으니 원하는 직업을 찾기에는 부족함이 없었을 것이다. 그리고 퇴역한 중국 해군 장교라는 경력은 교수로서 학교에 새로운 바람을 불어넣는 데 도움이 되지 않았을까. 그는 그 꿈을 완전히 포기한 적이 없었다. 지난 몇 년 동안 마음속으로 강의계획서를 만들기도 했다. 그는 강의실에서 학생들과 고대 그리스인에 대해 이야기를 나누는 자신의 모습을 그려봤다.

"기원전 490년 마라톤평원에서 아테네의 밀티아데스가 다리우스 황제를 무찔렀던 제1차 페르시아전쟁은 기원전 480년의 제2차 페르시아전쟁으로 이어졌고 이번에도 역시 테미스토클레스가 이끄는 아테네 해군이 살라미스해협에서 크세르크세스 황제가 거느린 페르시아 해군을 격파했습니다. 이 10년간의 전쟁은 그리스인들에게 50년 동안 이어진 평화로운 황금시대를 만들어줬습니다. 아테네는 이른바 델로스동맹을 결성해 그리스의 평화를 지키려 했습니다. 여기서 말하는 델로스동맹이란 아테네가 중심이 되고 대신 다른 그리스 도시국가들은 앞으로 또 있을지 모를 페르시아제국의 침략으로부터 자신들을 보호하기 위해 아테네에 일정한 비용을 제공함으로써 상호 안전을 보장하는 조약이었습니다. 어딘지 익숙한 이야기가 아닌가요?"

린바오는 그런 다음 이해가 잘 안 간다는 표정의 학생들을 바라보는 자신의 모습을 상상했다. 그들에게 과거는 현재와 아무 상관이 없었고 중요한 건 앞으로 다가올 미래였으며 그 미래란 언제나 미국일 뿐이었다.

상상 수업 속에서 린바오는 학생들에게 미국의 과거뿐만 아니라 미래에 대해서도 이야기했다. 그는 그리스가 두 차례에 걸친 페르시아전쟁의 결과로 가장 위대한 번영의 시대를 누렸던 것처럼 미국의 황금시대 역시 제1차 세계대전과 제2차 세계대전을 통해 이룩됐다는 사실을 설명했다. 델로스동맹의 아테네처럼 미국도 나토 등과 같은 여러 안전보장조약을 통해 세계의 힘을 하나로 끌어모았다.

린바오는 이제 누군가 이미 예상하고 있던 질문을 하기를 기다렸다. 왜 모든 게 끝장이 났는가? 델로스동맹을 압도한 위협은 어떤 것이었는가? 살라미스에서 페르시아제국의 함대조차 넘지 못했던 그 벽을 넘어선 침략자는 과연 누구였는가? 그는 밀티아데스와 테미스토클레스를 비롯해 여러 그리스 영웅들이 다져놓았던 황금 시대를 무너뜨린 건 외부의 침략자가 아니었다고 설명했다.

"그러면 도대체 어떻게요? 페르시아제국조차 할 수 없었던 일을 누가 했단 말인가요?"

"그리스 황금시대의 종말은 내부에서 시작됐습니다. 언제나 그렇 듯이 말입니다."

학생들이 도통 이해가 안 간다는 표정으로 주목할 때, 린바오는 아버지가 사랑하는 아이에게 산타클로스나 동화 속 요정 같은 건 세상에 존재하지 않는다고 말해주듯 아테네의 경쟁국이었던 스파르타에 대해 천천히 끈기 있게 설명했다. 스파르타는 델로스동맹의 세력이 점점 더 커지는 것에 두려움을 느꼈고, 아테네는 자아도취와 타락에 눈이 멀고 말았다.

"지나간 역사를 한번 되돌아봅시다. 그리스와 로마, 그리고 영국까지. 위대한 제국들은 언제나 안에서부터 스스로 무너져 내렸습니다."

그는 대부분의 학생들이 자신의 말을 이해하지 못하리라는 것을 잘 알고 있었다. 그들은 자신들이 살아왔고 살아가고 있는 미국이야말로 독보적이라고 믿어 의심치 않았다. 미국 정치의 고질적인 병폐는 애초에 그 어떤 국가도 미국의 위상을 따라올 수 없기 때문에 신경 쓸 필요조차 없었던 것이다.

그는 실시간으로 전송되는 영상 속에서 뼈대만 남은 건물들의 잔해며 고속도로에서 불에 타 재가 되어버린 수많은 통근 차량들의 모습을 지켜봤다. 그는 지난 4개월 동안 수많은 계산 착오들이 발생하지 않았던 또 다른 역사를 상상해보기로 했다. 웬루이호 사태와 미스치프환초 전투, 그리고 대만 점령 같은 사건들이 전혀 일어나지 않은 역사를 말이다. 어쩌면 한 사람으로부터 시작된 반대의 목소리가 적절하게 울려 퍼지면서 이런 집단적 광기를 막아낼 수도 있지 않았을까.

그러나 이 사건들이 필연적인 인과관계에 따라 서로 이어졌다는 사실을 부정할 수는 없었다. 어쩌면 전혀 관계가 없었을지도 모를 각각의 사건들은 하나로 연결됐고 그 연결된 사슬의 끝은 린바오가 회의실 테이블 앞에 앉아 실시간으로 전송되는 영상을 지켜보는 바로 이 순간까지 이어졌다. 그는 단 한 번의 공격으로 일어난 인류 역사상 가장 거대한 파괴 행위를 목격하고 있었다.

지금 이 상황에서 그가 할 수 있는 일은 아무것도 없었다. 그에게 내려진 지시는 간단했다. 전송되는 영상을 끝까지 확인하고 나서 테이블 위에 있는 명령을 정화호에 전달하는 것이었다. 이제 정화 항모전단은 태평양을 떠나 최대한 빨리 남중국해로 돌아와야 한다. '중국 영해에 대한 미국의 위협을 방어하기 위해'.

다시 15분가량의 시간이 흘러갔다. 무인정찰기 조종사가 체공 가능 시간이 7분 정도 남았음을 알렸다. 영혼이 떨어져 나간 듯한 공허한 목소리가 정화호의 전투정보실에 또 다른 임무가 있는지 물었다.

전투정보실이 지시할 사항은 더 이상 없었다. 그러자 조종사가 이번에는 국방부에 직접 지시할 내용이 있는지 물었다.

린바오는 인공위성으로 연결되는 송수신기를 집어 들고 조종사와 직접 연결을 시도했다. 그는 국방부도 더 이상 지시할 게 없다고 말했다. 잠시 침묵이 흘렀다.

무인정찰기 조종사가 또다시 다른 임무가 있는지 물었다. 린바오는 방금 했던 말을 반복했다. 아무 말도 들리지 않았다. 약간 통신 장애가 있는 것 같았다. 담당 직원 하나가 회의실로 급히 달려와 테이블 아래로 연결된 전선들을 확인하고 전원을 껐다가 다시 켰다. 린바오는 모든 걸 충분히 확인했으니 더 이상 지시할 사항이나 임무는 없다고, 영상도 더 이상 볼 필요가 없다고 말했다.

여전히 아무 반응이 없었다. 린바오는 같은 말을 반복하며 미친 사람처럼 떠들어댔다. 그는 저 끝에 있는 영혼이 없는 듯한 공허한 목소리가 전해주는 대답이 듣고 싶어 미칠 것 같았다.

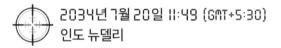

2034년 7월 20일 11:49 (GMT+5:30)
인도 뉴델리

파텔은 파샤드와 조카를 위해 택시 두 대를 불렀다. 세 사람은 택시가 도착할 때까지 아무 말도 하지 않았다. 파샤드는 자신이 편협한 사람이라고 생각해본 적이 단 한 번도 없었다. 그에게 편협함이란 옹졸한 인간들의 위장술일 뿐이었다. 그러나 그는 지난 세월 자신이 얼마나 편협하게 미국인을 대했는지 깨달았다. 샌디에이고와 갤버스턴 보도를 들었을 때 초두리의 슬픔을 목도한 파샤드는 이제 동정심을 느끼지 않을 수 없었다. 그리고 자신이 이어서 한 행동에 이 미국인 친구뿐만 아니라 파샤드도 깜짝 놀라고 말았다. 오른손을 뻗어 위로하듯 초두리의 왼팔을 잡은 것이다.

택시 한 대가 도착했다. 다들 당연히 초두리가 먼저 택시를 타야 한다고 생각했다. 그만큼 사태가 긴박했다. 초두리가 파샤드를 돌아보며 고맙다고 인사했다. 파샤드는 아무 대답도 하지 않았다. 아까 팔을 잡아준 것에 대한 인사 같았지만, 그는 다시 한번 미국인은 절대 믿지 말자고 다짐했다.

파샤드가 다음 택시는 언제 오냐고 묻자 파텔은 대답 대신 안에서 잠시 더 머물다 가는 게 어떻겠냐고 청했다. 파샤드는 조금 당황했다. 그 역시 이란대사관으로 가서 상황을 보고해야 했지만, 파텔은 그런 상황을 무시하듯 "차 한 잔쯤은 괜찮겠지요"라고 말했다.

파샤드는 점점 조바심이 났지만 그래도 마음을 추스르고 파텔의 요청을 받아들이기로 했다. 왜 그런지 알 수 없지만 어쩐지 이 늙은 퇴역 장성은 믿을 수 있는 사람 같았다.

주방으로 간 파텔이 이내 찻주전자를 들고 돌아왔다. 그는 파샤드 옆자리에 무릎이 닿을 정도로 가까이 앉아 마실 차를 준비하고는 깊게 한숨을 몰아쉬었다.

"이거 정말 큰 비극입니다."

"어쩔 수 없는 일이었을 겁니다."

파샤드는 찌푸린 얼굴로 대꾸하고 입김을 불어 뜨거운 차를 식혔다.

"어쩔 수 없는 일이었다고요? 정말 그럴까요? 그럼 이번 사태를 피할 방법이 없었다고 생각하는 겁니까?"

파샤드는 미국의 도시 두 곳이 절멸한 사실을 떠올리며 미국을 향한 뿌리 깊은 반감에 대해 생각했다. 이란뿐만 아니라 전 세계가 반감을 품고 있었다. 지금의 상황을 만든 건 미국의 끊임없는 도발이었다. 결국 치명적인 일격을 당할 때까지 오랜 세월 동안 한 국가가 이만한 원한과 분노를 불러일으켰던 경우가 또 있었나? 파샤드가 선택한 표현은 틀리지 않았다. '어쩔 수 없는 일'이었다.

파샤드는 손목시계를 확인하고 나서 택시는 언제 오냐고 다시 물었다. 파텔은 그의 말을 무시하고 이야기를 시작했다.

"나로서는 그 의견에 동의할 수 없군요. 이번에 벌어지고 있는 갈등은 적어도 전통적인 의미에서 전쟁처럼 느껴지지 않아요. 일련의 안 좋은 상황들이 계속해서 더 나쁜 쪽으로 확대되어 진행되는 것 같습니다. 하지만 그렇다 하더라도 누군가 그 중간 단계를 막는다면 갈등 전체가 완화되면서 이 폭력의 악순환이 끝날 수도 있다고 봅니다. 그래서 내가 어쩔 수 없는 일이라는 말보다는 비극이라는 말로 표현한 겁니다. 비극은 재앙이지만 분명 피할 수 있습니다."

파샤드는 찻잔 너머로 자신을 쏘아보는 노장군의 시선을 느낄 수 있었다.

파텔의 이야기가 계속되었다.

"당신이 정말로 알아야 할 건 오늘날의 이 사태가 분명 피할 수 있는 유형의 것이었다는 사실입니다. 러시아가 해저 통신망을 파괴했을 때 당신은 레즈키호의 함교에 있었지요. 그때 그 일만 일어나지 않았더라면 미국이 핵무기로 잔장을 공격하는 일도 일어나지 않았을 겁니다. 그래, 과연 그것도 어쩔 수 없는 일이었을까요."

파샤드는 뭔가 변명할 거리를 찾으려 했다. 그는 계산 착오라든가, 의도치 않았던 우연 같은 다른 표현으로 바렌츠해에서 러시아 해군이 저지른 일을 설명하려 했다. 그렇지만 그게 모두 거짓이라는 걸 잘 알기에 이내 생각을 바꿨다.

"내가 레즈키호에 있었다는 사실을 어떻게 알아낸 겁니까?"

"그러면 지금 그 사실을 인정하는 건가요?"

파샤드는 절로 웃음이 나왔다. 그는 이 약삭빠른 노인이 마음에 들었다.

사실 파텔은 간단한 추리로 파샤드가 레즈키호에 타고 있었다는 사실을 알아낼 수 있었다. 파샤드는 모스크바에서 여객기를 타고 왔다. 이란은 얼마나 많은 숫자의 연락장교를 러시아 함대에 파견했을까. 분명 많지 않을 터였다.

파텔은 파샤드에게 함께 다른 사실을 추리해보자고 말했다. 그는 인도 정부는 그저 이슬람혁명수비대로부터 인도 유조선을 돌려받기를 원한다고 설명했다. 바렌츠해에 있었던 러시아 해군과 달리, 이 민간기업 소유의 유조선을 나포한 사건은 양국 정부 사이의 교착 상태를 예상하지 못한 진짜 계산 착오의 결과였다. 그는 '이란과 인도의 특별한 입장'에 대해 좀 더 자세히 설명했다.

파텔에 따르면 이제 인도가 중국과 미국의 전쟁에 대한 중재 임무를 떠맡게 되었다. 세계 여러 나라들이 인도를 미국과 중국의 교섭 담당자로 밀어 넣기 위해 의견을 모아왔고 거기에는 이란의 협력도 필요한 상황이다. 오직 인도와 이란만이 현재 상황을 끝낼 수 있다. 파텔은 인도 정부의 예상되는 '전면적인 행동들'에 대해 넌지시 언급했다.

"인도가 중재에 들어가지 않으면 미국은 곧 반격할 것이고 중국이 재반격하면서 전쟁은 더욱 확대될 겁니다. 결국 전략핵무기까지 꺼내 들 가능성이 높습니다. 그 끝은 세계의 종말이지요. 우리 모두의 종말…. 그렇지만 우리가 개입하면 분명 상황은 달라질 겁니다. 단, 다른 국가의 간섭 없이 자유롭게 행동한다는 전제하에 말입니다. 내가 지금 간섭이라고 말한 건 러시아 쪽을 의미하는 겁니다."

파샤드는 파텔의 말을 이해했다. 파텔은 파샤드나 이란 정부와 마찬가지로 러시아를 정확하게 꿰뚫어 보고 있었다. 파샤드는 문득 콜차크를 떠올렸다. 그는 러시아제국 해군 장교의 후손이었다. 콜차크 가문은 4대에 걸쳐 제국에서 공산주의국가로, 다시 자본주의 국가로 바뀐 러시아를 경험했다.

파텔이 차를 한 모금 마신 후 받침 접시에 조심스럽게 찻잔을 올려놨다.

"지금 세상이 혼란스럽습니다. 러시아는 이 기회를 계속해서 이용할 겁니다. 그렇지 않습니까? 그들이 과연 폴란드 영토를 일부 차지한 것에 만족하고 뒤로 물러서려 할까요?"

파텔은 파샤드의 대답을 기다리지 않았다. 그는 파샤드를 보며 고개를 흔들었다.

"러시아의 다음 목표는 이란입니다. 정확히 말하자면 호르무즈해협을 노리겠지요. 러시아는 전략적으로 해협 한복판에 위치한 나무 한 그루 없는 바위투성이 섬, 라라크와 호르무즈를 차지하려 할 겁니다. 그 두 개의 섬을 차지하면 러시아 함대는 호르무즈해협을 지나는 모든 항로를 손에 넣을 수 있게 되니까요. 그런 다음 아라비아만의 석유 수출을 막아버리면 러시아 석유의 가격이 천정부지로 치솟겠지요. 그야말로 멋진 계획 아닌가요?"

"왜 나한테 그런 걸 알려주는 겁니까?"

"이런, 난 당신이 고마워할 줄 알았는데. 말해줘서 고맙다고 해야 하는 거 아니오?"

파샤드가 입을 다물자 두 사람 사이에 침묵이 내려앉았다. 그 침묵은 파텔과 마찬가지로 파샤드 역시 이 세상에 공짜는 없다는 사실을 이해했다는 증거였다. 이 정보가 사실이라면 이란은 정보를 전해 들은 대가를 치러야 할 것이다. 파샤드는 노장군이 원하는 대가가 무엇인지 일단 들어보기로 했다.

"우리는 이란의 도움이 필요합니다. 우선 유조선부터 풀어주시지요. 이번 유조선 나포로 인해 인도 국내에서 상당한 파문이 일고 있으니… 그렇지만 더 중요한 건 인도 정부가 뭔가 본격적인 조치를 취하려 할 때 파키스탄에서 기회를 놓치지 않고 우리를 뒤흔들 가능성이 크다는 겁니다. 아마 카슈미르를 공격하거나 아니면 정보부가 인도 국내에서 테러 공격을 일으킬 수도 있겠지요. 파키스탄에 대해서만큼은 인도 국민들이 아주 예민하게 반응할 겁니다. 당신이라면 그게 무엇을 뜻하는지 잘 이해하리라 믿습니다. 인도 전체가 엄청난 소용돌이에 휩싸이게 되겠지요."

파샤드는 바로 이해했다. 한 국가의 정체성은 특정 국가에 대한 반감으로도 정의될 수 있다. 이란보다 이스라엘을 증오하는 나라가 있을까? 공산주의국가들에 대한 미국의 반감은 또 어떤가. 파텔은 인도 정부가 어떤 '본격적인 조치'를 취할지는 알려주지 않았다. 그러나 파샤드는 아이들이 새로운 볼거리가 생기면 우르르 몰려가듯 파키스탄이 또 다른 문제를 일으킨다면 인도 정치가들이 전략적으로 행동하기 어렵다는 사실을 이해했다. 다만 어떻게 이란이 파키스탄의 공격 행위를 막아낼 수 있을지는 알 수 없었다.

"파키스탄은 중국의 승인 없이는 움직일 수 없을 겁니다. 이란이라면 중국에 영향을 미칠 수 있겠지요. 파키스탄이 섣부른 짓을 하지 못하도록 중국을 설득하는 겁니다. 그 정도면 그리 어려운 일도 아닐 텐데, 안 그런가요?"

"그렇다면 러시아 쪽은요?"

파텔이 빈 찻잔들을 들고 잠시 주방으로 사라졌다. 다시 돌아온 그의 손에는 두툼한 서류철 하나가 들려 있었다.

"인도 정보부가 러시아의 계획을 알아냈습니다. 그 내용이 전부 여기 담겨 있지요."

파텔이 건네준 서류철 안에는 러시아 특수부대인 스페츠나츠가 항모전단의 지원하에 호르무즈해협으로 진출하여 상대적으로 방어가 취약한 이란의 두 섬을 점령하려는 계획이 상세히 적힌 서류들이 들어 있었다. 작전은 단 하루 만에 끝마치도록 되어 있었다. 파샤드는 서류들을 하나하나 훑어봤다. 몸이 경직되는 게 느껴졌다. 러시아의 공격을 미리 막기에는 시간이 그리 충분하지 않았다. 기껏해야 일주일 정도?

그때 초인종 소리가 울렸다. 택시가 도착한 것 같았다.

"택시 기사가 공항까지 태워줄 겁니다."

"공항이라니요?"

"한시라도 빨리 이란으로 돌아가 바게리 장군과 만나고 싶을 거라고 생각했습니다. 그래서 비행기 표도 예약해놨지요. 장군을 만나거든 내 안부도 좀 전해주시오. 우리 유조선이 풀려났다는 소식을 편안한 마음으로 기다릴 것이며 양국의 우호 관계가 진전되기를 기대한다는 말도 전해주시고."

창밖을 보니 택시 운전기사가 차 밖에 나와 서 있었다.

"그런데 아까 이야기한 본격적인 조치란 무슨 뜻입니까? 바게리 장군님은 그걸 알고 싶어 하실 텐데요."

파샤드는 자리에 그대로 앉은 채 뿌리라도 내린 듯 움직이지 않았다. 이 마지막 내용을 확인한 후에야 이란으로 돌아갈 수 있다고 말하는 것 같았다.

파텔은 한참 동안 뭔가를 생각하는 표정으로 파샤드를 바라봤다.

"우리가 이제부터 무슨 일을 하든 아주 극적인 결과가 나오겠지요. 하지만 동시에 이번 전쟁도 끝날 겁니다. 내 말을 믿어주겠소?"

그러고는 손을 뻗어 파샤드의 팔을 잡았다.

 2034년 7월 20일 12:07 (GMT+5:30)
인도 뉴델리

택시 뒷자리에 앉아 미국대사관으로 향하면서 초두리는 공포감에 휩싸인 채 계속 전화를 걸었다.

하지만 사만다는 전화를 받지 않았다.

사만다의 어머니가 바로 텍사스주 갤버스턴에 살고 있었다. 건강이 안 좋아져 바닷가 근처 경치 좋은 곳에 살면서 가끔 찾아오는 딸을 만나는 게 그녀의 유일한 즐거움이었다. 아무나강 서쪽으로 건너가는 동안 초두리는 결국 사만다에게 이메일을 보냈다. 왜 전화 안 받아. 이거 보는 대로 전화해줘. 곧 이메일이 도착했다. 자동으로 전송되는 부재중 답신이었다. 개인 사정으로 7월 24일 월요일까지 갤버스턴에 머물 예정입니다. 용무가 있으신 분은 휴대폰으로 연락해주세요.

그렇게, 사만다는 떠나버렸다.

초두리는 떠난 아내에 대해서는 그렇게 슬픈 감정은 들지 않았다. 애초에 두 사람에겐 애틋한 감정이 거의 남아 있지 않았다. 그렇지만 딸을 생각하자 슬픔이 치밀어 올랐다. 지난 몇 년 동안 그는 사만다가 사라져버렸으면 좋겠다고 마음속으로 몇 번이나 생각했다. 그녀는 감당하기 힘든 적이었으니까. 비행기 추락 사고나 화재, 아니면 교통사고…. 그는 죄책감을 느끼면서도 환상 같은 희망을 포기할 수 없었다. 그런데 사만다는 정말로 떠나버렸고, 초두리는 마치 자신이 그녀를 죽인 것 같은 통렬한 죄책감을 느꼈다. 자신이 직접 그렇게 한 것인지 아닌지 분간할 수 없을 정도의 충격이었다.

대사관은 으스스한 기분이 들 정도로 고요했다. 초두리는 이 위기 상황에 대응하기 위해 대사를 중심으로 분주하게 돌아갈 거라고 예상했지만, 뜻밖에도 직원들은 이곳저곳에 삼삼오오 모여 있었다. 대부분 엄청난 충격에 말을 제대로 잇지 못하는 것 같았다. 이번 공격으로 가족이나 친구를 잃은 직원들도 있을 터였다.

초두리는 자신에게 배정된 임시 사무실로 들어가 문을 닫았다. 컴퓨터를 켜고 이메일 창을 열었을 때, 제일 먼저 눈에 들어온 건 헨드릭슨이 보낸 소식이었다. 제목을 쓰는 칸은 텅 비어 있었고 보안 회선으로 오가는 이메일인데도 내용은 아주 간단했다. 명령을 전달받았음. 그쪽의 또 다른 소식은?

초두리는 그 명령이 엔터프라이즈호를 중심으로 한 다음 공격 계획이라는 사실을 알아차렸다. 바로 중국 본토를 공격하는 계획이었다. 전력망이나 통신망 등에 대한 간접적인 공격 계획 같은 건 이제 없다. 새로운 공격은 이제 단계적 확전이라는 형태를 따르게 될 것이다. 잔장 공격에 대한 보복으로 샌디에이고와 갤버스턴이 날아갔다. 그러니 논리적으로 생각하면 중국 도시 세 곳에 대한 공격이 실행될 것이다. 초두리는 그 목표들이 어디인지 궁금했다. 자세한 내용은 당연히 헨드릭슨이 전달받았다는 '명령'에 나와 있으리라.

초두리가 컴퓨터 앞에 앉아 뭐라고 답장을 보낼지 고심하고 있을 때 휴대폰이 울렸다. 외삼촌이었다.

"이란 친구가 방금 떠났다."

"떠났다니, 어디로요?"

"고향으로 돌아갔지. 지금 대사관이냐?"

초두리는 그렇다고 대답했다.

"거기서는 아무것도 할 일이 없을 게다. 난 지금 국방부로 가는 길이다. 거기서 만나자."

초두리는 잠시 이런저런 말을 둘러댔다. 공식적인 외교 임무를 수행하기 위해 인도로 온 것이 아니므로 자신의 국방부 방문은 어떤 식으로든 양국의 협정을 위반하는 행위가 될 수 있다. 그러니 그 전에 먼저 본국으로부터 허가를 받는 게 순서일 것이다…. 외삼촌은 조카가 하는 말에 가만히 귀 기울였다. 아니, 그저 입을 다물고 자신이 말할 순서를 기다린 건지도 모른다.

"산디프, 엔터프라이즈호에 명령이 전달됐다는 사실을 우리도 알고 있다…. 그리고 내 조카며느리, 아슈니의 엄마에 대한 소식도 전해 들었어. 정말 유감이다. 어쨌든 그 이야기는 나중에 함께 있을 때 하도록 하고, 그보다 지금 당장 국방부 건물로 와줘야겠다."

초두리는 사무실 밖을 봤다. 대사관 복도는 텅 비어 있었다. 외삼촌의 말대로 여기 있어봤자 할 수 있는 일은 없다. 미국의 도시 두 곳이 공격받았으니 중국의 도시 세 곳에 반격을 가할 것이다. 그다음에는 어떻게 될 것인가? 미국의 도시 네 곳이 공격당하고 그러면 중국 도시 다섯 곳에 다시 앙갚음하게 되겠지. 그러면 남은 건 인류를 말살할 최후의 전쟁뿐…. 인도 국방부를 방문하는 데 필요한 허가를 받는 일이 갑자기 다 부질없게 느껴졌다.

"알겠습니다. 30분 안에 가도록 하겠습니다."

초두리는 어떻게 인도 정부가 엔터프라이즈호의 공격 계획을 알아냈는지 궁금했다. 분명 인도 정보부에서 사방으로 손을 썼을 것이다. 그는 헨드릭슨과의 연락이 중간에 새어 나가고 있는 게 아닌지 의심할 수밖에 없었다. 만일 그게 사실이라면 보안 회선을 거쳐 주고받는 이메일도 가로챌 만큼 인도의 사이버공격 능력이 상상 이상으로 뛰어나다는 뜻이 아닌가.

그는 헨드릭슨에게 답장을 쓰면서 누군가 이 내용을 훤히 다 보고 있다는 사실을 염두에 두었다. 그는 답을 보냈다. 인도 측에서 뭔가를 계획 중.

 2034년 7월 23일 15:32 (GMT+8)
남중국해

어쩌면 그녀 인생에서 가장 고독한 순간일지도 몰랐다. 헌트는 항공기들의 운항을 살펴본다는 평계를 대고 함교에 서 있었지만, 실은 요코스카 해군기지로 떠나는 헨드릭슨을 보기 위해서였다. 헨드릭슨은 이제 하와이를 거쳐 워싱턴으로 돌아가야 했다. 백악관에서 연락받는 즉시 복귀하라는 소환 명령을 내린 것이다. 헨드릭슨은 명령서를 그 자리에서 구겨 나중에 폐기할 서류들과 함께 치워버렸다.

"와이즈카버 이 자식."

헨드릭슨은 자신이 엔터프라이즈호로 파견된 것은 헌트 사령관의 상태를 확인하기 위해서가 아니라 와이즈카버가 핵무기 공격 명령을 준비할 때 방해되지 않도록 치운 것이었다고 확신했다. 이제 백악관에서 공격하기로 결정했으니 다시 헨드릭슨의 동향을 가까이서 지켜보기 위해 워싱턴으로 불러들이는 것이리라. 그는 자신의 확신을 헌트에게 설명했다.

"그렇다면 나 역시 백악관의 신임을 받지 못하고 있는 것 같은데, 맞아요?"

"백악관은 당신을 신뢰하지 않아. 나 역시 당신과 같은 신세지."

이렇게 해서 정부의 신임을 받지 못하는 두 사람은 잠깐이나마 다시 같은 편이 되었다. 다만 그것도 헨드릭슨이 엔터프라이즈호를 떠나기 전까지만이었다. 그래서일까, 헨드릭슨이 탄 수송기가 수평선 너머 작은 점으로 줄어드는 것을 보면서 헌트는 뭐라 말할 수 없는 외로움을 느꼈다.

그녀는 함장실로 돌아왔다. 공격 명령서는 금고 안에 들어 있었다. 헨드릭슨이 항공모함을 떠나기 전에 한 말이 떠올랐다.

"이건 확실한 정보인데, 인도 정부에서 개입할 것 같아."

"그런 말 같지도 않은 소리가 어딨어요. 어디서 들은 정보인데요?"

"워싱턴에서 함께 일하는 동료가 그러더군."

인도 정부든, 다른 어디든 이번 사태에 개입할 수 있다는 환상적인 소식은 헌트의 마음을 뒤흔들었다. 그녀는 금고에서 꺼낸 명령서를 테이블 위에 펼쳤다. 세 장의 명령서에는 각각 공격 목표로 정해진 도시들이 적혀 있었다.

샤먼(인구: 710만 명), 푸저우(인구: 780만 명), 상하이(인구: 3,324만 명).

모두 남쪽에서 북쪽으로 이어지는 해안에 있는 도시들이었다. 특히 상하이가 공격 목표에 포함됐다는 사실에 소름이 끼쳤다. 중국에서 인구가 제일 많은 도시인 상하이에 대한 공격은 뉴욕이나 로스앤젤레스, 혹은 심지어 수도 워싱턴에 대한 보복으로 돌아올지도 모른다. 이건 그야말로 자살행위나 다름없다고 헌트는 생각했다.

그때 누군가가 문을 두드렸다.

"들어오게."

더러운 천에 기름때가 묻은 손을 문지르며 들어온 미첼 소령이 헌트 앞에 서서 차렷 자세를 취했다.

"격식은 무슨, 편히 쉬어. 전에 말했었지. 귀관은 굳이 격식을 따질 필요가 없다고."

"상관을 존중한다는 최소한의 표시입니다."

"그거 고마운 말이군."

헌트는 앞에 놓인 명령서 세 장을 집어 들어 미첼에게 건넸다.

"이건 뭡니까?"

미첼이 명령서를 뒤적거리며 물었지만, 헌트는 굳이 대답할 필요를 못 느꼈다. 곧 무슨 내용인지 알 테니까.

샤먼, 푸저우… 그리고 상하이? 미첼이 왼쪽 눈을 크게 치켜떴다. 하지만 왼쪽 눈만 제외하고 그의 얼굴은 돌처럼 차갑게 굳어 있었다.

"언제면 준비가 끝나겠나?"

"내일모레면 출격할 수 있습니다."

그러면 대대 조종사들은 하룻밤 정도는 온전히 쉴 수 있다. 첨단 장비를 다 떼어낸 호넷 전폭기들도 하루 동안의 정비와 준비 시간을 확보할 수 있다. 그때 정비사들이 훈련 기간에 들쭉날쭉한 성능을 보인 기체와 무기 발사장치, 전자 장비를 다시 한번 완벽하게 점검할 수 있으리라.

"그거면 괜찮아. 그보다 빨리 출격할 필요는 없으니까."

"각각 전투기 세 대로 구성된 세 개의 편대가 준비되어 있습니다.

명령서 내용과 딱 맞아떨어집니다."

"어느 편대를 지휘하고 싶나?"

"상하이로 가는 편대를 맡아야 할 것 같습니다."

미첼이 상하이라는 이름을 입에 올리자 헌트의 머릿속에 3,324만이라는 숫자가 떠올랐다. 다른 도시들 역시 마찬가지였다. 푸저우는 푸저우가 아니라 780만, 샤먼은 샤먼이 아니라 710만이었다. 그녀는 잠시 목이 메었다.

"미첼 소령… 누가 봐도 이건 그저 자살행위에 불과해."

미첼이 명령서 세 장을 접어서 기름때 묻은 더러운 천이 들어 있는 호주머니에 쑤셔 넣었다.

"사령관님, 저는 죽으러 출격하는 게 아닙니다. 우리는 임무를 무사히 마치고 엔터프라이즈호로 돌아올 겁니다."

헌트는 자신이 말한 자살은 그런 의미가 아니라고 말하려다가 그러지 않기로 했다.

미첼이 다시 한번 차렷 자세를 취했다가 함장실에서 사라졌다.

 2034년 7월 29일 19:25 (GMT+8)
중국 베이징

린바오는 아내와 딸이 베이징을 떠난 지 나흘이나 지나서야 그 사실을 알게 되었다. 지난 화요일에 출근하며 마지막으로 두 사람을 본 후 그는 내내 국방부 건물에서 시간을 보냈다. 토요일 점심 무렵 집에 돌아와 보니 텅 비어 있었다. 가족이 어디 있는지 궁금해진 린바오는 아내에게 전화를 걸었고, 아내는 딸과 함께 내륙으로 수백 킬로미터 더 들어간 곳에 있는 친정에 머물고 있다고 대답했다. 린바오는 딸을 찾았지만 딸은 할머니와 밖에 나가 있다고 했다.

"애가 들어오면 당신한테 전화하라고 할게."

"언제 오는데?"

"금방 와."

린바오는 문득 아내와 딸이 부러웠다. 두 사람이 함께하는 시간이 부러웠고 수도 베이징으로부터 멀리 떨어져 안전하게 있는 게 부러웠고 마음대로 집을 떠날 수 있다는 사실이 부러웠다. 그는 또다시 상상에 빠지기 시작했다. 해군에서 퇴역한다면 어떤 삶이 기다리고 있을까. 이번 전쟁이 끝나면 학생들을 가르칠 수 있을까. 만약 가르치는 일을 할 수 없다면 퇴역 후의 시간은 가족에게 초점을 맞추고 싶었다. 특히 10년 전 뉴포트에서 살 때의 친밀함이 사라진 딸과의 관계를 회복하기 위해 노력할 생각이었다.

그는 텅 빈 집에서 거의 텅 빈 냉장고를 뒤져 저녁거리를 찾았다. 정화호가 중국 영해로 다시 들어오는 것을 살펴보기 위해 다음 날 아침 일찍 국방부로 출근해야 했다. 그는 자신이 제일 좋아하는 음식인 햄버거와 감자튀김을 전자레인지로 데웠다. 물론 햄버거는 언제나 퍽퍽했고 감자튀김도 튀김 맛이 나지 않았다. 미국에서 먹던 맛과는 전혀 달랐다.

린바오는 햄버거와 감자튀김을 그릇에 담아 들고 거실 소파에 앉았다. 칭따오 맥주 한 병을 따서 길게 한 모금 마신 뒤 텔레비전

리모컨으로 처음 보는 채널들을 여기저기 살펴봤다. 혼자서 밤을 보낸 게 얼마 만이더라? 그동안 쉬는 시간이 생겨도 제대로 쉬지를 못했다. 낯선 방송들 때문에 정신이 어지럽고 혼자 있는 것도 영 어색했다. 결국 그는 불법으로 내려받아 설치한 VPN가상 사설망을 이용해 검열 없이 나오는 런던의 BBC 방송을 시청하기 시작했다. 창백한 얼굴의 앵커가 뉴스를 진행하고 있었다.

"…일본 남쪽 필리핀해의 공해상에서…."

태평양을 드나드는 화물선들이 이 해역에서 거대한 화염과 함께 몇 킬로미터 높이로 솟아오르는 연기구름을 목격했다는 뉴스였다. 처음에는 석유시추선에서 엄청난 폭발 사고가 일어난 것이 아닌가 하는 추측도 있었지만 BBC를 비롯한 방송사들은 곧 이를 부인했다. 어떤 기업도 필리핀해에서 먼 곳까지 나와 해저 시추 작업을 하고 있지 않았다.

어느 겁 없는 민간인 조종사가 오키나와로부터 남동쪽으로 300킬로미터쯤 떨어진 지점에서 기수를 북서쪽으로 돌려 비행하면서 녹화했다는 영상이 실시간으로 중계되었다. 앵커가 영상의 내용을 파악하려고 애쓰며 뭔가를 계속 중얼거렸다.

순간 린바오는 텔레비전 화면으로 목을 쭉 뻗었다. 설마 그럴 리가 없었다. 절대 그럴 수는 없었다.

그들은 서쪽으로 순항하는 중이었다. 적의 감시망을 피하는 스텔스기술이 철저한 통신 차단과 함께 완벽하게 작동하고 있었다. 하지만 그는 미 해군의 USS인디애나폴리스호가 약 90여 년 전 필리핀해 근처에서 일본군 잠수함이 쏜 어뢰에 맞아 침몰했던 일이 기억났다. 당시 미국이 그 사실을 확인하기까지 나흘이나 걸렸다.

린바오는 눈 한 번 깜빡이지 않고 텔레비전 화면에 집중했다. 녹화 영상에서 들리는 여자 조종사의 설명에 따르면 연이은 폭발로 더 이상 가까이 접근하기가 어렵다고 했다. 그녀가 모는 비행기가 불안정한 대기 속에서 심하게 흔들렸다. 그러다가 피어오르는 연기 사이로 린바오는 봤다. 뱃머리의 익숙한 경사면과 닻이 설치된 아치형 구조물. 그건 바로 그가 지휘했던 항공모함 정화호였다.

불길에 휩싸인 정화호는 오른쪽으로 심하게 기울어 있었다.

린바오는 자리를 박차고 일어나 현관문으로 달려갔다.

한 시간 뒤, 딸이 전화를 걸어 아빠를 찾았다. 린바오는 그 전화를 받을 수 없었다.

 2034년 7월 29일 12:25 (GMT+5:30)
인도 뉴델리

초두리의 인도 국방부 방문은 이번이 벌써 두 번째였다. 얼마 전 처음 이곳을 찾았을 때는 고위 관료들과 인사를 나누는 것만으로도 여간 소란스럽지 않았다. 그들은 '갤버스턴과 샌디에이고에서 일어난 잔혹한 행위'에 대해 애도의 뜻을 표했다. 하지만 어느 누구도 초두리의 전 아내에 대해서는 알지 못했기 때문에 그들의 애도는 한 국가에 대한 다른 국가의 형식적인 동정일 뿐이었다.

그리고 이제 파텔 장군이 두 번째로 그를 국방부로 불러들였다.

물론 초두리는 건물 앞에서 외삼촌을 기다려야 했다. 파텔은 공식적으로는 퇴역한 상태였지만 여전히 국방부의 주요 인사로서 언제든 마음대로 국방부를 드나들 수 있었다. 건물 밖으로 나온 외삼촌에게서 방문자용 출입증을 받은 뒤에야 초두리는 경비병의 안내에 따라 회전문을 지나 건물 안으로 들어설 수 있었다.

처음 이곳을 찾았을 때는 길게 이어진 복도를 따라 고위 관료들의 집무실이 있는 위층으로 올라갔지만, 파텔은 조카를 데리고 지하로 향했다. 천장이 야트막하고 흐릿한 주황색 불빛이 켜진 그곳은 직급이 낮은 직원들의 공간이었다.

두 사람이 도착한 곳은 작은 구내매점이었다.

"내가 차 한잔 사마." 외삼촌이 말했다.

초두리는 파텔을 따라 매점 안으로 들어섰다. 테이블이 세 개 있었는데 사람은 하나도 없었다. 파텔이 계산대에 있는 여자는 오래전에 남편이 전사해 현재 유족연금을 받고 있다고 설명했다.

자리 잡고 앉자 파텔이 이야기를 시작했다.

"서로 비공식적인 위치에서 이야기하면 좋겠구나. 지난주 내가 너를 여기에 데려왔을 때 국방부 장관을 비롯한 고위급 인사들을 소개한 건 내가 인도 정부의 최고위층을 대신하고 있다는 사실을 알려주기 위해서였다. 무슨 말인지 알겠지?"

초두리는 고개를 끄덕였다. 하지만 외삼촌이 전하고자 하는 이야기가 무엇이든 간에 왜 자신이 미국 측 대표로 선택됐는지는 알 수 없었다. 공식적인 경로나 미국대사관의 대사 혹은 외교관을 통해서는 진행할 수 없는 문제인 걸까?

그의 생각을 알아차린 듯 파텔이 설명했다.

"미국 정부 내에는 오직 이번 사태를 크게 확대하는 일에만 관심 있는 특정 인사들이 있다. 그 사람들은 일부러라도 우리의 행동을 잘못 해석할 수 있지. 그런 문제가 있기 때문에 네가 나서서 인도 정부가 지금껏 한 일은 물론, 앞으로 하고자 하는 일까지 미국 정부에 정확히 전달하는 게 중요해."

"특정 인사들이라고 하셨는데 그게 무슨 뜻인가요?"

초두리는 외삼촌의 얼굴을 빤히 쳐다봤다.

"분명 너도 내가 한 말이 무슨 의미인지 잘 알고 있으리라 생각한다."

"설마, 트렌트 와이즈카버요?"

파텔은 고개를 끄덕이지도, 그렇다고 대놓고 부인하지도 않았다. 그는 차를 한 모금 마시고 다시 설명을 시작했다.

"인도 정부는, 그러니까 특히 국방부의 주요 인사들은 특별히 어느 한쪽을 지지하지 않기로 했다. 우리는 중국 편도 아니고 그렇다고 해서 미국 편도 아니라는 말이다. 우리는 현재 어느 쪽과도 동맹 관계가 아니야. 다만 우리는 이쯤 해서 사태를 진정시키고 싶다. 알겠니?"

초두리는 고개를 끄덕였다.

"좋아. 지금부터 내가 보여주는 내용은 미국의 국가안보 담당자들을 당혹스럽게 만들 수도 있으니 그 점을 염두에 두거라."

파텔이 주머니에서 정부 인사 전용 휴대폰을 꺼내더니 해수면을 따라 촬영된 것 같은 사진을 여러 장 보여줬다. 사진 밑부분에 파도가 솟구치는 장면이 보였다. 사진에 뭔가 선 같은 것도 보였는데 자세히 보니 총기의 조준경처럼 세로축과 가로축이 십자 형태를 이루고 있었다. 사진이 계속 이어지면서 수평선 위에 있는 배 한 척의 모습이 점점 더 선명하게 드러났다. 초두리는 그 배가 항공모함이라는 사실을 곧 알아차렸다.

파텔이 잠시 손을 멈추고는 조카를 흘끗 본 후 다음 사진을 보여줬다. 불길과 연기가 솟아오르며 항공모함을 삼키고 있었다.

파텔이 사진들을 빠른 속도로 이어서 보여주자 마치 동영상 같은 장면이 연출되었다. 불길에 휩싸인 항공모함이 천천히 바다 밑으로 가라앉았다. 그리고 파텔이 마지막으로 보여준 사진에서 바다는 아무 일도 없었던 것처럼 고요한 모습으로 돌아가 있었다.

초두리가 고개를 들자 파텔이 말했다.

"지금까지 네가 본 건 인도의 최신예 잠수함인 칼바리급 디젤잠수함의 잠망경을 통해 찍은 사진들이다. 이 잠수함의 새롭게 개조한 추진장치는 이론적으로는 항속거리를 무제한으로 늘릴 수 있지. 미국의 원자력잠수함과 비교해도 거의 뒤지지 않아. 우리는 이 잠수함으로 중국의 항공모함 정화호를 격침했다."

"인도 잠수함이 정화호를요? 그렇지만 조금 전에 인도는 미국과 동맹관계가 아니라고…."

외삼촌이 사진을 보여줄 때 경고했던 것처럼 초두리는 당혹감을 감출 수 없었다.

"그래. 그리고 우리는 이쯤 해서 사태를 진정시키고 싶다고 말했지. 미국 정부가 샌디에이고와 갤버스턴의 복수를 감행하려 한다면 다음에 바닷속으로 가라앉는 건 중국 함선이 아니라 미국 함선이 될 게다."

파텔이 이번에는 휴대폰으로 지도 한 장을 보여줬다. 화면 속 지도에는 남중국해 주변에 배치된 인도 해군의 위치가 대략 나타나 있었다.

"이걸 보면 알겠지만 내 말은 절대로 허풍이 아니야."

초두리로서는 그 지도를 도저히 믿을 수 없었다. 외삼촌의 말이 거짓이 아니라면 수십여 척에 달하는 인도 전함들이 누구에게도 들키지 않고 남중국해로 잠입했다는 뜻이다. 다시 말해 지금까지 미국은 인도의 첨단 스텔스기술과 사이버공격 수준을 지나치게 과소평가해온 것이다. 초두리는 며칠 전에 있었던 일을 떠올렸다. 외삼촌은 엔터프라이즈호가 중국 본토에 대한 공격 명령을 전달받았다는 사실을 이미 알고 있었다. 초두리는 이제 자신이 헨드릭슨과 주고받는 이메일을 인도 정보부에서 훤히 들여다보고 있다고 확신하게 되었다. 인도 정보부가 최첨단 보안 기술이 적용된 이메일 회선을 뚫고 들어갈 수 있을 정도로 정교한 기술력을 갖추었다면, 엔터프라이즈호와 중국 본토 사이에 비밀리에 함대를 배치하는 것도 불가능한 일은 아닐 것이다.

"워싱턴에 있는 우리 주재무관이 이미 백악관을 찾아가 국가안보보좌관에게 네가 본 사진들을 보여줬다."

"백악관의 반응은요?"

"고맙다고 인사하고 백악관 밖까지 배웅해줬다는구나."

초두리는 고개를 끄덕였다.

"이건 내 생각이지만, 그 와이즈카버라는 사람은 우리 주재무관이 찾아간 것이나 그 사진들에 대해 미국 정부의 어느 누구에게도 언급하지 않은 게 분명해. 그가 우리 정부의 입장을 미국 대통령에게 전달할 생각이 전혀 없다는 것도 분명하고."

"외삼촌 생각이 거의 맞을 겁니다. 그런데 왜 그런 사실들을 말씀해주시는 거죠?"

"너한테 다 말해주는 건 우리 뜻을 전달할 다른 방법이 있는가 해서야."

파텔은 조카가 무슨 말을 할지 기다리는 눈치였다. 그렇지만 초두리는 할 말이 없었다. 외삼촌과 이런 대화를 나누는 것만으로도 미국에 대한 반역의 선을 넘는 기분이 들었다.

그러자 파텔이 조카의 부담을 덜어주듯 말했다.

"네 친구 헨드릭슨이라면 우리 뜻을 직접 전할 수 있지 않을까?"

"와이즈카버를 거치지 않고 대통령을 직접 찾아가는 것만으로도 헨드릭슨의 경력이 끝장날 수 있어요."

"만일 엔터프라이즈호가 반격에 나선다면 한 사람의 경력뿐만 아니라 훨씬 많은 것들이 끝장날 텐데?"

두 사람은 잠시 아무 말도 하지 않았다.

"그나저나 왜 여기 매점에서 이런 이야기를 하고 있는 건가요? 보안이 철저한 회의실 같은 곳으로 가야 하는 것 아닌가요?"

초두리는 계산대 쪽을 살폈다. 여자는 무심히 잡지를 뒤적이고 있었지만, 그녀가 처음부터 끝까지 두 사람이 하는 이야기를 엿듣고 있었을 거라는 의심이 들었다.

"그야 물론 우리가 무슨 회담이나 회의를 하는 게 아니니까. 우린 공식적인 입장으로 만난 게 아니야. 인도 정부는 내가 이런 이야기를 전하도록 허락해준 적이 없고, 우리가 그저 네 어머니의 건강에 대한 이야기를 한다고 알고 있을 뿐이지."

여기 와서 처음으로 초두리는 외삼촌이 정확히 누구의 입장을 대표해서 이 자리에 나와 있는 것인지 의심스러워졌다. 조카의 혼란스러운 마음을 알아차린 듯, 파텔이 덧붙였다.

"어려운 상황을 타개하기 위해서는 때론 국적보다 더 끈끈한 유대감에 의지해야 할 때가 있고, 그 정도로 끈끈한 유대감은 가족에게서만 찾아볼 수 있는 것이지. 자, 이제 헨드릭슨과 이야기할 준비가 됐니?"

파텔이 조카의 어깨를 손으로 꽉 움켜쥐었다.

초두리는 고개를 끄덕였다.

"좋아. 그럼 난 다른 회의가 있어서 빨리 가봐야겠다. 나가는 길을 찾을 수 있겠지?"

"그럼요."

초두리는 다시 고개를 끄덕였다.

"그리고 계산대 쪽은 신경 쓸 것 없다. 저 여자는 귀가 거의 들리지 않아…. 별로 좋지 않은 옛날이야기이긴 하지만."

파텔이 밖으로 사라진 뒤, 초두리는 반쯤 남은 차를 천천히 들이켰다. 그러면서 어떻게 하면 와이즈카버를 따돌릴 수 있을지 궁리했다. 엔터프라이즈호가 중국 본토에 반격을 가할 때까지 남은 시간은 이제 기껏해야 몇 시간밖에 되지 않는다. 만약 반격하려 한다면 인도 정부는 어떻게 대응할지, 아니 그전에 인도의 의사를 전달받는다면 미국 정부는 어떤 식으로 나올지 그는 도무지 감이 잡히지 않았다.

 ## 2034년 7월 29일 17:49 (GMT+4:30)
호르무즈해협

파샤드는 하는 일 없이 시간만 낭비하고 있었다. 적어도 그에게는 그렇게 느껴졌다. 밤이고 낮이고 다를 게 없었다. 호르무즈섬에 도착한 후부터 그저 하릴없이 시간만 흘러갔다. 파샤드는 대공포와 기관총이 설치된 진지들을 하나씩 둘러봤다. 최신 기술이라는 이른바 지향성에너지 대공포 중에는 전혀 작동하지 않을 것처럼 보이는 것도 있었다. 그게 전부였다.

그는 섬 주변을 따라 몇 킬로미터를 돌을 걷어차며 걷고 또 걸었다. 유일하게 쉬는 시간은 호르무즈섬 옆에 있는 라라크섬까지 배를 타고 갈 때뿐이었는데, 그 섬에서조차 그는 주변을 둘러보며 걷고 또 걸었다.

두 섬의 방어 태세는 정말로 보잘것없었다. 대공포 몇 문에 훈련도 제대로 받지 못한 해군 수백 명, 그리고 철조망뿐이었다. 그게 다였다. 바게리 장군은 이곳이 정말로 전략적으로 중요하다고 생각하고 나를 보낸 것일까? 그럴 리가 없었다. 바게리는 실제로 전혀 진지하지 않았다. 러시아가 침공해 올 수 있다는 사실을 심각하게 받아들이지 않은 것이다. 파샤드가 인도에서 돌아와 이런 전망을 보고하자 바게리는 테이블 위 접시에 놓인 피스타치오를 까먹으며 어쨌든 끝까지 그의 보고를 듣기는 했다.

"그게 다인가?"

보고가 끝나자 그는 무심하게 되물었다.

그 뒤에 나온 건 파샤드가 지난 10년 동안 받아본 것 중 가장 가혹한 질책이었다. 바게리는 러시아가 호르무즈해협의 섬들을 침공할 수도 있다는 주장이 터무니없다고 생각했다. 이란과 러시아는 수십 년째 동맹관계를 이어오고 있으며, 무엇보다 그 정보를 제공한 건 이란이나 러시아와 그다지 좋은 관계가 아닌 인도 정부였다. 바게리는 이어 개인적인 감정을 토로했다. 그는 파샤드의 지금 처지가 어떤 것인지 상기시키듯 그의 계급부터 언급했다.

"파샤드 소령, 난 귀관을 해군에 배속했지. 그건 더 이상 문제를 일으키지 말라는 뜻이었네. 그런데 최고지도자께서 러시아의 공격을 경고하는 귀관의 보고서를 직접 읽으셨단 말이지. 지도자께서는 내 조언은 듣지 않고 우리가 나포한 인도 유조선을 보내주기로 결정했고, 호르무즈해협에 있는 우리 섬들에 대한 방어 태세 강화도 지시하셨어. 귀관이 더 이상 소란 피우지 않기를 바랐는데, 아무래도 내가 일 처리를 잘못 한 것 같군."

바게리는 파샤드에게 자신은 그 명령에 따를 수밖에 없다고 말했다. 명령이 내려왔으니 섬들의 방어 태세를 강화하는 수밖에 없었다. 그렇지만 방어 태세 강화를 위해 지원할 수 있는 사람은 파샤드뿐이었다. 바게리의 집무실을 나오니 그를 기다리고 있던 건 그를 저 멀리 있는 쓸쓸한 새 부임지로 데려가줄 작은 배 한 척이었다. 섬에 도착한 파샤드는 자신이 얼마나 오랫동안 이곳에 머물게 될 것인지 더 이상 생각하지 않으려 했다.

러시아가 해군의 지원하에 스페츠나츠를 거느리고 침공하지 않는다면, 언제 있을지 모를 그 공격에 대비해 바게리는 얼마 동안 나를 여기에 내버려둘까? 일주일? 한 달? 아니면 1년? 그것도 아니라면 내 한심한 인생을 전부 이곳에서 보내게 되는 것일까? 파샤드는 인도 측에서 제공한 정보를 최고사령부에 직접 전달함으로써 자신이 유배나 다름없는 생활을 자초했다는 사실을 깨달았다.

섬을 지키고 있는 수백 명의 해군 병사들도 파샤드와 비슷한 신세를 견디고 있었다. 그들 중 일부는 벌써 몇 년째인 경우도 있었다. 병사들에 대해 점점 알게 되면서 파샤드는 그들 대부분이 군율을 위반한 전력이 있다는 사실을 알았다. 호르무즈해협의 이 섬들은 그런 골칫거리들을 모아두는 장소가 된 것이다. 보급계에서는 신선한 식료품이 아닌 전투용 비상식량만 보내줬고 물이 부족해 목욕을 일주일에 한 번밖에 할 수 없었다. 심지어 숙소로 사용하는 군용 천막조차 해협에서 불어닥치는 예측 불허의 바람에 날아가는 일이 다반사였다.

병사들도 속으로는 그런 일이 일어날 가능성이 없다고 생각하는 듯했지만, 겉으로는 러시아가 침공해 올지 모른다는 정보를 어느 정도 받아들이는 분위기였다. 정말로 공격할 확률은 얼마나 될까? 10퍼센트? 아니면 그 이하? 여기서 도대체 뭘 더 어떻게 준비해야 할까? 어쨌든 병사들은 모래주머니를 채워 쌓아 올리고 대공포의 사정거리를 고도 30미터 간격으로 정확하게 끊어 계산했다. 또 러시아의 공격을 기다리는 동안 파샤드가 실시하는 끊임없는 점검 과정을 견뎌냈다.

파샤드는 제대로 지어진 막사도 없이 병사들과 함께 군용 천막 에서 지내면서 밤이 오면 고향에 대해 생각하기 시작했다. 그는 고 향에 있는 집으로 돌아가고 싶었다. 생각은 곧 꿈으로 나타났다. 그 가 꿈속에서 그린 건 편안하고 따뜻한 잠자리나 좋은 식사가 아니 었다. 그는 가족의 땅, 특히 집에 딸린 정원이 그리웠다. 사나운 바 람이 천막을 두들기고 본토에서 낙오된 병사들이 이리저리 뒹굴며 잠을 청하는 밤, 그는 자신은 충분히 노력했다고 결론지었다. 그리 고 만약 이 바위섬을 빠져나간다면 집으로 돌아가겠다고 맹세했다. 다시는 고향 집을 떠나는 실수를 반복하지 않으리라.

다음 날 해가 떠오를 무렵, 세찬 바람이 불어닥쳤다. 파샤드는 바 람 소리에 잠에서 깼다. 천막이 한껏 부풀어 오르더니 고정하고 있 던 말뚝이 뽑히면서 저 멀리 바다 쪽으로 날아가버렸다. 눈을 뜬 그 와 하늘 사이에 이제 바람 말고는 아무것도 없었다.

"저게 뭐야!"

한 병사가 그렇게 소리 지르더니 손을 들어 해가 떠오르는 동쪽 을 가리켰다.

파샤드는 손바닥으로 햇빛을 막으며 눈을 가늘게 떴다. 수십 대 가 넘는 규모였다. 그가 상상했던 것 이상이었다. 새 떼가 잔뜩 몰 려오는 것 같았다.

"적들이 온다!"

파샤드가 병사들에게 소리쳤지만 그의 목소리는 바람 소리에 묻혀 들리지 않았다.

 2034년 7월 30일 06:32 (GMT+8)
남중국해

날씨는 변덕스러웠다. 천둥을 동반한 비바람이 격렬하게 쏟아졌다가 금방 사라졌다. 기온도 요동쳤다. 어느 날 아침에는 엔터프라이즈호 갑판에 골프공만 한 우박들이 떨어졌다가 저녁에는 무려 33도까지 치솟기도 했다. 엔터프라이즈호에 타고 있던 기상학자는 이런 변덕스러운 날씨가 갤버스턴과 샌디에이고에서 일어난 핵폭발 때문이라고 추측했다.

엔터프라이즈호에서는 데스 래틀러스 소속 호넷 전폭기 9대의 출격 가능한 시간대를 찾기 위해 고군분투 중이었다. 모든 조건이 완벽하다는 소식을 듣고 마지막 설명을 듣기 위해 대기실로 모이면 날씨가 다시 바뀌었다. 게다가 공격하기 위해서는 적당한 날씨 정도가 아니라 완벽한 날씨가 필요하다는 게 상황을 더 복잡하게 만들었다. 미첼과 부하들이 몰고 나가야 할 호넷에는 GPS 장치로 유도되는 폭탄이 없었다. 인공위성을 이용한 GPS 장치가 없으니 폭탄을 옛날 방식대로 투하해야 하는데, 그러려면 공격 목표로 삼은 도시 세 곳 모두 구름 한 점 없는 맑은 날씨여야 했다.

또다시 출격이 중단되었다. 네 번째인지, 다섯 번째인지 기억도 안 날 정도였다. 미첼은 개인 선실에 혼자 앉아 시간을 보내기 위해 애쓰고 있었다. 갑판 두 개를 더 올라가면 나오는 비행갑판에서 승조원들이 움직이는 소리가 들려왔다. 출격이 중단됐다가 다시 준비하려면 족히 몇 시간은 걸리는데, 그렇다고 악천후 속에서 요동치는 비행갑판 위에 재래식 무기로 무장한 호넷 아홉 대를 그대로 내버려둘 수는 없는 노릇이었다. 그는 공격 계획을 다시 검토하기 시작했다.

- 전폭기 아홉 대 출격. 블루, 골드, 레드의 세 개 편대로 분리
- 분리 지점 도착: 28°22'41"N 124°58'13"E
- 각각 목표 지점으로 항로를 정하고 이동: 샤먼-블루 편대, 푸저우-골드 편대, 상하이-레드 편대
- 만약을 위해 모든 전폭기에 핵폭탄 장착
- 편대당 전폭기 한 대만 핵폭탄 투하
- 귀환

가장 짧은 마지막 항목이 가장 어려운 계획이었다. 불가능에 가까운 목표임을 직감적으로 느낄 수 있었지만, 미첼은 자살하러 출격하는 게 아니었다. 그는 헌트 사령관에게도 자신이 뜻하는 바를 분명하게 전달했다. 그는 무사히 돌아올 가능성이 희박하다는 가정에 신경 쓰는 대신 뭔가 다른 곳으로 관심을 돌리려 했다.

미첼은 편지를 쓰기 시작했다. 전쟁영화나 소설에서 흔히 보는 '이 편지를 읽으실 때면 전 이미 이 세상 사람이 아니겠지요…' 같

은 편지가 아니었다. 그는 전선에서 보내는 편지는 역사적 가치가 있는 문서나 다름없다고 여겼기 때문에, 그 안에 승리를 눈앞에 두고 있는 자신의 생각을 담고 싶었다. 편지를 받는 사람은 아버지였다.

그는 자신이 평소 편지를 쓰던 방식과는 다르게 의식의 흐름에 따라 하고 싶은 말을 쓰고 있다는 사실을 깨달았다. 마치 조금 전 확인했던 공격 계획서 같은 느낌이었다. 일정한 틀을 벗어나 편지를 쓰고 있으려니 기분이 편안해졌다. 지금 여기에 혼자 앉아 있지만, 그는 지금 이 순간을 온 세상과 나누고 싶었다. 다음 세대의 미국 학생들이 자신이 남긴 글을 읽고 있는 모습이 눈에 보이는 것 같았다. 그의 눈앞에 어느 교실의 풍경이 펼쳐졌다. 한 아이가 자리에서 일어서서 교실 앞으로 나왔다. 아이는 그가 남긴 글을 암송했다. 그 모습은 오래전 그가 어렸을 때 링컨 대통령의 게티즈버그연설을 암송하던 모습과 크게 다르지 않았다….

그러다 문득 그는 정신을 차렸다. 크리스 웨지 미첼, 도대체 무슨 생각을 하는 거야.

그는 편지를 쓰다가 구겨서 쓰레기통에 던져 넣기를 반복했다. 마지막 남은 종이 한 장이 테이블 위에 있었다. 그는 자신이 편지를 쓰느라 몹시 지쳐 있다는 사실을 깨달았다. 얼마 지나지 않아 그는 테이블 위에 엎드려 잠이 들었다.

한 시간가량 잠이 들었을까, 갑자기 누군가가 문을 두드리는 소리가 들렸다. 그는 모든 것이 꿈이었던 것처럼 잠시 정신을 차리지 못했다. 어쩌면 나는 지금 항공모함 부시호의 선실로 돌아와 있는 게 아닐까. 반다르아바스에서 사로잡히기 전, '그 느낌'에 좀 더 가까이 다가가기 위해 애쓰던 그 시절로….

다시 문을 두드리는 소리가 들렸다.

"무슨 일인가?"

"소령님, 시간이 다 됐습니다."

"먼저 가서 내가 곧 간다고 전해줘."

그는 대기실로 가기 위해 물건들을 챙겼다. 공책과 선글라스, 말보로 레드 한 갑 등이었다. 승리를 거두고 돌아오면서 담배를 한 대 피울 생각이었다. 그리고 테이블 위에 있는 편지도 가져가기로 했다. 어쨌거나 그건 유서 같은 게 아니니까.

하지만 그는 착잡한 심정으로 편지를 바라봤다. 결국 편지를 그대로 두고 가기로 했다. 사실 놔두고 간들 무슨 상관이겠는가. 날씨가 다시 나빠지거나 혹은 기체에 문제가 생겨서 몇 시간 뒤면 출격이 취소되고 다시 이 자리로 돌아오게 될 텐데.

그는 서두르지 않고 천천히 통로를 따라 대기실로 향했다. 다른 조종사들이 급한 전갈을 받기라도 한 듯 달려가는 모습을 봐도 신경 쓰지 않았다. 가는 길에 그는 잠시 밖으로 나가 신선한 공기를 마시려고 갑판으로 향하는 문을 열었다.

날씨는 눈부시게 화창했다. 그가 기억하는 한 이렇게 비행하기 좋은 날은 없었다.

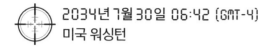
헨드릭슨은 초두리에게 밤 비행기를 타야 한다고 주장했다.

"아침까지 기다릴 여유가 없으니까, 지금 당장 돌아와야 해요."

그는 초두리에게 파텔이 국방부 매점에서 들려준 이야기들이 모두 사실이라고 확인해줬다. 와이즈카버 보좌관은 백악관을 방문한 인도대사관 주재무관의 말을 제대로 들어보지도 않고 돌려보냈다. 결국 그 주재무관은 몰래 헨드릭슨을 만나 중국이든, 미국이든 상관없이 지금의 위기 상황을 더 확대하려는 쪽에 군사행동을 취하겠다는 인도 정부의 뜻을 전달했다.

헨드릭슨과 초두리는 보안 회선이 아닌 일반 전화로 이야기를 나눴는데, 이제 인도 정보부가 모든 걸 도청하고 있다는 사실을 알기 때문이었다. 어쩌면 국가안전보장회의 소속의 두 사람이 문제를 해결하기 위해 애쓰고 있다는 사실을 알면 인도 정부의 입장이 좀 누그러질 수도 있지 않을까.

초두리는 대서양 상공에서 심한 난기류를 만나는 등 쉽지 않은 여정 끝에 미국으로 돌아왔다. 여객기는 텅 비어 있었고 일등석까지 제공받았지만 그는 한숨도 자지 못했다. 덜레스국제공항에 내리니 헨드릭슨이 그를 기다리고 있었다. 워싱턴으로 돌아오는 길에 헨드릭슨은 초두리에게 전화 통화로는 할 수 없었던 이야기들을 전했다.

"아직 공격이 시작되지 않은 건 오직 날씨 때문입니다."

"날씨요?"

"엔터프라이즈호는 공격 준비를 다 끝냈습니다. 폭격기들은 완전 무장을 하고 연료를 가득 채웠죠. 조종사들도 명령을 전달받았고 요. 그런데 갤버스턴과 샌디에이고가 폭격당한 후부터 날씨가 계속 좋지 않았거든요."

"그럼 우리에게 남은 시간이 얼마 정도 될까요?"

"방금 말한 것처럼 날씨가 좋아지면 다 끝입니다. 그럼 바로 출격 할 테니까요."

백악관까지는 30분도 채 걸리지 않았다. 이른 아침 워싱턴의 교 통체증이 시작될 시간인데도 도로는 한적하기만 했다. 라파예트공 원 건너편에서 주차할 자리를 찾는 것도 전혀 어렵지 않았다. 초두 리는 언제쯤이면 길과 거리에서 다시 차와 사람들이 북적이는 걸 볼 수 있을지 궁금했다.

백악관만큼은 이전 모습 그대로 완벽하게 움직이고 있었다. 제복 을 입은 경호원들이 각자 위치에서 자리를 지키고 있었고 입구 초 소에 신문과 함께 커피와 빵이 보였다. 늘 보던 익숙한 풍경이 눈에 들어오기 시작했다.

초두리와 헨드릭슨은 와이즈카버 보좌관의 집무실 앞에 도착했 다. 회의가 진행되고 있는지 사람들이 웅얼거리는 소리가 들려왔 다. 초두리와 헨드릭슨에겐 정면으로 맞서는 것 말고는 다른 방법 이 없었다. 두 사람은 와이즈카버에게 인도 측 주재무관이 백악관 을 찾아왔었다는 사실을 자신들도 알고 있다고 말할 계획이었다. 그리고 주재무관이 한 이야기를 대통령에게 전달해야 한다고 요구할 참이었다. 엔터프라이즈호에서 대기 중인 조종사들 역시 인도 측의 공격 가능성에 대해 알아야 했다. 중국의 방어망뿐만 아니라 인도의 공격까지 상대해야 할 수 있으니까. 만일 와이즈카버가 거부하면 초두리와 헨드릭슨은 곧장 언론사로 달려갈 생각이었다. 물론 그리 큰 기대는 없었지만.

와이즈카버의 집무실 문이 열렸다. 초두리가 모르는 얼굴들이 하나둘씩 복도로 쏟아져 나왔다. 와이즈카버가 직접 가려 뽑은 이 직원들은 왠지 모르게 자신감 넘치는 표정을 하고 있었다. 그리고 와이즈카버가 마지막으로 집무실에서 나왔다.

와이즈카버가 복도를 가로질러 대통령 집무실의 문손잡이에 손을 올렸을 때, 헨드릭슨이 나서서 물었다.

"죄송하지만 시간을 내주실 수 있겠습니까?"

와이즈카버는 손잡이를 잡은 채 얼어붙은 듯 움직이지 않았다. 그는 헨드릭슨의 목소리가 들려오는 쪽으로 천천히 고개를 돌렸다.

"아니, 지금은 시간을 낼 수 없네."

초두리는 지난 몇 주 동안 정말로 와이즈카버가 헨드릭슨을 껄끄러워하는지에 대한 의구심이 남아 있었지만, 이제 더 이상 의심할 필요가 없었다.

"수백만 명의 목숨이 달린 일입니다." 초두리는 떨리는 마음을 진정시키며 말했다. "물론 방사능이 전 세계로 퍼져 나가고 세계 경제가 무너지는 건 말할 필요도 없겠죠. 그런데도 시간을 낼 수 없다는 겁니까? 본인이 알고 있는 사실을 제대로 전달할 의무가 있잖습니까?"

와이즈카버가 손잡이를 잡은 손을 놓더니 초두리에게 위협이라도 하듯 가까이 다가왔다.

"지금 나한테 잘못된 정보까지 전달할 의무가 있다고 말하는 건가? 게다가 말이야, 내가 뉴델리에 돌아가 있으라고 하지 않았던가?"

와이즈카버가 불쾌한 눈길로 초두리를 훑어봤다.

또다시 돌아가 있으라는 말이 나왔다. 초두리는 이제 와이즈카버의 그 말이 정확히 어떤 의미인지 알았다. 여기까지 왔는데, 그동안 가족들이 어떤 일을 겪었는데 이제 와서 다시 돌아가라고? 그는 분노가 치밀어 올랐다. 와이즈카버가 뒤로 물러서지 않는다면 힘으로라도 밀고 들어갈 생각이었다. 그는 문손잡이를 향해 손을 뻗었다.

"지금 여기가 어디라고 생각하는 건가?"

와이즈카버가 가로막자 초두리도 어깨로 그를 밀쳤다. 두 사람이 서로 옥신각신하는 사이 서로 팔이 엉키고 가슴과 가슴이 부딪혔다. 둘 다 제대로 싸울 줄 아는 사람이 아니었기 때문에 균형을 잃고 어정쩡한 모습으로 바닥에 뒹굴면서 볼썽사나운 모습이 연출되었다.

다툼은 오래 이어지지 않았다. 경호원 세 명이 달려와 두 사람을 떼어놓고 자리에서 일으켜 세웠다.

"저자를 여기서 끝어내!" 와이즈카버가 소리쳤다.

하지만 경호원들이 움직이기 전에 대통령 집무실의 문이 먼저 열렸다. 초두리는 문 안쪽을 볼 수 없었지만 대통령의 목소리는 들을 수 있었다. 단호하면서도 절제된 목소리. 오래전 그 목소리의 주인공은 백악관에 남는 것이 올바른 선택이라며 그를 설득했었다.

목소리의 주인공이 물었다.

"도대체 이게 무슨 일입니까?"

 2034년 7월 30일 06:52 (GMT+4:30)
호르무즈해협

현실 같지 않은 이상한 분위기 속에서 짧은 시간이 흘러갔다. 크게 놀란 병사들이 군화 끈도 제대로 묶지 못한 채 벌거벗은 어깨에 소총을 아무렇게나 둘러매고는 참호 속으로 우르르 몰려들었다.

파샤드는 대형을 갖춘 채 다가오고 있는 항공기들을 바라보며 바람의 세기와 방향까지 고려하여 고도와 거리를 어림짐작으로 계산했다. 그리고 자신이 계산한 결과를 대공포 사수들에게 전달했다. 그들은 이미 대공포를 움직여 적당한 위치에 고정한 후 포신을 하늘로 들어 올리는 중이었다.

파샤드는 지휘소로 달려갔다. 지휘소라고 해봐야 모래밭 위에 구덩이를 파고 무전기를 설치한 곳에 불과했지만. 그가 모래밭을 가로지르고 있을 때 뒤에서 대여섯 차례나 땅이 솟구치는 폭발이 일어났고 뒤이어 충격파가 그를 덮쳤다. 그는 다시 몸을 일으키고 지휘소까지의 거리를 헤아리며 달리기 시작했다. 스무 걸음만 더… 열다섯 걸음만 더… 거의 다 도착했다고 생각한 순간, 다시 폭발이 여러 차례 일어났고 이번에는 셔츠 자락이 흔들릴 정도로 충격파가 가까이 몰아쳤다. 그의 몸이 지휘소 안으로 굴러떨어지며 한쪽 구석에서 두 팔로 무릎을 감싸고 웅크리고 있는 무전병을 덮쳤다.

"일어나."

파샤드가 으르렁거리자 무전병이 잽싸게 몸을 일으켰다. 파샤드는 부하들이 죽음보다 자신을 더 두려워한다는 기분 좋은 사실을 확인했다.

반대 방향에서 거센 바람이 불어닥치며 폭발 때문에 피어오르던 연기가 사라졌다. 파샤드는 무전기 수화기를 낚아채서 대공포 사수들에게 사정거리와 고도, 바람의 세기를 알려줬다. 이 세 가지 조건을 합쳐 계산하는 기술은 일상생활에서는 전혀 쓸모가 없는 고급 군사 지식 중 하나였다.

섬의 대공포들이 달걀 모양의 뭉뚝한 포탄을 일제히 퍼붓기 시작했다. 하늘 위로 연달아 작은 폭발들이 일어났다. 파샤드는 그 즉시 공격이 빗나간 것을 확인했다. 섬에는 지향성에너지 대공포도 설치되어 있었지만 그쪽을 바라보니 발전기가 제대로 돌아가지 않는 것 같았다. 이것도 혹시 사이버공격 때문인가? 아니면 그냥 정비를 철저히 해두지 않아서? 하긴 지금 그게 중요한 게 아니었다. 또다시 적의 공격이 시작되었고, 이번에는 지휘소가 직격탄을 맞았다.

파샤드는 두 손으로 머리를 감싸고 눈을 감은 채 몸을 웅크렸다. 충격파로 인해 고막이 터지지 않도록 입을 벌렸다. 그러면서 이전에도 수없이 그랬듯이 하늘에 운명을 맡기고 기다렸다. 거센 바람이 이리저리 불어닥치듯 폭발이 연달아 일어나는 것이 느껴졌다. 목과 등이 온통 흙과 모래로 뒤덮였다.

사방이 조용해지자 파샤드는 고개를 들었다. 사정거리… 고도… 바람의 세기…. 그는 제일 먼저 이 세 가지를 생각한 후 다시 사수들에게 발사 명령을 내렸다. 어쩌면 이번이 마지막 기회일지도 모른다. 적의 수송기들을 일부라도 물리치지 못한다면 이 섬의 수비대로는 수송기에서 내려오는 병사들을 감당할 수 없을 게 분명했다.

달걀 모양의 포탄이 발사되고 하늘에 작은 폭발들이 연달아 일어났다. 하지만 이번에도 공격은 빗나갔다. 단 한 발도 적을 맞추지 못했다.

파샤드는 자신이 무슨 일을 저질렀는지, 어떤 치명적인 실수가 있었는지를 깨달았다. 대공포탄이 도달하는 높이의 바람을 생각하지 못했던 것이다. 그가 지금 맞고 있는 바람이 수백 미터 상공에서도 똑같이 불고 있을 리는 만무했다. 방향이나 세기가 당연히 다를 수밖에 없었다. 이제 와서 실수를 알아차리긴 했지만 모든 게 너무 늦었다. 그저 저 하늘 위에서 수천 개의 낙하산이 쉴 새 없이 꽃처럼 펼쳐지는 모습을 쳐다보는 것 말고는 할 수 있는 일이 아무것도 없었다.

내려오는 병사들에겐 아무 효과가 없었지만 그래도 대공포는 계속해서 발사되었다. 파샤드는 참호처럼 파인 지휘소 앞에 소총을 걸치고 여기저기 각자의 위치에서 고개를 내밀고 있는 부하들의 얼굴을 바라봤다. 벌써부터 적을 향해 마구잡이로 총을 쏘는 부하들도 있었지만 대부분은 보복이 두려워서인지 가만히 있었다. 오전 내내 그랬던 것처럼 뭔가 현실 같지 않은 이상한 분위기 속에서 시간이 흘러갔다.

비행기 한 대가 머리 위를 지나가는 순간, 혹은 먼지투성이의 참호 위로 사나운 바람이 불어닥치는 순간에 누군가의 인생이 결정된다. 아니면 낙하산에 매달린 적이 땅에 내려와 닿는 순간에도. 180미터… 파샤드는 그 모습을 지켜봤다… 150미터… 그는 소총 방아쇠에 손가락을 걸었다… 120미터… 그는 무전기를 움켜쥐었다… 90미터… 그때 그는 바람의 방향이 바뀌었음을 알아차렸다.

강렬한 바람이 또다시 뒤와 옆에서 불어오기 시작했다. 파샤드는 처음에는 그 사실을 믿을 수가 없었다. 아니, 도저히 믿을 수 있는 상황이 아니었다. 그가 아침 내내 느꼈던 그 바람이 고도 60미터 아래로 진입한 선두 병사들을 휘감았다. 갑자기 불어닥친 역풍이 낙하산을 낚아채면서 그들은 땅에 닿기도 전에 정신없이 옆으로 끌려가기 시작했고, 그러다 마치 보이지 않는 밧줄에 묶이기라도 한 것처럼 속수무책으로 바다로 내동댕이쳐졌다.

불과 몇 분이 채 지나지 않아 하늘에서 내려오던 나머지 수천 명의 병사들도 똑같이 바다 쪽으로 끌려갔다. 그중 일부는 모래사장이나 헤엄쳐 나올 수 있을 정도로 가까운 바다에 떨어졌지만 파샤드의 부하들이 곧 그들을 붙잡았다. 지휘소 밖으로 나온 파샤드는 마치 연못을 뒤덮은 연잎들처럼 바다 위에 수없이 흩어져 있는 낙하산들을 지켜봤다.

그날 오후가 될 때까지 바다에서 살아남은 생존자들이 바닷물을 토해가며 모래사장 위로 기어 올라왔다. 수비대 병사들은 군인으로서는 거의 경험해볼 수 없었던 승리감을 만끽하면서 한 번에 한 사람씩 붙잡아 끌고 왔다.

이 전투로 인해 러시아의 특수부대 사단 전체가 피해를 입고 일부는 포로가 됐지만 파샤드는 자신이 승리했다는 생각은 들지 않았다. 파샤드와 러시아군 지휘관 모두 결국 바람의 세기와 방향을 잘못 계산하는 실수를 저질렀다. 다만 그 결과가 서로 달랐을 뿐이었다. 한쪽은 승리를, 다른 한쪽은 패배를 맛본 것이다.

마지막 병사들까지 바닷속으로 휩쓸려 들어갔을 무렵 러시아의 미사일 공격도 중단되었다. 반다르아바스에서 출격한 이란 정찰기가 전해 온 보고에 따르면, 자국의 지상군이 섬들을 점령하면 지원에 나설 생각으로 인도양 북부에서 이동해 오던 러시아 함대는 다시 북쪽으로 후퇴해 홍해를 거쳐 시리아의 타르투스 항구로 물러갔다.

포로로 붙잡힌 러시아 병사들은 이란 병사들과 뒤섞여 침착한 모습으로 서로 담배도 나눠 피우고 말은 통하지 않아도 어떤 식으로든 대화도 나눴다. 러시아도, 이란도 공식적으로는 전쟁 중인 상태가 아니었기 때문에 오늘 벌어진 상황을 각자의 운수소관으로 받아들이고 체념할 수 있었다. 러시아 병사들은 어설픈 작전 계획에 따라 비겁하게 공격한 값을 톡톡히 치렀고, 이란 병사들은 난데없는 전투와 포로 관리라는 예상치 못한 어려움을 맛보게 되었다.

파샤드는 그저 아무 느낌 없이 덤덤할 뿐이었다. 다만 뼛속 깊은 곳까지 피로감이 몰려들었다. 전에는 전투가 끝나고 나면, 특히 승리를 거두고 부하 병사들 사이를 지나갈 때면 참을 수 없을 만큼 의기양양했다. 또 혹시 있을지 모를 적들의 반격에 대비해 사령부에 승전보를 알리고 축하 인사를 받았다. 하지만 이번에는 달랐다.

지금 파샤드에겐 있지도 않을 반격에 대비하기 위해 부하들을 준비시킬 힘 같은 건 없었다. 바게리 장군이 헬리콥터를 타고 해가 질 무렵 섬에 도착했을 때 겨우 장군을 맞이하고 상황을 보고하는 정도가 고작이었다.

헬리콥터에서 내린 바게리가 팔을 쭉쭉 뻗으며 파샤드 쪽으로 걸어왔다. 승전에 대한 축하의 악수를 하기 위해 일부러 테헤란에서 여기까지 왔다는 걸 과시하는 것 같았다.

"수고했네."

바게리가 웅얼거리듯 말하고는 손 닿는 곳에 있는 병사들의 어깨를 두드렸다. 뒤따라온 부관이 이제 임시로 끌어모은 오합지졸 군인이 아니라 이란의 정규군이 됐음을 나타내는 작은 동전 크기의 증표를 나눠주자, 병사들은 그제야 자신들이 이란군 최고사령관을 만났다는 사실을 깨달았다.

바게리와 파샤드는 섬의 지휘소로 들어갔다. 두 사람은 바닥에 걸터앉아 칠흑 같은 어둠 속을 가만히 바라봤다.

"적들이 저쪽으로 내려온 건가?"

바게리가 자신이 없는 듯 바다 쪽을 가리키며 물었다. 바다 위에 흩어져 있는 수천 개의 낙하산은 어둠 때문에 보이지 않았다. 파샤드는 고개를 끄덕였다.

"나폴레옹의 그 유명한 명언을 실전에서 증명해냈군. 그게 뭔지 기억하나?"

파샤드는 고개를 저었다. 장군이 무슨 말을 하는지 잘 알았지만 지금은 아무 상관이 없었다. 그는 그저 잠들지 않게 정신을 차리려고 애썼다.

"장군의 자질에 대한 이야기가 나오자 나폴레옹이 말했지. 나는 뛰어난 장군보다는 운이 좋은 장군을 택하겠다."

파샤드는 고개를 뒤로 젖히고 쏟아지는 별빛을 올려다봤다. 지루한 영화를 볼 때 졸음이 오는 것처럼 가볍게 몸이 떨려왔다. 바게리의 목소리는 점점 더 잠에 빠져드는 파샤드에게 제대로 전달되지 않았다. 바게리는 어색한 말투로 사과의 말을 전했는데, 호르무즈 해협에 대한 러시아의 침공 가능성을 알린 파샤드의 보고를 믿지 않았던 것을 인정했다. 그러면서도 자신의 직감 때문에 파샤드를 이 섬의 수비대장으로 보냈다는 자화자찬을 잊지 않았다. 파샤드가 듣거나 말거나 바게리의 이야기는 계속되었다. 이번 승리를 통해 이란은 하나가 될 것이며 파트훈장의 영웅 파샤드를 다시 한번 높이 우러러볼 것이 분명하다. 어린 학생들에게도 그의 이름이 알려질 텐데 해군 소령 파샤드로는 곤란하다. 그래서 파샤드를 이슬람 혁명수비대로 다시 불러들이는 것은 물론, 원래 계급보다 높게 진급시키기 위한 행정상의 작업이 이미 시작되었다.

그 말은 들은 파샤드는 정신이 번쩍 들었다.

"그럴 필요는 없습니다."

"왜 그러나? 조국이 자네를 높이 세워주겠다는데, 그런 건 무조건 다 받아들여야지. 특별히 바라거나 필요한 게 더 있나? 다 말해보게. 뭐든 다 들어줄 테니까."

파샤드는 바게리의 말이 진실이라는 것을 알았다. 하지만 이제 자신이 진정으로 원하는 것을 요구할 수 있는 순간이 왔다. 뭐가 문제겠는가? 그는 이미 조국을 위해 많은 것을 희생했다. 사실은 가지고 있는 모든 것을 다 내어준 것이나 다름없었다. 아버지는 이란의 영웅 솔레이마니 사령관을 지키려다 목숨을 잃었고, 어머니는 남편을 잃은 슬픔 때문에 세상을 떠났다. 파샤드도 성인이 된 후 지금까지 수많은 세월을 전쟁터에서 보냈다.

"필요한 게 뭔가? 뭘 원하는 거지?"

"저는 말입니다… 그냥 고향으로 돌아가고 싶습니다."

"고향? 말도 안 되는 소리 하지 말게. 자네는 할 일이 있어. 일단 혁명수비대로 원대 복귀하고… 그다음에는 자네가 지휘할 새로운 부대에 대해 의논해야지… 내 생각엔 말이야…"

바게리의 목소리는 점점 더 멀어져 갔다. 어느 깊은 통로를 따라 여행을 시작한 파샤드에게 저 멀리 등 뒤의 통로 끝에서 누군가가 계속 말을 걸어오는 것 같았다. 그는 깨어 있으려고 애쓰는 걸 그만뒀다. 그대로 옆으로 쓰러졌다. 흙바닥 위에 모로 누운 그는 두 팔로 무릎을 끌어안고 바위를 베개 삼아 한 번도 맛본 적이 없는 달콤한 잠에 빠져들었다.

 2034년 7월 30일 18:57 (GMT+8)
28°22'41"N 124°58'13"E

"블루 편대장, 여기는 레드 편대장이다. 편대 분리 지점에 도착했다."

"알았다, 레드 편대장. 우리도 도착했다."

"알았다, 블루 편대장. 골드 편대장, 여기는 레드 편대장이다. 편대 분리 지점에 도착했다."

"알았다, 레드 편대장. 우리도 도착했다."

"알았다, 골드 편대장. 레드 편대장이 모든 편대가 편대 분리 지점에 도착한 것을 확인했다."

미첼 소령은 시간을 확인했다. 모두 다 제시간에 도착했다. 공격 계획에 따르면 데스 래틀러스 대대는 편대 분리 지점에서 선회하며 5분 정도 더 머물기로 되어 있었다. 그리고 여기서 그는 엔터프라이즈호와 마지막 교신을 하게 되어 있었다. 그후에는 모든 교신이 중단될 예정이었다.

그는 아래쪽을 바라봤다. 날개 밑으로 드넓은 바다가 펼쳐져 있었다. 하늘은 더없이 화창했다. 시야가 완벽하게 확보되었다. 바닷물 위로 연기 기둥이 피어오르며 자신에게 향해 다가오는 모습이 훤히 다 보일 정도로.

 2034년 7월 30일 07:04 (GMT-4)
미국 워싱턴

"그게 만일 잘못된 정보라면 그때는 각오해야 할 거야."

상황실로 들어온 헨드릭슨과 초두리를 보고 와이즈카버가 할 수 있는 말은 그것뿐이었다.

세 사람이 테이블 한쪽 끝에 자리 잡고 앉자 직원 한 사람이 인도태평양사령부, 그리고 엔터프라이즈호와 긴급 화상통화를 연결했다. 대통령은 백악관 교환실에서 인도 총리와 직접 통화할 수 있는 회선을 찾는 동안 대통령 집무실에서 기다리는 중이었다.

 2034년 7월 30일 07:17 (GMT+8)
중국 베이징

린바오가 국방부 건물에 도착했을 때 회의실의 모든 불이 꺼져 있었다. 깜짝 놀란 그는 불을 모두 켜고 근처 사무실들을 뒤지기 시작했다. 화상통화나 무인정찰기로부터 실시간으로 전송되는 동영상을 위한 설비를 확인해주고 보안 회선을 연결해줄 직원들을 찾기 위해서였다. 하지만 어디에도 직원들은 없었다.

고요함만이 텅 비어버린 커다란 건물을 채우고 있었다. 린바오는 뭘 어떻게 해야 할지 몰라 회의실로 돌아가 테이블 상석에 앉았다. 그때 기다렸다는 듯 옆에 놓인 휴대폰이 울리기 시작했다. 그는 소스라치게 놀랐다. 문득 누군가 자신을 지켜보고 있는지 모른다는 생각이 들었지만 일단 전화를 받았다.

전화를 건 사람은 다름 아닌 자오러지였다.

"그 소식은 물론 들었겠지."

린바오는 정화호에 대한 공격은 갤버스턴과 샌디에이고를 공격당한 미국 측 대응의 일부라고 대답했다. 또한 정화호의 침몰에 대해서는 분명 보복이 필요하겠지만 적당한 수준에서 그쳐야 한다고 경고했다. 중국 본토 기지에서 발사한 미사일로 일본이나 필리핀에 있는 미국의 주요 시설들을 공격할 수도 있을 것이다. 그것 말고 또 다른 사이버공격도 얼마든지 할 수 있다. 이번에는 전력망이나 상수도 같은 미국 본토의 좀 더 중요한 기반 시설을 공격할 수 있지 않을까.

"선택지는 얼마든지 있습니다. 다만 중요한 건 충분히 생각한 후에 대응해야 한다는 겁니다."

자오러지는 아무 말도 없었다.

"여보세요?"

"정화호를 침몰시킨 건 미국이 아니라네." 자오러지가 한숨을 내쉬었다. "인도가 정화호를 침몰시켰어."

"인도라니요? 그렇지만… 대체 왜 인도에서… 미국이 인도와 동맹을 맺은 건가요?"

정신이 아득해지는 가운데 린바오는 적당한 말을 찾으려 애썼다. 그는 거기에 대항할 수 있는 또 다른 동맹관계를 생각했다.

"우선 러시아는 아무 도움이 되지 못할 것이고… 그건 이란도 마찬가지겠죠. 그렇다면 역시 인도를 견제하기 위해서는 파키스탄과 접촉해볼 필요가 있습니다."

"린바오… 인도가 이번 사태에 끼어든 건 전략상의 계산 착오 때문이야. 정화호가 공격당한 것도 계산 착오로 인한 끔찍한 결과지. 중앙정치국 상무위원회에서는 오늘 늦게 안전한 곳에서 회의를 열 계획이네. 밖에 있는 친구가 자네를 이쪽으로 데려다줄 거야. 대응 방법을 찾으려면 자네의 도움이 필요해. 내 말 알아듣겠나?"

린바오가 알아들었다고 대답하자 자오러지가 전화를 끊었다.

누군가 회의실 문을 두드렸다. 어떤 남자가 문을 열었다. 검은색 정장 차림의 남자는 체격이 컸고 누군지 알 수 없을 정도로 무표정했다. 린바오는 미션힐스에서도 그 남자를 본 것 같다는 생각이 들었다.

 2034년 7월 30일 19:16 (GMT+8)
남중국해

데스 래틀러스 대대가 출격한 지 37분이 지났다.

헌트 사령관은 전투정보실 한가운데에 팔짱을 끼고 서서 디지털지도가 표시되는 화면을 주시했다. 화면에는 엔터프라이즈호를 출발해 공격 목표 지점까지 이어지는 데스 래틀러스 대대의 대략적인 이동 경로가 그려져 있었다. 헌트의 뒤에서는 퀸트와 후퍼가 무전기를 만지작거리며 끝없이 이어지는 잡음 속에서 미첼 소령이 보낸 신호를 찾고 있었다.

"주파수는 맞게 고정한 건가?"

헌트가 물었지만 퀸트는 일에 몰두하느라 아무 대답도 하지 않았다.

디지털지도 옆에는 화상통화를 할 수 있는 화면이 두 개 켜져 있었다. 첫 번째 화면은 하와이의 인도태평양사령부와 연결되어 있었는데, 거기에는 수심이 가득해 보이는 표정의 해군 장성들이 모여 있었다. 두 번째 화면은 백악관 상황실이었다. 헨드릭슨을 중심으로 얼마 되지 않는 사람들이 모여 있었는데, 그중 헌트가 처음 보는 어떤 사람이 자신을 초두리라고 소개했다. 제일 뒤에 병풍처럼 서 있는 사람은 국가안보보좌관인 트렌트 와이즈카버였다. 헌트는 언론 기사를 통해 와이즈카버의 얼굴을 알고 있었다.

"데스 래틀러스 대대가 편대 분리 지점에 도착한 게 확실합니까?" 헨드릭슨이 부드러운 목소리로 물었다.

"확실하냐고요? 그걸 제가 어떻게 알겠어요. 그저 그 지점을 목표로 가고 있을 뿐입니다."

미첼 소령이 그 지점에 도달하면 엔터프라이즈호와 마지막으로 교신하게 되어 있었지만 엔터프라이즈호에서는 아직 그가 보낸 신호를 찾아내지 못했다.

얼마 후 헨드릭슨이 다시 화면에 나타나더니 별다른 설명 없이 갑자기 공격 취소를 명령했다. 헌트가 그게 누구의 명령인지 묻자, 화면에 와이즈카버 보좌관이 나타나 단호한 목소리로 말했다.

"미합중국 대통령의 명령이오."

그후 9분여에 걸쳐 엔터프라이즈호에서는 계속해서 미첼과의 교신을 시도했다. 하지만 무전기에서 들려오는 건 잡음뿐이었다.

"퀸트, 주파수는 맞게 고정한 건가?"

헌트가 굳은 목소리로 말하자 퀸트가 느릿느릿 뒤를 돌아봤다. 그의 입술에는 여전히 불을 붙이지 않은 담배가 물려 있었다.

"네, 사령관님. 정확한 주파수에 고정되어 있습니다. 미첼 소령은 아직 그 지점에 도착하지 않은 겁니다."

"도착 예정 시간은 이미 지났어. 그리고 그 지점에서 마지막으로 교신해야 한다는 걸 소령이 잊었을 리가 없는데, 이건 말이 안 되잖아."

"지금 보시는 상황 그대로일 수도 있습니다. 아직 그 지점에 도착하지 못했을 수도 있고, 어쩌면 중국이나 누군가가 먼저 공격했을 수도 있습니다. 만일 그렇다면 편대 분리 지점에 도달하기도 전에 우리 작전은 끝나버린 거고요. 사령관님, 어쩌면 대대 전체가 격추를 당한 건지도 모릅니다."

화면 속에서 헛웃음에 가까운 날카로운 탄식이 터져 나왔다. 와이즈카버였다. 의자에 눕다시피 기대고 있느라 화면에 몸이 절반밖에 보이지 않던 와이즈카버가 몸을 일으키고 말했다.

"그럼 우린 제대로 해내지도 못한 작전을 취소하려고 이렇게 애쓰고 있는 거란 말인가?"

그렇지만 들리는 소리라고는 여전히 지지직거리는 잡음뿐이었다.

 2034년 7월 30일 18:58 (GMT+8) 28°22'41"N 124°58'13"E

미첼 소령은 기수를 오른쪽으로 급하게 꺾어 고도를 높였다. 바다 위에서 피어오른 연기가 빙빙 돌며 하늘 저 높이까지 그를 쫓아왔다.

"여기는 레드 편대장이다. 두 시 방향에서 미사일 접근!"

그는 계속해서 올라갔다. 중력가속도가 5G, 6G, 그리고 7G까지 치솟아 올랐다. 중력가속도로 인해 혈액이 몸 아래로 쏠리자 그의 다리와 몸이 흔들리며 신음 소리를 냈다. 그는 더 이상 높이 올라가는 것을 포기했다. 이대로 가다가는 정신을 잃을지도 몰랐다.

그가 타고 있는 전폭기가 시야에서 사라진 미사일처럼 격렬하게 빙글빙글 돌자 어두운 곳에서 사진을 찍는 것처럼 눈앞에서 불빛들이 번쩍거렸다. 그는 섬광탄을 터뜨렸고 뜨겁게 타오르는 마그네슘 파편들이 사방으로 흩어지며 미사일의 유도장치를 교란했다.

그런데 그의 뒤쪽, 골드 편대 소속의 호넷 세 대가 따라오고 있는 방향에서 섬광이 번쩍였다. 미첼은 자신이 이미 아는 사실을 확인하기 위해 교신을 시도했다. 호넷 한 대를 잃은 것이 분명한데 다들 아무 대답이 없었다.

"골드 편대장, 여기는 레드 편대장이다. 누구든 내 말이 들리면 응답하라. 여기는 레드 편대장이다."

그는 다시 교신을 시도했다. 그리고 몇 초 동안, 다른 호넷들 중 하나가 그를 따라와 대열을 이룰 때까지 공허한 외침을 반복했다. 두 호넷은 신호등 앞에 서서 기다리는 두 대의 자동차처럼 나란히 비행했다. 그는 잠시 그쪽을 바라봤지만 조종사가 누구인지 알아볼 수 없었다. 그저 조종사가 자신의 귀를 가리키며 뭔가 손짓하는 것만 보였는데 그건 아무 소리도 들리지 않는다는 신호였다.

다시 섬광이 번뜩였다.

연기가 조종석을 뒤덮었다. 파편이 머리 위로 쏟아졌다. 미첼을 휘감았던 연기는 바로 사라졌다. 그의 호넷에는 아무 문제가 없었고 그는 다시 똑바로 비행할 수 있었다. 그렇지만 그의 옆에 있던 다른 호넷이 아까 그 섬광과 함께 불꽃으로 변해 사라져버렸다. 그는 목을 앞으로 쭉 뻗어 불타는 작은 조각들이 바다 위로 떨어지는 모습을 봤다.

그 바다 위에서 대여섯 개나 되는 또 다른 연기 기둥들이 하얀색 꼬리를 길게 늘어트리며 하늘로 솟아올랐다. 거울로 뒤쪽을 보니 여섯 시 방향 근처에서 대열을 갖춰 다가오는 네 대의 전투기가 눈에 들어왔다. 기체에는 녹색과 흰색, 주황색 동심원이 그려져 있었다. 그건 중국이 아닌 인도 공군의 표시였다.

그는 상황이 잘 이해되지 않았다. 언제부터 인도와 중국이 서로 동맹관계였단 말인가?

그의 호넷 오른쪽과 왼쪽 날개 저편에서 차례로 섬광이 두 번 더 번뜩였다. 인도와 중국의 동맹은 말도 되지 않는 것이었지만 지금은 그런 걸 생각할 여유가 없었다. 폭발로 인한 충격파가 양쪽에서 밀어닥치면서 호넷 기체가 요동쳤고 무전기에서는 여전히 아무 소리도 없었다. 그는 부하들 중 누가 살아남았는지 확인할 수 없었고 도대체 누가 공격하는 건지도 알 수 없었다.

하지만 그에게는 공격해야 하는 목표물이 있었고, 거기까지 가려면 이 혼란을 이용해 이곳을 빠져나가야 했다. 지도에 그려진 길을 따라 북쪽으로 가야 한다. 교신이 방해받고 있는 게 분명했지만 그는 무전기에 대고 데스 래틀러스 대대의 남은 호넷들을 모두 호출해서 계속 공격 목표를 향해 나아가라고 지시했다. 그러자 그의 지시를 가로막기라도 하듯 이번에는 머리 위 한참 높은 곳에서 또 다른 폭발이 일어났다. 다섯 번째 호넷이 격추된 것이다.

기수를 아래쪽으로 돌리자 애프터버너가 굉음을 질렀다. 고도를 30미터까지 떨어뜨린 후 간신히 멈추자 너무 낮게 내려온 탓인지 바다 위에 물결이 휘몰아쳤다. 미첼의 머리 위로는 세 대의 호넷이 우르르 모여든 인도 전투기들과 이리저리 얽혀 있었다. 열 대가 넘어 보이는 인도 전투기들은 개량형 SU-35였다. F/A-18 호넷으로는 승산이 전혀 없는 싸움이었다. 조종사 개인의 조종술은 거의, 아니 어쩌면 전혀 상관이 없었다.

미첼은 부하들도 그 사실을 잘 알고 있으리라고 생각했다. 교신은 할 수 없었지만 그는 공중에서 싸우는 몇 초 동안 자신이 그 기회를 유용하게 이용할 수 있는 것에 대해 부하들도 다행으로 여기기를 바랐다.

인도 전투기들이 다른 곳에 신경 쓰는 동안 그는 그곳을 빠져나와 북쪽의 상하이로 향했다.

뒤에서 또다시 폭발이 일어났다.

그렇다면… 이제 호넷은 미첼을 포함해 세 대밖에 남지 않았다.

그는 어쨌든 아직 유리한 위치에 있었다. 고도 30미터 이하를 유지하며 운만 따라준다면 해안 방어선을 뚫고 지나갈 수 있으리라. 아직 22분을 더 날아가야 했다. 그는 시계를 확인했다. 엔터프라이즈호를 떠난 지 43분이 지났다. 이제는 무전기가 작동해도 엔터프라이즈호와 교신할 수 없었다.

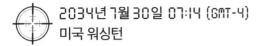
이제 어느 누구도 미첼 소령과 연락할 수 없었다. 호넷에는 기존에 사용하던 통신장치가 하나도 남아 있지 않았지만, 인도 측은 새로 설치한 구형 UHF, VHF, HF 무선통신기까지 어렵지 않게 추적해 교란해버렸다. 백악관 상황실에서 엔터프라이즈호의 전투정보실에 이르기까지 화상통화 설비를 통해 들을 수 있는 건 퀸트가 아홉 대의 호넷을 계속해서 호출하는 공허한 소리뿐이었고, 그사이 대통령 집무실에서는 또 다른 논의가 진행 중이었다. 대통령은 인도 총리에게 함대를 철수시켜달라고 요구했다.

인도 총리는 일부러 딴전을 피웠다. 지금 미국 항공기들을 가로막고 있는 게 인도에서 보낸 함대라고 확신하는가? 그렇다면 당연히 국방부 장관 및 참모총장에게 확인하고 조치를 취할 것이다. 그런데 인도 함대의 공격을 받고 있다고 주장하는 그 항공기들은 어떤 지시를 받고 출격한 것인가? 미국 대통령께서는 그 아홉 대의 항공기가 있는 정확한 위치를 알려줄 수 있는가?

CIA와 NSA, 그리고 국무부와 국방부에서 몰려온 참모들은 나란히 서서 인도 총리의 말에 귀 기울이며 정신없이 그가 하는 말을 받아 적었다. 그는 분명 협조할 의사가 전혀 없어 보였다. 대통령 집무실을 떠나 상황실로 갈 때 와이즈카버 보좌관도 같은 말을 했다.

초두리는 복도로 나와 휴대폰을 꺼내 들었다. 그가 생각할 수 있는 다른 방법은 이제 한 가지뿐이었다.

파텔은 바로 전화를 받았다.

"우리 모두 난감한 상황에 몰렸구나."

"그쪽 함대를 철수시켜야 합니다. 그리고 우리 조종사들과 교신할 수 있도록 통신 교란도 중단시켜주세요."

초두리는 혹시 누가 통화 내용을 들을세라 손으로 휴대폰을 가렸다.

"조종사들이 아니라 조종사지. 우리 측 요격기의 보고에 따르면, 그쪽 조종사는 한 명만 살아남아 그 자리를 탈출했다는구나. 그래서 요격기 두 대가 지금 추적 중이야."

"그럼 요격기들을 불러들이세요. 우리 조종사와 교신할 수 있게 해주시면 공격을 중단시키겠습니다."

초두리는 애원하다시피 말하면서도 그게 과연 가능할지는 확신할 수 없었다. 인도 측이 교신할 수 있도록 해줄까? 그러면 그 조종사는 우리의 말을 믿어줄까? 파텔은 아무 대답도 하지 않았다.

초두리가 고개를 들어 보니 와이즈카버가 상황실 밖 복도로 나와 그를 지켜보고 있었다.

"너무 위험해." 파텔이 말했다. "요격기들을 불러들인다 한들, 너희 조종사가 상하이를 공격하지 않는다는 보장이 있을까?"

초두리는 다시 와이즈카버가 있는 쪽을 바라봤다. 그가 위협적인 태도로 다가오고 있었다.

"공격을 중단시킬 겁니다. 제 말을 믿어주세요. 우리 대통령께서는…."

와이즈카버가 초두리의 손에 들린 휴대폰을 내리쳤다. 그러고는 냉정한 목소리로 말했다.

"지금 대통령의 이름을 파는 건가?"

와이즈카버가 바닥에 떨어진 휴대폰을 밟았다.

몸을 웅크려 휴대폰을 줍는 초두리의 모습은 와이즈커버의 발아래 비굴하게 머리를 조아리는 것처럼 보였다.

"제발요. 공격을 취소할 수 있도록 시도라도 해봐야 하잖아요."

"갤버스턴을 잊었나? 샌디에이고는? 우리 행정부와 조국이 그런 양보를… 할 수 있을 거라고 생각하나?"

초두리가 휴대폰을 줍다가 와이즈카버를 올려다보니, 천장에 달린 희미한 전등 불빛이 머리 위로 떨어져 붉게 물든 그의 모습이 마치 복수의 화신처럼 보였다.

"이제 남은 호넷은 한 대뿐입니다." 초두리는 힘없는 목소리로 말했다. "조종사가 공격 목표에 도달할 확률이 얼마나 될까요? 인도가 물러나면 우린 그의 생명을 구할 수 있어요. 모든 걸 여기서 끝낼 수 있다고요."

"그만 일어나게. 그렇게 웅크리고 있지 말고 어서 일어나라고."

와이즈카버가 초두리가 주워 든 휴대폰을 낚아채서 외투 주머니에 쑤셔 넣었다.

두 사람은 텅 빈 복도에 나란히 서서 흥분을 가라앉히려는 듯 잠시 조용히 있었다.

"성경에 이런 구절이 있네. 아니, 성경이 아니라 탈무드나 코란이었던가? 기억이 안 나는군. 그렇지만 내가 언제나 절절하게 실감하는 말이지. '누구든 한 사람의 생명을 끊는 자는 온 세상을 멸망시킨 것이며 반대로 한 사람의 생명을 구한 자는 온 세상을 구한 것이다.' 아마 내가 기억하는 한 그런 내용일 거야. 이거 봐 샌디, 말해보게. 자네는 신의 존재를 믿나?"

초두리는 고개를 저었다.

"그래, 나도 믿지 않아."

와이즈카버는 초두리의 휴대폰을 갖고 사라졌다.

 2034년 7월 30일 19:19 (GMT+8)
중국 상하이

처음에 그 해안은 수평선 위에 있는 작은 얼룩처럼 보였다. 그러다가 어렴풋이 육지의 모습이 눈에 들어왔다. 이제 육지까지의 거리가 1킬로미터 정도로 줄어들면 공격할 수 있는 높이까지 고도를 올려야 한다. 모든 것이 고도와 시간에 달려 있다. 최소한 3,000미터 높이까지 올라가야 한다. 그래야 가지고 온 폭탄을 투하했을 때 제대로 폭발하는 데 충분한 시간을 확보할 수 있으니까. 또한 저 밑에 도사리고 있는 대공 방어망이 호넷을 찾아내기 전에 빨리 공격을 끝내야 한다.

상하이가 가까워질수록 미첼의 생각은 점점 더 단순해지고 원초적으로 변해갔다.

이제 때가 됐어, 이제 때가 됐어, 이제 때가 됐어….

매 순간 숨을 내쉴 때마다 누군가 자신에게 말하는 것만 같았다.

육지까지 5킬로미터. 그는 도로 위를 지나는 차들을 알아볼 수 있었다.

육지까지 3킬로미터. 모래사장 위로 밀려와 부서지는 파도가 보였다.

육지까지 2킬로미터. 우뚝 솟은 고층 건물들의 창문이 반사하는 햇빛이 그의 눈을 어지럽혔다.

미첼은 스로틀 손잡이를 있는 힘껏 뒤로 잡아당겼다. 가슴에 엄청난 압박이 느껴졌다. 요정이 날갯짓이라도 하듯 눈앞에서 반짝이는 빛들이 익숙한 춤을 추었다. 곁에 누군가 있었다면 그가 코트 끝까지 달려가 힘겹게 공을 받아치는 테니스 선수처럼 신음 소리를 내뱉는 걸 들을 수 있었으리라.

해안을 넘어 상하이 상공을 아슬아슬하게 지나가고 있을 때, 지상에서 발사된 예광탄이 길게 원을 그리며 미첼을 향해 날아들었다. 그는 기체를 뒤집었다. 그러자 자신의 머리 쪽으로 미사일 두 대가 빙글빙글 돌면서 날아드는 것이 보였다. 그는 마지막 남은 섬광탄을 터뜨렸다. 하얗게 달아오른 마그네슘 조각들이 밑으로 떨어지는 것을 보며 그는 부디 미사일이 빗나가길 바랐다.

고도계가 900미터를 가리켰다. 이번에는 그의 뒤에서 인도 공군의 수호이 두 대가 나타났다. 그는 추적하지 못하도록 낮고 빠르게 날았다. 그들도 자신이 상하이를 공격하기 위해 왔다는 사실을 알아낸 게 틀림없었다.

중국 측의 대공 방어망은 미첼의 호넷과 인도 수호이를 구분하지 못했다. 하늘을 마구잡이로 두드리는 대공 포화를 뚫고 세 대의 전투기가 이리저리 얽히고설키면서 날아갔다. 엔진이 음울한 굉음을 쏟아내며 전투기들을 더 높이 끌어 올렸다.

미첼은 수호이 두 대가 꼬리 쪽에 바짝 따라붙으며 압박을 가하는 동안, 폭탄 투하가 가능한 높이인 고도 3,000미터 상공에 도달하기 위해 애썼다. 언제라도 뒤에서 공격받을 수 있는 상황에서 그는 원하는 고도까지 올라가려면 결국 수호이 두 대와 승부를 겨룰 수밖에 없다는 사실을 깨달았다. 그는 오른쪽으로 쏜살같이 방향을 틀었다. 여기서 결판을 내자.

여기, 고도 1,500미터 상공에서.

세 대의 전투기 아래로 도시가 불을 밝히고 사방에서 예광탄이 터지기 시작했다. 미첼이 오른쪽으로 돌자 수호이들은 왼쪽으로 움직였다. 그와 인도의 수호이들이 서로 반대 방향으로 움직이며 그리는 원의 지름은 크기가 몇 킬로미터에 달해 상하이 시가지가 다 들어갈 정도였다. 미첼은 만만치 않은 전술적 움직임을 보여주는 인도 조종사들에게 감탄하지 않을 수 없었다. 미첼의 뒤를 따르는 것을 포기한 대신, 그들은 이제 2 대 1이라는 수적 우위를 이용해 각각 정면으로 공격할 수 있었다.

미첼은 상하이 주변을 돌며 눈앞 어딘가에서 인도 조종사들과 마주칠 준비를 했다. 중세 시대의 말 탄 기사들처럼 서로에게 달려드는 형국이었다. 창을 앞으로 겨누고 안장 위에 바짝 엎드려 달려가다가 순식간에 상황을 끝내는 것이다. 모든 일이 순식간에 정신없이 펼쳐지고 있었다.

미첼은 '바로 이 느낌'이라고 생각했다. 자신이 평생에 걸쳐 찾아

헤맸던 그 느낌이었다. 그는 자신까지 이어져 내려온 조종사 집안의 혈통을 떠올렸다. 마치 아버지와 할아버지, 증조할아버지가 옆에서 함께 비행하고 있는 것 같았다. 그는 자신감에 차올랐다.

수적 우위에 있는 건 수호이를 몰고 온 너희 두 녀석이 아니라 바로 크리스 웨지 미첼, 나다. 이제는 4 대 2다, 이 개자식들아.

첫 번째 수호이가 사정거리 안에 들어왔다. 그는 날개 끝에 매달린 사이드와인더 미사일을 발사하는 동시에 분노를 담아 기관포를 쐈다. 그러자 수호이도 미첼과 똑같이 움직였다. 공대공미사일이 서로를 향해 날아들었다. 그렇지만 첫 번째 수호이가 실수를 저질렀다. 미첼이 두 번째 수호이 쪽으로 방향을 틀었을 때 미사일을 발사한 것이다. 미첼에겐 수호이의 사이드와인더를 교란할 섬광탄이 없었지만 두 번째 수호이에 가까이 다가갈 수만 있다면 사이드와인더는 목표물을 혼동하게 될 게 분명했다.

두 번째 수호이 조종사가 동료 조종사가 쏜 미사일이 자신을 향해 날아오는 것을 봤다. 그는 곧 섬광탄을 흩뿌렸다.

미첼은 두 번째 수호이를 향해 달려들 때 바로 그 뒤를 쫓아오는 미사일을 발견했다. 마치 셋이서 같은 방향을 향해 돌진하는 꼴이었다. 미사일이 곧 섬광탄의 파편을 따라 아래로 방향을 틀었다. 그와 동시에 미첼과 두 번째 수호이가 서로를 향해 기관포를 퍼부었다. 두 전투기가 스쳐 지나갈 때 나뭇가지가 부러지는 듯한 소리가 울려 퍼졌다. 사방을 둘러싸고 있던 푸른 하늘이 검은색으로, 다시 푸른색으로 빠르게 변했다. 미첼은 얼굴에 닿는 바람을 느꼈다.

정신을 차리고 보니 오른손을 떠난 조종간이 멋대로 움직이고 있었다. 미첼은 다시 조종간을 움켜쥐고 호넷을 조종했다. 계기판을 보니 생각보다 고도는 그리 많이 떨어지지 않았다. 오래 정신을 잃었던 건 아닌 것 같았다. 아마 1초 정도? 눈을 좀 길게 감았다가 뜨는 정도? 그런데 다리 밑으로 뭔가가 흘러내리고 있었다.

오른쪽 허벅지를 더듬으니 뭔가 튀어나온 게 만져졌다. 기체의 일부인 것 같은 쇳조각이 엉덩이 아랫부분 허벅지를 뚫고 나와 있었다. 게다가 호넷의 기관포탄 구경보다 약간 큰, 엄지손가락 두 개를 합친 정도의 직경 30밀리미터쯤 되는 구멍이 조종석 덮개의 왼쪽 앞과 오른쪽 뒤에 나 있었다. 얼굴에 닿는 바람은 그 구멍을 통해 들어오고 있었다.

그는 두 번째 수호이가 어디로 갔는지 확인하기 위해 뒤쪽을 봤다. 한쪽 엔진에서 시커먼 연기가 뭉게뭉게 피어오르는 수호이를 쉽게 찾을 수 있었다. 같은 방향으로 좀 더 먼 쪽을 보니 거기서도 자욱한 검은 연기구름이 맑은 하늘을 가리고 있는 게 보였다. 이 연기구름이 뜻하는 건 오직 한 가지밖에 없었다. 바로 또 다른 수호이였다. 사이드와인더 미사일이 표적을 찾은 게 분명했다.

생전 처음 공중전에서 승리한 그는 어지러움을 느꼈다. 피를 너무 많이 흘려서일 수도 있고 승리로 인한 전율에 온몸이 반응하는 것일 수도 있었다.

이제 다시 3,000미터까지 고도를 높이는 일만 남았다. 공격 작전은 여전히 진행 중이었다. 그러다 문득 그는 어떻게 귀환할지, 아니 적어도 어떻게 하면 탈출 가능한 정도까지 바다를 향해 날아갈 수 있을지 생각했다. 그는 천천히 고도를 높였다. 왼쪽 꼬리 날개가 망

가지는 바람에 고도를 높일수록 움직임이 둔해지고 조종하기 힘들었다. 연료가 새면서 두 개의 엔진 모두 추진력을 제대로 끌어내지 못했다. 다시 뒤쪽을 돌아보니 두 번째 수호이가 포기하지 않고 비틀거리며 따라붙고 있었다.

하지만 이제 상관없겠지. 이미 고도 2,400미터에 이르렀다.

상하이를 내려다보니 작은 불빛들이 눈앞에 깜빡거렸다. 혼란스러운 어둠이 주변을 둘러싸고 그를 향해 모여들기 시작했다. 이러다가 다시 정신을 잃을 것만 같았다. 다리 밑에 고인 피 웅덩이는 점점 더 커져갔다. 눈앞이 흐려져 고도계가 잘 보이지 않았지만 곧 3,000미터에 도달할 것 같았다.

그는 공격 준비를 시작했다. 장갑을 여러 개 겹쳐 낀 듯 손이 둔하고 무거웠다. 실수를 거듭하며 단추들을 누르고 돌리자 호넷이 공격 각도로 접어들었다. 수호이가 여전히 따라오고 있었지만 적어도 30초 이상은 신경 쓰지 않아도 될 것 같았다. 그 30초 동안 수많은 일이 일어나겠지.

모든 준비가 끝났다. 미첼은 손가락을 단추 위에 올렸다. 지금까지 느꼈던 어지럽고 혼란스러운 기분은 완벽할 정도로 깨끗이 사라져버렸다.

폭탄 투하 단추를 눌렀다.

장치가 말을 듣지 않았다.

다시 눌렀다.

역시 아무 일도 일어나지 않았다.

아무 일도 일어나지 않는 동안 수호이가 기어코 그의 뒤를 바짝 쫓아 비슷한 높이까지 따라붙었다. 절망감에 빠진 그는 주먹으로 계기판을 내리쳤다. 데스 래틀러스 대대의 열 번째 호넷이 떠올랐다. 훈련 중 폭탄을 제대로 떨어뜨리지 못해 바다로 추락해버린 호넷. 그 문제를 제대로 손본 줄 알았는데 그렇지 않은 모양이었다. 뭐, 그것도 이젠 상관없지. 그에겐 여전히 해야 할 일이 있었다.

미첼은 조종간을 앞으로 밀며 기수를 아래쪽으로 향했다. 핵폭탄은 이미 폭발을 위한 가동 과정에 들어갔다. 폭탄을 떨어뜨릴 수 없다면 직접 가지고 가는 수밖에.

수호이는 더 이상 그의 뒤를 따르지 않고 떨어져 나갔다. 이번 작전을 잘 알기에 거기에 말려들고 싶지 않은 것 같았다.

호넷의 기체가 아래를 향해 떨어지기 시작하자 무중력 상태가 느껴졌다.

건물과 자동차, 나무에 심지어 사람들까지, 상하이가 빠르게 눈에 들어왔다. 이번 작전을 포함해 자신의 가족과 조국이 엮여왔던 모든 전쟁을 그는 언제나 더러운 일이라고 순순히 인정했다. 그는 유일한 가족인 아버지와 할아버지를 떠올렸다. 곧 그가 무슨 일을 했는지 소식을 전해 듣게 되겠지. 그는 패피 보잉턴 소령과 함께했던 증조할아버지도 생각했다. 이상한 일이지만 패피 보잉턴과 그 전설 같은 옛이야기가 머릿속에 떠올랐다. 직접 두 눈으로 달려드는 일본군 전투기들을 찾아내고는 입에 물고 있던 담배를 저 광활한 태평양에 던져버렸다는 이야기가.

상하이가 그를 향해 무섭게 다가오고 있었다. 그는 헌트 사령관에게 자살하러 출격하는 게 아니라고 말했었다. 지금도 여전히 그런 생각은 들지 않았다. 그는 자신이 꼭 필요한 일을 하고 있다고 믿었다. 창조적 파괴 행위라고나 할까. 그는 뭔가의 막바지에 도달했다고 느꼈고 이제 거기서부터 새로운 시작을 이뤄낼 거라고 생각했다.

조종석 덮개의 깨진 부분에서 한 줄기 바람이 들어와 그의 얼굴을 어루만졌다.

고도 150미터 지점에서 가슴 주머니에 있는 말보로 담배가 기억났다. 승리를 거두고 돌아가면서 피우려 했던 축하의 담배였다. 이제 아무 의미도 없어졌지만 그는 그래도 담배를 찾았다.

그게 크리스 웨지 미첼 소령의 마지막이었다. 그의 손이 가슴 위에서 멈췄다.

 2034년 7월 30일 19:19 (GMT+8)
중국 베이징

포시즌스호텔의 입구에는 다른 보안 요원들이 세 명 더 대기하고 있었다. 그들도 린바오와 함께 엘리베이터에 올라탔다. 국방부 건물로 린바오를 데리러 왔던 검은색 정장의 남자는 자오러지를 비롯한 중앙정치국 상무위원회의 핵심 인사들이 정화호 침몰에 대한 전략적 대응을 논의하기 위해 비밀리에 모여 있는 고급 객실로 안내하겠다고 말했었다.

린바오는 어떤 식으로 대응해야 할지에 대해 여러 가지 방안을 생각하고 있었다. 따라서 그는 왜 이런 논의가 더 비밀스러운 장소가 아닌 포시즌스라는 고급 호텔에서 열리고 있는지, 또 왜 5층에서 엘리베이터를 멈추고 내려서 처음 말했던 고급 객실이 아닌 일반 객실들이 촘촘히 붙은 복도를 따라 걷고 있는지 같은 문제가 아니라 대응 방식에만 집중하기로 했다.

인도의 개입을 제대로만 이용한다면 중국에 유리하게 작용할 수 있다. 그는 인도 덕분에 이제 갤버스턴과 샌디에이고에 대한 공격을 끝으로 전쟁을 마무리할 수도 있다고 생각했다. 중국의 공격을 마지막으로 전쟁을 마무리한다면 최소한 중국 인민들에게 조국의 승리를 선전할 수 있다. 그리고 지금 이 순간 중국의 주요 도시들, 즉 텐진이나 베이징이나 상하이에 진행되고 있을지 모를 미국의 보복 공격도 피할 수 있다.

린바오는 오늘 상무위원회 비밀회의에서 자오러지가 정화호 침몰에 대한 책임의 일부를 자신에게 물을 거라고 예상했다. 결국 정화호를 비롯한 함대의 배치는 자오러지나 다른 상무위원이 아닌 그의 이름으로 진행된 일이기 때문이다. 그들은 전시 상황에 주어진 권한을 남용했다고 비난하겠지만 거기까지일 것이다.

린바오는 나중에 미국과의 평화 협상이 끝나면 사직서를 제출함으로써 자오러지를 설득할 수 있을 거라고 생각했다. 그가 책임지고 물러난다는 것 자체가 자오러지가 그에게 씌우고 싶어 하는 혐의를 뒷받침하는 확실한 증거가 될 것이다. 그는 처음부터 친미 성향을 가졌던 인물로 평가받을 것이다. 그가 완전히 사라지면 결국 그를 발탁한 자오러지의 책임도 묻히게 된다. 다들 그가 사라지면 안심할 것이다. 그러면 그는 드디어 어머니가 태어난 조국으로 돌아가게 될지도 모른다. 어쩌면 가족과 함께 뉴포트로 가서 꿈에 그리던 교수가 될지도….

5층 복도 끝에 이르렀을 때, 린바오는 이런저런 생각을 하며 마음을 가라앉혔다. 보안 요원이 카드키로 객실 문을 연 다음 안으로 들어가라고 가볍게 손짓했다. 린바오는 한결 편안해진 마음으로 아무런 두려움 없이 발걸음을 옮겼다.

대여섯 걸음 들어가니 1인용 침대가 있는 평범한 일반 객실이 눈에 들어왔다. 그리고 평범한 옷장 하나, 작은 테이블 하나. 카펫이 깔린 바닥을 제외하면 모든 것이 비닐로 덮여 있었다. 마치 보수 공사라도 하는 것 같았다. 그는 침대 쪽으로 다가갔다.

침대 끝에는 골프채 하나가 세워져 있었다. 2번 아이언이었다. 골프채를 집어 들자 익숙하고 편안한 느낌이 전해졌다. 골프채 끝에는 쪽지 하나가 끈으로 매달려 있었다. 그는 숨을 깊게 들이마시며 폐를 한껏 채웠다. 그는 이게 자신이 맛볼 수 있는 마지막 공기일지도 모른다는 사실을 깨달았다. 쪽지에 적힌 것은 거칠고 조잡한, 많이 배우지 못한 사람의 글씨체 같았다.

이번에는 자네가 실수를 했군. 미안하네.

누가 보냈는지, 이름 같은 건 없었다. 이게 그들의 생존 방식이라고 린바오는 생각했다. 어디에도 절대로 이름 같은 건 남기지 않는 그들만의 생존 방식.

뒤에서 비닐을 밟는 소리가 들렸다. 검은색 정장의 남자가 등 뒤에 서 있는 게 느껴졌다. 나머지 세 명은 당연히 문가에 서서 뒤처리를 하기 위해 기다리고 있을 것이다.

린바오는 본능적으로 눈을 감을 뻔했지만 두려움을 떨쳐내려고 눈을 크게 떴다. 그는 하나밖에 없는 창문으로 이 방 못지않게 어둡고 음울한 베이징의 하늘을 바라봤다. 딸의 얼굴도 아니고, 그렇다고 그토록 사랑하는 탁 트인 바다도 아닌, 저 어두운 하늘이 죽기 전에 마지막으로 보는 광경이라는 게 절망스러웠다. 목덜미의 솜털을 차가운 금속이 짓누르기 시작하는 것을 느끼며 그는 안타깝고 후회스러워 목이 메어왔다.

그대로 눈을 뜨고 있어. 그는 스스로에게 명령했다.

객실 창문은 일출을 볼 수 있는 남동쪽으로 뚫려 있었다. 그런데 지금은 일몰 무렵인데도 마치 스무 개의 태양이 한꺼번에 떠오르는 것 같은 눈부신 빛이 사방으로 계속 퍼지기 시작했다. 그 빛의 위력만으로도 모든 것을 삼켜버릴 수 있을 것만 같았다. 그와 동시에 엄청난 굉음이 창문을 뒤흔들었다. 누군가 총소리를 들을지도 모른다는 걱정은 전혀 할 필요가 없을 것 같았다.

그나저나 저 지평선 위로 보이는 게 뭘까? 린바오는 의아했다.

그는 침대 위로 쓰러졌다. 그게 그의 마지막이었다.

에필
로그

자유민의 나라

2035년 9월 12일 10:18 (GMT+4:30)
이란 이스파한

마침내 집으로 돌아왔다.

파샤드는 현관문 앞에 가방을 던져놓고 곧장 방으로 들어가 군복부터 벗었다. 잠깐이라도 이 군복을 입고 지냈던 시간이 얼마나 지겹고 싫었던지. 그는 몸을 씻고 운동복으로 갈아입으면서 군복을 입었을 때와 안 입었을 때의 차이를 생각해봤다.

반다르아바스에서 이스파한으로 돌아오는 비행기 안에서도 파샤드는 매일 아침 그랬던 것처럼 회고록을 쓰는 데 열중했다. 몇 주 전 반다르아바스에서 한 번 방문하기를 요청했을 때 그는 처음에는 거절했다. 호르무즈해협에서의 승리 이후 이란 최고사령부는 그의 마지막 전투를 대대적으로 선전했고 정부는 두 번째 파트훈장 수여를 시작으로 감당할 수 없을 만큼의 영예를 그의 어깨 위에 쌓아 올려줬다. 심지어 텔레비전으로 전국에 중계되는 의회 연설에서 최고지도자가 그의 이름을 언급하기까지 했다. 다른 전투에서 승리했다면, 그러니까 풍향으로 승패가 가려진 전투가 아니었다면 그는 칭송과 유명세를 누리며 초청을 기꺼이 받아들였을지도 모른다.

어쨌거나 이제 집으로 돌아왔다. 그는 먼저 짐부터 풀까 했지만 그건 밤에 하기로 했다. 멀리 산책하러 나가 다리부터 풀기로 했다. 그는 주방으로 가서 늘 먹던 대로 삶은 달걀 한 개와 빵 한 쪽, 올리브 몇 개의 간단한 점심 도시락을 꾸렸다. 종이봉투에 도시락을 싸들고는 집을 나와 걷기 시작했다. 가는 길을 따라 서 있는 나무들의 잎사귀는 벌써 가을빛으로 물들기 시작했고 불어오는 시원한 바람도 계절이 바뀌고 있음을 알려줬다.

파샤드는 낙하산을 타고 내려오던 러시아 병사들이 바다로 날아가버린 지 벌써 1년이 넘었다는 사실이 잘 믿어지지 않았다. 호르무즈해협에서 벌어졌던 전투를 자세히 따져 보고 있으려니 바로 얼마 전에 일어난 일처럼 생생했다. 그러다 문득 1년 남짓 시간이 흐르는 동안 세상이 얼마나 많이 변했는지 떠올렸다. 그는 전 세계의 질서를 완전히 뒤바꾼 그 거대한 전쟁에서 자신은 아주 작은 영향을 끼쳤다는 사실을 납득할 수 있었다.

호르무즈해협의 섬에서 러시아의 공격에 대비하고 있을 때, 그는 인도가 중국의 항공모함을 격침한 데 이어 미국의 전폭기 대대를 공격하며 평화를 지키기 위해 개입했다는 사실을 전혀 알지 못했다. 정말 비극적인 일이지만 전폭기 대대에서 조종사 한 명이 살아남아 중국의 대공 방어망과 인도 요격기들을 뚫고 상하이에 핵폭탄을 떨어뜨렸다. 그로부터 꽤 시간이 흐른 지금도 상하이는 방사능에 오염된 채 검게 그을린 황무지로 남아 있었다. 사망자 숫자만 해도 3,000만 명이 넘었다. 미국과 중국이 핵무기 공격을 주고받으면서 세계시장도 큰 타격을 입었다. 흉년이 들었고 전염병이 창궐했다. 방사능 피폭의 영향은 다음 세대까지 이어질 터였다. 그 참담한 현실은 그가 이해할 수 있는 범위를 넘어섰다. 성년이 된 이후 평생을 전쟁터에서 보냈지만 그런 그조차 전 세계가 얼마만큼의 피해를 입었는지 가늠조차 할 수 없었다.

미국과 중국, 그리고 인도 사이에서 일어났던 갈등과 비교하면 이란과 러시아의 다툼은 그저 소규모의 국지전에 지나지 않았다. 이란 의회와 최고사령부에서는 사로잡힌 러시아 병사들을 '전쟁 포로'로 취급하는 것에 의문이 제기될 정도였다. 애초에 양국이 적대 관계도 아니고 공식적으로 전시 상태에 돌입한 적도 없었기 때문이다. 이란 정부 강경파는 러시아 병사들을 '불법 침략자'로 규정하고 그에 따라 모두 처형하겠다고 위협을 가했다. 하지만 이란의 최고지도자는 러시아 병사들에게 관대한 처분을 내렸다. 인도가 중재에 나선 뉴델리 평화 협상에 따라 유엔이 새롭게 재편되면서, 안전보장이사회의 이사국 자리를 확보하기 위해 이 상황을 교묘히 이용한 것이다. 한편 인도 정부는 미국에 대한 지속적인 지원을 약속하며 유엔 본부를 뉴욕에서 뭄바이로 이전하는 문제를 주장하고 나선 참이었다.

파샤드는 시냇가에 도착했다. 임시로 만든 다리 위에 올라 난간에 몸을 기대고 빙하가 녹아 흐르는 맑은 물을 바라봤다. 그는 지난 며칠 동안 있었던 일들을 떠올렸다. 그는 결국 반다르아바스를 방문했고 거기서 참으로 우스꽝스럽게도 이란 해군에 의해 마지막으로 공적을 인정받았다. 해군은 새로 건조된 델바르급 수송선에 파샤드의 이름을 붙여 영원히 그의 영예를 기리기로 했다.

명명식이 끝난 후 그는 수송선에 올라타고 첫 항해에 나섰다. 목적지는 든든한 방어 체계를 구축한 호르무즈해협의 두 섬이었다. 그런데 놀랍게도 거기서 특별 손님, 바실리 콜차크 중령을 만났다. 전쟁 후 새롭게 개편된 국제사회를 평화롭게 이끄는 데 동참하겠다는 이란의 뜻을 알리려는 깜짝 이벤트였다. 그제야 파샤드는 1년 전 러시아 함대가 지상군의 호르무즈해협 침공을 지원하려고 나섰을 때 콜차크도 참여했다는 사실을 알게 되었다. 어제의 동료가 적이 됐다가 다시 동료가 된 것이다.

얼마 지나지 않아 늘 와서 점심을 먹던 느릅나무가 보였다. 그는 나무에 등을 대고 앉아 무릎 위에 달걀과 빵과 올리브를 펼쳐놨다. 콜차크를 만났을 때의 일이 다시 떠올랐다. 수송선 위에 두 사람만 남게 됐을 때 콜차크가 퇴역한 후에 뭘 하며 지낼 예정이냐고 물었다. 파샤드는 그에게 많은 것을 이야기하고 싶지 않아 그저 시골에서 보내는 조용한 생활에 대해서만 이야기했다. 그러자 콜차크가 숨이 넘어갈 것처럼 웃었다. 파샤드가 뭐가 그리 재미있냐고 물으니 그는 파샤드가 그런 조용한 생활에 어울릴 것 같다는 생각을 한 번도 해본 적이 없다고 대답했다. 정치나 사업 쪽에 손을 뻗을 거라고 예상했다는 것이었다. 명성을 이용해 권력의 정점을 향해 달려가는 파샤드의 모습을 상상한 모양이었다.

파샤드는 그만 점심 식사를 끝냈다. 그는 오랜 스승인 솔레이마니가 살아 있었다면 조용한 생활을 선택한 자신의 결정을 어떻게 생각했을지 궁금했다. 솔레이마니는 제자가 힘없이 말라비틀어져 사라지는 것이 아니라 전사로서 죽음을 맞이하기를 바라지 않았던가. 그동안 그는 셀 수 없을 정도로 많은 전투에서 여러 번 간신히 살아 돌아올 수 있었지만, 생각해보니 과연 자신의 힘으로 살아 돌아온 것인지, 아니면 죽음이 일부러 자신을 피해 간 것인지 문득 궁금해졌다. 어쨌든 그는 솔레이마니가 그토록 바랐던 최후를 맞지는 못했다. 하지만 군인도 자신의 노고에 대한 대가를 누릴 자격이 있지 않을까? 군인이 말년에 평화를 누리는 건 어쩌면 당연한 일이라는 생각도 들었다. 군인이 이룰 수 있는 최고의 영예는 전쟁터에서 죽는 게 아니라 자신의 손으로 이룩한 평화를 맛보며 조용히 세상을 떠나는 게 아닐까?

파샤드는 풀밭에 종이봉투를 펼치고 그 위에 남은 달걀 조각과 빵 부스러기, 올리브 두 알을 보기 좋게 올려놨다. 그는 기다렸다. 잠시 졸다가 깨니 태양이 느릅나무 바로 위에 와 있었다. 그는 기다리고 있던 녀석이 찾아왔음을 알아차렸다. 탁 트인 풀밭 위에 다람쥐 한 마리가 서 있었다. 꼬리털이 흰색인, 오래전 파샤드를 물었던 녀석의 짝이었다. 그는 손에 빵 부스러기를 올려놓고 앞으로 내밀었다. 다람쥐는 다가오지 않았다. 하지만 도망을 치지도 않았다.

그는 다람쥐에게 속삭였다.

"조금만 더 가까이 와보렴, 꼬마 친구야. 나 같은 늙은이도 변할 수 있다는 사실을 믿지 못하는 거냐?"

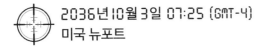
　새로운 도시와 새로운 집, 그리고 이제는 세상에 없는 아버지. 늘 피곤에 지쳐 있는 중학교 상담 교사는 소녀의 어머니에게 첫 1년이 가장 힘들 거라고 말했다.

　베이징을 떠나 시골로 왔을 때 소녀의 어머니는 딸에게 며칠 동안만 머물다가 돌아갈 거라고 말했다. 소녀는 아버지와 전화 통화를 하고 싶다고 계속 졸랐고 어머니는 남편과 전화 연결을 하기 위해 애썼지만 도무지 연락이 닿지 않았다. 어머니는 아버지가 국가를 위해 중요한 일을 하고 있어서 그렇다고 딸을 달랬다. 소녀도 전쟁이 일어나 수도 베이징을 떠날 수밖에 없었던 사정을 이해할 정도의 철은 들었다. 그렇지만 아버지가 무슨 일을 하고 있는지는 전혀 몰랐다. 상하이 피폭 후, 어머니와 함께 베이징으로 불려 갔을 때에야 비로소 이해할 수 있었다.

　소녀는 집에 찾아왔던 노인을 떠올렸다. 검은색 정장을 입고 잔뜩 따라붙은 그의 수행원 중 몇 명은 집 밖에서 기다렸다. 그 노인은 옷차림은 그럴듯했지만 생긴 모습은 꼭 농사꾼 같았다.

　어머니는 편하게 대화하기 위해 딸에게 방에 들어가 있으라고 했지만 노인은 소녀도 함께 있어야 한다고 주장했다.

　"아버지를 똑 닮았구나." 노인이 손으로 소녀의 뺨을 어루만지며 말했다. "눈동자를 보니 아버지만큼이나 총명하겠어."

　그는 두 사람은 이제 이 집에 살 수 없다고 말했다. 소녀의 아버지는 뛰어난 인재였지만 운이 안 좋았고 몇 가지 실수를 저질렀으며 다시는 돌아오지 못할 거라고 했다. 어머니는 딸이 볼 수 없게 밤에 혼자 눈물을 흘리곤 했다. 그렇지만 미국으로 건너가 살라고 제안한 노인 앞에서는 어떤 감정도 겉으로 내비치지 않았다.

"그게 더 도움이 될 거요."

노인이 미국에서 특별히 가보고 싶은 곳이 있냐고 물었다.

"뉴포트요."

바로 세 사람이 가장 행복한 시간을 보냈던 곳이었다.

그래서 소녀와 어머니는 중국을 떠났다. 어머니는 딸에게 자신들은 운이 좋았다고 설명했다. 소녀의 아버지가 크게 낭패를 보는 바람에 어쩌면 두 사람도 어딘가로 끌려가 갇히거나 그보다 더 안 좋은 일을 당했을지도 몰랐다. 중국 정부는 상하이에서 일어난 일에 대한 책임을 물을 사람이 필요했고 그 대상으로 소녀의 아버지를 골랐다. 어머니는 모든 사정을 이야기하며 아버지를 향한 비난은 사실이 아니라는 걸 알아야 한다고 말했다.

"우리가 맞이하게 될 새 생활은 네 아버지가 남겨준 거니까 이제부터 아버지 몫만큼 열심히 살아야 한다."

중국 해군 부사령관이자 외교관의 아내였던 어머니는 이제 호텔 두 곳의 세탁실에서 하루 열네 시간씩 일했다. 소녀는 어머니를 돕기 위해 자기도 일거리를 찾겠다고 말했다. 하지만 딸이 돈을 벌기 위해 공부를 희생하는 건 어머니로서는 참을 수 없는 일이었다. 그래서 소녀는 일하는 대신 하루도 빠지지 않고 학교에 꼬박꼬박 나갔고 어머니와 사는 작은 셋방을 먼지 하나 없이 깨끗하게 청소하고 정리했다.

어머니는 그저 그런 일만 하며 살아갈 생각이 전혀 없었다. 그녀는 쉬는 날이면 더 나은 일거리를 찾아 근처에 사는 중국인 이민자들을 찾아갔다.

소녀와 어머니에게 도움을 줄 만한 사람들은 주로 한 세대 혹은 두 세대 전에 미국으로 건너왔고 대부분 138번 국도 근처에서 식당이나 세탁소, 자동차 대리점 같은 자영업에 종사하고 있었다. 중국계 이민자들은 자신들을 지난번 있었던 대참사의 공범으로 여기는 미국인들의 쌀쌀한 눈초리를 견뎌야 했다. 전쟁을 겪을 때마다 독일이며 일본, 그리고 이슬람계 이민자들을 의심해온 건 미국의 전통이나 다름없었고 중국계라고 해서 예외는 아니었다. 이런 상황에서 세상을 떠난 중국 해군 장성의 아내와 딸을 돕는 건 미국인들에게 더 크게 트집 잡히는 일이 될 수도 있었다. 결국 중국계 이민자 사회는 소녀와 어머니를 받아들이지 않았다.

어머니는 원래 하던 일을 계속했다. 일주일에 하루 쉴 수 있었지만 쉬는 날이 주말이 아닌 경우도 많아서 어머니와 딸이 온종일 시간을 보낼 기회는 좀처럼 돌아오지 않았다. 용케도 그런 날이 있으면 모녀는 언제나 버스를 타고 고트섬으로 갔다. 거기서 작은 배를 빌려 타고 돛을 활짝 펼친 후 클레이본 펠 현수교 아래를 지나 해군참모대학교로 향했다. 오래전 린바오와 함께했던 나들잇길이었다.

집에서는 한 번도 남편의, 아버지의 이름을 입에 올리지 않았다. 누군가 두 사람의 대화를 몰래 듣고 있을까 봐 여전히 두려웠기 때문이다. 그렇지만 탁 트인 곳으로 나올 때는 그런 걱정을 할 필요가 없었다. 두 사람은 누구의 시선도 신경 쓸 필요 없이 하고 싶은 말을 마음껏 했다.

미국에 도착한 지 2년이 지나 다시 고트섬을 찾았을 때, 어머니는 배가 현수교 아래를 지나자마자 이제 다른 일자리를 찾는 건 그만둬야겠다고 말했다.

"상황이 더 나아질 것 같지 않구나. 하지만 모든 걸 있는 그대로 받아들여야겠지…. 네 아버지는 우리가 이런 상황도 이겨내는 강한 사람이 되기를 바라실 거야."

"아무도 우리를 믿지 않아요. 심지어 같은 이민자들도요. 우린 절대 미국인이 될 수 없을 거예요."

씁쓸하게 내뱉은 소녀는 어머니 옆에 털썩 주저앉았다. 키를 잡고 있던 어머니는 딸의 얼굴을 보지 않고 수평선 너머를 바라보며 배의 방향을 잡는 일에만 신경 썼다.

"우린 이제 고향도 없고 손에 들고 있는 것도 없어. 그렇지만 고향을 기억하고 많은 것을 이루기 위해 여기에 온 거야. 그렇게 살다 보면 우리도 결국 미국인이 될 수 있을 거야."

해군참모대학교 앞에 도착하자 두 사람은 돛을 끌어내리고 작은 닻을 내렸다. 밀려오는 부드러운 물결에 배가 이리저리 흔들렸다.

어머니와 딸은 아무 말도 하지 않았다. 두 사람은 주변을 둘러봤다. 눈에 익은 통행로며 린바오가 한때 다녔던 캠퍼스가 보였다. 가족이 한때 누렸던 행복한 삶을 언젠가는 되찾을 수 있으리라.

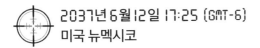

그 목장의 살림집은 그녀가 소유한 100에이커의 부지 한가운데에 세워져 있었다. 수리하는 데 3년 가까운 시간과 그동안 모아두었던 저축 대부분이 들어갔다. 세라 헌트는 이제 이곳이 자신의 진짜 집처럼 여겨졌다. 집은 단층으로 나무 기둥과 서까래가 그대로 드러나 있는 구조였다. 벽에는 아무것도 걸려 있지 않았고 앞으로도 그럴 일은 없을 것 같았다. 갖고 있던 사진들은 대부분 창고에 처박아뒀다. 해군에서 퇴역하고 몇 번쯤, 그러니까 땀에 흠뻑 젖도록 악몽을 꾸고 일어난 날이면 그녀는 집 뒤에 있는 창고로 가서 사진이 든 상자들을 통째로 불태워버릴까 생각하기도 했다.

상하이 공격이 있고 난 뒤 그녀의 악몽은 점점 더 심해졌다. 그런 밤이면 그녀는 부둣가에 서서 끝없이 늘어서 있는 해군 함선들을 바라봤다. 끊임없이 함선에서 내리는 유령들 사이에서 그녀는 아버지를 찾았다. 물론 한 번도 아버지를 다시 본 적은 없었지만 꿈속에서라도 아버지를 찾는 일이 헛된 수고라는 생각은 들지 않았다.

그녀는 이 집을 꾸미는 일이 끝나면 악몽도 사라질 거라는 희망을 품고 있었다. 이따금 약도 먹고 상담사들도 찾아갔다. 하지만 별 효과가 없었다.

그녀는 매일 다친 다리의 통증을 참으며 목장 주변을 걸었다. 10킬로미터 이상 가야 이웃을 만날 수 있는 고립된 환경에서 그녀는 조금이나마 마음의 평안을 얻었다. 여전히 악몽은 계속됐지만 적어도 어느 정도 잠은 잘 수 있었다. 상하이가 공격당한 후 그녀는 일주일 동안 한숨도 자지 못했고 신경이 너무 곤두서는 바람에 헨드릭슨이 엔터프라이즈호로 날아와 인도의 중재로 휴전 협상이 진행되는 동안 함대를 대신 지휘하기도 했다. 사람들의 예상대로 헨드릭슨은 해군에 남아 중장으로 진급했다. 전쟁을 끝내기 위해 그가 했던 노력과 역할에 대한 당연한 보상이었다.

점점 뜸해지긴 했지만 헨드릭슨은 헌트를 가끔 찾아왔고 그때마다 상하이 공격을 막기 위해 그녀가 할 수 있는 일은 아무것도 없었다고 딱 잘라 말했다. 공격 명령을 내린 사람은 그녀가 아니니까. 아홉 대의 호넷 전폭기가 엔터프라이즈호 갑판을 떠난 이후 그녀가 할 수 있는 일은 아무것도 없었다.

와이즈카버 같은 백악관의 강경파는 갤버스턴과 샌디에이고가 당한 공격에 대해 똑같이 복수를 해줬다는 체면치레용 전공이 꼭 필요했다. 따라서 상하이 공격이 없었다면 휴전 협상은 결코 이루어질 수 없었으리라는 게 헨드릭슨의 생각이었다.

"그건 당신 잘못이 아니야."

헨드릭슨이 그렇게 말할 때면 그녀는 되물었다.

"그럼 도대체 누구 잘못인가요?"

"어쨌든 당신 잘못은 아니야."

헨드릭슨은 찾아올 때마다 그녀를 돕고 싶다고 말했다. 해군으로 복귀하는 게 더 좋지 않겠냐고 권했고 치유라는 단어도 자주 썼다. 그때마다 그녀는 사방이 육지로 둘러싸인 뉴멕시코에 목장을 산건 충동적인 결정이 아니었다는 사실을 일깨워줬다.

전쟁이 끝나고 3년째 되던 해, 오래간만에 찾아온 헨드릭슨에게 그녀는 저녁 먹기 전에 나가서 주변을 좀 걷자고 제안했다. 잠시 말 없이 걷기만 하다가 그녀는 마침내 말했다.

"당신, 나 뭐 좀 도와줄래요?"

"뭐든 말만 해."

"입양할까 생각 중이에요."

"뭘 입양하려고?"

그녀가 개나 고양이를 데려오기를 바라는 것 같은 말투로 헨드릭슨이 되물었다. 두 사람은 다시 말없이 한참을 더 걸었고 더 참지 못한 헨드릭슨이 중얼거렸다.

"누구든 한 사람의 생명을 끊는 자는 온 세상을 멸망시킨 것이며 반대로 한 사람의 생명을 구한 자는 온 세상을 구한 것이다."

"갑자기 그게 무슨 소리예요?"

"그래서 당신이 입양하겠다는 거 아냐?"

"당신이 탈무드를 들먹이는 걸 듣게 되리라곤 상상도 못 했어요."

헨드릭슨이 어깨를 으쓱했다.

"언젠가 트렌트 와이즈카버가 하는 말을 들었거든. 물론 난 와이즈카버가 그 말을 진심으로 믿는다곤 생각 안 하지만. 당신은 어때?"

두 사람이 발걸음을 멈춘 곳은 수리가 필요한 울타리 근처였다. 헌트는 헨드릭슨에게 대답하는 대신 바닥에 쓰러져 있는 무거운 기둥 하나를 두 팔로 끌어안았다. 그리고 거칠게 숨을 몰아쉬며 기둥을 똑바로 세웠다. 다시 와서 제대로 수리하기까지 얼마 동안은 버텨줄 것 같았다.

그녀는 더러워진 손을 청바지에 닦았다.

"벌써 입양 절차를 시작했어요. 당신 의견을 구하는 게 아니라 그저 당신이 도와줄 수 있는지 묻는 거예요. 추천장 같은 게 필요한데 당신은 전쟁 영웅이니까, 당신이 써준 추천장이라면 도움이 될 수 있어요."

헨드릭슨은 아무 대답도 하지 않았다.

다음 날 아침 헨드릭슨이 떠났다. 일주일이 지나고 한 달이 지나고 몇 달이 지났다. 헌트는 집을 손보며 지금까지 서재로 쓰던 공간을 아이 방으로 바꾸었다. 입양 절차는 행정 절차가 늘 그렇듯 느릿느릿 진행되었다. 그녀는 은행 잔고를 증명해야 했고 면접을 보러 갔으며 지금 사는 집도 담당자에게 보여줬다. 쉰 살이 넘은 데다 혼자 사는 여성이 아이를 입양하기란 하늘의 별 따기라는 걸 그녀도 잘 알았다. 뉴멕시코주 청소년가족부의 표현에 따르면 그녀는 '고령자'였다. 입양 자격이 아예 없는 건 아니었다. 그녀가 걱정하는 건 3년 전 일어났던 일이 영향을 미칠 가능성이었다. 수많은 사람의 목숨을 빼앗는 임무를 맡겼던 정부가 이번에는 한 사람의 목숨을 책임지는 일을 자신에게 맡기려 할까? 그녀는 알 수 없었다.

어느 날, 우편 봉투 하나가 배달되었다. 봉투를 열어볼 필요도 없었다. 그녀는 헨드릭슨이 자신을 위해 무슨 일을 했는지 알아차렸다. 그녀는 봉투를 그대로 입양 담당 기관으로 보냈고, 차근차근 필요한 일들을 처리해 나갔다. 이웃들과 떨어져 있는 집을 아이가 살 만한 곳으로 바꾸고 엄마 자격을 갖추기 위해 노력했다.

그녀의 입양 절차에 배정되어 집으로 찾아온 사회복지사는 융통성도 없고 허튼짓 같은 건 전혀 통할 것 같지 않은 사람이었다. 터틀넥 밖으로 수수한 십자가 금목걸이를 한 모습을 보니 부하였던 제인 모리스 함장이 떠올랐고 존폴존스호도 기억났다. 그녀는 갑자기 두려움에 휩싸였고 사회복지사에게 집 안을 안내하는 대신 혼자 거실에 앉아 있었다. 진심으로 입양을 원한다면 좋은 인상을 심어줄 만한 행동은 아니었다.

사회복지사가 한 시간이 넘도록 집 안 이곳저곳을 돌아본 뒤 아이 방을 나서며 말했다.

"집 안만 둘러보면 해군에서 복무하셨다는 사실을 아무도 모르겠어요. 사진 같은 게 한 장도 없네요."

그녀는 아무 대답도 할 수 없었다. 그런 질문을 받으리라고는 전혀 예상 못 했기 때문이다.

사회복지사는 목장을 떠나기 전 조만간 입양 자격을 확인하는 전화가 올 거라고 말했다.

며칠 동안 헌트는 제대로 잠을 잘 수 없었다. 상하이 공격 전에는 겪지 못했던 끔찍한 느낌과 함께 또다시 악몽이 시작되었다.

함선에서 유령들이 끊임없이 내려왔다. 두려움에 질린 그녀는 아버지를 찾았다. 결코 아버지를 다시 만날 수 없다는 사실을 알면서도. 악몽이 끊임없이 이어졌고 강도도 심해졌다. 악몽에 시달리던 어느 날 아침, 어떤 소리를 들을 때까지.

전화벨이 울리고 있었다.

침실 풍경은 20년째 달라진 것이 없었다. 코세어에서 팬텀, 그리고 호넷까지 각 세대를 대표하는 전투기들의 사진과 함께 2017년 이후 프로 미식축구 우승 구단들의 사진, 미식축구 역사상 최고 선수로 선정된 톰 브래디의 사진도 그대로였다. 미식축구에서 활약하거나 야구를 할 때 받았던 상패들은 테이블 위에서 먼지가 쌓여가고 있었다. 그 옆에는 역사책들도 있었는데, 특히 여러 번 읽은 것으로 보이는 그레고리 패피 보잉턴의 자서전도 있었다.

테이블 한가운데에는 4년 전에 받았던 편지가 있었다. 벌써 여기저기 색이 바래가는 그 편지는 엔터프라이즈호로부터 다른 개인 소지품들과 함께 돌아왔다. 편지를 그곳에 둔 건 아버지였다. 아들이 너무나 그리워질 때면, 아버지는 테이블 앞에 앉아 밤새도록 그 편지를 읽고 또 읽었다.

아버지, 안녕하세요.

아마 이 편지를 받기 전에 먼저 전화로 연락할지도 모르겠어요. 그렇지만 그전에 무슨 일이 있을지 몰라 우선 편지를 씁니다.

지난 며칠 동안 증조할아버지 생각을 많이 했어요. 증조할아버지 하면 제일 먼저 기억나는 게 태평양전쟁에 대한 이야기예요. 그다음에 할아버지한테 들은 베트남전쟁 이야기도 기억나고 물론 아버지한테 들었던 이야기도 기억납니다. 아버지가 여기 계셨더라면 그 낙타거미랑 케이크 이야기를 한 번 더 해달라고 졸랐을 것 같아요. 그렇지만 자라면서 들었던 수많은 이야기보다 더 기억에 남는 건 내가 나만의 이야기를 만들어가고 싶다고 생각했던 거예요. 아버지한테 들려드릴 만한 나만의 이야기가 있으면 좋겠는데 여기까지 와서도 아직은 별로 할 이야기가 없네요.

우리는 지금 며칠째 출격 명령을 기다리고 있어요. 날씨가 계속 좋지 않았거든요. 그러다 보니 생각도 하고 편지도 쓸 시간이 생겼어요. 요즘 들어 제대로 알게 된 게 있는데, 제가 정말 원했던 건 나도 우리 가족의 진짜 일원이 됐으면 하는 거였어요. 그걸 아버지도 알아주셨으면 좋겠어요.

그동안 꽤 잘 해왔다고 생각했는데 이번에는 진짜 중요한 임무를 맡게 될 것 같아요. 아버지와 할아버지, 증조할아버지가 해야 했던 임무보다 더 중요한 일이 아닐까 싶네요. 그 일을 해야만 한다면 저는 기꺼이 그렇게 할 거예요. 우리 가족 중에서 내가 마지막으로 출격하는 조종사라면 가장 중요한 일을 하는 게 맞지 않겠어요? 쇠사슬을 만들 때 보통 제일 마지막 고리를 조금 더 두껍게 만들잖아요. 그게 고정을 하는 부분이니까요. 그런 것처럼 가장 힘들고 어려운 일은 언제나 마지막에 떠맡게 되는 게 맞는 것 같아요.

여기까지가, 여기까지가 지금까지 생각했던 것들이에요. 심장 정기 검진 받는 거 꼭 잊지 마시고, 말보로 레드 챙겨주셔서 감사해요.

사랑합니다, 아버지.

늙은 아버지는 편지를 다 읽었다. 그리고 창밖을 바라봤다. 아들과 함께 놀던 마당이 보였다. 어느새 계절은 늦가을에 접어들었고 땅에 떨어진 낙엽들이 한구석에 잔뜩 쌓여 있었다.

아버지는 조심스럽게 다 읽은 편지를 접어 봉투 안에 넣었다. 그는 해가 질 때까지 테이블 앞에 혼자 앉아 있었다. 이따금 저 멀리서 눈에 보이지는 않지만 비행기 한 대가 날아와 머리 위로 지나가는 묵직한 소리가 들리는 것만 같았다.

 2039년 4월 16일 07:40 (GMT+5:30)
인도 뉴델리

초두리 박사는 택시를 타고 공항으로 가고 있었다. 몇 분 뒤면 공항에 도착할 터였다.

전날 밤 그는 꼼꼼하게 짐을 꾸렸다. 5년 전 평화 협상을 진행하기 위해 워싱턴을 떠난 후 처음으로 가보는 미국이었다. 그는 공식적인 자리에 입고 나갈 정장을 비롯해 옷을 많이 챙겼는데 사실 그중 대부분은 갤버스턴이나 샌디에이고 주변의 난민촌을 찾아갈 때 필요한 것들이었다. 그 주변에는 여전히 자리를 잡지 못한 채 살아가는 피난민들로 가득하다고 했다.

미국으로 돌아가는데 비누나 치약을 더 챙길지 말지 고민하는 상황이 그로서는 낯설기 그지없었다. 한때는 원하는 건 뭐든 살 수 있는 나라였는데. 그렇지만 이제는 더 이상 그렇지 못했다. 뭄바이 유엔 본부의 보안 요원이 그렇게 말해줬다.

솔직히 말해 초두리는 어머니와 딸을 뉴델리로 데려와 살면서 미국과 거리를 두기 시작했다. 초두리 여사는 오빠와 화해했고 이제는 함께 살고 싶어 했다. 어머니가 오빠 곁을 떠나려 하지 않는다면 초두리 역시 어머니 곁을 떠날 수 없었다. 더군다나 엄마를 잃은 아슈니는 할머니를 몹시 따랐다.

가족에 대한 책임감 때문에 초두리는 결국 백악관을 그만두고 외삼촌이 '너의 고향'이라고 부르는 곳에 정착했다. 그는 자신의 경력을 필요로 하는 곳이 적지 않다는 사실에 놀랐다. 뉴델리 평화협정이 맺어진 후 각국의 정부와 기업들이 그를 찾았다. 그는 미국 행정부의 실질적인 최고위층에 속했던 인사일 뿐만 아니라 인도 전문가였다. 아니, 애초에 그는 누가 봐도 인도 사람이었다. 국제적인 압력단체나 정책 연구소, 국부펀드는 물론이고 다양한 투자자들도 초두리를 애타게 찾았다. 그들은 이사 자리나 주식, 또는 특별 수석 연구원 같은 그럴듯한 직함을 그에게 제시했다. 정치적으로나 경제적으로나 거인으로 비상하고 있는 인도를 이해하기 위해 그의 전문적인 지식과 경력이 필요했기 때문이다.

따라서 초두리로서는 이런 상황에서 굳이 미국으로 돌아갈 이유가 없었다. 그런데 이번에 짐을 꾸리면서 그는 '돌아간다'라는 말을 다시 되새기게 되었다. 뉴델리에 정착해 지금까지 성공 가도를 달려왔지만, 애초에 진짜 고향인 미국을 떠나게 된 사연은 여전히 그에게 씁쓸한 기억으로 남아 있었다. 그는 5년 전 일어났던 일들을 마음속으로 떠올리고 또 떠올리며, 그때 만일 다른 결정을 내렸다면 전혀 다른 결과가 나왔을지도 모른다고 속으로 생각하곤 했다.

와이즈카버 보좌관이 당시 인도 주재무관의 방문을 무시했던 일은 결국 세상에 알려졌고 그 추문 때문에 대통령은 재선에 실패했다. 그러니 초두리가 계속 미국에 남아 있었다면 곧 일자리를 잃고 말았을 것이다.

하지만 어떤 일도 미국이 입은 깊은 상처를 치유하는 데는 도움이 되지 못했다. 물론 수많은 생명을 앗아간 비극도 큰 상처가 됐지만 미국이라는 나라의 정체성, 그리고 그 이상 자체를 희생시킨 것이야말로 크나큰 상처로 남았다.

초두리는 화물칸에 실을 가방 하나, 기내용 가방 하나, 그리고 갤버스턴과 샌디에이고를 찾아갈 때 메고 갈 여행용 배낭 하나에 짐을 모두 꾸렸다. 현재 그가 일하고 있는 유엔난민기구에서는 침낭도 함께 챙겨 갈 것을 권고했다. 도로 사정과 숙박할 수 있는 곳의 유무에 따라 그가 이끄는 대표단은 사정이 좋지 않은 난민촌에서 하루나 이틀 밤을 머물러야 할지도 모르기 때문이었다.

그는 자세한 사정을 알면 미국으로 떠나는 걸 반대할 게 뻔한 어머니에겐 별다른 이야기를 하지 않았다. 빽빽하게 늘어선 천막들과 위생 상태가 엉망인 화장실 근처에서는 티푸스와 홍역에 심지어 천연두까지 주기적으로 유행했다. 질병들은 난민촌뿐만 아니라 사방으로 광범위하게 퍼져 나갔고 그 때문에 전쟁으로 인해 치러야 하는 대가는 점점 더 커져만 갔다. 수도 워싱턴에서도 2년 전 5만 명에 달하는 주민들이 백신에 내성이 있는 풍진으로 목숨을 잃었다.

초두리는 그때 이미 미국으로 돌아가 사람들을 돕고 싶었다. 하지만 어머니는 아들을 설득해 뉴델리에 남게 했으며 인도 국적까지 신청하게 만들었다. 그는 "이제 이곳이 네 집이자 고향이라는 사실을 받아들여야 한다"는 어머니의 말에 마지못해 국적을 신청했다.

그는 자신이 기억하고 있는 미국이, 케네디와 레이건 대통령이 '언덕 위의 도시'라고 불렀던 그 미국이 사라져버릴 수도 있다는 사실이 여전히 믿어지지 않았다. 하지만 미국은 단순한 나라의 개념이 아니라 하나의 이상이자 정신이고, 그런 이상과 정신은 좀처럼 사라지거나 꺾이지 않는 법이다. 하나의 이상이자 정신으로서의 미국이라면 이제 더 이상 지키고 감당해야 할 특별한 국경선에 의지하지 않아도 될 것이다. 그는 절망적인 생각이 들 때마다 이 사실을 떠올리며 마음을 다잡았다.

그는 미국의 국부 중 한 명인 에이브러햄 링컨이 젊은 시절 했던 연설이 기억났다. 남북전쟁이라는 비극이 일어나기 20년 전, 링컨은 이렇게 말했다.

"유럽과 아시아, 그리고 아프리카의 모든 군대가 하나로 합쳐져 온 세상의 금은보화를 다 끌어와 군자금으로 삼고 나폴레옹을 사령관으로 내세웠다고 생각해봅시다. 그렇다 하더라도 그들 중 어느 누구도 우리의 강물로 목을 적실 수 없고 우리의 땅에 자신들이 원하는 대로 길을 낼 수 없을 것입니다. 천 년 동안 온 힘을 기울인다 해도 그런 일은 일어날 수 없습니다…. 만일 파멸이 우리의 운명이라면 그 파멸을 시작하고 끝을 맺는 건 바로 우리 자신이 되어야만 합니다. 자유민들이 사는 국가에서 우리는 그렇게 영원히 살거나, 아니면 우리 손으로 목숨을 끊는 길밖에 없습니다."

자유민들이 사는 국가. 초두리는 미국이나 인도, 아니 어디라도 상관없이 그런 국가가 존재하는 곳에 자신이 한 사람의 자유민으로 포함된다고 생각했다. 그렇기 때문에 그는 미국으로 돌아가는 여정을 택했다. 그런 이상과 정신이 아직 미국 땅에 남아 있기를 간절히 바라면서.

그는 테이블 서랍을 열었다. 마지막으로 챙겨야 할 것이 있었다. 그가 꺼낸 것은 서로 엇비슷한 파란색 표지로 덮인 인도와 미국, 두 나라의 여권이었다.

집 밖에 택시가 도착했다. 초두리는 택시 기사에게 잠시만 기다려달라고 휴대폰으로 문자를 보냈다.

그는 잠시 망설였다. 비행기 탑승 시간이 가까워지고 있었다. 택시가 경적을 울리기 시작했다. 다시 얼마간의 시간이 흘렀다. 그는 어떤 여권을 들고 가야 할지 결정할 수 없었다.

이 소설은 완전한 허구다. 아니, 그렇게 믿고 싶고 또 그렇게 되어야 한다.

세라 헌트 사령관이 지휘하는 3척의 미 해군 구축함이 남중국해 일대에서 일상적인 '항행의 자유 작전'을 수행하던 중 불길에 휩싸인 중국 어선 웬루이호를 발견한다. 이들을 도우려고, 혹은 확인하려고 배에 오른 미군 병사들이 발견한 것은 어선과는 전혀 어울리지 않는, 정체를 알 수 없는 각종 '최첨단 장비'였다. 그리고 바로 그 순간 중국의 항공모함 정화호가 이끄는 함대가 나타나 헌트의 함대를 포위한다. 중국은 사이버공격을 통해 미 해군 함선들의 통신망을 이미 마비시킨 뒤였다.

같은 시각, 미 해병대의 최신 스텔스기술을 탑재한 F-35 전투기 한 대가 이란 국경 주변을 시험비행 하다가 알 수 없는 공격에 휘말려 이란의 공군기지에 강제로 착륙하고 조종사는 포로로 붙잡힌다. 이렇게 미국이 중국과 중국의 동맹국인 이란으로부터 위협과 공격을 받고 있을 무렵, 이번에는 러시아가 나서서 미국과 연결되는 해저 광섬유 통신망을 끊어버리고 폴란드와 아라비아만을 침공한다.

이렇게 아무도 예상하지 못했던 파국은 과연 어디까지 이어질 것인가.

우연의 일치겠지만 아주 공교로운 시기에 이 책을 번역하게 되었다. 우선 누구나 익히 알고 있겠지만 코로나바이러스 사태로 인해 사회의 각 분야에서 크게 혼란이 가중되었고 무엇보다 지금까지 수면 아래 가라앉아 있던 반중 정서가 급격하게 부상하기 시작했다. 중국은 이런 반중 정서에 대해 국력과 국방력을 앞세워 오히려 더 강경하게 한국과 미국을 비롯한 세계 각국을 압박하는 전략을 구사하고 있다.

그리고 러시아의 우크라이나 침공이 있었다. 러시아는 러시아를 따르는 우크라이나 일부 지역의 병합을 주장하고 있다. 또한 발트해 주변을 둘러싸고 있는 여러 국가들에 대한 위협도 함께 가하고 있다. 이 소설에도 나오는 폴란드는 물론, 냉전 이후 전쟁의 위협을 거의 겪어보지 못했던 북유럽 국가들까지 러시아에 대항하기 위해 전쟁을 대비하거나 재무장을 서두르는 분위기다.

아라비아만은 또 어떤가. 이 소설에서도 남중국해와 더불어 주요 해상 통로인 이 지역의 중요성과 미국의 역할이 여러 차례 강조되고 있는데, 이라크전쟁 이후 사우디아라비아를 중심으로 미국의 영향력이 비교적 단단하게 자리 잡았다고 여겨지던 이 지역에서조차 사우디아라비아와 미국의 관계가 흔들리고 석유 자원을 둘러싼 이해관계가 엇갈리기 시작하면서 지금은 예상치 못한 분위기가 감지

되고 있다.

무엇보다 대한민국 국민의 한 사람으로서 신경을 쓸 수밖에 없는 중국 본토와 대만을 둘러싼 상황이 심상치 않다. 소설 속에서도 사실상 중국 공산당의 최종 목표가 남중국해에서의 영향력 확대와 대만의 흡수통일인 만큼, 대만과 중국의 소식을 들을 때마다 허구와 사실이 머릿속에서 마구 뒤섞이며 머리카락이 곤두서곤 한다. 정말로 중국이 대만을 침공한다면 어떻게 될 것인가? 미국은 여기에 어떻게 대응할까? 중국의 침공을 북한은 어떤 신호로 받아들이지 않을까? 사실상 동맹국이라고 할 수 있는 일본과 한국은 과연 어떤 입장을 취해야 할 것인가?

위기를 겪는 미국 행정부와 군 사령부뿐만 아니라 책을 읽는 독자들의 정신까지 쏙 빼놓는 일련의 사건들과 군사작전들이 연이어 벌어진 직후, 이 소설은 우리가 냉전 이후 재래식 전쟁에서 익히 보아온, 우크라이나에서도 볼 수 있었던 그런 자잘한 과정들을 모두 건너뛴 뒤 오랫동안 잊고 지냈던 악몽을 우리 앞에 되살려놓는다.

사실 소련이 해체되고 냉전이 종식된 이후 우리는 핵전쟁의 공포를 거의 잊고 살았다. 절대로 같은 세상에 존재할 수 없다고 생각했던 이념상의 주된 적이 사라졌기에, 각국의 이해관계에 따라 소규모의 국지전은 벌어질 수 있으나 공멸을 부를 수밖에 없는 핵무기 사용은 절대로 일어날 수 없다고 생각했기 때문이다. 그렇지만 이 소설에 등장하는 미국 대통령과 강경파는 백악관 참모들과 군 수뇌부의 의견이 아니라 어떤 식으로든 행동을 해야 한다는 국민

여론을 더 중요하게 생각한다. 중국의 압도적 사이버공격에 적절한 대응 수단을 모두 잃은 대통령은 결국 전략핵무기가 아닌 전술핵무기라는 단서를 달기는 하지만 핵무기 공격을 승인한다. 그 결과 중국 해군기지가 있는 지역이 핵무기 공격을 받는다.

너무나 당연한 이야기지만, 이 위험천만한 모험은 그대로 상대편의 보복으로 이어진다. 모두가 우려했지만 설마 했던 사태가 벌어지면서 미국과 중국은 차례로 상대에게 핵무기 공격을 가하고 수많은 민간인이 희생을 당한다. 중국은 『손자병법』의 가르침에 따라 먼저 "계획을 감춰 깜깜한 밤처럼 아무도 알 수 없게 만든 후 움직일 때는 벼락이 떨어지듯 신속하게" 움직이고, 동시에 "싸우지 않고 적을 굴복시키는 것이 최고의 병법"이라며 승자의 입장에서 여유 있게 움직이려 하지만 "절체절명의 위기"에 놓이자 결국 싸우게 된다.

번역하면서도 그런 생각이 들었고 해외 독자들도 비슷한 비판을 하고 있는데, 이 소설은 사실 우리가 익히 알고 있는 유명 작가들의 정교한 전쟁 스릴러, 혹은 테크노 스릴러와는 궤를 달리하는 책이다. 독자들이 이해할 수 있는 기술적인 설명은 대부분 건너뛰고 있으며, 혹시 일부러 그런 것이 아닌가 하는 생각이 들 정도로 미국의 전력 중 상당히 중요한 부분을 소개하지 않고 그냥 지나친다. 현실에서라면 전쟁의 양상을 뒤바꿀 수 있을 정도의 중요한 전력인데도 말이다.

그렇지만 책을 다 읽고 나니 두 명의 저자가 하고 싶은 진짜 이야기는 그런 게 아니었을 거라는 생각이 든다. 특히 저자 중 한 사람이 무려 해군의 4성 장군 출신인데 내용상의 허술함을 미처 알아차리지 못했다고는 생각하기 어렵다. 저자들이 정말로 말하고 싶은 건 보다 큰 맥락에서 보는 강대국의 '혼미'가 아닐까.

역시 우연의 일치겠지만 이 책을 번역하기 전에 마치 이 내용과 연결되는 듯한 책 두 권을 번역했다. 소설이 아닌 실제 상황과 정세를 다룬 이 두 권의 책 중 한 권은 중요한 자원 수송로인 두 지역, 특히 남중국해의 전략적 중요성과 중국의 영향력 확대를 지적하고 있으며, 다른 한 권에서는 예비역 육군 3성 장군의 입을 빌려 지금껏 거의 신경 쓰지 않았던 사이버 장비와 공격 전술, 그리고 그 위험성을 경고하고 있다. 두 책 모두 미국의 방심과 전략적 '자아도취'를 지적한다. 이 책을 번역하면서 예상 밖의 허술함이 신경 쓰일 때면 앞서 번역했던 두 권의 책이 자연스럽게 떠올랐고 역시 충분히 일어날 수 있는 일들이라는 생각이 들었다.

정보의 바다, 즉 인터넷을 통해 우리는 지금 정말로 그럴듯하게 보이는 음모론이나 설명들이 가득한 세상을 살고 있다. 이 소설은 무슨 의도로 쓴 것일까. 저자들은 혹시 우리가 모르는 어떤 비밀스러운 정보를 알고 있는 것이 아닐까. 혹시 정말로 일어날지도 모를 전쟁을 미리 알리기 위해 쓴 것은 아닐까.

단 한 가지 확실한 것이 있다면, 이런 분쟁의 피해는 고스란히 일반 국민에게 돌아간다는 것이다. 소설에는 각국의 군 장성과 장교, 그리고 고위 관료들이 등장하지만 그들도 사실은 우리와 같은 한 나라의 국민이다. 살아남은 자도, 살아남지 못한 자도, 그들의 가족도 누구도 승자가 될 수 없었던 이 '2034년 전쟁'의 피해자인 것이다.

늘 그래왔듯 인류의 모든 지혜가 모여 과거의 잘못을 되풀이하지 않으면서 '인간'으로서 한 걸음 더 나아갈 수 있기를 간절히 바랄 뿐이다.

2034 미중전쟁

1판 1쇄   2023년 5월 22일
1판 2쇄   2023년 6월 9일

지은이   엘리엇 애커먼, 제임스 스태브리디스
옮긴이   우진하

펴낸이   임지현
펴낸곳   (주)문학사상
주소   경기도 파주시 회동길 363-8, 201호(10881)
등록   1973년 3월 21일 제1-137호

전화   031) 946-8503
팩스   031) 955-9912
홈페이지   www.munsa.co.kr
이메일   munsa@munsa.co.kr

ISBN   978-89-7012-567-1 (03840)